Down and out in Düsseldorf – für Barbara Pross, Serienmordspezialistin beim BKA und zur Zeit auf eigenen Wunsch wegen psychischer Probleme beurlaubt, eine ganz neue Erfahrung. Ohne Geld, in ihrer Depression unfähig, Freunde oder Familie um Hilfe zu bitten, läßt sie sich auf das Angebot ein, das ihr ein geheimnisvoller Mann in einer Kneipe macht: Sie darf bei ihm wohnen, solange sie möchte.

Thomas Hielmann, ihr Gastgeber, versucht seiner Einsamkeit zu entrinnen, indem er verwahrloste Frauen aufpäppelt. Kein Wunder, daß der Exzentriker schnell in Verdacht gerät, der Frauenmörder zu sein, dessen drittes Opfer gerade auf dem Laufband einer Müllsortieranlage gefunden wurde.

So findet sich Barbara eher unfreiwillig in einem Undercover-Job wieder. Die gewohnte Tätigkeit hilft ihr, sich aus ihrer Depression zu befreien. Da Thomas ihr immer sympathischer wird und sie nicht an einfache Lösungen glaubt, sucht sie nach anderen Verdächtigen. Dabei macht sie eine für Thomas schmerzliche Entdeckung, durch die der Fall eine dramatische Wendung nimmt. Barbara, die wie gewöhnlich gegen den Strom schwimmt, ist plötzlich ganz auf sich allein gestellt ...

Ein spannender und atmosphärisch dichter Roman um eine eigenwillige Heldin, die durch die Lösung eines spektakulären Kriminalfalls voller menschlicher Abgründe und falscher Fährten den Schlüssel zu ihren eigenen Problemen entdeckt.

Silvia Kaffke, geboren 1962 in Duisburg, studierte Publizistik und Germanistik, arbeitete u. a. als Texterin, Lektorin, PR-Referentin und Sekretärin. Über Zeitschriftenstorys kam sie zum Krimi. ›Messerscharf‹ ist ihre erste Buchveröffentlichung. Silvia Kaffke lebt in Duisburg und arbeitet in Erkrath bei Düsseldorf.

Unsere Adresse im Internet: www.fischer-tb.de

Silvia Kaffke

Messerscharf

Roman

Fischer

Taschenbuch

Verlag

Die Frau in der Gesellschaft
Herausgegeben von Ingeborg Mues

Originalausgabe
Veröffentlicht im Fischer Taschenbuch Verlag GmbH,
Frankfurt am Main, Januar 2000

© Fischer Taschenbuch Verlag GmbH, Frankfurt am Main 2000
Gesamtherstellung: Clausen & Bosse, Leck
Printed in Germany
ISBN 3-596-14489-2

»Du kommst ganz schön spät! Die Dispo hat schon dreimal angerufen, wo du bleibst.« Paul Gantner, der Vorarbeiter in der Müllsortieranlage, mußte gegen den Lärm des kleinen Bulldozers anschreien, der den Müll in den Graben vor dem Band schaufelte. Der Fahrer warf den Hebel um, um auch seine Mulde zu entleeren, und sprang dann aus dem Wagen.

»Du kannst dir nicht vorstellen, was für ein Ärger das war bei Walkenhein«, meinte er. Die Firma Walkenhein war seit fünf Monaten geschlossen, seitdem hatten die Mulden auf dem Gelände gestanden. »Der neue Besitzer des Geländes hat mich eine halbe Stunde warten lassen. Dann mußte ich eine Ladung zur Müllverbrennung bringen, weil die Abdeckung des Containers defekt war und irgendwer Haus- und Sperrmüll hineingekippt hatte. Um diese Zeit ist da Hochbetrieb. Und dann wieder raus zu Walkenhein und die zweite Mulde holen …«

»Ja, ist ja schon gut«, sagte Paul. »Melde dich in der Dispo, die haben wohl noch einen Extraauftrag für dich.«

Der Fahrer kletterte in den LKW, hievte die Mulde wieder auf den Wagen und fuhr in Richtung Verwaltungsgebäude. Paul dachte an seine Zigaretten. Aber hier in der Anlage war Rauchen strengstens verboten.

Der Bulldozer schob die Ladung aus der Mulde in den Graben. Langsam bewegten sich große Pappstücke, Styropor, Folien und Umreifungsbänder nach oben in Richtung Folienabscheider. An dieser Seite der Anlage wurden nur Gewerbeabfälle sortiert, es fehlte der süßliche Geruch, der nebenan in der Halle mit den Grünen-Punkt-Abfällen über allem schwebte.

In der großen Trommel des Folienabscheiders rumpelte es heftig. Paul seufzte. Obwohl nur bestimmte Stoffe in den Containern landen sollten, waren sie nur zu oft falsch gefüllt. Wahrscheinlich war es eine zerbrochene Europalette, die diesen Lärm verursachte –

aber nein, das Geräusch klang irgendwie dumpfer –, oder auch in diesen Container hatte man Sperrmüll geworfen. Das Rumpeln hörte auf, das schwere Teil war wohl durchgelaufen.

Paul wollte gerade hinauf in den Kontrollraum laufen, um die Anlage für die Mittagspause abzuschalten, als von oben aus der Sortierkabine plötzlich Schreie gellten. Das Band blieb stehen, jemand hatte den Not-Aus-Schalter gedrückt. Oben schrie immer noch eine Frau. ›Ein Unfall‹, schoß es Paul durch den Kopf. Seit er Vorarbeiter war, war in der Anlage noch nichts passiert, aber er kannte die Geschichten der Kollegen, die länger dabei waren. Einen Toten hatte es schon gegeben. Er stürmte die enge Metalltreppe zur Kabine hinauf und stieß oben vor der Tür beinah mit dem Betriebsleiter zusammen, der aus dem Kontrollraum gerannt kam.

Inzwischen war es still in der Kabine. Ein Blick sagte Paul, daß alle Leute an ihrem Platz waren, es war also niemandem etwas passiert. Aber alle starrten auf das Sortierband.

Was da lag, war einmal ein menschlicher Körper gewesen. Paul unterdrückte ein Würgen. Offensichtlich hatte die Leiche nicht erst seit gestern in den Abfällen gelegen, und die Trommel des Folienabscheiders hatte ein übriges dazu getan, daß dieses Etwas grotesk verkrümmt auf dem Band lag, mit dem Kopf voran, die Füße hingen noch hinter den Plastikstreifen des Vorhangs.

»Alle raus hier«, sagte der Betriebsleiter mit geradezu unheimlicher Ruhe. »Herr Gantner, gehen Sie, und rufen Sie die Polizei.«

Die Sortierer drängelten sich hinaus, Paul ging zum Kontrollraum. ›Verdammt‹, schoß es ihm durch den Kopf, ›jetzt wird die Anlage erst einmal stillstehen.‹ Und dann wunderte er sich, daß er an so etwas auch nur denken konnte.

1

Barbara Pross wachte an diesem Tag erst gegen Mittag auf. Seit ein paar Wochen hatte sie diesen Rhythmus – sie ging gegen Morgen zu Bett und schlief bis ein oder zwei Uhr. Seit der Wecker morgens nicht mehr klingelte, hatte sie sich vollständig zum Nachtmenschen entwickelt.

Sie war um halb vier nach Hause gekommen in der letzten Nacht. Obwohl sie lange genug geschlafen hatte, fühlte sie sich nicht erfrischt. Sie ging ins Bad und stellte sich unter die Dusche. Nackt und nur notdürftig abgetrocknet, kletterte sie in ihrem Schlafzimmer über Berge von Schuhen und getragenen Kleidern auf der Suche nach etwas, das sie anziehen konnte.

Sie fand einen sauberen Slip und ein Paar Socken, die an der Ferse durchlöchert waren. Dunkel erinnerte sie sich daran, daß sie die Socken hatte wegwerfen wollen, aber irgendwie waren sie in ihrer Waschmaschine gelandet, und als sie gewaschen waren, hatte sie sie wieder in die Schublade gelegt. Jetzt waren sie ihr einziges sauberes Paar. Mit einer Hose war es da schon schwieriger. Sie wühlte in dem Kleiderberg auf dem Sessel und zog dann Jeans heraus, die sie erst ein- oder zweimal getragen hatte. Ihre Pullis, das wußte sie, waren entweder voller Flecken oder sonstwie schmuddelig. In einer Kommodenschublade entdeckte sie ein verblichenes Sweatshirt, das schon bessere Tage gesehen hatte. Sie fuhr sich durch die feuchten Haare – eigentlich hätte sie schon seit zwei Monaten einen Haarschnitt nötig gehabt. Der herausgewachsene Kurzhaarschnitt sah aus, als hätte sich ein Amateur daran versucht.

Barbara sah kurz in den Spiegel. »Na wunderbar«, murmelte sie. Ihr Blick fiel auf ein Sechshundert-Mark-Kostüm, das sie zumindest auf einen Bügel, wenn auch nicht in den Kleiderschrank gehängt hatte. Sie besaß drei davon und einen Hosenanzug. Bei der Arbeit hatte sie selten etwas anderes getragen. Lange hatte es nicht gedauert, um aus der schicken Karrierepolizistin eine unscheinbare

Frau zu machen, die auf Äußerlichkeiten nur wenig Wert legte. Genaugenommen hatte es nur ganze zwei Monate gebraucht – seit ihrer Beurlaubung auf eigenen Wunsch.

Ihr Magen knurrte. Sie ging in die Küche, aber sie wußte, daß der Blick in den Kühlschrank sinnlos war – sie hatte seit letzter Woche nicht eingekauft. Der Brotrest war schimmelig, und was in ihrem Kühlschrank lag, war ungenießbar. Überall stand gebrauchtes Geschirr, die Spülmaschine war auch voll. Sie mußte sich etwas zu essen kaufen.

Im Flur blinkte ihr Anrufbeantworter. Es war schon länger her, daß sie ihn abgehört hatte. Es hatte sie einfach nicht interessiert. Heute war die alte Gewohnheit stärker. Sie drückte die Wiedergabetaste.

Die ersten beiden Nachrichten waren knapp: Jemand legte auf, einmal mit einem hörbaren Seufzer. Dann ihre Mutter: »Barbara, du hast dich so lange nicht mehr gemeldet. Ich weiß, du hast viel zu tun, aber bitte melde dich.« – »Barbara, hier ist Philipp. Wir vermissen dich – ohne dich kommt die Arbeit nur halb so schnell voran. Ich würde dich gerne sehen, ruf mich an.« – »Guten Tag, Frau Pross, Dr. Kernmayr hier. Sie haben schon drei Therapiesitzungen platzen lassen. Ich denke nicht, daß wir die Behandlung jetzt abbrechen sollten. Melden Sie sich in der Praxis, damit wir einen neuen Termin machen können.« – »Barbara, Kind, melde dich doch. Oder soll ich zu dir nach Frankfurt kommen?« – »Hier ist Becker. Ich arbeite für meine Vortragsreihe an der Polizei-FH gerade den Kindermörderfall nach und entdecke, daß eine der Analysen, die Sie ganz zu Anfang verfaßt haben, im endgültigen Bericht nicht mehr auftaucht. Ich denke aber, daß das ganz wichtig für meinen Vortrag wäre. Wenn Sie mir also sagen könnten, ob und wo Sie sie abgespeichert haben, ich drucke sie mir dann schon aus ...« – »Praxis Dr. Kernmayr, Müller ...« Barbara drückte fast automatisch die Löschen-Taste. Für ihren Chef Becker war der Fall Schmidtmann also nur noch ein Lehrstück für die Polizeistudenten. Sie spürte, wie ihr Herz zu rasen begann. In einem plötzlichen Impuls riß sie das Kabel des Anrufbeantworters aus der Wand, griff nach ihrer Jacke und der Geldbörse und rannte aus dem Haus, als müßte sie den nächsten Bus bekommen.

Eine Stunde später fand sich Barbara am Bahnhof wieder. Irgendwie zog es sie immer wieder hierher, in der letzten Zeit war sie fast täglich hier gewesen. Sie hockte sich je nach Wetter vorm oder im Bahnhof auf eine Bank und beobachtete die Leute. Die Reisenden, die schnell mit ihrem Gepäck zu einem Gleis hasteten, oder die Pendler, die am frühen Abend heimwärts strömten, interessierten sie nicht so sehr. Sie schaute den Nutten, Strichern und Dealern zu, den kleinen Junkies und Taschendieben, die sich hier herumtrieben. Manchmal lachte sie in sich hinein, wenn irgendwo ein Geschäft abgewickelt wurde, das kein Reisender je als solches hätte erkennen können. Aber ihrem geübten Auge entging kaum etwas.

Anfangs hatte sie mißtrauische Blicke geerntet, und die Bahnhofspenner, denen ihr Interesse weniger galt, hatten ihre Bank gemieden. Inzwischen hatte man sich wohl an sie gewöhnt und sie als harmlos eingestuft. Aber sie spürte trotzdem die starke Distanz dieser Leute. ›Vielleicht bin ich doch noch nicht so heruntergekommen‹, dachte sie manchmal.

Jetzt saß sie wieder auf einer Bank vor dem Bahnhof. Sie aß ein teures, pappiges Brötchen und holte aus einer Plastiktüte eine Bierdose. Ein blasser kleiner Stricher mit einem hübschen Mädchengesicht, der, wie sie mitbekommen hatte, auf den Spitznamen »Lolo« hörte, steuerte auf einen gepflegt aussehenden Mittvierziger zu. Lolo wirkte fahrig, wahrscheinlich brauchte er einen Schuß. Der Mann sah sich kurz um, dann nickte er und sagte etwas zu dem Jungen. Er ging über den Bahnhofsplatz zum Taxistand und fuhr los. Lolo schlenderte zurück in den Bahnhof. Barbara wußte, das Taxi würde am anderen Ausgang in einer Nebenstraße warten.

Sie kannte den Ablauf. Bevor sie ihre Ausbildung zum höheren Dienst absolviert hatte und zum BKA gewechselt war, hatte sie im Morddezernat gearbeitet. Sie hatte mehr als einmal Jungen wie Lolo – Wie alt war er wohl? Sechzehn? Siebzehn? Oder doch erst fünfzehn? – tot gesehen: gestorben an einer Überdosis, ermordet, langsam krepiert an Aids.

Es begann zu regnen. Widerwillig stand Barbara auf und ging in das Bahnhofsgebäude. Am Zeitungsladen schrien die Schlagzeilen der Boulevardblätter auf sie ein. *»Frauenleiche auf dem Sortierband – Ein neues Opfer des unheimlichen Frauenmörders von Düsseldorf?«* Sie ging daran vorbei und bemühte sich, nicht hinzusehen, aber ganz gelang ihr das nicht.

»Frauenmörder von Düsseldorf«: Noch vor wenigen Wochen hätte sie genau gewußt, was für ein Fall das war. Sie hätte genaue Einzelheiten über die Opfer und das spezielle Vorgehen des Mörders gekannt – die Grundlage für ein psychologisches Täterprofil. Sie hätte sie mit ihrer Datei – einer ganz persönlichen Kartei von unaufgeklärten Sexualmorden und verwandten Straftaten – verglichen, um herauszufinden, ob der Täter früher schon einmal zugeschlagen hatte. Man hätte sie offiziell damit beauftragt, oder irgendein ratloser Kollege im zuständigen LKA oder bei einer Polizeidienststelle hätte sich vertraulich an sie gewandt. Sie stand in dem Ruf, die Beste zu sein. Sie war die unumstrittene Polizeiexpertin für die Aufklärung der abstoßendsten und perversesten Fälle und bildete Polizisten auf diesem Gebiet weiter. Sie hatte fast jeden Serienmörder, der in den vergangenen Jahren in Deutschland gefaßt wurde, persönlich kennengelernt.

Aber das war jetzt vorbei. Nach dem Fall Schmidtmann hatte sie einen Zusammenbruch, den sie nur mühsam vor ihren Kollegen und Vorgesetzten vertuschen konnte. Als es ihr etwas besserging, hatte sie sich beurlauben lassen, für ein ganzes Jahr. Im nachhinein stellte sich das als keine gute Idee heraus. Statt Abstand und Erholung zu finden, versank sie aufgrund der plötzlichen Untätigkeit nach und nach in einer Depression. Im Moment glaubte sie nicht daran, jemals wieder ihre alte Arbeit im BKA aufnehmen zu können, die doch über Jahre ihr fast ausschließlicher Lebensinhalt gewesen war. Sie war sich nicht einmal sicher, ob sie überhaupt jemals wieder etwas tun würde. Sie konnte nur irgendwo herumsitzen und stumm beobachten, zu wirklich sinnvollen Handlungen war sie kaum fähig, und sie wollte es auch nicht sein. Der Fall Schmidtmann war ein Fall zuviel gewesen für sie.

Barbara stand zitternd vor dem Zeitungsständer. »Ist Ihnen nicht gut?« fragte eine ältere Dame besorgt. Sie hatte sich eine Frauenzeitschrift gekauft und trug einen kleinen Koffer bei sich. »Nein, nein, alles in Ordnung«, sagte Barbara. Die Dame zuckte die Schultern und ging.

›Ich muß weg hier‹, dachte Barbara plötzlich. ›Weg aus Frankfurt, raus aus allem.‹ Sie tastete nach ihrer Geldbörse in der Gesäßtasche. Dann ging sie langsam zum Fahrkartenschalter und reihte sich in die Schlange ein.

»Eine Fahrkarte bitte«, sagte sie, als sie an der Reihe war.

»Und wohin möchten Sie?« fragte der Schalterbeamte unfreundlich.

Einen Moment lang sah Barbara ihn verwirrt an.

Er seufzte ungeduldig. »Ihr Fahrtziel bitte.«

»Düsseldorf«, sagte Barbara. »Düsseldorf.«

»Einfache Fahrt? Zweiter Klasse? Mit dem IC oder ...«

»Ja.«

Er runzelte die Stirn. »Ja, mit dem IC?«

Sie nickte.

Er stellte die Karte aus und gab sie ihr. »Der Zug fährt in zwanzig Minuten vom Gleis zehn ab.«

»Danke.« Barbara hielt ihre Karte in der Hand, als wüßte sie nicht, was das war. – Was zur Hölle wollte sie in Düsseldorf? Sie würde nicht dorthin fahren. Einen Augenblick stand sie unschlüssig im Verkaufsraum, dann ging sie zurück in die Halle. Der Beamte sah ihr kopfschüttelnd nach.

Barbara lehnte sich draußen an die Wand des Verkaufsraumes. Im Bahnhofseingang entdeckte sie den kleinen Lolo, der sich nervös umblickte. ›Ist ziemlich schnell gegangen mit dem Freier‹, dachte sie. Jetzt wartete er auf seinen Dealer. Von Minute zu Minute wurde er nervöser.

Auf der großen Anzeigetafel rückte der IC nach Düsseldorf immer weiter nach oben. Schließlich stand er an der Spitze. Wenn sie noch fahren wollte, mußte sie sich sehr beeilen. Und dann, von einer Sekunde zur nächsten, begann sie zu rennen. Die Treppe zum Gleis zehn tauchte vor ihr auf. Etwa auf der Hälfte der Stufen hörte sie die Durchsage: »Am Gleis zehn bitte einsteigen und die Türen schließen ...« Sie legte noch etwas Tempo zu. Der Zugbegleiter wollte gerade die Tür zuschlagen, ließ sie aber noch einsteigen. Es war ein Zug mit Großraumwagen. Barbara warf sich keuchend auf einen Sitz. Düsseldorf. Sie fuhr nach Düsseldorf.

Etwa gegen sieben Uhr abends fuhr der Zug in den Düsseldorfer Hauptbahnhof ein. Barbara stieg aus und stand unschlüssig auf dem Bahnsteig herum. Ihr Magen knurrte schon wieder, also ging sie hinunter in die Halle und zum Ausgang Friedrich-Ebert-Straße. Ihr kam es vor, als lungerten hier dieselben Leute herum wie in Frankfurt. Fast erwartete sie, Lolo an einer Ecke nach einem Freier Ausschau halten zu sehen.

Ein wenig die Straße hinunter fand sie eine Pizzeria und kaufte sich eine Spinatpizza und eine Literflasche billigen Rotwein. Sie hatte sich die Pizza einpacken lassen und suchte eine Weile nach einem geeigneten Platz, um sie in Ruhe zu essen. Gar nicht weit vom Bahnhof entfernt fand sie eine kleine Grünanlage mit einer Bank. Hier setzte sie sich hin und aß. Dann öffnete sie den Schraubverschluß der Flasche und trank einen Schluck. Der Wein war süß, aber zum Glück nicht ganz so widerlich, wie sie befürchtet hatte. In letzter Zeit war sie da nicht mehr so anspruchsvoll.

Sie trank langsam, aber nach der halben Flasche spürte sie doch die Wirkung. Es dämmerte und wurde kühl. Sie würde sich irgendeinen Platz zum Schlafen suchen müssen. In Frankfurt hätte sie um diese Zeit begonnen, durch die Straßen zu streifen, bis sie zum Umfallen müde war und nur noch in ihr Bett sank. Nur nicht ins Grübeln kommen, wenn es dunkel wurde. Nicht an Schmidtmann denken, den netten älteren Herrn, der ganz sanft und vorsichtig drei kleine Jungen erwürgt hatte, nachdem er sie mißbraucht hatte. Der sie mit Blumen geschmückt und dann begraben hatte. Im Verhör um jeden einzelnen hemmungslos geweint hatte.

Schmidtmann war längst aktenkundig gewesen, Barbara wußte, sie hätten auf ihn kommen müssen in ihren Ermittlungen. Wenn schon nicht die Kollegen in der norddeutschen Kleinstadt, dann zumindest doch sie, Barbara, die die Daten und Fakten immer so geschickt zu deuten wußte. Immer wieder hatte sie sich ablenken lassen, bis ihr plötzlich klar wurde, Schmidtmann mußte der Mörder sein. Und als sie ihn festnahmen, lag gerade der dritte Junge tot in der Gartenlaube. Die Polizei hätte es verhindern können. Barbara hätte es verhindern können, wenn sie nur ein wenig schneller gewesen wäre.

»Ißt du das noch?« fragte eine müde Frauenstimme. Barbara sah hoch. Vor ihr stand eine Frau in zerlumpter Kleidung mit einer kleinen alten Reisetasche, deren Henkel gerissen waren. Sie hatte einen Ledergürtel herumgeschlungen und trug sie damit.
»Was?« fragte Barbara verwirrt.
»Die Pizza.« Die Frau deutete auf den offenen Karton, in dem das letzte Viertel der Spinatpizza lag.
»Nein, bedien dich«, sagte Barbara.
Die andere setzte sich und verschlang gierig die kalte Pizza. Die Frau roch ein wenig nach Schweiß, aber Barbara hatte bei den Bahnhofspennern schon Schlimmeres erlebt. Obwohl ihre Kleidung in einem sehr schlechten Zustand war, war sie einigermaßen sauber. Barbara hatte den Eindruck, auch die Frau hatte vor gar nicht allzu langer Zeit eine Dusche gesehen.
Als sie den letzten Bissen heruntergeschluckt hatte, bot Barbara ihr aus einem plötzlichen Impuls heraus die Rotweinflasche an. Die Frau schüttelte den Kopf und begann, in ihrer Tasche zu kramen. Schließlich zog sie eine Flasche Rum heraus. Erstaunt bemerkte Barbara, daß es eine sehr teure Marke war. »So 'n bißchen Rotwein wirkt bei mir nich mehr.«
Eine Weile saßen sie schweigend beieinander und tranken, Barbara ihren Rotwein, die andere den Rum.
»Haste 'nen Platz zum Schlafen?« fragte die Frau plötzlich.
Barbara schüttelte den Kopf.
»Ich denke, Frauen sollten in diesen Zeiten zusammenhalten«, meinte die Frau. »Hier geht ein Mörder um – und auf solche wie dich hat er es gerade abgesehen.«
»Solche wie mich?« fragte Barbara.
»Frauen, die auf der Straße leben. Gutaussehende Frauen.« Sie grinste, dabei entblößte sie eine Zahnlücke, der linke Eckzahn fehlte. »Obwohl – die Gabi war nich gerade 'ne Schönheit.«

»Ist diese Gabi ermordet worden?«

Die Frau nickte. »Sie war die zweite, die sie gefunden haben. War aber mindestens schon drei Monate verschwunden. Ich hab sie gekannt. Sie ging auf'n Strich. Ist mit irgendeinem Freier mitgegangen, den sie in einer Kneipe aufgelesen hat. War bei der da bestimmt nicht anders.« Sie hatte einen Expreß aus dem Papierkorb neben der Bank gefischt und hielt ihn Barbara unter die Nase. »*Wieder Frauenmord in Düsseldorf – Killer schlug zum drittenmal zu*« lautete die Schlagzeile. Barbara schob die Zeitung angeekelt weg. »Auf dem Band einer Müllsortieranlage wurde gestern mittag ein grausiger Fund gemacht ...«, las die Frau vor, dann las sie leise weiter. »Hier steht, das Opfer hat schon mindestens fünf Monate in dem Müllcontainer gelegen.«

›Dann ist sie vor dieser Gabi getötet worden‹, dachte Barbara. Je nachdem, wann das erste Opfer umgebracht worden war, konnte man feststellen, ob die Abstände kürzer wurden ... Die automatische Polizistin in ihr ließ nicht so leicht locker. Barbara schüttelte energisch den Kopf. Sie wollte nichts damit zu tun haben.

Die Frau, ein wenig enttäuscht über Barbaras scheinbares Desinteresse, stand auf und nahm ihre Tasche. »Du kannst mitkommen zu meinem Schlafplatz. Ist nicht gerade gemütlich, aber trocken und warm.«

Barbara stand auf und folgte ihr.

Es wurde ein mehr als einstündiger Fußmarsch durch Düsseldorf. Barbara, die inzwischen die Wirkung des Alkohols deutlich spürte, bekam von dem Weg kaum etwas mit. Schließlich kamen sie zu einem heruntergekommenen, offensichtlich leerstehenden Bürogebäude aus den Sechzigern, das umrahmt war von mehreren neuen Prachtbauten mit viel Glas. Die Frau sah sich um, führte sie zu einer Stelle, an der der Maschendrahtzaun um das Gelände durchtrennt war, und schlich dann um das Haus.

»Du darfst keinem verraten, wo der Platz ist«, sagte sie. »Sonst hab ich nachher eine Menge Untermieter.« Sie stieg eine Kellertreppe hinunter und warf sich unten gegen die Tür, die sich quietschend öffnete. »Strom gibt's keinen, also bleib dicht hinter mir.« Sie bogen um eine Ecke und gingen dann in einen Raum. Der Mond schien durch das Kellerfenster.

Die Frau hantierte mit etwas, und wenig später hatten sie Licht: eine Baustellenlampe, die sie offensichtlich irgendwo gestohlen hatte. »Die Decke da kannst du haben.« Sie wies auf eine ziemlich schmutzige Baumwolldecke. Überall auf dem Boden waren Pappkartons ausgelegt. An der Wand stand ein kleines Regal mit ein paar Konserven. Sie war offensichtlich ganz stolz auf ihr kleines Reich. »Ich heiße Doris«, sagte sie.

»Barbara.«

»Du lebst nicht auf der Straße, oder? Siehst jedenfalls nicht danach aus«, meinte Doris und setzte sich auf den Boden.

Barbara setzte sich auch. »Wie meinst du das?«

»Deine Kleidung. Und wenn du Geld für Pizza und Wein hast ...« Doris fuhr sich durch die Haare und schien sie genau zu taxieren. »Ich lebe manchmal wochenlang von Abfällen.«

Barbara sagte nichts dazu, eine Weile schwiegen beide.

»Wie bist du auf der Straße gelandet?« Barbara fürchtete fast, sie wäre zu weit gegangen, normalerweise sprachen die Penner nicht darüber, aber Doris lachte nur hart.

»Erwarte keine große, tragische Geschichte. Mein Mann hat das Weite gesucht, und weil ich anfing zu saufen, verlor ich den Job, den ich mir gesucht hatte. Ich habe meine Kinder vernachlässigt – sie kamen dann ins Heim. Und da machte es keinen Sinn mehr, die Fassade aufrechtzuerhalten ... Du siehst, es braucht kein großes Schicksal, um ganz unten zu landen. Das kann sehr schnell gehen. Was meinst du, wie alt ich bin?«

»Keine Ahnung.«

»Sag schon.«

Barbara zierte sich. Doris war nicht häßlich, sah aber verbraucht und müde aus. Der Alkohol grub langsam deutliche Spuren in ihr Gesicht. Sie konnte jedes Alter zwischen dreißig und fünfzig haben. »Anfang Vierzig vielleicht.«

»Ich bin zweiunddreißig – wahrscheinlich jünger als du, oder?«

»Ja – ich bin sechsunddreißig. Tut mir leid.«

»Ach was«, sagte Doris. »Ich sehe so aus, wie ich aussehe. Ich sehe aus wie eine alte Frau. Der Alkohol ist nicht gerade ein Jungbrunnen – aber wenn du zu bist, merkst du nichts davon.« Sie hielt Barbara die Rumflasche hin. »Der wärmt besser als dein süßes Gesöff.«

Barbara nahm einen Schluck. Es war ein wirklich guter Rum. »Hast du versucht, wieder ein normales Leben zu führen?«

»Wozu? Ich werde nicht mit dem Saufen aufhören. Ich werde saufen, bis ich tot bin. Dieses beschissene Leben kann ich nur ertragen, wenn ich blau bin. Ich würde aber gern die Kinder mal sehen ... Doch es ist besser, wenn sie denken, ich sei tot.« Doris sagte das ganz nüchtern, ohne jede Emotion. Sie sah Barbara an: »Und was ist mit dir?«

»Ich ... ich habe etwas Schlimmes erlebt, das ich nicht vergessen kann. Ich kann nicht arbeiten, nicht mit Leuten zusammensein. Ich kann nicht mehr so leben wie bisher, und ich weiß nicht, wie ich leben soll.«

Doris nickte. Dann meinte sie: »Halte dich von Drogen und Schnaps fern. Wenn du erst mal drauf bist, hast du keine Chance mehr. Ich weiß, wovon ich rede.«

Sie legte sich hin und breitete ihre Decke über sich, die Reisetasche war ihr Kopfkissen. Dann löschte sie die Lampe. Barbara stauchte einen Teil der großen Baumwolldecke zu einem Kopfkissen zusammen und wickelte sich in den Rest ein. Der Boden schien unter ihr nachzugeben – sie hatte viel zuviel getrunken. Aber das war gut. Sie mußte nicht mehr an Schmidtmann denken. Und auch nicht an Ina.

Als Barbara am nächsten Morgen aufwachte, brummte ihr Schädel. Die Sonne erleuchtete ein kleines Rechteck am Boden. Doris war weg – ihre Decke hatte sie sorgfältig zusammengefaltet. Barbara stand auf und faltete ihre Decke ebenso ordentlich, als wolle sie sich damit bei Doris für ihre Gastfreundschaft bedanken. Sie war froh, in der Nacht ein Dach über dem Kopf gehabt zu haben, aber jetzt, nüchtern und verkatert, kam sie sich unendlich schmutzig vor. Ihre Kleidung roch nach Schweiß und der muffigen Decke. Sie mußte sich irgendeine öffentliche Toilette suchen, um sich zumindest notdürftig zu waschen. Essen konnte sie nichts, ihr Magen drehte sich schon beim Gedanken daran. Sie dachte an das Gespräch mit Doris – nein, so wollte sie auf keinen Fall enden. Sie würde zurückfahren nach Frankfurt, ihren Psychiater anrufen ... Automatisch fuhr ihre Hand zur Gesäßtasche, und dann zuckte sie zusammen. Die Tasche hing an einer Seite ausgerissen herunter. Ihr Geld war weg.

Sie mußte es verloren haben, in der Grünanlage vielleicht, wo sie Doris getroffen hatte. Oder hatte vielleicht Doris ...? Sie erinnerte sich dunkel an Doris' Gesicht, wenn von Geld die Rede war. Rasch zog sie die Hose aus und besah den Schaden an der Tasche: Sie war fein säuberlich aufgetrennt worden. Doris hatte sie bestohlen. ›Kein Wunder, daß sie sich solchen Rum leisten konnte‹, dachte Barbara. Sie griff in die vordere Tasche und zog einen Zehnmarkschein und ein bißchen Kleingeld heraus – sie hatte das Geld in der Pizzeria einfach in ihre Tasche gestopft. Damit könnte sie wenigstens über den Tag kommen.

Barbara stolperte aus dem Keller ans Tageslicht. Die Sonne blendete sie, sie kniff die Augen zusammen. ›Erst einmal waschen‹, dachte sie. ›Und dann zurück in diese Grünanlage, um vielleicht Doris zu erwischen und nach der Geldbörse zu fragen.‹

Es dauerte länger als am Abend zuvor, den Weg zurück zum Bahnhof zu laufen. Barbara war ein paarmal um die falsche Ecke gebogen, aber schließlich sah sie ein Straßenschild.

Die Bahnhofstoilette war relativ sauber und ganz leer. Sie wusch sich Hände und Gesicht, spülte sich den Mund aus und fuhr sich mit den feuchten Händen durch die Haare, die zu allen Seiten abstanden. Der Blick in den Spiegel verhieß nichts Gutes: Die Augenringe waren noch ein bißchen tiefer geworden, ihr Gesicht noch ein bißchen blasser. Gierig trank sie von dem Leitungswasser, bevor sie ging. Die Toilettenfrau sah sie böse an, weil sie ihr kein Geld gab.

Inzwischen war sie doch hungrig geworden, aber im Bahnhof war es ihr zu teuer. Also lief sie los Richtung Innenstadt. An einem Kiosk kaufte sie eine Flasche Mineralwasser und zwei Brötchen.

Den Rest des Tages verbrachte sie am Bahnhof, immer in der Hoffnung, Doris zu erwischen. Einen Augenblick lang dachte sie daran, Philipp in Wiesbaden oder ihre Mutter anzurufen und um Hilfe zu bitten, aber dann verwarf sie den Gedanken wieder bei der Vorstellung, wie entsetzt beide reagieren würden. Sie tat nichts, ließ einfach alles laufen.

Es wurde Abend, und ein kühler Wind kam auf. Barbara ging ins Bahnhofsgebäude, doch kaum, daß es ganz dunkel war, patrouillierten verstärkt Bahnpolizisten. Es war klar, daß sie hier nicht bleiben konnte, zumal der Bahnhof irgendwann geschlossen wurde. Auch die U-Bahn war keine Alternative.

Doris' Schlafplatz: Barbara beschloß, es dort zu versuchen. Wahrscheinlich könnte sie dann auch Doris zur Rede stellen und ihr Geld zurückbekommen. Sie lief los zu der Grünanlage und versuchte, den Weg zu finden, doch es gelang ihr nicht. Mehr als zwei Stunden irrte sie durch die Stadt – sie konnte sich einfach nicht mehr an den Straßennamen erinnern und verfluchte sich, weil sie zumindest am Morgen nicht besser aufgepaßt hatte. Aber da hatte sie ja noch geglaubt, nach Frankfurt zurückzufahren.

Schließlich gab sie es auf und machte sich auf den Weg zurück zum Bahnhof. Als sie dort ankam, war es bereits gegen elf. Sie wollte nicht in das Bahnhofsgebäude, sondern setzte sich auf den Rand eines Blumenkübels. Die Bänke um sie herum waren besetzt. Es war inzwischen sehr kühl geworden, der Wind wehte stärker. Wenig später begann es heftig zu regnen. Noch bevor Barbara sich unterstellen konnte, waren Jacke und Hose völlig durchnäßt.

Barbara dachte an das bißchen Kleingeld, das ihr geblieben war – wenig mehr als sieben Mark. Es mußte hier Kneipen geben, die nicht schon um eins schlossen. Sie machte sich auf den Weg die Friedrich-Ebert-Straße entlang und bog dann in die Charlottenstraße ein. Ein paar Mädchen, manche minderjährig, standen herum – Straßenstrich. Die Mädchen wirkten nervös. ›Wahrscheinlich sind hier oft Streifen unterwegs‹, dachte Barbara. Sie lief an ein oder zwei Bars vorbei, schließlich fand sie in einer Nebenstraße eine Kneipe, die gerade noch als bürgerlich durchgehen konnte.

Direkt neben der Tür saßen zwei gepflegt aussehende Frauen, irgendwo zwischen vierzig und fünfzig. Sie hatten große Gläser Altbier vor sich stehen.

An einem größeren Tisch hockten vier Männer, etwa Mitte Zwanzig, bei einem leisen Gespräch. Die Polizistin in Barbaras Hinterkopf vermutete, daß sie irgendein Ding ausbrüteten. Am Nebentisch unterhielten sich zwei junge Frauen mit Sonnenbankbräune und der typischen Lockentuff-Pferdeschwanz-Frisur. Einer der Männer drehte sich zu ihnen um und fragte etwas. Offenbar gehörten die sechs zusammen.

Weiter hinten saß ein dunkel gekleideter Mann bei einem Glas Rotwein – vielleicht war es der schwarze Rollkragenpullover, denn Barbara fühlte sich sofort an Fotos von Existentialisten erinnert. Auf dem Tisch lag zwar eine Zeitung, aber die schien ihn nicht sonderlich zu interessieren. Er beobachtete von diesem günstigen Standort aus ungeniert die anderen Gäste, sehr entspannt, aber völlig bewegungslos, abgesehen vom gelegentlichen Griff zum Weinglas.

Die restlichen Gäste, drei jüngere Männer in billigen Jogginganzügen aus Fliegerseide und zwei ältere, die mit dem Wirt knobelten, standen an der Theke.

Einen Moment sahen alle Barbara an, aus deren Haaren es tropfte, dann gingen sie wieder zur Tagesordnung über. Barbara ging zur Theke, und der Wirt unterbrach sein Knobelspiel.

»Na, Mädschen, wat willste denn?« fragte er freundlich.

Barbara dachte an ihr bißchen Geld und fragte: »Haben Sie einen Tee?«

»Sischer dat. Mit enem Schuß oder ...«

»Nein danke, ohne bitte.«

»Du solltest aber de nasse Jacke ausziehn, du holst dir ja dä Tod. Warte, isch hol dir en frisches Handtuch für die Haare ze druge.«

Der Wirt verschwand in den Raum hinter der Theke und kam mit einem sauberen Handtuch zurück. Barbara, die inzwischen gehorsam die Jacke ausgezogen und auf einen Stuhl neben der Heizung gehängt hatte, lächelte ihn dankbar an und ging zur Toilette. Die nasse Hose klebte an ihren Beinen, in ihren Schuhen schien das

Wasser zu stehen, und auch ihr Sweatshirt war ein wenig klamm. Doch sie fühlte sich schon besser, als ihre Haare fast trockengerubbelt waren. Sie frisierte sie mit den Fingern.

Als sie zurückkam, stand der Tee auf der Theke. Zwei der Fliegerseidetypen hatten sich inzwischen verabschiedet, der dritte stand immer noch am Tresen.

»So ein Scheißwetter«, sagte er zu Barbara, die ihren Tee in kleinen Schlucken trank in der Hoffnung, er würde sie aufwärmen. »Gerade scheint noch die Sonne, dann gießt es wie aus Eimern. Als hätten wir April und nicht Oktober.«

Der Mann war sicher nicht mehr ganz nüchtern, aber die meisten Sätze kamen noch klar heraus. Er war sehr groß, mindestens eins neunzig, trug einen kleinen Ohrstecker und hatte einige Pfunde zuviel, das meiste davon um die Hüften, die von der Jogginghose umspannt wurden. »Sie sind ganz schön naß geworden«, stellte er fest.

Barbara nickte nur und trank weiter ihren Tee.

Das etwas schwammige, aber freundliche Gesicht des Mannes verzog sich zu einem Lächeln. »Der Tee tut sicher gut, nicht wahr?«

»Ja«, sagte Barbara. Das Teeglas war leer, und ihr war immer noch nicht wärmer.

»Ich heiße übrigens Walter«, sagte er und versuchte, Barbara in die Augen zu sehen. Sie war sicher, er hielt diesen Blick für leidenschaftlich.

Langsam setzte sie das Teeglas auf die Theke. »Kann ich noch einen haben, bitte?« fragte sie den Wirt.

»Willste nisch lieber doch ene Schuß drinn?« fragte er zurück. »Nur von heißem Wasser wird dir auch nisch wieder warm.«

»Wie teuer ist das denn?«

»Fünf Mark.«

Barbara schüttelte den Kopf. »Nur Tee bitte.«

Walter sah wieder eine Chance zu einem Gespräch: »Ich lade Sie gerne ein …«

»Das ist sehr nett gemeint, aber ich möchte das nicht«, sagte Barbara mit einem kühlen Unterton. Sie bemühte sich, an Walter vorbeizusehen, und ihr Blick fiel auf den Gast an dem hinteren Tisch.

Er saß immer noch zurückgelehnt da und beobachtete konzentriert die ganze Szene. Barbara fühlte sich unbehaglich unter diesen aufmerksamen, forschenden Augen.

»Machst du uns noch eins?« Das kam von den Frauen an dem kleinen Tisch neben der Tür. Und es klang eindeutig eine Oktave zu tief.

»Sischer, Gerda«, sagte der Wirt. »Sofort.«

»Scheißschwuchteln«, zischte Walter neben Barbara.

Der Wirt beachtete ihn gar nicht, zapfte die beiden Alt und brachte sie an den Tisch.

Barbara drehte ihren Kopf zur Seite, damit Walter nicht bemerkte, daß sie grinsen mußte. ›Ich lasse langsam nach‹, dachte sie, ›die beiden sind viel zu elegant für eine Kneipe wie diese.‹

»Aber Sie frieren doch immer noch«, nahm Walter den Gesprächsfaden wieder auf. »Ich bezahl Ihnen einen Tee mit Schuß. Achim, mach einen Schuß rein«, sagte er zu dem Wirt und versuchte, sehr bestimmt zu klingen. Der Wirt sah Barbara an, und die schüttelte den Kopf.

»Du siehs ja, se will nisch.«

Walter griff nach Barbaras Arm. »Warum wollen Sie mich denn nicht bezahlen lassen? Ich tue Ihnen doch nichts.«

»Lassen Sie mich sofort los«, sagte Barbara ruhig. »Ich mache keine Bekanntschaften an der Theke.«

Walter lachte höhnisch auf, ließ sie aber los. »Was glaubst du eigentlich, wer du bist? So eine hergelaufene Pennerin kommt hier rein und spielt die große Dame ...«

»Walter! Das reicht!« Der Wirt sprach plötzlich hochdeutsch. »Die Dame ist ein Gast wie jeder andere hier, und wenn sie nicht eingeladen werden möchte, dann hast du dich daran zu halten.«

»Dame – daß ich nicht lache. So eine kleine Straßennutte ...«

Der Wirt kam hinter der Theke vor. »Walter, du solltest für heute abend Schluß machen und nach Hause gehen.«

»Na, hör mal, ich bin hier schließlich Stammgast«, protestierte Walter.

»Wenn du dich so benimmst, nicht mehr lange. Jank no Hus, Jung, und schlaf dinne Rausch us.« Mit diesen versöhnlichen Worten schob der Wirt Walter durch die Tür nach draußen.

»Tut mir leid«, sagte er zu Barbara, als er wieder zurückkam. »Dat is ene liebe Jung, aber bei Frauen ...«

»Dä Walter hat immer ene sexuelle Notstand«, warf einer der beiden Knobler ein.

Barbaras Magen knurrte vernehmlich. »Haben Sie auch was zu essen?« fragte sie.

»Frikadellen und kalte Koteletts. Und Gulaschsuppe und Baguettes. Hier is die Karte.« Der Wirt hielt ihr eine Pappseite unter die Nase.

Barbara sah sich die Preise an. Sie fror noch immer. »Wissen Sie was – geben Sie mir doch lieber einen Schnaps in meinen Tee.«

Der Alkohol wärmte sie endlich ein wenig. Sie kletterte auf einen der Barhocker. Die nächste Stunde hielt sie sich an ihrem Teeglas fest und beobachtete verstohlen die Leute.

Gegen Mitternacht kamen drei Frauen herein – zwei trugen Minis, unter denen Strapse hervorlugten, die andere goldene Leggins. Die tief ausgeschnittenen Oberteile verhüllten fast gar nichts, und die kurzen Jäckchen aus Kunstpelz und Leder wärmten sicher nicht besonders. Die drei sahen recht verfroren aus, aber naß geworden waren sie nicht, sie hatten alle Regenschirme bei sich. Sie stellten sich an die Theke.

»Drei Cola – du weißt schon, Achim«, sagte die eine. Sie war groß und blond und war die einzige, die man als hübsch bezeichnen konnte. Die beiden anderen waren kleiner, eine mit schwarz-, die andere mit rotgefärbtem Haar, und hatten eher Durchschnittsgesichter, soweit Barbara das bei dem dicken Make-up, das alle trugen, beurteilen konnte.

Achim goß drei Cola ein und kippte dann Whisky hinterher. »Na, wie war dat Geschäft heute abend, Mädschen?« fragte er, als er ihnen die Gläser hinstellte.

»Ganz flau«, meinte die kleine Rothaarige. Sie deutete auf die Blonde. »Lena hatte bis halb elf einen Freier, wir beide gar keinen. Und als der Regen dann anfing, war es ganz aus. Wir haben Carlo angerufen, er sagte, er holt uns hier ab.«

»Dann laßt eusch besser nisch erwischen«, meinte der Wirt mit einem Blick auf die Gläser.

»Keine Angst«, Lena griff nach ihrem Glas. »Du kannst die neue Cola schon fertigmachen.«

Die drei nippten an ihren Gläsern. Ihr Gespräch drehte sich um Kinder – Lena hatte zwei, die Rothaarige eines. »Es wird besser, wenn deine Kleine in den Kindergarten kommt, Anja«, meinte Lena. »Du mußt dann zwar morgens früh raus, aber danach kannst du dich wieder hinlegen und noch mal richtig schlafen. Und wenn sie erst in der Schule sind . . .«

Die Schwarzhaarige schien irgendwie unbeteiligt und sah sich gelangweilt um. Sie musterte Barbara, prüfte, ob sie zur Konkurrenz gehörte, und entdeckte dann den Mann am hinteren Tisch. »Bin gleich wieder da«, sagte sie und stakste auf ihren Zwölfzentimeterstilettos nach hinten.

Barbara konnte nicht hören, über was sie sprachen, aber der Mann lächelte kurz und schüttelte dann den Kopf. Die Schwarzhaarige zuckte die Schultern und kam zurück zur Theke.

Der Wirt legte ihr die Hand auf den Arm. »Isch hab dat nisch jern, Andrea.«

»Was?«

»In meinem Lokal werden keine Freier aufjerissen, dat weiß du.«

Barbara sah, daß es ihm damit sehr ernst war.

Andrea lächelte: »Aber das ist doch nur ein alter Bekannter, dem ich guten Abend sagen wollte.«

»Na jut – aber merk et dir trotzdem«, meinte Achim und wandte sich wieder seinem Knobelspiel zu.

Die drei Nutten hatten die erste Cola getrunken und saßen nun vor dem zweiten Glas – ohne Schuß. Lena hatte Pfefferminz verteilt. Wenig später sah Barbara durch die bunten Fenster eine große Limousine, die vor der Kneipe hielt. Ein gutaussehender Mann in einem teuren Anzug kam herein.

»'n Abend, Carlo«, sagte Achim. »Willste wat trinken?«

»'n Abend.« Carlo hatte nichts von den landläufigen Zuhälterattributen an sich: kein Goldkettchen, keine dicken Ringe. Sein Hemd war geschlossen, und er trug eine edle Seidenkrawatte. »Danke, für mich nichts. Los, Mädels, beeilt euch. Ich habe noch zu tun. Schreib's auf den Deckel, Achim, ich bezahl ihn nächste Woche.«

»Is jut.«

Als Carlo und die drei verschwunden waren – Achim war gerade dabei, die Gläser zu spülen –, meinte einer der beiden Knobler: »Dat Karlschen hat sisch fein erausgemach. Wer hätt dat jedacht, wenn dä früher mit sinnem Vatter hier wor un sin Appelsap jenippt hät.«

Der andere kippte seinen Korn: »Isch han jehört, dä bringt sinne Pferdschen demnäx in dä jroße Puff vom ahlen Köster unter. Do kanner vill mehr Jeld machen – un den Mädels ginget auch besser, wenn se nisch mehr up der Stroß stehen müßten.«

»Dat sinn doch alles unjelegte Eier.« Achim trocknete sich die Hände ab. »Dat Jeld, um sisch beim Köster einzekaufen, müssen de Mädschen ers mal ranschaffen.« Er schüttelte den Knobelbecher und knallte ihn dann auf die Theke. »Na bitte, isch krisch eusch noch.«

Die vier jungen Männer und die beiden Frauen verabschiedeten sich. Sie hatten keineswegs ein Verbrechen geplant, sondern eine Junggesellenparty für einen ihrer Freunde, wie Barbara feststellte. Der Mann im schwarzen Pullover sah nun häufig zu ihr herüber.

Ihr Magen knurrte wieder. Jetzt wurde ihr langsam richtig schlecht vor Hunger. Sie ging zur Toilette und trank so viel Wasser, wie sie konnte, aber es half nicht viel. Auf dem Weg von der Toilette zurück zur Theke wurde ihr einen Moment lang schwarz vor Augen. Und wieder bemerkte sie, daß der Mann am hinteren Tisch sie beobachtete. Sie hatte Angst umzukippen, ging aber tapfer zurück zu ihrem Platz.

Der dunkel gekleidete Mann kam mit seinem Glas zur Theke. »Ich hätte gerne noch einen«, sagte er. Seine Stimme war leise, aber Barbara glaubte nicht, daß sie jemals überhört werden könnte.

»Ich hätt en Ihnen doch jebracht«, sagte der Wirt, nahm das Glas, legte es ins Spülbecken und nahm ein neues aus dem Regal. In der Flasche war nur noch ein Rest. Er ging nach hinten, um eine volle zu holen.

»Ich weiß, daß Sie Hunger haben«, sagte der Mann plötzlich zu Barbara. Seine Stimme klang angenehm und ruhig. »Ich würde Sie gern einladen. Mehr nicht. Werden Sie mir auch eine Abfuhr erteilen?« In seinen Mundwinkeln erschien die Spur eines Lächelns.

Barbara zögerte kurz. Was wollte dieser Mann von ihr? Sein Blick zeigte jedoch nichts als ein distanziertes Interesse – keine Spur von einer beabsichtigten Anmache. Langsam schüttelte sie den Kopf. »Ich glaube, für eine Abfuhr bin ich zu hungrig.«

Der Wirt kam zurück. »Bringen Sie der Dame, was sie möchte, und schreiben Sie es auf meinen Deckel«, sagte der Mann zu ihm, nahm das gefüllte Glas und ging zurück an seinen Tisch.

»Wat willste denn haben, Mädschen?« fragte der Wirt mit leicht gehobener Augenbraue.

»Eine Gulaschsuppe und ein Schinkenbaguette – wenn die Küche noch aufhat.«

Der Wirt lachte. »De Küsch, dat bin isch. Un wenn de Hunger hass, dann mach isch dir wat.«

Er verschwand in der Küche, und Barbara saß unschlüssig auf dem Barhocker. Dann stand sie auf und ging zu dem hinteren Tisch.

»Darf ich?« fragte sie.

»Sicher.«

Barbara entdeckte gerade noch den schwarzen Borsalino, der auf dem Stuhl lag. Sie nahm ihn vorsichtig und legte ihn auf den anderen Stuhl. Der Hut mußte ein Vermögen gekostet haben.

Bis der Wirt mit dem Essen kam, sprachen sie kein Wort. Barbara machte sich über die dampfende Suppe her.

»Danke«, sagte sie.

»Wie lange haben Sie nichts mehr gegessen?« Er stellte die Frage sachlich, ohne eine Spur von Mitleid.

»Seit heute morgen.«

Geduldig wartete er, bis Barbara alles aufgegessen hatte. »Möchten Sie auch noch etwas trinken?«

»Ja.« Sie sah auf sein Glas. »Ist der gut?«

»Trinkbar.« Er winkte dem Wirt und orderte ein Glas Rotwein.

Wieder schwiegen sie. An der Theke verabschiedeten sich die beiden Knobler, und der Wirt begann, das Lokal aufzuräumen. Bald würde er schließen wollen. Der Mann registrierte jede ihrer Regungen. Sie spürte genau, daß er wußte, sie hatte Angst, in kurzer Zeit draußen auf der Straße zu stehen.

»Leben Sie auf der Straße?« Wieder dieser sachliche Ton – nicht einmal Verhöre waren so emotionslos.

Sie sah ihn an: Seine Augen waren hellbraun, fast bernsteinfarben, sie wirkten sanft und warm und bildeten einen starken Kontrast zu dem hageren, scharfgeschnittenen Gesicht mit dem kühlen Ausdruck. Die Haare trug er ganz kurz, sie waren dicht und fast schwarz. »Im Moment ja.«

»Sie können bei mir übernachten. Ich habe ein Gästebett.« Er bemerkte ihr Erstaunen, und auf einmal kam dieses winzige, spöttische Lächeln wieder, das sie dazu gebracht hatte, seine Einladung anzunehmen. »Ich pflege nicht über Frauen herzufallen – jedenfalls nicht, wenn sie es nicht wollen.«

»Ich will es nicht«, sagte Barbara.

»Was wollen Sie nicht?« fragte er sanft. »Einen Platz zum Schlafen oder ...«

Barbaras Herz begann zu klopfen. Doris war ihr wieder eingefallen. Die ermordete Gabi, die mit einem Freier aus einer Kneipe verschwunden war. ›Auf solche wie dich hat er es abgesehen‹, hörte sie Doris sagen. Aber der Wirt war fertig mit Aufräumen, und in ein paar Minuten würde er sie auffordern zu gehen. Dieser merkwürdige dunkle Mann könnte der Mörder sein – und niemand wußte besser als Barbara: Jeder könnte ein Serienmörder sein, gutaussehende Charmeure wie der Heidemörder, freundliche ältere Herren wie Schmidtmann ...

›Na, wenn schon‹, sagte eine Stimme in ihrem Innern. ›Was wäre so schlimm daran, wenn du umgebracht würdest? Wäre es nicht die einzige Pointe, die dein Leben hergeben würde?‹ Sie sah den Mann an, der gelassen auf ihre Antwort wartete. Und sie spürte, daß er ihren Sinneswandel registriert hatte wie alles andere zuvor. Nichts schien ihm zu entgehen. »Ich nehme Ihr Angebot an – für heute nacht«, sagte sie leise und hoffte, sie habe jetzt nicht den Fehler ihres Lebens gemacht.

»Gut, dann sollten wir jetzt gehen.« Er stand auf, und sie gingen zur Theke. Wie selbstverständlich zahlte er auch ihren Tee.

Zum Glück hatte es aufgehört zu regnen, aber Barbaras nasse Jacke war vor der Heizung nicht trocken geworden. »Ich laufe sonst nach Hause, aber bis Pempelfort ist es recht weit, und Ihre Sachen sind immer noch naß. Am Bahnhof bekommen wir ein Taxi«, sagte der Mann.

Schweigend gingen sie nebeneinanderher. Er bewegte sich ruhig und langsam, mit der gleichen Gelassenheit, mit der er in der Kneipe gesessen hatte. Barbara hatte plötzlich das Gefühl, etwas sagen zu müssen. »Ich heiße Barbara.«

Er sah sie mit gerunzelter Stirn an. »Tun Sie mir einen Gefallen, kommen Sie auf die rechte Seite. Ich bin auf dem linken Ohr praktisch taub. Mittelohrentzündung als Kind.«

Barbara wechselte zu seiner rechten Seite. »Kann man da nichts machen?« fragte sie eine Spur zu laut.

»Nein«, sagte er und lächelte. »Aber auf dem rechten Ohr höre ich ausgezeichnet. Ich heiße Thomas Hielmann. Und wie war Ihr Name? Barbara?«

Sie nickte.

»Der Name paßt«, meinte er.

Barbara sah ihn fragend an.

»Barbara – aus dem Griechischen: ›die Fremde‹. Ich bin Altphilologe – unter anderem. Wie nennt man Sie? Bärbel? Babs?«

»Barbara. Ich habe keinen Kosenamen.«

Im Taxi fiel kein Wort, aber er schien sie immer noch zu beobachten. Sie wunderte sich, daß ihr das gar nicht mehr unangenehm war. Wenn er nach vorn blickte, betrachtete sie verstohlen sein Profil: hohe Wangenknochen, eine gut geformte Nase, ein Kinn, das auf einen starken Willen schließen ließ. Für einen Augenblick durchzuckte sie der Gedanke, daß sie völlig wahnsinnig sein mußte, mit einem wildfremden Mann unterwegs in seine Wohnung zu sein. Aber genauso beschäftigte sie, was ihn dazu brachte, sie einfach einzuladen. Eigentlich konnte er doch nur eine Sache im Sinn haben ... Doch diesen Gedanken verwarf sie sofort wieder. Hielmann war nicht auf Sex aus, dazu war er viel zu distanziert. Aber was wollte er dann?

Nicht lange, und sie standen vor dem Haus, in dem Hielmann wohnte. Es war ein wunderschönes altes Stadthaus mit einer tadellos renovierten Fassade und stilechten neuen Fenstern. Er wohnte im ersten Stock. Sie betraten den Flur, er war lang und breit, in einem dunklen Blau gestrichen. An einer Wand hingen zwei alte Porträts, darunter stand eine antike Truhe, auf der ein paar antiquarische Bücher lagen und ein offensichtlich echter Totenschädel ohne Unterkiefer. Das Arrangement war perfekt. Barbara blieb davor stehen und konnte den Blick nicht von dem Schädel lösen.

»Das ist ein Frauenschädel. Hat mich einiges gekostet, er stammt aus einer alten Gruft, die Reihengräbern weichen mußte«, sagte Hielmann. »Ein Memento mori, wann immer ich aus dem Haus gehe.«

Barbara schluckte. Er mußte einen seltsamen Humor haben ... oder meinte er es ernst?

Hielmann öffnete eine Tür zu einem kleinen Raum. Hier gab es keine kunstvollen Arrangements – ein Trainingsrad stand da und ein Bügelbrett, ein Korb voll Wäsche. Hielmann zog ein zusammengeklapptes Reisebett aus einer Nische hervor und klappte es auseinander. »Das Bettzeug ist da drin«, sagte er und deutete auf die Nische. »Alles frisch bezogen. Aber vielleicht sollten Sie erst einmal aus den nassen Sachen steigen und eine heiße Dusche nehmen. Das Bad ist gleich nebenan. Sie können sich ein Handtuch aus dem Regal nehmen und den hellen Bademantel anziehen.«

Noch nie hatte Barbara eine Dusche so genossen. Das Badezimmer hatte Tanzsaalgröße und war luxuriös ausgestattet, eine Mischung aus Klassizismus und Jugendstil – es gab zwei Waschbecken auf Säulen und eine freistehende Badewanne mit Löwenfüßen. Eine Menge Marmor war hier verarbeitet worden. Die Dusche in der Ecke fügte sich trotz ihrer Modernität stilistisch gut in den Raum ein. Das Fenster, offensichtlich original Jugendstil-Buntglas, hatte zwei Kriege überdauert. Handtücher und Bademantel waren von bester Qualität, dick und kuschelig. Sorgfältig legte sie ihre Sachen über die Heizung – schließlich mußten sie bis zum nächsten Morgen wieder trocken sein.

Als sie aus dem Bad kam, hatte Hielmann das Bett gemacht. Auf dem einzigen Stuhl im Raum lag ein großes, weites T-Shirt. »Vielleicht wollen Sie das heute nacht überziehen«, sagte er.

»Vielen Dank.«

Er ging hinaus und drehte sich noch einmal um, als hätte er etwas vergessen. »Gute Nacht, Barbara.«

»Gute Nacht, Thomas. Und vielen Dank.«

Einen Moment saß Barbara unschlüssig auf dem Bett. Wenn Hielmann der Mörder wäre, würde er wahrscheinlich warten, bis sie eingeschlafen war … Aber nach der unbequemen Nacht im Keller war das Bett zu verlockend. Sie legte den Bademantel ab, zog das T-Shirt über, löschte das Licht und kroch ins Bett. Es war überraschend bequem. Und wenn sie kurz vorher noch geplant hatte, wach zu bleiben – sie konnte gegen ihre Müdigkeit nicht mehr ankämpfen. Innerhalb von zehn Minuten schlief sie tief und fest.

Barbara erwachte am nächsten Morgen, weil unten auf der Straße die Mülltonnen geleert wurden. Sie schob die Vorhänge beiseite und sah hinaus. Plötzlich entdeckte sie Thomas Hielmann, der mit einer Brötchentüte in der Hand um die Straßenecke bog: Der schwarze Mantel, der Borsalino, das war unverwechselbar. Wie gestern abend ging er langsam, aber mit festen Schritten, für einen kurzen Moment hatte Barbara den Eindruck, als würde er sich absichtlich zurückhalten, um nicht schneller zu gehen.

Unten auf der Straße waren schon viele Menschen unterwegs, einige auf dem Weg zur Arbeit, aber auch Rentner mit und ohne Hund, Hausfrauen, die früh zum Einkauf gingen, und Bauarbeiter, die eine kleine Baustelle einrichteten. Hielmann wirkte wie ein Fremdkörper zwischen ihnen. Als er die Straßenseite wechselte, blickte er plötzlich nach oben. Barbara trat einen Schritt zurück. Aber sie war sich sicher, daß er sie gesehen hatte.

Sie griff nach dem Bademantel und ging ins Bad, doch ihre Sachen waren nirgends zu finden. Was hatte Hielmann damit angestellt?

Der Schlüssel drehte sich in der Wohnungstür, Hielmann kam herein. »Hunger?« fragte er, als er Barbara sah.

»Wo sind meine Kleider?« fragte sie.

»Ich hatte ohnehin ein paar Sachen zu waschen, da habe ich sie mit in die Maschine gesteckt. Meine Putzfrau wird gleich kommen, dann hängt sie sie zum Trocknen auf.«

Barbara fuhr sich durch die Haare. »Und was soll ich bis dahin anziehen? Ich habe nichts anderes.«

Hielmann antwortete nicht, sondern verschwand in einem Zimmer und kam kurz darauf mit Jeans, einem schwarzen Sweatshirt und einem Paar Socken wieder heraus. »Bis die Sachen trocken sind, wird es das hier sicher tun.«

Er drückte ihr die Kleidungsstücke in die Hand und ging in die Küche. Barbara hielt im Bad ihre Haare, die zu allen Seiten standen, noch einmal unter Wasser. Dann öffnete sie eine Tür des edel wirkenden Wandschrankes auf der Suche nach einem Kamm. Sie fand nur Rasierschaum, Rasierwasser und mehrere Herrenparfüms der Oberklasse.

Als sie die zweite Tür öffnete, stutzte sie jedoch: Dort sah sie eine Tagescreme aus dem gehobenen Drogeriemarktsortiment, Make-up, Lidschatten, Rouge. Den Gedanken, Thomas Hielmann könnte ein Transvestit sein, verwarf sie augenblicklich, als sie eine Packung Tampons entdeckte. Offensichtlich hatte er öfter Frauen zu Besuch. Einen Kamm konnte sie nicht finden, also mußten wieder die Finger herhalten.

Die Jeans waren ein wenig eng – Hielmann war nicht gerade ein Athlet. Die dicken Wollsocken versöhnten sie jedoch sofort: Sie wärmten so gut, daß sie ohne weiteres auf ihre Schuhe verzichten konnte, die Hielmann mit Zeitungspapier ausgestopft hatte, damit sie besser trockneten.

Als sie in die Küche kam, duftete der Kaffee bereits, und Brötchen, Wurst, Käse und Marmelade standen auf dem Tisch. Hielmann goß gerade Kaffee ein.

Barbara setzte sich an den Tisch. Es war eine mehr als zehn Zentimeter dicke Platte aus uraltem Holz, das entfernt an Fachwerkbalken erinnerte. Sie ruhte auf zwei Böcken aus diagonal gekreuzten Balken. Die Stühle waren ein gut gepflegtes Sammelsurium von Sperrmüllschätzchen. »Der Tisch ist toll«, sagte sie.

»Ein sehr alter Wirtshaustisch, Mitte voriges Jahrhundert.« Hielmann stellte die Kanne zurück auf die Warmhalteplatte der Kaffeemaschine und setzte sich ebenfalls. An seinem Platz stand ein Glas Wasser. Er nahm zwei Tabletten ein und spülte mit dem Wasser hinterher. »Sie sind böse wegen der Kleider ...«

»Es wäre besser gewesen, Sie hätten vorher gefragt. Ich ... hatte vor, heute morgen sofort zu verschwinden.«

»Wartet irgend jemand auf Sie? Oder irgend etwas?« Jetzt, bei Tageslicht, waren seine Augen wirklich bernsteinfarben.

Barbara zögerte einen Moment. »Nein.«

»Dann bleiben Sie einfach, solange Sie wollen. Machen Sie sich keine Gedanken um Geld – Sie haben sicher schon gemerkt, daß ich genug davon habe.« Er griff in seine Hosentasche und holte einen Schlüsselring mit zwei Schlüsseln heraus. »Das ist Ihrer. Sie müssen ihn nur nehmen. Und wenn Sie irgendwann nicht mehr zurückkommen wollen, werfen Sie ihn einfach in den Briefkasten. Er verpflichtet Sie zu nichts.«

Barbara sah ihn entgeistert an. »Laden Sie immer wildfremde Frauen dazu ein, mit Ihnen zu leben?«

»Ich lade Sie ein, hier zu wohnen. Das ist etwas anderes«, sagte er kühl. »Sie können es sich ja überlegen, bis ihre Sachen trocken sind. Ich werde den Schlüssel in die Schale auf dem Tischchen im Flur legen.«

Sie frühstückten schweigend, doch dieses Schweigen erschien Barbara nicht bedrückend, sondern ein ganz normaler Zustand, wenn man mit Hielmann zusammen war.

Nach dem Frühstück stand er auf. »Ich habe zu arbeiten. Sie können sich gern die Wohnung ansehen. Nehmen Sie sich ein Buch, wenn Sie möchten. Zeitschriften sind auch eine Menge da – und natürlich ein Fernseher.«

Barbara blieb noch eine Weile am Frühstückstisch sitzen, dann begann sie, den Tisch abzuräumen und das Geschirr in die Spülmaschine zu stellen. Sie war fast fertig, als sie einen Schlüssel an der Wohnungstür hörte. Eine kleine, drahtige Frau um die Fünfzig stellte sich ihr als Hielmanns Putzfrau, Frau Degen, vor, die einmal die Woche kam. Sie schien über Barbaras Anwesenheit nicht im geringsten überrascht zu sein, sah sie nur vorwurfsvoll an, weil sie den Küchentisch abgeräumt hatte.

»Das müssen Sie doch nicht tun, dazu bin ich doch da – ich weiß auch viel besser, wo alles hingehört.« Mit zwei, drei Handgriffen verrückte sie hier etwas, stellte dort etwas um – Barbara kam sich wie eine komplette Idiotin vor.

Also begann sie, sich die Wohnung anzusehen. Das Wohnzimmer – eigentlich waren es zwei Räume – war durch eine wunderschöne alte Glasschiebetür unterteilt. Der vordere Raum war eher nüchtern gehalten, die Stirnwand komplett mit Einbauregalen versehen und bis in den letzten Winkel mit Büchern gefüllt. An kleinen Nägeln in den Zwischenwänden hing ein rundes Dutzend kostbarer Taschenuhren. Vor dem Regal standen sich zwei kleine Lederzweisitzer gegenüber, dazwischen ein einfacher gläserner Kubustisch. Barbara sah sich die Bücher näher an, und ihr stockte der Atem – jedes einzelne Buch mußte ein Vermögen wert sein. Es gab gleich zwei Heine-Gesamtausgaben, eine davon die berühmte Elster-Ausgabe. In einem ihrer früheren Fälle hatten solche antiquarischen Schätze eine Rolle gespielt, daher kannte sie sich ein wenig damit aus. Ehrfürchtig nahm sie einen Band, ließ sich auf einem der Sofas nieder und begann, darin zu blättern.

Sie wußte nicht, wie lange sie sich in das Buch vertieft hatte, als plötzlich die Zwischentür zur Seite geschoben wurde. Hielmann kam ins Zimmer. »Heine?« fragte er.

Sie nickte. »Den wollte ich immer schon mal lesen.« Sie sah durch die geöffnete Tür in den anderen Teil des Wohnzimmers. An der Stirnwand hing ein großes Gemälde – Barbara vermutete, aus dem frühen 19. Jahrhundert, ein Blick von einer Küste auf das aufgewühlte Meer. Darunter stand eine Art Sitzbank, ebenfalls eine kostbare Antiquität. Ansonsten war der Raum sehr schlicht – es lagen türkische Kelims und große Sitzkissen herum.

»Lassen Sie sich nicht stören«, meinte Hielmann, griff nach einem Buch im Regal und verschwand wieder.

Sie bekam Hielmann erst am frühen Nachmittag wieder zu sehen. Er hatte in der Küche eine große Schüssel Salat vorbereitet, und jetzt schnitt er ein Stück Schweinefilet in Streifen. Barbara beobachtete, wie geschickt er mit dem Profi-Fleischmesser hantierte, obwohl es zu seinen schmalen Händen mit den langen, schlanken Fingern gar nicht zu passen schien. Er schnitt das Filet in exakt gleich große Stücke, die er dann vom Schneidebrett in die heiße Pfanne auf dem Herd schob.

»Nur etwas Feines für den Salat. Ich esse meistens erst abends warm«, sagte er, als er Barbara bemerkte. »Wir können heute abend zum Italiener gehen.«

Barbara sah an sich herunter. Ihre eigenen Jeans würden frühestens morgen trocken sein.

Hielmann bemerkte den Blick und meinte: »Das ist mein Stammitaliener um die Ecke, dafür brauchen Sie sich nicht herauszuputzen.«

»Gut«, sagte Barbara. Sie sah ihm weiter zu, wie er das Fleisch würzte und das Dressing vorbereitete und dann beides über den Salat gab. Dann setzte sie sich zu ihm an den Küchentisch.

»Guten Appetit«, sagte sie leise, als dürfe sie das Schweigen nicht unterbrechen.

»Danke, gleichfalls«, antwortete er. Sie aßen den Salat, und er verschwand wieder in seinem Arbeitszimmer.

Auf dem Küchentisch lag eine Zeitung, Barbara begann darin zu blättern. »*Noch keine Spur vom Düsseldorfer Frauenmörder*« hieß es auf Seite drei. Wie Barbara richtig vermutet hatte, war das in der Müllsortieranlage gefundene Opfer offenbar das älteste – sie war noch vor der ersten, vor zwei Monaten entdeckten Leiche getötet worden. Deren Todeszeit wurde auf Juli geschätzt. März, Juli, Doris' Bekannte Gabi vermutlich im September – drei Frauen in gut sechs Monaten, das verhieß Böses, wenn man dem Mörder nicht bald auf die Spur kam. Da alle Leichen im Müll gefunden worden waren – Gabi und die zuletzt gefundene Tote waren in Container gesteckt worden, die andere Frau lag unter einer wilden Sperrmüllkippe am Rand eines Autobahnparkplatzes –, bat die Polizei die Bevölkerung darum, besonders gewerbliche Müllcontainer genau zu beobachten und zu kontrollieren. Das konnte nur bedeuten, daß die Spuren an den Leichen dürftig waren. Nur eine möglichst frische Leiche könnte genauere Erkenntnisse bringen.

Barbara drehte sich der Magen um. Um den Kerl festzunageln,

müßte mindestens eine weitere Frau dran glauben. Und möglicherweise lebte sie mit ihm unter einem Dach. Angewidert warf sie die Zeitung auf den Tisch. Sie haßte sich dafür, daß immer wieder nur ein kleiner Anstoß genügte, um die Polizistin in ihr auf den Plan zu rufen. Hielmann war exzentrisch, ja. Aber ein Mörder?

In diesem Moment entschloß sie sich, sein Angebot anzunehmen und zu bleiben. Sie hatte weggewollt, nicht nur aus Frankfurt, nein, sie hatte ihr früheres Leben hinter sich lassen wollen, ohne den Mut aufzubringen, durch eine Kündigung endgültig einen Schlußstrich zu ziehen. Jetzt konnte sie einfach verschwinden und bei Hielmann untertauchen.

2

Mehr als eine Woche verging, ohne daß Barbara und Hielmann auch nur ein einziges längeres Gespräch führten. Hielmann verließ oft das Haus, einmal blieb er fast eine ganze Nacht weg. Barbara hatte einen leichten Schlaf und hörte, wie er gegen fünf Uhr morgens wiederkam. Es regte schon ihre Phantasie an, wo jemand wie Hielmann sich eine halbe Nacht lang herumtrieb, aber sie wußte, es ging sie nichts an. Sie war sein Gast, mehr nicht.

Ganz am Rande hatte sie doch ein paar Dinge über ihn erfahren: Er hatte einen Doktortitel, Dr. phil., hatte Germanistik und Philosophie studiert und außerdem ein Vollstudium Latein und Griechisch absolviert. Er hielt Seminare als Privatdozent an der Uni ab, arbeitete als Gutachter und Sachbuchautor für Verlage, aber das hatte ihm nicht zu einer solchen Luxuswohnung verholfen. »Ich bin reich«, hatte er schlicht auf ihre Frage geantwortet. »Mein Bruder leitet die Familienfirma, ein sehr gediegenes Bauunternehmen, seit mehr als hundert Jahren in Familienbesitz. Mir gehört zur Zeit ein Viertel.«

Familie – ja, die hatte er auch. Familie war vor allem seine Mutter, die mehrmals täglich anrief. Thomas Hielmann machte auf Barbara nicht gerade den Eindruck eines Muttersöhnchens. Wenn es ihn zu sehr nervte, ließ er einfach den Anrufbeantworter laufen. Er hatte sie gebeten, niemals ans Telefon zu gehen, und Barbara dachte nicht im Traum daran. Man konnte das Arrangement der beiden nicht einmal als Wohngemeinschaft bezeichnen – irgendwo am anderen Ende der Wohnung lebte einfach noch ein Mensch, den man manchmal zu den Mahlzeiten traf.

Zunächst genoß Barbara die Ruhe. Sie fühlte sich wohl in diesem merkwürdigen Zustand – ohne Identität, ohne Vergangenheit und ohne einen Gedanken an die Zukunft verschwenden zu müssen. Doch dieses Gefühl hielt nur kurze Zeit an. Von einem Augenblick zum nächsten wurde die Ruhe zu einer Falle, verstärkte sich der seelische Druck auf Barbara. In Frankfurt hatte sie sich mit Herumtreiben und allzuoft auch mit Alkohol betäubt. Hier konnte sie nicht vor sich selbst fliehen – oder vor Schmidtmann, der in ihrem Kopf hockte und ständig darauf lauerte, sich in einem unbedachten Moment in ihre Gedanken zu schleichen.

Obwohl er Barbara kaum zu bemerken schien, reagierte Hielmann immer auf diese Stimmungsänderungen bei ihr. Ihr wurde klar, daß er niemals aufgehört hatte, sie zu beobachten, wie er es in der Kneipe getan hatte. An solchen Tagen kochte er etwas besonders Gutes und blieb wie grundlos nach dem Essen länger bei ihr sitzen. Aber bis auf ein paar belanglose Sätze brachten sie nie eine Unterhaltung zustande. Das schien ihn genauso zu bedrücken wie Barbara.

Nach einer Woche hielt sie es nicht mehr aus. Sie hatte die Wohnung bisher nur mit Hielmann zusammen verlassen – wenn sie zum Essen gingen. Plötzlich konnte sie die Ruhe der Wohnung, die sie als so angenehm empfunden hatte, nicht mehr ertragen. Sie wollte nicht mehr grübeln müssen. Gleich nach dem Frühstück trieb es sie auf die Straße.

Ein paar Stunden später, vor dem Hauptbahnhof, wunderte sich Barbara, wie einfach es gewesen war, in ihre alten Gewohnheiten zurückzufallen. Sie hatte überhaupt kein Geld, ihr Magen knurrte, aber sie konnte hier sitzen und die Leute beobachten. Wenn sie die

Hand in die Tasche steckte, fühlte sie den Schlüssel zu Hielmanns Wohnung.

Als sie am späten Nachmittag zurückkam und den Schlüssel auf die Kommode legte, lag an seinem Platz ein Zweihundertmarkschein. Sie nahm ihn und ging in Hielmanns Arbeitszimmer. Er saß an seinem Schreibtisch – auch ein antikes Stück aus den Gründungszeiten der Baufirma Hielmann im letzten Jahrhundert –, umgeben von Bücherstapeln und hochmodernem Computerequipment.

»Hallo, Barbara«, sagte er, er hatte nicht einmal richtig von seiner Arbeit aufgesehen.

»Haben Sie mir den hingelegt?« fragte sie.

Er sah sie erstaunt an. »Ja, natürlich. Wer sonst?«

»Sie hätten ihn ja auch versehentlich dort liegenlassen können.«

»Ich dachte, wenn Sie draußen herumlaufen, haben Sie besser ein wenig Geld dabei ...«

»Damit ich nicht mit fremden Männer mitgehe?« Barbara verzog spöttisch das Gesicht, aber Thomas schien es todernst damit zu sein. »Das kann sehr gefährlich sein.«

Seine Besorgnis war echt. »Bitte, nehmen Sie das Geld an«, fuhr er fort. »Sie wissen, ich habe genug – ich verlange nichts dafür. Kaufen Sie sich etwas, oder leben Sie da draußen davon. Meinetwegen können Sie es auch versaufen, ich mache Ihnen keinerlei Vorschriften.«

»O.K.«, sagte Barbara. Sie fühlte sich irgendwie überrumpelt. Thomas hatte sich schon wieder über die Bücher gebeugt, als wollte er einem möglichen Gespräch ausweichen.

»Thomas ...« Barbara hatte sehr leise gesprochen und erinnerte sich plötzlich daran, daß er links nichts hören konnte. »Thomas«, begann sie noch einmal, diesmal in normaler Lautstärke. Er sah wieder auf. »Bitte, nehmen Sie es nicht persönlich, wenn ich tagsüber verschwinde. Es liegt nicht an Ihnen. Ich ... ich bin nur einfach eine Herumtreiberin, ich fühle mich am wohlsten, wenn ich irgendwo draußen herumhänge ... Ich bin Ihnen wirklich dankbar für das, was Sie für mich tun ...«

»Es ist Ihr Leben. Ich mische mich nicht ein«, sagte er ruhig, und Barbara hatte das Gefühl, es sei der wichtigste Satz, der bisher zwischen ihnen gefallen war. Thomas mischte sich nicht ein. Er mischte sich niemals ein. Er war immer außerhalb jeden anderen Lebens, nie ein Teil davon.

Es klingelte an der Tür, Thomas ging, um zu öffnen. Barbara stand unschlüssig vor dem Schreibtisch, ihr Blick fiel auf die Bücher und Fotos, die dort lagen – das Projekt, das Thomas zur Zeit bearbeitete: Holzschnitte von grausamen Folterungen an Frauen, tanzende Hexen von Gustave Doré und Faksimiles diverser Anleitungen für Inquisitoren, darunter das »Malleus maleficarum«, der berühmte »Hexenhammer«, aber auch Spees »Cautio criminalis«, die tapfere Schrift gegen die Hexenverfolgung. Barbara kannte die lateinischen Titel aus einem ihrer ersten Serienmordfälle, in denen der Täter aus religiösem Wahn gehandelt hatte. Ein merkwürdiges Thema für einen Germanistikdozenten.

Sie schreckte zusammen, als sie Thomas an der Zimmertür hörte. »Mein Bruder ist gekommen«, sagte er. »Wenn Sie möchten, setzen Sie sich doch zu uns ins Wohnzimmer.«

Barbara hatte das unbestimmte Gefühl, daß ihm etwas daran lag, also folgte sie Thomas in die »Bibliothek«, das kleine Wohnzimmer, wo sein Bruder auf einem der Ledersofas saß. Thomas stellte sie einander förmlich vor: »Barbara, das ist mein Bruder Wolfram – Wolfram, das ist Barbara, sie wohnt eine Weile hier.«

Wolfram stand auf und gab ihr die Hand. Er war groß, über eins neunzig, und zwischen ihm und Thomas schien es nicht die geringste Ähnlichkeit zu geben. Während sein Bruder dunkel, fast düster wirkte, war Wolfram hell, offen und freundlich – hellbraune Haare, blaue Augen und ein gewinnendes Lächeln, das eine Menge Charme verhieß. Er war einer der Typen, die kräftig wirkten, ohne wirklich dick zu sein, alles an ihm war groß, vor allem die Hände wirkten riesig. Neben seinem Bruder machte Thomas einen kleinen und schmächtigen Eindruck.

Wolfram schien sich über den Logiergast nicht im geringsten zu wundern. »Hier sind ein paar geschäftliche Unterlagen, die Thomas unterschreiben muß, aber du kannst gern dabeibleiben. Mutter hat mir Kuchen mitgegeben – die Köchin hat ihn frisch gebakken.«

»Dann werde ich Kaffee kochen«, meinte Barbara. Thomas sah sie erstaunt an.

Als sie mit Kaffeekanne, Tassen und Tellern zurückkam, hatten Thomas und Wolfram das Geschäftliche anscheinend erledigt.

»Elke und ich haben drei Wochen Costa Rica für Dezember gebucht«, erzählte Wolfram gerade. Auch seine kräftige Stimme war ein Kontrastprogramm zu Thomas' sanftem leisen Ton. »Wenn du möchtest, kannst du mitkommen – oder vielleicht ihr beide?« Er setzte ein schelmisches Lächeln auf, aber noch bevor Thomas protestieren konnte, meinte er: »Ein bißchen Sonne würde euch beiden guttun.«

Barbara lächelte verlegen. Sie wußte nicht, was Thomas von ihr erwartete. Wollte er, daß sie seinem Bruder die Freundin vorspielte?

»Was ist, Barbara?« fragte Thomas. »Möchten Sie nach Costa Rica?«

Wolfram prustete los: »Das darf nicht wahr sein. Ihr siezt euch!«

»Ihr Bruder wollte Ihnen wohl klarmachen, daß ich wirklich nur ein Gast hier bin«, sagte Barbara.

»Ich weiß, was du bist. Ich kenne Thomas und seine kleinen Werke der Nächstenliebe«, meinte Wolfram trocken. »Aber daß ihr euch siezt – und du mich –, ist trotzdem lächerlich.«

Barbara runzelte die Stirn. Werke der Nächstenliebe? Was zum Teufel meinte er damit?

Thomas lenkte ab, indem er endlich den Kaffee eingoß. Er und Barbara mußten gar nicht auf ihre gewohnte Schweigsamkeit verzichten, denn Wolfram bestritt die Unterhaltung praktisch allein. Außer durch ein paar kurze Antworten, meist Bestätigungen von etwas, das er gerade gesagt hatte, waren sie nicht gefordert.

Wolfram erzählte viel von Elke, seiner Freundin, und manchmal runzelte Thomas dabei die Stirn. Dann wieder war die Firma dran – und natürlich die Mutter. »Dein Anrufbeantworter treibt sie noch zum Wahnsinn, Thomas. Sie ist überzeugt davon, daß du zu Hause bist, wenn er läuft.«

Barbara mußte grinsen, auch um Thomas' Mundwinkel zuckte es.

»Es reicht wirklich, wenn ich zweimal am Tag mit ihr spreche«, meinte er.

»Sie macht sich einfach Sorgen um dich.« Wolfram schien Verständnis für den Telefonterror seiner Mutter zu haben. »Sie vermutet immer, daß du dich erkältest oder daß du nicht ausreichend ißt.«

»Also bitte, Wolfram, ich bin fast vierzig und lebe seit mehr als fünfzehn Jahren allein. Und wirklich krank bin ich schon seit Jahren nicht mehr gewesen. Ich habe ihr schon mehr als einmal gesagt, daß sie mich in Ruhe lassen soll.«

Barbara hatte Thomas, seit sie hier wohnte, noch nicht so viele Sätze auf einmal reden hören, nicht einmal am Telefon.

»Sie ist deine Mutter.« In Wolframs Stimme schwang plötzlich ein bestimmter, fast strenger Unterton mit, der gar nicht zu seiner fröhlichen Ausstrahlung zu passen schien. Barbara fiel erst jetzt wieder ein, daß Wolfram eine erfolgreiche Firma leitete.

Thomas verzog den Mund. »Dir liegt sie schließlich auch nicht ständig in den Ohren – oder wie oft ruft sie dich in der Firma an?«

»*Ich* rufe sie einmal täglich an.«

Beide schwiegen, und Barbara merkte, daß sie hier auf einen wunden Punkt gestoßen waren.

Nach einer Weile sagte Thomas, noch ein wenig leiser als sonst: »Es wäre schön, wenn sie bei uns beiden das richtige Maß finden würde.«

Wolfram nickte, dann lächelte er schon wieder: »Du mußt uns beide für die perfekten Muttersöhnchen halten, Barbara. Aber Mutter sorgt sich um Thomas, weil er als Kind so furchtbar krank war. Wir alle tun das.«

»Ich hatte einen Herzfehler.« Thomas war es sichtlich unangenehm, darüber zu sprechen. »Ich bin operiert worden, und seitdem geht es mir gut. Nur Mutter hat das nicht mitbekommen. Und nun Schluß mit dem leidigen Thema.«

Barbara fielen die Medikamente ein, die Thomas nahm. War er wirklich so gesund, wie er vorgab? Aber Wolfram sprach schon wieder über Belanglosigkeiten, machte seine kleinen Witze, und sein wirklich mitreißendes Lachen erfüllte die ganze Wohnung. Schließlich stand er auf. »Du mußt uns mal wieder besuchen – du warst schon zwei Wochen nicht mehr da. Bring Barbara mit, wenn

du Mutter ärgern willst, aber dann solltet ihr euch besser duzen.«
Und wieder lachte er aus vollem Halse.

Er verabschiedete sich von Barbara mit einem festen, trockenen
Händedruck, Thomas umarmte er so heftig, daß der kaum noch zu
sehen war. Doch Barbara spürte deutlich, daß die Zuneigung zwischen den beiden tief und echt war. In Wolframs Gesellschaft
wirkte Thomas nicht wie ein Fremder.

Als Wolfram endlich gegangen war, brummte Barbara der Schädel.
So viel Lebhaftigkeit war sie gar nicht mehr gewöhnt.

»Dein Bruder ist wirklich sehr nett«, sagte sie zu Thomas. Das Du
war ein Versehen gewesen, aber Thomas nahm es einfach hin.

»Ja. Wir sind uns nicht besonders ähnlich«, meinte er und gab Barbara das Gefühl, etwas völlig Falsches gesagt zu haben. Er sah sie an
und schien seinen Fehler zu bemerken. »Ich ... ich meine, es fällt
ihm leicht, auf Menschen zuzugehen.«

»Wahrscheinlich war er immer darauf angewiesen.« Barbara sagte
das leichthin, aber Thomas schien über diesen Satz etwas bestürzt
zu sein.

»Wie meinen ... meinst du das?«

Barbara hatte plötzlich keine Lust mehr auf tiefgründige psycholo-
gische Analysen. »Das ist häufig so.«

Sie ließ Thomas stehen und ging in das kleine Zimmer, das sie
inzwischen als »ihr Zimmer« betrachtete. Thomas hatte das Trai-
ningsfahrrad gemeinsam mit ihr in sein großes Schlafzimmer getragen, und Frau Degen mußte in der Küche bügeln. Wenig später
hörte Barbara die Dusche. Dann klingelte es. Sie war unschlüssig,
ob sie selbst öffnen oder Thomas Bescheid sagen sollte, dann ging
sie zur Tür. Wenn seine Mutter zu unangemeldeten Besuchen ten-
dieren würde, hätte sie es sicher längst getan.

Sie drückte auf den Türöffner und wartete, wer kommen würde.
Als das Gesicht und die massige Gestalt sichtbar wurden, erkannte
sie den Mann sofort wieder – es war Walter, der Typ, der sie in der
Kneipe vergeblich angemacht hatte. Er trug einen hellblauen
Overall mit dem DEKUS-Logo. Barbara kannte den Deutschen
Kurier-Service ganz gut, das BKA nahm seine Dienste häufig in
Anspruch.

»Einmal Dokumente für Herrn Thomas Hielmann«, sagte Walter und sah dabei auf sein Klemmbrett für die Unterschrift.

»Ich nehme sie an«, sagte Barbara.

Walter sah auf, und sie konnte sehen, daß er sie erkannte. »Hallo, wir kennen uns doch«, sagte er und versuchte, einen charmanten Ton aufzulegen.

»Ja. Wo muß ich unterschreiben?«

Walter hielt ihr das Klemmbrett hin. »Da bitte. Einmal hier die Unterschrift ...«

»Und einmal in Druckschrift daneben, ich weiß«, sagte sie. Sie zögerte einen Moment, dann unterschrieb sie mit »Meyer«.

»Danke, Frau ...«, er warf einen Blick auf die Unterschrift, »Frau Meyer.« Er wandte sich zum Gehen, dann drehte er sich noch einmal um. »Ich habe mich an dem Abend neulich nicht gut benommen und möchte mich dafür entschuldigen.«

»Schon gut. Sie waren nicht mehr ganz nüchtern. Ich weiß, daß Sie eigentlich nur nett sein wollten.«

»Wohnen Sie jetzt hier?« fragte er.

Barbara fragte sich zwar, was ihn das anging, aber sie wollte ihn nicht schon wieder vor den Kopf stoßen.

»Im Augenblick ja.«

»Dann werden wir uns öfter sehen. Ist meine Tour hier, und Herr Hielmann bekommt oft Sendungen von uns oder verschickt etwas. Auf Wiedersehen.«

»Auf Wiedersehen.«

Sie schloß gerade die Tür, als Thomas aus dem Bad kam. Er trug einen dunklen Bademantel, den er hastig übergeworfen und zugebunden hatte. Der Mantel sprang oben auf, und Barbara konnte mitten auf Thomas' Brust eine dicke Narbe erkennen. »Wer war das?« fragte er stirnrunzelnd.

»DEKUS. Mit einer Sendung aus Rom.«

»Gut, darauf hatte ich schon gewartet. Das sind Unterlagen aus den Archiven des Vatikans.«

Barbara folgte ihm ins Arbeitszimmer. »Wußtest du, daß der Typ, der mich an dem Abend in der Kneipe angemacht hat, ein DEKUS-Kurier ist?«

Thomas nickte: »Ich sehe ihn fast jeden zweiten Tag. Und in dieser Kneipe gehört er praktisch zum Inventar.«

»Wie kommst du an Material aus dem Vatikan?« fragte Barbara neugierig.

»Ein Studienkollege von mir – ein Altphilologe – arbeitet dort. Die wirklich interessanten Akten über Hexenverfolgung sind natürlich nach wie vor nicht zugänglich. Aber er erspart mir eine lange Romreise, wenn er mir die belangloseren Dinge schickt.«

»Darf ich ... darf ich das Material mal sehen?«

Thomas lachte: »Das sind Kopien von Mikrofilmen – alle in lateinisch.«

Barbara sah ihn enttäuscht an. »Daran hatte ich gar nicht gedacht.«

»Ich zeige sie dir trotzdem.« Er öffnete das Päckchen und holte die Papierstapel heraus – keine alten Pergamente, nur weißes Fotokopierpapier mit nicht allzu leserlichen Handschriften.

»Wieso befaßt du als Germanist dich mit der Hexenverfolgung?« fragte sie. »Ich ... habe eben die Bilder auf deinem Schreibtisch gesehen.«

Thomas warf den Papierpacken auf seinen Tisch. »Das ist kein Projekt für die Uni – jedenfalls nur am Rande. Ich schreibe Sachbücher über Themen, die mich interessieren.«

»Und die Hexenverfolgung interessiert dich?«

»Alle Außenseiter interessieren mich. An der Uni lese ich über Friedrich Spees ›Trutznachtigall‹ – und von da ist es nicht weit zur Hexenverfolgung.«

Er ging in sein Schlafzimmer, um sich etwas anzuziehen.

»Kommst du mit zu Enrico?« fragte er Barbara. Er trug wieder schwarze Jeans und einen schwarzen Pullover.

»Ja, gern.«

Gemeinsam verließen sie die Wohnung.

3

Wenn Barbara an den nächsten Tagen durch Düsseldorf streunte, dachte sie öfter über den Abend bei Enrico nach. Zum erstenmal hatten sie sich ausgiebig unterhalten – über Hexen, Hexenverfolgung und Thomas' Arbeit. Sie wußte, daß sie ihn mit ihren Kenntnissen, die sie sich bei ihrem Fall damals angeeignet hatte, verblüfft hatte, und ahnte, daß sie ihm Rätsel aufgab. Irgendwie machte ihr das Spaß.

Schon am Tag danach war das vertraute Schweigen wieder eingekehrt – das Thema hatte sich erschöpft, und keiner von beiden schien das Bedürfnis zu haben, persönlicher zu werden. Alles war wieder wie vorher, und Barbara war es zufrieden.

Sie hatte sich preiswerte Jeans und zwei Sweatshirts gekauft, jetzt hatte sie noch mehr als fünfzig Mark von Thomas' Geld übrig. Sie könnte sich eine Fahrkarte nach Frankfurt kaufen – aber warum? Trotzdem zog es sie immer wieder zum Bahnhof. An diesem Morgen erschien ihr die Atmosphäre irgendwie anders, nervöser, aggressiver als sonst. Auch die Polizei war präsenter, sowohl draußen die Schutzpolizei als auch drinnen die Bahnpolizei. Ihr Blick fiel auf den Zeitungsständer vor dem Buchladen, und dann wußte sie, warum.

»Neues Opfer des Frauenmörders gefunden – Leiche steckte im gelben Müllcontainer« titelte der Expreß. Die Bildzeitung wußte anscheinend mehr: *»Pennerin Doris H. das vierte Opfer des Killers.«* Barbara wollte ihren Blick rasch abwenden, doch der Name »Doris« hatte sie aufgeschreckt. Sie griff sich Bildzeitung, Expreß und alle seriösen lokalen Blätter und ging zum Bezahlen in den Laden.

Die Fakten waren in allen Zeitungen gleich: Doris Harzig, eine obdachlose Frau, war auf »bestialische Weise« ermordet worden. Wie üblich hatte die Polizei das nicht näher ausgeschmückt. Anschließend hatte sie der Mörder in einen Großbehälter für Grünen-Punkt-Abfall auf einem leicht zugänglichen Firmengelände gesteckt und mit den Abfällen bedeckt. Man vermutete, daß sie seit zwei bis drei Wochen tot war. ›Weniger als zwei Wochen‹, dachte Barbara. ›Arme Doris.‹ Sie hatte nicht viel von Barbaras Geld gehabt.

Barbara warf die Zeitungen in einen Papierkorb. Sie überlegte, ob sie sich bei der Polizei melden sollte, entschied sich dann aber dagegen. Die Gerichtsmediziner würden die Todeszeit schon korrigieren. Vielleicht konnten sie diesmal mehr finden – so schnell war noch kein Opfer entdeckt worden. Sie spürte, wie ihr Magen zu rebellieren begann, und schaffte es gerade noch zur Toilette.

Am Nachmittag begann es leicht zu regnen. Barbara war schon auf dem Weg zu Thomas' Wohnung, aber sie wollte nicht naß werden. Plötzlich stand sie vor der Kneipe, in der sie Thomas kennengelernt hatte. Sie ging hinein – gähnende Leere.

Achim, der Wirt, kam aus der Küche nach vorn. »Ach, du bös ett, Mädschen. Willste widder ene Tee?«

Barbara schüttelte den Kopf. »Geben Sie mir einen Schnaps. Aber einen guten.«

»Isch han hier noch en Rest Kirschwasser, han isch mal jeschenk jekrisch. Dat is jet för jute Fründe.« Er lächelte sie an.

»Danke«, sagte Barbara. »Ich bin mir der Ehre bewußt.«

»Isch han mer Sorje um disch jemacht, Mädschen«, sagte Achim, als er für sie und für sich einen eingoß. Nun war die Flasche leer.

»Sorgen? Warum?«

»Isch han jedach, du bes et vielleisch, die jestern Morge us em Müll jefisch worden es. Dat Alter kam ja hin.«

Barbara war verwirrt: »Aber es gibt doch mehr Frauen wie mich auf der Straße …«

»Aber die jehn nit mit diesem Hielmann mit. Der macht dat nämlisch öfter, dat er 'ne Frau hier anspresch und met no Hus nimmt. Isch han schon jedaach, isch sollte mal zer Polizei jehn.«

»Wie meinen Sie das, er macht das öfter?« Barbara fiel augenblicklich ein, daß Wolfram von »Werken der Nächstenliebe« gesprochen hatte. Auch, daß er wenig überrascht gewesen war, eine Frau bei seinem Bruder zu finden. Und die Kosmetika im Badezimmer …

»Isch weiß allein von fünf Frauen, die er hier anjesprochen hat – du nisch mit einjereschnet. Die waren aber anders als du, denen sah man halt de Nutte von weitem an. Die Mädschen kommen sisch hier aufwärmen, wenn nit so vill los is. Neulisch abends – die Andrea, isch glaub, die hat er auch mal mitjenommen. Beschwören kann isch et aber nisch. Dann waren da noch drei oder vier, die er drusse aufjelesen un mit hierherjebraach hat. Einmol war et sojar ene dreckije, stinkende Pennerin. Isch mußte ihn bitten, dat Lokal zu verlassen.« Achim kippte seinen Schnaps, und Barbara machte es ihm nach. Das Kirschwasser brannte sanft in ihrem Magen und tat auf den Schock richtig gut.

»Der Walter, dat war der aufdringlische Typ, der is Fahrer bei DE-KUS«, fuhr Achim fort, »dä hat oft erzählt, dat immer andere Frauen bei dem Hielmann wohnen. Und dat er auch in andren Kneipen welsche anjesprochen hat. Aber isch kann et mir eijentlisch nit vorstellen – der es zwar en bisjen komisch, aber 'ne Mörder?«

›Schmidtmann hat es auch keiner zugetraut‹, dachte Barbara. Fieberhaft überlegte sie, ob und wann Thomas in den ersten Tagen das Haus verlassen hatte. Er war zweifellos häufiger weg gewesen, auch abends. Ihr kam die Nacht in den Sinn, als er erst gegen fünf nach Hause gekommen war – konnte das die Mordnacht sein?

Sie stellte das Schnapsglas auf die Theke. »Der war gut. Was bin ich schuldig?«

»Nee, laß mal, Mädschen. Dat war 'ne Einladung.«

»Vielen Dank.« Barbara war schon an der Tür.

»Laß disch mal wieder sehn«, rief Achim ihr hinterher.

»Werde ich.« Damit verließ sie die Kneipe.

Barbara trieb sich noch ein wenig in der Altstadt herum, bevor sie sich auf den Heimweg machte. Unterwegs hatte sie frische Laugenstangen mit Käse und Speck erstanden – sie hatte herausgefunden, daß Thomas sie besonders gern aß. Als sie die Bäckerei verließ, dachte sie wieder an den schrecklichen Verdacht, er könne der Mörder sein. Vielleicht war sie gerade dabei, einem Mörder eine Freude zu machen.

Heute war sie früh zurück; sonst war es meist sechs Uhr, bis sie wieder da war, jetzt war es nicht einmal vier. Thomas war nicht zu Hause – ungewöhnlich für einen Mittwoch. Noch ungewöhnlicher war, daß der schwarze Mantel und der Borsalino an ihrem Platz an der Garderobe hingen. Bisher war er nie ohne den Hut ausgegangen.

Auf dem Küchentisch stand eine Schüssel des üblichen Mittagssalats, das Dressing hatte er darübergekippt, aber den Salat noch nicht gemischt. Das sah Thomas gar nicht ähnlich. Verwirrt ging Barbara ins Arbeitszimmer: Der Computer und der Kopierer waren angeschaltet. Sie bewegte die Maus, um den Bildschirmschoner abzuschalten: Thomas hatte offensichtlich mitten im Satz seine Arbeit abgebrochen. Alles sah nach einem überstürzten Aufbruch aus.

Auf dem Anrufbeantworter waren vier Nachrichten, alle von seiner Mutter. Ratlos setzte Barbara sich in die Küche. Thomas war ein erwachsener Mann, er konnte schließlich tun und lassen, was er wollte, und Barbara war die letzte, die er über seine Pläne informieren mußte. Doch trotz der großen Distanz, die zwischen beiden herrschte, machte Barbara sich Sorgen.

Eine ganze Weile hockte sie gedankenverloren in der Küche und hoffte, daß er jeden Moment wiederkommen würde. Dann bekam sie langsam Hunger. Sorgfältig begann sie, den Tisch zu decken: zwei Teller, zwei Gläser, Besteck. Sie öffnete eine Flasche Roséwein, den Thomas bereits vorgekühlt hatte. Zuletzt legte sie die Laugenstangen auf die Teller.

Obwohl ihr Magen knurrte, bezähmte sie sich. Thomas mußte ja bald zurückkommen. Sie ging hinüber ins große Wohnzimmer und schaltete den Fernseher an. Sie zappte sich durch diverse Seifenopern und Boulevardmagazine, blieb nur einmal kurz hängen, als über den neuen Mord berichtet wurde. Als gegen sieben die ersten Nachrichten kamen, schaltete sie ab. Sie wollte nicht länger warten. Kurz entschlossen ging sie in die Küche, mischte den schon etwas welk gewordenen Salat durch und hob eine Portion auf ihren Teller. Sie aß den Salat und knabberte ohne großen Appetit an der Laugenstange. Den Abend hatte sie sich anders vorgestellt. Obwohl Thomas und sie meist schweigend aßen, fehlte ihr sein ruhiger, aufmerksamer Blick, dem nichts entging.

Wieder dachte sie an das, was der Wirt Achim ihr erzählt hatte: Thomas nahm öfter Frauen von der Straße mit nach Hause. Was war mit ihnen in dieser Wohnung geschehen? Benahm er sich ihnen gegenüber genauso distanziert? Und was ging in ihm dabei vor?

Barbara goß sich Wein ein und ging mit dem Glas in der einen und der Flasche in der anderen Hand zurück zum Fernseher. Auf einem Privatsender lief ein schnulziger Film. Sie lehnte sich zurück und ließ sich zunächst berieseln. Es gab Zeiten, da hatten solche Filme sie völlig kaltgelassen, und sie hatte ihre Kollegin Anne belächelt, die offen zugab, hemmungslos vor dem Fernseher zu heulen. Aber etwas in ihr hatte sich verändert. Sie war eher bereit, sich auf etwas einzulassen, als früher. Nach knapp einer Stunde saß sie selbst heulend vor der Flimmerkiste und schneuzte das zweite Taschentuch voll. Als der Film zu Ende war, fühlte sie sich merkwürdig leer und kam sich sehr verlassen vor. Erst jetzt dachte sie wieder an Thomas.

Es war halb elf, die Flasche leer, eine zweite nur noch halb voll und Thomas immer noch nicht wieder da. Barbara hatte einen heftigen Schwips – die Zeit bei Thomas hatte sie aus dem Training gebracht. Jetzt war sie nur noch müde. Sollte er doch nach Hause kommen, wann er wollte – sie mußte schlafen. Auf dem Weg in ihr Zimmer zog sie sich aus, fiel ins Bett und war gleich eingeschlafen.

Als sie mitten in der Nacht wieder aufwachte, drehte sich das Bett ein wenig, und sie hatte schlimmen Durst. Schlaftrunken stand sie auf, um zur Toilette zu gehen und in der Küche Mineralwasser zu trinken. Unterwegs stolperte sie über ihre Jeans, die mitten im Flur lagen. Jetzt war sie auf einmal trotz des sich ankündigenden Brummschädels hellwach. Thomas. Er war anscheinend immer noch nicht da. Sie ging zu seinem Schlafzimmer, das sie bisher kaum betreten hatte. Es war leer, das riesige Bett unberührt. Sie sah auf den Wecker auf dem Nachttisch: halb drei. Nun hatte sie wirklich einen Grund, sich Sorgen zu machen.

Sie suchte im Bad nach Aspirin und wurde in dem reich bestückten Medizinschrank schnell fündig. Interessiert studierte sie die Namen auf den Packungen und Gläsern. Die beiden Tabletten, die Thomas täglich nahm, waren bekannte Herzmedikamente.

Die Kopfschmerztabletten spülte sie mit einer ganzen Flasche Wasser herunter und wanderte eine Weile nervös im Flur auf und ab. Schließlich sagte sie sich, daß sie im Augenblick ohnehin nichts tun konnte. Ihr war immer noch ein bißchen schlecht. Sie beschloß, sich wieder hinzulegen.

Zunächst konnte sie nicht wieder einschlafen, aber gegen Morgen wurde sie dann doch wieder richtig müde und schlief bald tief und fest. ›Vielleicht kommt er ja in den Morgenstunden zurück wie damals auch‹, dachte sie noch im Halbschlaf. ›Damals, in der Nacht, als Doris ...‹

Am nächsten Morgen erwachte Barbara frisch und ausgeruht – keine Spur mehr von dem sich in der Nacht ankündigenden Kater. Dann fiel ihr Thomas wieder ein. Sie stand auf in der Hoffnung, er könne inzwischen heimgekommen sein. Doch die Wohnung war nach wie vor leer. Sie hatte lange geschlafen: Es war schon elf Uhr.

Sie stellte die Kaffeemaschine an und überlegte einen Moment. Dann ging sie entschlossen zum Telefon. Sie mußte nicht lange nach der Nummer suchen, Thomas hatte sie eingespeichert: »Wolfram, Firma« stand auf dem Schild. Sie drückte die Taste.

»Hielmann KG, Büro Hielmann, Andresen, guten Morgen«, sagte die perfekte Vorzimmerdamenstimme.

»Guten Morgen. Ich möchte Herrn Hielmann sprechen.« So ganz gelang es Barbara nicht, ihre alte Souveränität in die Stimme zu legen.

»Darf ich fragen, wer da spricht?« fragte Frau Andresen ein wenig pikiert zurück.

Barbara räusperte sich. »Mein Name ist Barbara Pross, aber damit wird Herr Hielmann nichts anfangen können. Sagen Sie ihm bitte, es geht um seinen Bruder. Es ist wirklich wichtig.«

Zu Barbaras Erstaunen schien der Hinweis auf Thomas wie ein

»Sesam, öffne dich« zu wirken. »Einen Moment, ich verbinde«, flötete die Andresen in den Hörer, und für etwa zwanzig Sekunden hörte Barbara Mozarts Kleine Nachtmusik, verhunzt durch ein aufdringliches »Bitte warten«.

»Hielmann. Bist du das, Barbara?«

»Ja. Wolfram, Thomas ist nicht nach Hause gekommen. Als ich gestern um vier zurückkam, war er nicht da ...«

»Nun bleib mal ganz ruhig, Barbara.« Wolframs kräftige Stimme wirkte wohltuend beruhigend. »Du mußt dir keine Sorgen machen, ich weiß, wo er ist, aber das ist keine Geschichte fürs Telefon. Ich kann leider nicht weg hier. Könntest du herkommen? Ich werde dir einen Wagen schicken ...«

»Nein, das ist nicht nötig. Ich komme schon irgendwie hin ...«

»Gut. Am besten, du nimmst die S-Bahn bis Reisholz. Wir sind im Gewerbegebiet Further Straße. Bis später.«

»Ja.« Barbara legte auf. »Further Straße«, murmelte sie. Dann griff sie nach den Gelben Seiten und suchte im Stadtplan nach dem günstigsten Weg. Sie nahm sich nur Zeit für eine kurze Dusche, stieg in ihre Kleider und verließ die Wohnung.

Der S-Bahnhof Reisholz lag direkt an der Further Straße. Wenig später stand sie vor dem Gebäude der Hielmann KG, einem recht schlichten Bau, der typisch für die sich rasch ausbreitenden Gewerbegebiete war. Vor dem Gebäude gab es eine gepflegte kleine Grünanlage, der Rest des Geländes bestand aus einem Parkplatz und einem riesigen Bauhof mit Unterstellmöglichkeiten für die Fahrzeuge und weiteren Hallen.

Barbara ging durch den Haupteingang in das Verwaltungsgebäude. Die Rezeptionistin sah sie mißtrauisch an.

»Ich möchte zu Herrn Hielmann«, sagte Barbara.

»Sagen Sie mir bitte Ihren Namen?«

»Barbara Pross. Er erwartet mich. Wenn Sie mir erklären, wo sein Büro ist ...«

»Ich werde Sie anmelden«, sagte die Rezeptionistin ein wenig spitz. Nach dem kurzen Telefonat lächelte sie jedoch betont freundlich. »Frau Andresen wird Sie abholen. Nehmen Sie doch einen Moment Platz.« Sie deutete auf eine gediegene Ledersitz-gruppe, aber Barbara schüttelte den Kopf.

Kurz darauf schritt eine stattliche Mittfünfzigerin mit hochtou-pierten, schwarzgefärbten Haaren, die sie wahrscheinlich seit den sechziger Jahren so frisierte, die geschwungene Treppe herunter. »Frau Pross?« fragte sie. Mit einem einzigen Blick gab sie Barbara zu verstehen, daß sie sie nicht für jemanden hielt, der würdig war, von ihrem Chef empfangen zu werden.

Barbara nickte. Sie fühlte sich sehr unbehaglich und sehnte sich für einen kurzen Moment nach einem ihrer Kostüme.

»Bitte folgen Sie mir. Herr Hielmann ist noch in einer Bespre-chung, aber er wird gleich Zeit für Sie haben.«

Gemeinsam gingen sie hinauf, und die Andresen bot Barbara den Stuhl vor ihrem Schreibtisch an. Aus dem Nebenraum – Wolframs Büro, dessen Tür nicht geschlossen war – war eine lautstarke Aus-einandersetzung zu hören, doch eigentlich war nur Wolframs Stimme zu vernehmen, der offensichtlich einen Mitarbeiter zu-sammenstauchte. Der Andresen war das sichtlich peinlich.

»Wenn so etwas noch einmal passiert, können Sie sich Ihre Papiere abholen, und Sie wissen, daß das keine leeren Drohungen sind. Und jetzt raus hier«, hörte Barbara Wolfram brüllen. Die Tür öff-nete sich, und ein junger Mann mit hochrotem Kopf kam heraus. Er verließ das Büro, ohne zu grüßen.

Wolfram kam an die Tür, und Barbara war überrascht, wie ruhig er wirkte. »Hallo, Barbara, komm doch bitte herein.«

Er bot ihr einen Stuhl an und lehnte sich lässig in seinem riesigen Chefsessel zurück. Das Büro war sehr modern und offensichtlich teuer eingerichtet. An der Wand hinter dem Schreibtisch hing ein gemaltes Porträt – Barbara vermutete, daß es den Firmengründer darstellte – und gleich daneben ein großes Foto, das ganz ohne Zweifel den Vater der Brüder zeigte. Bei beiden Bildern beein-druckten die Augen – Thomas' Augen.

»Wolfram, ich mache mir wirklich Sorgen um Thomas …«

»Frau Andresen, würden Sie bitte die Tür schließen?« Wolfram wartete, bis die Tür zu war, dann fuhr er fort: »Er ist gestern mor-gen vorläufig festgenommen worden.«

»Er ist was???«

»Irgend jemand hat der Polizei von seinem kleinen Hobby erzählt – und daß er mit dem letzten Opfer gesehen wurde.«

Barbara schluckte. »Ist das denn wahr? Hatte er diese Frau mit nach Hause genommen?«

»Ich fürchte, ja.« Wolfram seufzte. »Ich wußte, daß diese Macke ihm noch mal Ärger einbringen würde. Er sagte mir, als wir telefonierten, daß sie nur eine Nacht bei ihm war und dann verschwunden ist.«

»Sonst haben sie nichts gegen ihn?« Barbara wurde plötzlich ein wenig professionell.

»Der Anwalt sagt, die ganze Sache sei mehr als dünn. Es gibt Zeugen, die die Frau nach der Nacht bei Thomas gesehen haben.«

›Ich auch‹, dachte Barbara. ›Doris war ziemlich sauber, als wir uns trafen, sie mußte vor nicht allzulanger Zeit geduscht haben.‹ »Du hast ihm einen Anwalt besorgt?«

»Natürlich. Ich wollte auf Nummer Sicher gehen. Der Anwalt meint aber, daß der Richter nicht einmal einer Hausdurchsuchung zugestimmt habe, weil die Verdachtsmomente nicht ausreichen. Also mach dir keine Sorgen, Barbara. Sie müssen ihn spätestens morgen wieder freilassen. Daß er noch dort ist, zeugt von reiner Verzweiflung, weil sie in dem Fall völlig im dunkeln tappen.«

»Ja, du hast wohl recht.« Barbara dachte daran, daß sie Schmidtmann damals hätten schnappen können, wenn der Richter ihnen die Genehmigung für eine Hausdurchsuchung gegeben hätte. Er wäre drei Monate eher gestoppt worden, und das letzte Opfer könnte noch leben. Im Moment war sie aber dankbar für den störrischen Richter, denn es wäre nicht einfach für sie gewesen, ihre Anwesenheit in der Wohnung zu erklären ohne einen Hinweis auf ihre Identität.

»Geht es dir gut, Barbara? Hast du genug Geld, um dir etwas zu essen zu kaufen?« Wolframs Stimme drückte echte Besorgnis aus.

Barbara lachte auf: »Wolfram, es ist genug zu essen im Haus.«

»Ja, sicher.«

»Sag mal – wie nimmt es eigentlich eure Mutter auf?« fragte Barbara plötzlich.

Bei dem Wort »Mutter« zuckte Wolfram kaum merklich zusammen. »Ehrlich gesagt, ich habe keine Ahnung, wie ich ihr das beibringen soll.«

»Sie weiß nichts davon?«

Er schüttelte den Kopf. »Es wäre auch besser, wenn es dabei bliebe – sie würde vermutlich die Nacht im Polizeipräsidium verbringen.« Er blickte auf seine Uhr: »Es tut mir leid, Barbara, aber ich habe noch einen Termin ...«

»Kein Problem. Ich verschwinde sofort.« Barbara stand auf und ging zur Tür, doch Wolfram folgte ihr. »Hast du heute abend schon etwas vor?« fragte er.

Barbara lächelte: »Nein ... ich ... ich bin momentan nicht sehr gesellschaftsfähig.«

»Weißt du, für heute abend war eigentlich eine Art Familienessen geplant, mit Elke, meiner Mutter und Thomas. Ich habe den Tisch schon seit Wochen vorbestellt – ein tolles Fischrestaurant in Duisburg, es ist zur Muschelsaison immer völlig ausgebucht. Komm doch einfach mit, das ist besser, als in der Wohnung herumzugrübeln.«

»Ich ... ich weiß nicht.« Barbaras Antwort kam zögernd. »Ihr wollt doch sicher allein sein. Und außerdem ... ich habe nichts anzuziehen.«

Wolfram lachte: »Elke würde sich sicher auch freuen. Wir lernen gern Leute kennen. Und meine Mutter ignorieren wir einfach. Wenn sie erfährt, was passiert ist, wird sie ohnehin den ganzen Abend um Thomas jammern. Und was die Kleider betrifft ...« Er zog seine Brieftasche hervor, aber Barbara schüttelte den Kopf.

»Das kann ich nicht annehmen.«

Wolfram zuckte die Schultern. »Wäre es dir denn recht, wenn Elke dir etwas leihen würde? Sie hat zwar mindestens zwei Kleidergrößen mehr als du, aber sie findet sicher etwas Passendes. Komm, sag ja.« Er lächelte sie strahlend an.

Barbara seufzte. »Na gut.«

»O.K. Elke holt dich um sieben ab, dann habt ihr noch Zeit, dich ein wenig zu stylen. Und mach dir keine Sorgen, Thomas wird bald freikommen, bestimmt.«

»Also, bis heute abend, Wolfram.«

»Bis heute abend.«

Barbara schüttelte ihm die Hand und verließ das Büro. Es war wirklich nicht einfach, Wolfram etwas abzuschlagen. Nun, da sie wußte, wo Thomas war, merkte sie plötzlich, wie hungrig sie war. Schließlich war sie ohne Frühstück aufgebrochen.

Als sie wieder zurück in die Wohnung kam, entdeckte sie, daß sie die Kaffeemaschine nicht ausgeschaltet hatte. Angewidert schüttete sie die braune Brühe in den Ausguß und kochte neuen Kaffee. Und obwohl es weit nach zwölf Uhr war, beschloß sie, erst einmal zu frühstücken.

Sie hatte die Tageszeitung aus dem Briefkasten mitgebracht und machte es sich mit einer großen Tasse Kaffee am Küchentisch gemütlich. Auf Seite drei gab es einen kleinen Artikel über den neuen Mord. »Nur wenige Spuren im Fall des Düsseldorfer Frauenmörders« lautete die Überschrift. Die Polizei hatte sich anscheinend sehr zurückgehalten: Thomas' Verhaftung war mit keinem Wort erwähnt. Im letzten Absatz wurde es aber doch noch interessant: »Aus Polizeikreisen verlautete, daß bei der Toten eine Geldbörse mit Ausweispapieren einer weiteren Frau gefunden wurde. Nach dieser Frau, einer Barbara P. aus Frankfurt, die seit kurzem vermißt wird, wird zur Zeit gefahndet. Es ist möglich, daß es sich um ein weiteres Opfer handelt, aber auch, daß diese Frau nähere Angaben zur Ermordung des vierten Opfers machen kann.«

»Verdammt«, fluchte Barbara. Jetzt war es endgültig vorbei mit ihr als anonymer Herumtreiberin. Wenn sie sich nicht rührte, würde man früher oder später ihr Foto veröffentlichen. Sie barg ihr Gesicht in den Händen. ›Es wäre zu einfach gewesen: Nur ein bißchen untertauchen, und das alte Leben liegt für immer hinter dir ...‹, dachte sie. Mit einem Seufzer stand sie auf, ging zum Telefon und wählte die ihr wohlbekannte Nummer. Es klingelte lange, dann knackte es in der Leitung. »Bundeskriminalamt, guten Tag.«

»Ist Philipp Lachmann nicht im Haus? Ich hatte ihn direkt angewählt ...«

Kurze Pause, Barbara wußte, die Rezeptionistin sah auf der Liste nach. »Nein, Herr Lachmann ist zur Zeit nicht da. Möchten Sie mit jemandem aus seiner Abteilung verbunden werden?«

»Nein danke – ich versuche es später noch einmal.« Barbara überlegte kurz, dann wählte sie Philipps Privatnummer.

»Hier ist der automatische Anrufbeantworter Wiesbaden 68 63 05. Hinterlassen Sie eine Nachricht«, sagte Philipps lakonische Stimme.

»Hallo, Philipp. Hier ist Barbara. Ich hoffe, du schleppst deine Fernabfrage nicht nur mit dir herum, sondern benutzt sie auch. Mir geht es gut, ihr könnt eventuelle Suchaktionen abbrechen. Ich muß dringend mit dir sprechen. Ruf mich an unter ... warte mal ...« Sie kannte Thomas' Telefonnummer nicht.

»Danke für Ihre Nachricht«, sagte Philipps Stimme. Offensichtlich waren die zwei Minuten Sprechzeit um. Sie rannte ins Arbeitszimmer und suchte nach einem Briefbogen. Dann sah sie im Computer nach, der noch immer angeschaltet war. Sie fand einen Brief von Thomas an seinen Verleger und schrieb die Nummer ab.

Bei ihrem zweiten Anruf schien ihr selbst Philipps knappe Ansage zu lang. »Philipp, hier ist die Nummer, Düsseldorf 0211 / 88 62 62. Ruf mich ganz schnell an, bitte. Hier läuft ein Anrufbeantworter, ich warte ab, bis du etwas sagst.«

Nun konnte sie nur noch warten. Sie hoffte, er würde noch anrufen, bevor Wolframs Freundin sie zum Essen abholte.

Den ganzen Nachmittag saß sie wie auf heißen Kohlen, immer in der Angst, die Polizei könnte auftauchen. Um sich abzulenken, duschte sie lange und ausgiebig und versuchte vergeblich, mit Fön und Bürste aus ihrem herausgewachsenen Kurzhaarschnitt eine Frisur zu machen.

Zweimal klingelte das Telefon, aber es waren nur Anrufe für Thomas: sein Verleger und ein Student. Beide Male war Barbara zum Telefon gerannt, bereit, sofort abzuheben, wenn Philipp sich melden würde.

Schließlich war es schon nach sechs, und sie verfluchte sich, daß sie nicht doch einen anderen Kollegen hatte sprechen wollen. Aber außer Philipp gab es nur Körner, zu dem sie nie einen Draht gehabt hatte – und natürlich Klaus-Gerhard Becker, ihren Chef. Er mochte sie nicht, sie war viel zu begabt und eigensinnig, als daß sie sich diesem eitlen Mann unterordnen konnte.

Becker hatte von ganz unten mit verbissenem Strebertum und guten Beziehungen Karriere gemacht. Er neidete ihr den geradezu schlafwandlerischen Instinkt, durch den ihre harte Arbeit immer wieder mit verblüffenden Erfolgen gekrönt wurde – die Art von Instinkt, die sie nicht mehr ruhig schlafen ließ. Sie hatte die Vermutung, daß Becker sie mehr als einmal hatte abschießen wollen, aber ihre Erfolge schützten sie. Sie ahnte, wie sehr er sich darüber grämte, daß über seine Spezialtruppe das Bonmot die Runde machte: »Becker lenkt, aber Pross denkt.«

Als dann plötzlich wieder das Telefon klingelte, zwang Barbara sich, ganz ruhig zu bleiben. »Hier Hielmann. Sprechen Sie nach dem Signalton.« Bis Barbara Thomas' Ansage gehört hatte, hatte sie immer geglaubt, Philipps Knappheit könnte keiner übertreffen. Der Signalton ertönte. »Barbara, bist du da?«

Sie riß den Hörer hoch. »Philipp? Gott sei Dank.«

»Was in aller Welt machst du in Düsseldorf? Wir suchen hier fieberhaft nach dir – wir waren sogar in deiner Wohnung ...«

Barbara konnte sich Philipps vorwurfsvollen Blick gut vorstellen.

»Philipp, es tut mir leid, wenn ihr euch Sorgen gemacht habt. Es geht mir gut – jetzt wieder.«

Es entstand eine Pause.

»Philipp?«

»Ja, ja, ich bin noch dran.« Er klang fast ein wenig ärgerlich.

»Seid ihr schon an dem Düsseldorfer Fall dran?« fragte sie vorsichtig.

»Ich denke, du willst damit vorläufig nichts mehr zu tun haben ...«

Er seufzte. »Das LKA hat uns gestern angefordert – gestern, als das vierte Opfer gefunden wurde. Du kennst ja das Spiel. Wenn sie irgendeine Ausrede haben, warum sie das BKA nicht brauchen, dann nutzen sie sie, und wir werden immer zu spät eingeschaltet. Interessiert es dich wirklich?«

»Sie haben gestern einen Mann verhaftet, einen gewissen Thomas Hielmann.«

»Woher weißt du das?« fragte Philipp verblüfft. »Ich habe heute morgen die Vernehmungsprotokolle gesehen, da hatten sie sie gerade gefaxt.«

»Ich wohne bei ihm.«

Einen Moment lang glaubte Barbara, Philipp hätte den Hörer fallen lassen. »Wie in aller Welt . . .«

»Philipp, ich habe jetzt nicht genug Zeit, dir das alles zu erklären. Nur so viel – das letzte Opfer hat mir meine Geldbörse gestohlen, als ich mit ihr in einem Keller übernachtete. Am nächsten Abend hat Hielmann mich aufgelesen – das Protokoll erwähnt sicher, daß er so etwas gewohnheitsmäßig tut.«

»Ja, aber wie . . .«

Barbara schnitt ihm wieder das Wort ab. »Ich möchte euch helfen, Philipp. Ich bin sicher nicht wieder soweit, den alten Job zu machen, aber wir sollten diesen Zufall, der mich mit Hielmann zusammengebracht hat, für uns nutzen. Sie haben praktisch nichts gegen ihn in der Hand – sie werden ihn also beobachten müssen. Aber niemand kommt näher an ihn heran als ich.«

Philipp schien bei dem Gedanken nicht ganz wohl zu sein. »Das könnte sehr gefährlich werden. Immerhin bist du ein potentielles Opfer.«

»Dann müßt ihr eben auf mich aufpassen. Bitte, laß die Fahndung nach mir einstellen. Und laßt mich undercover arbeiten.«

»Darüber müßte ich zuerst mit Becker reden . . .«

»Philipp!«

Er räusperte sich. »Na gut. Becker ist zur Zeit noch auf einem Symposium in New York. Er hat sechs Wochen darum gekämpft, fahren zu dürfen. Ich würde ihn wirklich nicht gern dort stören.«

»Braver Junge. Wann kommst du nach Düsseldorf?«

»Morgen schon. Ich bin so früh zu Hause, weil ich packen muß.«

»Gut. Dann treffen wir uns morgen um drei an der Straßenbahnhaltestelle Nordpark / Aquazoo. In Ordnung?«

»Ja . . . Barbara?«

»Ja?«

»Ich bin froh, daß du dich gemeldet hast.« Er schien fast ein wenig verlegen, als er das sagte.

»Ich fand auch gut, von dir zu hören, Philipp. Bis morgen.«

»Bis morgen.«

Barbara legte auf, blieb aber noch eine Weile am Telefon stehen. Irgendwie kam sie sich wie eine Verräterin vor, als hätte sie gerade eine Verschwörung gegen Thomas Hielmann angezettelt. Ein wenig war es ja auch so. Aber andererseits ... sollte er unschuldig sein, wäre die örtliche Soko die letzte, die nach Entlastungsmaterial suchen würde. Sie drehte sich um, und ihr Blick fiel auf die Truhe mit dem Totenschädel. »Memento mori«, murmelte sie. Der Mörder mußte unschädlich gemacht werden – um jeden Preis.

Sie war noch ganz in Gedanken versunken, als es an der Haustür klingelte. Wer konnte das nur sein? War Wolframs Freundin vielleicht zu früh dran? Sie sah auf die Uhr. Es war jetzt halb sieben. Barbara drückte den Türöffner, ließ die Wohnungstür aber zu.

Es gab keinen Spion in der Glastür, Barbara konnte nur schemenhaft einen großen Mann erkennen. Er drückte die Klingel. »DEKUS – eine Sendung für Herrn Hielmann«, rief er. Barbara öffnete – vor ihr stand Walter mit einem kleinen Päckchen.

»Hallo«, sagte sie. »Herr Hielmann ist nicht da. Kann ich unterschreiben?«

»Ja, sicher«, meinte Walter. »Wo ist er denn? Ist er länger weg?«

»Er mußte kurz verreisen«, meinte Barbara knapp. Es paßte ihr gar nicht, wie Walter in ihren Ausschnitt schielte, während sie wieder mit »Meyer« unterschrieb.

Walter nahm das Klemmbrett an sich. »Dann sind Sie doch heute abend allein. Hätten Sie nicht Lust, mit mir zu Achim zu gehen – als Entschuldigung für mein schlechtes Benehmen neulich?«

»Es tut mir leid, ich habe heute abend schon eine Verabredung. Ich werde bald abgeholt.«

»Schade«, sagte Walter, und man merkte ihm an, daß er ihr nicht glaubte. Gerade in diesem Moment klingelte es wieder, und Barbara drückte hastig den Türöffner. Eine ausnehmend hübsche Blondine kam die Treppe herauf. Sie war groß, wahrscheinlich sogar größer als Thomas, aber zu Wolfram mußte sie gut passen. Walter bekam Stielaugen.

»Hallo, Elke«, sagte Barbara und streckte ihr die Hand hin. Elke klemmte sich den Berg Kleider, den sie trug, unter den linken Arm und gab ihr die Hand. Mit einer hochgezogenen Augenbraue sah Elke Walter an, der bekam augenblicklich einen roten Kopf und stotterte: »Ja, dann ... dann ... gehe ich mal wieder.«

»Tschüs«, rief Barbara ihm hinterher.

»Was war das denn für ein Typ?« fragte Elke. »Hätte nicht viel gefehlt, und seine Hose hätte sich vor unseren Augen ausgebeult ...«

»Er ist ein Kurierfahrer von DEKUS und hat ein Päckchen für Thomas gebracht.« Barbara sah auf den Absender. »Salem. Muß etwas mit dem Buch über die Hexenverfolgung zu tun haben.« Sie sah Elke an. »Eigentlich will er nur nett sein, aber er ist furchtbar aufdringlich. Ich bin heilfroh, daß Sie ... das du gekommen bist. Ich bin Barbara. Komm herein.«

Elke folgte ihr in die Wohnung und taxierte sie von oben bis unten. »Du bist ja noch kleiner und zierlicher, als Wolfram dich beschrieben hat. Das wird nicht einfach.« Sie steuerte, ohne zu zögern, Thomas' Schlafzimmer an und warf dort die Kleider auf das große Bett. »Zieh mal den Bademantel aus«, befahl sie.

Barbara ließ gehorsam den Bademantel fallen, während Elke in dem Kleiderberg wühlte. Es waren viele Pastelltöne darunter, Rosa, Hellblau, Mint – alles Farben, die Barbara verabscheute. Elke zog ein geblümtes Girlie-Hängerchen hervor. »Das könnte dir passen – da macht es nichts, wenn es zu weit ist.«

Etwas widerwillig zog Barbara das Kleid über.

»Ehrlich gesagt, mir ist ganz schön mulmig bei dem Gedanken, mit Thomas und Wolframs Mutter essen zu gehen«, meinte sie, während sie das Kleid zurechtzupfte.

»Sie kommt nicht mit.« Elke schien darüber nicht unglücklich zu sein. »Bevor ich zu dir fuhr, habe ich noch mit Wolfram gesprochen. Die Polizei ist wohl in der Villa aufgetaucht, und nach diesem Gespräch fühlte sie sich nicht in der Lage, heute abend essen zu gehen. Kein Wunder, daß sie geschockt war, ist ja ganz schön schlimm, was Thomas passiert ist.«

»Wolfram meinte, er wird morgen wieder freigelassen.« Barbara drehte sich vor dem – natürlich antiken – Standspiegel hin und her. Sie sah aus wie ein Mädchen, das die Kleider ihrer sehr großen Schwester auftragen mußte.

»Mhm«, meinte Elke. Sie griff nach einem breiten elastischen Gürtel, schon eher eine Korsage. »Er hätte zumindest jetzt damit aufhören sollen, Frauen von der Straße aufzulesen. Er konnte sich doch denken, daß ihn das verdächtig macht.« Sie legte Barbara den Gürtel an, er war zu weit. »Das ist nicht das richtige.«

»Warum tut er das überhaupt?« fragte Barbara. Sie zog das Fähnchen aus und griff nach einem mintfarbenen Chiffonrock, der bei Elke wadenlang war, bei ihr aber bis zum Knöchel reichte. Der Rock saß in der Taille gerade so, daß er nicht rutschte. Barbara schlug den Bund einmal um.

»Ich glaube, er ist einfach einsam. Und da er, abgesehen von der Uni, so gut wie nie unter Menschen geht, lernt er auf die übliche Art niemanden kennen.« Elke wühlte wieder in den Sachen, um ein Oberteil zu finden.

»Aber er ist doch nicht unattraktiv, er ist freundlich und aufmerksam, gebildet – und er ist reich. Er hätte das doch gar nicht nötig.« Barbara schüttelte den Kopf, als Elke einen pinkfarbenen Pulli hochhielt.

Elke warf den Pulli zurück und suchte weiter. »Er ... er ist nicht ganz normal. Wolfram hat mir erzählt, daß Thomas als Kind, weil er so krank war, nie das machen durfte, was gesunde Kinder so tun. Er hatte einen schweren Herzfehler. Heute operieren sie Babys, damals ging das noch nicht so einfach, jedenfalls nicht bei ihm. Thomas durfte sich nicht aufregen, sich nicht anstrengen, nur bei schönem Wetter an die Luft, weil jede Erkältung ihn hätte umbringen können. Das einzige Ziel war, ihn durchzubringen, bis operiert werden konnte.«

»Wann war das?«

»Ich glaube, als er zwölf war.« Elke machte ein ratloses Gesicht. Es gab kein passendes Oberteil zu dem mintfarbenen Rock. Sie selbst trug einen weiten weißen Pulli. Kurz entschlossen zog sie ihn aus. »Probier den mal.«

Barbara zog den Pullover über, sie ertrank darin fast. »Nein, den kann ich nicht tragen.« Sie zog ihn wieder aus und gab ihn Elke zurück. Dabei bemerkte sie einen großen blauen Fleck an Elkes Oberarm, der sich fast bis zur Schulter zog. »Wie ist das denn passiert?« fragte sie.

»Was? Ach, den blauen Fleck meinst du? Das ist nichts. Ich ... ich bin beim Jogging gegen einen Baum gerannt, wirklich zu blöd.« Elke streifte sich den Pulli rasch wieder über. »Laß uns in Thomas' Kleiderschrank nachsehen.«

Sie gingen und öffneten den Kleiderschrank. Die beherrschende Farbe war Schwarz, doch es gab ein paar weiße Hemden, ein paar Bluejeans, ein paar dezente Krawatten. »Thomas hatte sogar einen Privatlehrer – auch noch nach der Operation. Es hat wohl einige Zeit gedauert, bis der Körper an ein normales Leben gewöhnt war.«

»Und die Eltern haben sich nur um Thomas und nicht um Wolfram gekümmert ...« Barbara griff sich einen der schwarzen Existentialistenpullover und zog ihn über.

»Ja. Das heißt, der Vater hat wohl nur für die Firma gelebt, es ging hauptsächlich um die Mutter. Und das hat sich bis heute nicht geändert. Der Vater ist inzwischen tot, Wolfram lebt bei seiner Mutter, er tut alles für sie. Thomas würde sich am liebsten überhaupt nicht bei ihr sehen lassen. Aber für sie existiert nur er. Ich raufe mir manchmal die Haare, wenn ich sehe, wie Wolfram sich von ihr ausnutzen läßt und sie geradezu um Liebe anbettelt. Es ist so erniedrigend für einen erwachsenen Mann.« Elke schien sich darüber wirklich sehr aufzuregen. »Aber das ist ja nicht dein Problem. Magst du Thomas?«

»Ich ... ich glaube schon. Aber ich ...«, Barbara zögerte. »Ich kenne ihn gar nicht. Ich bin auch nur eine der Frauen, die er aufgelesen hat.«

Elke nickte. »Aber Wolfram sagte, du seist anders – und damit hat er recht. Bei den anderen wäre er nie auf die Idee gekommen, sie zu einem Essen einzuladen.« Sie sah Barbara prüfend an. »Das sieht sehr gut aus. Aber was ist mit Schuhen? Daran habe ich gar nicht gedacht – und meine Größe einundvierzig hätte dir auch nicht gepaßt.«

Barbara zuckte ratlos die Schultern. Sie ging in ihr Zimmer, um ihre Schuhe zu holen – grobe Veloursledertreter mit einer zentimeterdicken Profilsohle.

»Ist doch gar nicht so schlecht«, meinte Elke. »Mit ein paar dicken Socken …«

Barbara steuerte auf die Biedermeierkommode zu, in der sie die Socken vermutete. In der obersten Schublade wurde sie fündig. Sie wühlte ein wenig herum, und dann zuckte sie zusammen: Am Boden der Schublade lagen eine Menge Polaroids, Barbara schätzte, daß es um die dreißig Fotos waren. Jedes Bild zeigte eine schlafende Frau, auf manchen waren die Details des Reisebetts zu erkennen. Auch von ihr hatte Thomas ein Bild gemacht, als sie schlief – sie vermutete, in der ersten Nacht. Sie wühlte weiter in der Schublade, damit Elke nichts bemerkte. Und dann entdeckte sie Doris, sie erkannte sie sofort wieder. Doris war also tatsächlich hier gewesen, bevor sie selbst hergekommen war. Sie griff sich ein paar schwarze Wollsocken und schloß die Schublade.

»Hast du etwas Passendes?« fragte Elke.

»Er hat ja fast nur schwarze Socken. Ich habe welche gesucht, die nicht so lang sind.«

»Zieh zuerst die hier an, es ist ziemlich kühl draußen.« Elke warf Barbara eine Strumpfhose hin. »Sie wird wohl Falten schlagen, aber unter dem langen Rock sieht man das ja nicht.«

Kurze Zeit später war Barbara endlich fertig angezogen und mußte zugeben, daß die groben Socken und Schuhe zu dem zarten Rock einen sehr reizvollen Kontrast bildeten.

Elke drückte ihr ein Kosmetiktäschchen in die Hand. »Beim Make-up brauchst du doch sicher keine Hilfe, oder?«

Barbara kam sich merkwürdig vor, zum erstenmal seit Monaten hantierte sie wieder mit Lidschatten und Lippenstift herum. Als sie fertig war, kam es ihr so vor, als träfe sie im Spiegel eine alte Bekannte: Barbara, die Polizistin. Eine private Barbara hatte es praktisch nie gegeben. Nur die Haare waren eine Katastrophe.

»Fällt dir etwas zu meinen Haaren ein?« fragte sie Elke und drehte sich um.

Elke war sichtlich verblüfft. »Du siehst einfach toll aus«, meinte sie.

Dann runzelte sie die Stirn. »Die Haare ... die hätten wirklich einen Schnitt nötig.« Sie überlegte einen Moment. »Hast du Mut?« fragte sie dann.

»Mut wozu?«

»Thomas hat eine Haarschneidemaschine. Er macht sich seinen superkurzen Schnitt meistens selbst.«

Barbara blickte in den Spiegel. Warum eigentlich nicht? »O.K.«, sagte sie und zog den Pullover wieder aus. »Aber du mußt dich beeilen, es ist schon kurz nach halb acht.«

Sie gingen ins Badezimmer, und Elke hantierte geschickt mit dem Haarschneidegerät. Sie kürzte rundherum alles auf einen Zentimeter, nur vorn ließ sie ein paar lange Fransen stehen. Dann kürzte sie die Ponyfransen noch auf eine erträgliche Länge. »Sieh es dir an«, meinte sie. Die ganze Aktion hatte nur wenige Minuten gedauert. Barbara stand von dem Hocker auf und ging zum Spiegel. Das war eine völlig neue Barbara – die Polizistin mit dem konservativen Kurzhaarschnitt war verschwunden. Sie fuhr mit der Hand vorsichtig über die dichten Stoppeln.

»Gefällt es dir nicht?« fragte Elke vorsichtig.

»Im Gegenteil«, meinte Barbara. »Ich glaube, ich habe noch nie so gut ausgesehen.«

»Dann laß uns jetzt starten. Wolfram wartet sicher schon.« Sie drückte Barbara noch eine kleine schwarze Tasche in die Hand.

»Ich habe nichts, was ich da hineintun könnte ...«, sagte Barbara.

»Der Lippenstift ist drin. Und eine Packung Taschentücher.«

»Danke.«

Elke klaubte im Schlafzimmer die Kleider wieder zusammen. »Du kannst sie behalten, und den Rock auch.«

Wenig später saßen sie in Elkes Golf Cabrio und waren auf dem Weg zu Hielmanns.

Als Elke mit Barbara die Auffahrt zur Hielmannschen Villa in Kaiserswerth hinauffuhr, hielt Wolfram an den Stufen zur Eingangstür bereits Ausschau nach ihnen. Vor der Tür wartete eine geräumige Luxuslimousine. Wolfram begrüßte Barbara und gab Elke einen flüchtigen Kuß.

»Wir müssen noch einen Moment warten, Mutter wird doch mit-kommen.« Er bemerkte Elkes wenig erfreuten Blick. »Nachdem die Polizei heute nachmittag hier war, wollte sie still zu Hause lei-den, und sie erwartete wohl von mir, ihr dabei Gesellschaft zu lei-sten. Dann habe ich erwähnt, daß eine Freundin von Thomas uns begleiten werde – da hat sie es sich prompt anders überlegt. Aber es ist besser so, sie ist so schrecklich nervös, ich möchte sie jetzt nicht allein lassen.«

»Sicher nicht, Wolfram.«

Die Tür öffnete sich, und Frau Hielmann trat heraus. Sie war mit-telgroß, sehr schlank und trug die Haare halblang, dem Grau hatte sie mit einem silbernem Schimmer nachgeholfen. Barbara schätzte sie auf Mitte Sechzig. Sie war immer noch eine Schönheit – nur die heruntergezogenen Mundwinkel gaben ihrem Ausdruck etwas Bitteres und Unzufriedenes. Vergeblich suchte Barbara nach Ähn-lichkeiten mit Thomas. Offensichtlich war Wolfram weit mehr nach ihr geraten.

»Guten Abend, Annette«, sagte Elke. Frau Hielmann nickte ihr kurz zu. Ihr Blick heftete sich auf Barbara.

»Mutter, das ist Barbara – eine Bekannte von Thomas.«

»Barbara Pross – guten Abend, Frau Hielmann.«

»Guten Abend.« Sie gab Barbara die Hand, dann ging sie an ihr vorbei die Treppenstufen hinunter zum Wagen.

Barbara und Frau Hielmann nahmen hinten Platz, Elke auf dem Beifahrersitz.

»Sie sind eine Bekannte meines Sohnes?« fragte Frau Hielmann, als Wolfram den Wagen aus der Einfahrt fuhr und das Tor mit einer Fernbedienung schloß.

»Ja.« Barbara wußte nicht, was sie darauf antworten sollte.

»Hat er Sie auch von der Straße aufgelesen?«

»Er kennt sie von der Uni«, warf Wolfram schnell ein. Barbara konnte seinen warnenden Blick im Rückspiegel sehen.

Barbara nickte. »Ja ... wir ... wir haben uns an der Uni kennen-gelernt.« Sie bemerkte, daß Frau Hielmann mit dieser Anwort noch nicht zufrieden war. »Ich bin Psychologin, aber ich höre manchmal Germanistikvorlesungen. Ein Hobby ...«

Frau Hielmann lächelte plötzlich. »Ich möchte, daß Sie eines wissen, Frau Pross. Wolfram – Thomas wahrscheinlich auch – ist überzeugt davon, daß ich etwas gegen ... nun, gegen Thomas' Freundinnen habe. Daß ich eine von diesen neurotischen Müttern bin, die ihre Söhne nicht loslassen können.«

Barbara sah, wie Wolfram die Augen verdrehte. »Mutter ...«

»Wolfram, halt den Mund. Ich weiß genau, daß du so denkst. Aber du liegst völlig falsch.« Sie sah Barbara wieder an. »Ich habe so viele Jahre um Thomas' Leben bangen müssen ... und ein wenig bange ich heute noch darum. Ist es da verwunderlich, daß ich mir eine Frau, die diese Sorge vielleicht mit mir teilen wird, ein wenig genauer ansehen möchte?«

»Thomas und ich sind lediglich befreundet«, sagte Barbara kühl. »Und ich denke, er kann recht gut auf sich selbst aufpassen.«

»Ja, das merkt man«, meinte Frau Hielmann ebenso kühl. Den Rest der Fahrt schwiegen sie.

Der »Walsumer Hof« in Duisburg-Walsum hatte seinen legendären Ruf zu Recht. Doch trotz der exquisit zubereiteten Fischgerichte und der gemütlichen Atmosphäre, die das alte Gebäude vermittelte, ließ sich der Abend recht unerfreulich an. Frau Hielmann trug eine derartige Leidensmiene zur Schau, daß keine rechte Stimmung aufkommen wollte, und sie redete fast ausschließlich über Thomas. Wolframs und Elkes Versuche, Konversation zu machen, versandeten schließlich, und so brachen sie gleich nach dem Essen wieder auf.

»Wir bringen dich jetzt nach Hause, Mutter«, meinte Wolfram, als sie zum Wagen gingen. »Ich hoffe, du hast nichts dagegen, wenn wir drei noch einen kleinen Bummel machen.«

Barbara hatte den Eindruck, daß Frau Hielmann sehr wohl etwas dagegen hatte, sich aber hütete, ihren Sohn noch mehr zu verärgern.

Wolfram setzte Barbara und Elke bei einem edel aufgemachten Club ab, um dann seine Mutter nach Hause zu fahren.

»Das kann eine Weile dauern«, meinte Elke und verzog einen

Mundwinkel. »Er muß ihr sicher noch ein Schlafliedchen singen.«

»Hat sie denn auch etwas gegen dich?« fragte Barbara.

Elke lachte verächtlich: »Nein – warum auch? Wolfram tut doch alles für sie. Und er ist nicht Thomas.«

Sie suchten sich einen Tisch, und Elke bestellte Cocktails.

»Wie lange seid ihr zusammen?«

»Vier ... nein, fast fünf Jahre. Es ist nicht immer ganz einfach mit ihm, aber wir passen gut zusammen. Nur seine Mutter – das ist ein ständiger Streitpunkt zwischen uns.«

Elke kam ins Erzählen, und Barbara hörte zu, warf nur ab und an eine Bemerkung ein. Sie hatte schon so lange kein Von-Frau-zu-Frau-Gespräch mehr geführt, fast wunderte sie sich, daß sie die einfachen Regeln des zwischenmenschlichen Umgangs noch beherrschte. Sie ängstigte sich nicht und war nicht bedrückt. Sie machte einfach die Gesten, die ihr vor kurzem noch so nichtssagend und leer erschienen waren, und plötzlich war alles wieder echt. Es war schön, mit netten Leuten zusammenzusitzen und über Gott und die Welt zu reden. Barbara spürte, daß sie dabei war, einen wichtigen Schritt zurück in ein normales Leben zu machen.

Etwa anderthalb Stunden später – die beiden hatten gerade wieder einen Cocktail geordert, und Barbara begann den Alkohol langsam, aber durchaus angenehm zu spüren – tauchte Wolfram auf. Er winkte den beiden zu, setzte sich an den Tisch und war sofort ganz in seinem Element, als er eine Geschichte über seinen letzten Besuch in diesem Lokal zum besten gab. Der Club war gut besetzt, und die Bedienung hatte eine Menge zu tun. Schließlich kam sie mit den beiden Cocktails an den Tisch. Wolfram bestellte einen Whisky mit Eis. Er wartete, bis die Kellnerin weg war. Dann sah er Elke mit einem merkwürdigen Gesichtsausdruck an. »Was trinkst du da?« fragte er.

»Daikiri – ganz klassisch«, meinte Elke.

»Habe ich dir nicht gesagt, daß du noch fahren sollst?« Wolframs Stimme klang ganz ruhig und kühl.

»Wir können doch auch ein Taxi nehmen ...«, sagte Elke.

Barbara sah von einem zum anderen. Was ging da vor? Wann hatten die beiden darüber gesprochen, daß Elke nüchtern bleiben sollte? Gerade noch hatte Wolfram diese lustige Geschichte erzählt, und nun schien er von einem Moment zum nächsten todernst.

»Ich habe dir gesagt, du fährst.«

Auf Elkes Gesicht erschien ein feines Lächeln. Sie griff zum Glas und nahm einen Schluck.

»Spuck es aus«, sagte Wolfram.

Aufreizend langsam schluckte Elke herunter und griff erneut zum Glas, aber diesmal war Wolfram schneller. Er packte ihre Hand, die das Glas hielt, und obwohl sie sich wehrte, kippte er ihr den Drink mitten ins Gesicht.

Barbara sah ihn entsetzt an. Die anderen Gäste, die in der Nähe saßen, versuchten, auf unauffällige Weise möglichst viel von der Szene mitzubekommen. Wolfram hielt Elkes Hand so fest, daß das Glas zu springen drohte. »Mach dich sauber. Und dann fahren wir nach Hause ...«

Elke stand auf, und Wolfram ließ ihre Hand los. Hoch erhobenen Hauptes steuerte sie die Toiletten an. Barbara folgte ihr kurz entschlossen.

»Wie ... wie kannst du dir so etwas bieten lassen?« stammelte sie.

Elke wischte sich mit einem angefeuchteten Papiertuch die Spuren des Cocktails vom Gesicht und versuchte dann mit einem trockenen Tuch ihren Pulli wenigstens notdürftig zu säubern.

»Es ist nicht so, wie du denkst, Barbara«, meinte sie. Als sie aufsah, lächelte sie.

»Aber ... er hat dich vor allen Gästen gedemütigt.«

»Es ist nur ein Spiel – ein Spiel, mit dem Wolfram und ich manchmal in solchen Lokalen die Leute schocken. Tut mir leid, daß es dich auch getroffen hat. Aber nach dem Essen mit der guten Annette brauchte Wolfram etwas, um seinen Abend zu retten.«

»Ihr macht so etwas öfter?«

Elke nickte. »Sagen wir, es ist das Vorspiel zum Vorspiel, wenn du verstehst, was ich meine.« Sie stupste Barbara sanft an. »Nun mach nicht so ein Gesicht. Wenn du Thomas' Macken akzeptierst, dann kannst du uns doch sicher auch das verzeihen, oder?«

»Es wäre mir lieber gewesen, ihr hättet mich vorgewarnt. Ich komme mir vor wie ein unfreiwilliges Versuchskaninchen.«

Als sie zurück ins Lokal kamen, hatte Wolfram schon bezahlt und wartete an der Tür.

»Nimm bloß nicht alles ernst, was wir so tun«, flüsterte er Barbara beim Hinausgehen ins Ohr.

»Elke hat mich schon aufgeklärt«, meinte sie.

»Unser Leben ist so langweilig und konventionell – manchmal müssen wir einfach ausbrechen«, fuhr er fort, als sie im Auto saßen.

»Ich finde es jedenfalls nicht besonders lustig.«

Doch ein paar Minuten später mußte sie schon wieder über die Geschichte lachen, die er erzählte. Man konnte Wolfram einfach nicht lange böse sein.

Es war weit nach Mitternacht, als Wolfram und Elke Barbara bei Thomas' Wohnung abgesetzt hatten. Barbara ging die Treppe hinauf zur Wohnungstür und zuckte zusammen. Unten auf der Straße war es ihr gar nicht aufgefallen, aber durch die Glastür konnte sie es deutlich sehen: In der Wohnung brannte Licht.

Ganz leise schloß sie die Tür auf – einen Moment kam ihr in den Sinn, daß sie jetzt gern eine Waffe gehabt hätte. Sie schloß die Tür nicht, um denjenigen, der in der Wohnung war, nicht aufzuschrecken. Vorsichtig ging sie zur Bibliothek, aus der der Lichtschein in den Flur fiel.

Dort saß Thomas auf dem Ledersofa und fixierte sie. Aber es war nicht der übliche beobachtende Blick. Irgend etwas war anders.

»Thomas! Du bist schon hier?«

»Hallo, Barbara.« Er versuchte zu lächeln, aber das mißlang ihm. Er sah müde aus, hatte Ringe unter den Augen und machte auf Barbara einen beinah zerbrechlichen Eindruck. »Schön, daß du wieder da bist. Ich ... ich habe mir Sorgen gemacht. Sonst bist du abends immer hier.« Da war ein kühler Unterton in seiner Stimme, den Barbara nicht zu deuten wußte. Aber vielleicht war er einfach nur übermüdet.

Sie ging hinein und setzte sich auf das Sofa gegenüber. »Wolfram hat mich zum Essen eingeladen, Elke und deine Mutter waren auch dabei. Ich ... ich glaube, sie denkt, ich sei deine Freundin ...«

»O Gott.« Thomas fuhr sich durchs Gesicht. »Dann wird sie jetzt noch häufiger anrufen ...« Er runzelte die Stirn. »Wieso hat Wolfram dich zum Essen eingeladen?«

»Ich habe mir Sorgen gemacht, als du nicht nach Hause gekommen bist, und ich wußte nicht, was ich tun sollte. Da habe ich heute morgen Wolfram angerufen, er sagte mir, wo du bist. Haben sie dich früher freigelassen?«

Er seufzte. »Sie haben mich stundenlang verhört. Aber eigentlich haben sie nichts in der Hand gegen mich. Sie hätten mich morgen ohnehin freilassen müssen.«

»Wolfram hat mir auch erzählt, warum sie auf dich gekommen sind ... die Frauen, die du so aufliest ... warum ...«

Thomas sah sie zum erstenmal direkt an: »Keine Verhöre mehr, Barbara. Nicht mehr heute.«

»Schon gut, Thomas. Ich ... ich werde schlafen gehen. Und das solltest du auch tun.« Sie stand auf und wollte das Zimmer verlassen.

»Nein, bitte bleib«, sagte er leise. »Bleib einfach noch ein bißchen hier sitzen. Nimm dir ein Buch.«

Sie drehte sich um. Die merkwürdige Kühle war aus seinem Gesicht verschwunden. Plötzlich hatte sie den Eindruck, ihn unverhüllt zu sehen. Thomas Hielmann, der Mann, der verdächtigt wurde, vier Frauen getötet zu haben, hatte Angst, allein zu sein. Sie wollte zurück auf ihr Sofa, dann überlegte sie es sich anders. Kurz entschlossen setzte sie sich neben ihn, zog die Schuhe aus und legte die Beine hoch. Dadurch rückte sie ganz eng an ihn heran. Sie konnte deutlich spüren, daß er zusammenzuckte, als sie ihn dabei berührte, aber dann schien er sich zu entspannen.

»Du siehst sehr gut aus ...«, sagte er.

»Gefällt es dir?«

»Ja.«

Fast eine ganze Stunde saßen sie so aneinandergelehnt und schwiegen. Dieses gemeinsame Schweigen war Barbara inzwischen so vertraut, daß sie es als natürlichen Bestandteil ihrer Kommunikation mit Thomas betrachtete. Es erschreckte sie fast, zu erkennen, daß sie sich wohl fühlte.

»Wir sollten jetzt schlafen gehen«, meinte Thomas schließlich. Er streckte die Hand aus und strich ganz sacht über ihre Wange. »Danke«, sagte er und zog die Hand so schnell zurück, als hätte er etwas Verbotenes getan.

Kurz darauf war jeder in seinem Zimmer verschwunden.

4

Barbara hatte lange geschlafen – und ruhiger, weil sie wußte, daß Thomas wieder da war. Es war schon halb zwölf. Obwohl ihr der Magen knurrte, verkniff sie sich, im Bademantel zu frühstücken. Sie zog ihre alten Jeans und ein Sweatshirt an, aber die neue Frisur ließ sie weniger unscheinbar aussehen. Sie hatte sich die Lidränder mit hellgrünem Kajalstift nachgezogen, was das Graugrün ihrer Augen unterstrich.

Wie gewöhnlich hatte Thomas frische Brötchen besorgt. Wahrscheinlich arbeitete er schon seit Stunden. Sie träufelte gerade etwas Honig auf ihr Brötchen, als es klingelte. »Ich mach auf, Thomas«, rief sie und ging zur Wohnungstür. Unten war wohl die Haustür offen gewesen, denn hinter dem Milchglas erkannte Barbara die Silhouette von Walter, dem DEKUS-Kurier.

Sie öffnete. »Sie haben wohl immer Dienst«, meinte sie launig. Walter starrte sie an. »Sie haben eine neue Frisur …«

»Ja.«

»G … gut. Sieht gut aus.«

»Wo muß ich denn unterschreiben?« fragte Barbara und hoffte, daß er den Mund irgendwann wieder zumachen würde.

»Hier.« Er hielt ihr das Klemmbrett hin, dabei starrte er in das Wohnungsinnere, denn Thomas kam gerade durch den Flur.

»Ist das der DEKUS-Bote?« fragte er.

»Ja. Ich mach das schon.« Aber noch bevor Barbara das Klemmbrett greifen konnte, war es Walter aus der großen Hand gerutscht. Er bückte sich hastig danach. Barbara gab Thomas das Päckchen. »Soll ich unterschreiben oder willst du ...?«

»Unterschreibe ruhig.« Thomas warf Walter einen merkwürdigen Blick zu, irgendwie kalt und feindselig. Barbara konnte es fast körperlich spüren. Dann ging er zurück ins Arbeitszimmer.

»Ist er ... ist er von seiner Reise wieder zurück?« fragte Walter, der immer noch sehr nervös wirkte.

»Seit gestern abend.« Barbara hatte wieder ihr »Meyer« hingekritzelt. »Bis dann.«

»Ja, tschüs, bis dann.« Diesmal war Walter schneller verschwunden als sonst.

Sie ging ins Arbeitszimmer, wo Thomas gerade versuchte, das Päckchen zu öffnen.

»Ein unangenehmer Kerl, dieser Walter.«

»In der Tat.« Thomas sah von dem Päckchen auf. »Vermutlich habe ich ihm meinen Aufenthalt bei der Polizei zu verdanken.«

»Er hat also mitbekommen, daß du Frauen von der Straße mit nach Hause nimmst.«

Thomas warf das Päckchen entnervt auf den Schreibtisch.

»Schon gut. Ich werde nicht darüber sprechen.« Barbara wollte hastig das Zimmer verlassen, aber Thomas hielt sie zurück. Sie fragte sich, ob es ihn Überwindung gekostet hatte, ihre Hand zu berühren.

»Bleib. Du willst wissen, was es damit auf sich hat, und ich werde es dir jetzt erzählen. Setz dich dort hin.« Er deutete auf den Stuhl vor seinem Schreibtisch. Mit dem Schreibtisch zwischen ihnen schien er sich wohler zu fühlen.

»Zunächst mal: Dieser Walter hat der Polizei erzählt, er hätte mich mit dem letzten Opfer, dieser Doris Harzig, gesehen.«

»Wolfram deutete an, das sei die Wahrheit.«

»Ja. Sie war hier – aber nur für eine Nacht. Sie hat gegessen, geduscht, ihre Klamotten gewaschen und hier geschlafen. Und dann ist sie ganz früh am Morgen verschwunden – mit einem zwölf Jahre alten Whisky und einer Flasche vom besten Rum.«

Barbara erinnerte sich an den Rum, den Doris sie hatte probieren lassen. Sie vermutete, daß Doris, zwei Tage bevor sie sich begegneten, hier bei Thomas gewesen war. Am ersten Tag hatte sie die Flasche Whisky geleert, am nächsten den Rum.

»Sie war keine von denen, die bleiben«, fuhr Thomas fort. »Alkoholikerinnen und Junkies bleiben eigentlich nie lange.«

»Du scheinst ja viel Erfahrung damit zu haben«, sagte Barbara trokken.

»Ich mach das jetzt seit fünf, nein, sechs Jahren. Ich ... ich habe irgendwann damit angefangen. Davor habe ich abends oft in Kneipen gehockt, in ganz normalen Kneipen. Aber ich fühlte mich dort nicht mehr wohl. Kennst du die Düsseldorfer Mentalität, die Altbierkneipen?«

Barbara nickte. »Wildfremde Leute kommen an deinen Tisch – auch wenn woanders noch Platz ist. Sie sind sehr gesellig hier.«

»An meinen Tisch kamen sie nur, wenn sonst kein Platz da war. Ich scheine nicht der Typ zu sein, mit dem man einen Abend verbringen will.« Thomas lächelte schwach. »Ich bin eben nicht gesellig.«

Barbara konnte da nicht widersprechen.

»Schließlich bin ich in Nachtclubs und Kneipen gegangen, wo sich Normalbürger und Touristen gewöhnlich nicht hintrauen. Anfangs war es Nervenkitzel, die Nutten und Zuhälter, und was es sonst noch für finstere Zeitgenossen gab, zu beobachten. Die Kneipe in der Grupellostraße ist noch eine von den harmloseren.« Thomas stand auf und ging zur Tür. »Ich hole mir etwas zu trinken. Möchtest du auch?«

»Ja bitte.«

»Cognac?« fragte er. »Ich habe einen zwanzig Jahre alten.«

»Gern.«

Er kam zurück mit zwei Riesenschwenkern und der Cognacflasche und goß ein. Der Cognac duftete verführerisch, aber Barbara wärmte ihn noch eine Weile mit der Hand an. Auch Thomas ließ sich Zeit.

»Wie hat es denn angefangen – mit den Frauen, meine ich?« fragte sie schließlich.

Er schien sich ganz auf den Cognac konzentriert zu haben und schreckte richtig auf. »Die Frauen? Es fing damit an, daß ich beobachtete, wie ein Zuhälter seine Nutte auf der Straße verprügelte. Ich habe mich nicht getraut, dazwischenzugehen – die Straße war menschenleer und der Kerl sehr groß und kräftig. Er hat sie einfach liegen lassen, als er mit ihr fertig war. Sie wollte keine Polizei, und da habe ich sie mit nach Hause genommen. Es hat ein paar Tage gedauert, bis sie wieder auf den Beinen war, und noch ein paar Tage mehr, bis sie sich wieder draußen blicken lassen konnte. Nach drei Wochen ist sie gegangen, zurück zu dem Kerl, der sie verprügelt hat. Ich treffe sie manchmal.«

Er nippte vorsichtig an dem Cognac, dann nahm er einen kräftigen Schluck. »Anfangs war es merkwürdig, plötzlich einen fremden Menschen hier in der Wohnung zu haben. Es hat mich völlig aus dem Konzept gebracht. Aber dann ...« Er zögerte. »Ich lebe wirklich gern allein, ich meine, ich sehne mich nicht nach einer Frau und Kindern. Aber ... es ist schön, in dem Gefühl zu leben, daß man nicht allein ist. Jemanden zu haben, um den man sich ein wenig kümmern kann.«

Barbara probierte jetzt auch den Cognac, und er beobachtete sie genau dabei. Der Cognac war wunderbar mild.

»Ich habe nie einen besseren getrunken«, sagte sie leise.

»Kann ich mir vorstellen.« Thomas lächelte, es war nicht nur die übliche Andeutung, sondern ein richtiges Lächeln, das ihm plötzlich jede Spur von Düsterkeit nahm.

»Wie viele waren es?«

Er zuckte die Schultern. »Im ersten Jahr nur fünf oder sechs. Dann immer mehr. Wenn eine wegging, habe ich spätestens eine Woche später eine andere gesucht. Du bist die Zweiunddreißigste.«

»Hast du nie daran gedacht, dir auf normale Weise eine Frau zu suchen? Du mußt sie ja nicht gleich heiraten.«

Das Lächeln verschwand. »Ich glaube nicht, daß ich das kann«, sagte er fast abweisend. »Du lebst seit drei Wochen hier mit mir – kannst du dir vorstellen, daß ich mit einer Frau locker flirte? Ich kann ja nicht einmal eine Beziehung zu den Frauen aufbauen, die ich mit hierherbringe.«

»Dann schläfst du nie mit ihnen?« Die Frage war ihr plötzlich in den Sinn gekommen, sie bereute sofort, sie gestellt zu haben.

»Ich bin doch kein Mönch«, sagte Thomas barsch. »Wenn sie es wollen, schlafe ich mit ihnen. Aber das bedeutet nicht, daß irgendeine Beziehung zwischen uns besteht.«

Er stellte das Cognacglas auf den Tisch. »Es ist ja meistens nicht so wie mit dir. Normalerweise kenne ich in kürzester Zeit ihre komplette Lebensgeschichte. Wahrscheinlich halten sie es nicht aus, daß ich nicht mit ihnen rede, und reden deshalb selbst ununterbrochen. Mit dir ist das anders. Du weißt jetzt schon fast alles über mich, aber von dir weiß ich gar nichts.«

»Dann hast du also diesmal eine Niete gezogen ...« Barbara versuchte, das Ganze ins Lächerliche zu ziehen, aber es gelang ihr nicht, denn Thomas blieb sehr ernst, als er antwortete.

»Du bist ganz einfach eine neue Erfahrung.« Er stand auf, nahm ihr das leere Cognacglas aus der Hand und trug es mit seinem in die Küche. Barbara wußte, das Gespräch war beendet.

Nachdenklich ging sie in ihr Zimmer. Sie dachte an das, was er nicht erzählt hatte: daß er die Frauen im Schlaf fotografierte. Diese Frauen waren für ihn ein Stück vom wirklichen Leben, so als stellte er von Zeit zu Zeit frische Blumen in seine Wohnung oder füttere eine streunende Katze. Er war unfähig, an diesem Leben teilzuhaben, das einzige, was ihm blieb, war, es zu beobachten und sich für Momente die Illusion zu verschaffen, nicht allein zu sein. Er war so einsam, daß es ihr manchmal weh tat, ihn anzusehen. Und er rührte keinen Finger, etwas daran zu ändern.

Sie fragte sich, ob es für ihn überhaupt möglich war, sich zu ändern. Er hatte ihr eben einen Teil seiner intimsten Geheimnisse erzählt – doch das brachte ihn ihr nicht näher. Nur im Schweigen fühlte sie sich ihm manchmal nah, als gäbe es irgendeine Geheimsprache zwischen ihnen. Aber selbst die offenbarte nicht, ob er nun ein Mörder war oder einfach nur ein einsamer Exzentriker.

Walter jedenfalls schien ihn für den Mörder zu halten – sonst hätte er nicht so verstört reagiert, weil der Mann, den er in Polizeigewahrsam glaubte, ihm plötzlich gegenüberstand. Barbara dachte an Walters merkwürdigen Auftritt am Abend zuvor. Erst jetzt fiel ihr auf, daß er freigehabt haben mußte – die Fahrer hatten Früh- und Mittagsdienst im wöchentlichen Wechsel, und letzte Woche hatte er Spätdienst gehabt. Hatte Walter vielleicht versucht, sich mit seiner Beschuldigung gegen Thomas bei ihr freie Bahn zu verschaffen? Dann waren seine Annäherungsversuche sehr viel ernster zu nehmen, als sie es bisher getan hatte.

Sie schüttelte den Kopf. Walter und seine Anmache, das war ein wirklich nebensächliches Problem. Die wichtigste Frage war, ob es Beweise für oder gegen Thomas gab. Sie würde es herausfinden. Sie würde das tun, was sie am besten konnte, das einzige, was sie konnte: Sie würde den Mörder jagen.

Die U-Bahn Richtung Messe / Stadion hatte Verspätung. Ungeduldig sah Barbara sich um, als die Bahn aus dem Tunnel ans Tageslicht fuhr. U-Bahn fuhr man in Düsseldorf viel häufiger über als unter der Erde.

Als Barbara am Aquazoo ausstieg, sah sie Philipp auf dem gegenüberliegenden Bahnsteig nervös auf und ab gehen: groß, schlank, blond – zumindest die wenigen Haare, die er noch hatte. Korrekt gekleidet, wie er war, wirkte er wie ein Buchhalter. Niemand hätte ihn für einen Polizisten gehalten – höchstens für einen Staatsanwalt. Tatsächlich hatte er das erste Staatsexamen in Jura gemacht, bevor er zur Polizei wechselte.

Barbara winkte, und als Philipp sie bemerkte, kam er schnell über die Gleise zu ihr herüber. Er schien ein wenig irritiert über ihre neue Frisur und begrüßte sie fahrig mit einem Kuß auf die Wange. Dann trat er einen Schritt zurück und musterte sie. »Meine Güte, du siehst ... schlimm aus.«

»Du hättest mich vor ein paar Wochen sehen sollen ...«, erwiderte sie nur. »Jetzt geht es mir eigentlich wieder ganz gut.«

Er deutete auf den Eingang zum Aquazoo, ein Tor, das von zwei riesigen Skulpturen, heroisch aussehenden Männern mit Pferden, umrahmt wurde, augenscheinlich Überbleibsel aus der Nazizeit. »Wollen wir hineingehen? Es ist ziemlich kühl hier draußen.«

Sie nickte, und sie schlenderten die Auffahrt zum eigentlichen Zoogebäude hinauf.

»Wie sieht es aus?« fragte sie.

»Meinst du den Fall?«

»Was sonst?«

Philipp war anzumerken, daß er lieber über etwas anderes gesprochen hätte. »Hielmann wurde gestern abend freigelassen. Wir haben nichts gegen ihn in der Hand.«

Barbara seufzte: »Ich wollte eigentlich die Dinge hören, die ich noch nicht weiß. Ich habe heute morgen mit ihm gefrühstückt.«

»Also diese Sache mußt du mir ohnehin noch erklären«, meinte Philipp. Er kaufte zwei Karten, und wenig später standen sie vor einem Pottwalskelett. Sie sahen lange den Pinguinen zu, die durch das Wasser zu fliegen schienen, während Barbara die ganze Geschichte ihrer Begegnung mit Doris und ihrer Bekanntschaft mit Hielmann erzählte. Es war zum Glück recht leer, so daß sie unbefangen reden konnten.

»Glaubst du, daß er der Mörder ist?« fragte Philipp, als sie geendet hatte.

»Ich weiß es nicht. Aber wenn er es ist, werde ich es herausfinden.«

Sie gingen zur ersten Abteilung, in der in verschiedenen Becken die Entwicklung der Arten vom Einzeller bis zum Säugetier an lebenden Objekten veranschaulicht wurde. Fasziniert starrte Barbara die filigranen Hydren an. »Nun bring mich bitte erst einmal auf den Stand der Dinge.«

»Ich kann dir die Akten ...«

»Das dauert mir zu lange. Also los.« Barbara war unerbittlich.

»Na gut.« Philipp seufzte hörbar. Wie üblich brauchte er für die Fakten nicht einmal ein Notizbuch. Er hatte ein bewundernswertes Gedächtnis. »Wir haben vier Opfer. Zwei Straßenprostituierte, eine Drogenabhängige und eine Pennerin. Opfer Nr. eins, Tanja Werner, zwanzig Jahre alt, Straßenprostituierte. Sie wurde vermutlich im März oder April getötet und lag im Gewerbeabfallcontainer einer pleite gegangenen Firma. Die Entdeckung war spektakulär: Sie landete auf dem Band einer Müllsortieranlage.«

»Ja, das habe ich gelesen. Was ist mit den anderen?« Inzwischen waren sie an dem wunderschönen Großbecken angekommen, in dem ein Korallenriff nachgebildet war.

»Opfer Nr. zwei, Julia Karlkowski, eine Heroinabhängige, fünfundzwanzig Jahre. Sie wurde unter einer wilden Müllkippe an einem Autobahnrastplatz gefunden. Getötet wurde sie vermutlich im Juli. Das dritte Opfer hieß Gabi Wendt, wieder eine Straßennutte, siebenundzwanzig Jahre. Fundort war wieder ein Müllcontainer auf dem Gelände einer stillgelegten Firma. Nr. vier, Doris Harzig, obdachlos, zweiunddreißig Jahre, getötet ...«

»Vor gut zwei Wochen, ich weiß. Was ist mit seiner Methode? Was ist gleich, was ist unterschiedlich?«

»Die Gerichtsmedizin hat zwar ganze Arbeit geleistet, aber der Kerl scheint sich gut auszukennen im Verwischen von Spuren. Er ist eine absolute Bestie – keiner unserer früheren Kandidaten ging mit solcher Perfidie vor.« Philipp sah Barbara nachdenklich an.

»Philipp, ich werde es schon ertragen können.«

Er deutete auf eine Sitzbank beim Haibecken. »Wir sollten uns trotzdem dabei setzen.«

Sie gingen hin, aber Barbara blieb stehen und sah die Haie an, die ihre Runden drehten. »Nun fang schon an«, knurrte sie.

»Na gut.« Philipp hatte sich hingesetzt. »Die wahrscheinlichste Theorie ist, daß sie freiwillig mit ihm mitgegangen sind – was zumindest bei Nutten ja nicht unwahrscheinlich ist. Und nun die Fakten aus der Gerichtsmedizin: Kein Opfer wurde am Fundort getötet. Sie waren alle nackt. Er hat ihnen die Fußsehnen durchgeschnitten, wohl um sich Fesselungen zu ersparen. Es gibt keine brauchbaren Handabdrücke oder andere Druckspuren auf den Opfern, vermutlich weil er sie ein paar Tage leben ließ – die Fußwunden, die er ihnen sicherlich verbunden hatte, begannen schon wieder zu heilen.«

Barbara wagte nicht, sich vorzustellen, was die Frauen durchgemacht hatten, bis der Mörder sie tötete. »Gibt es Knebelspuren?«

Philipp schüttelte den Kopf: »Keinerlei Anzeichen dafür.«

»Dann hört er sie gerne schreien. Er muß sie an einen Ort bringen, wo niemand hinkommt und der weit von anderen Häusern entfernt ist. Bunker, Gewerbegebiete, freistehende Häuser ...«

»Soweit war die Düsseldorfer Soko auch schon. Aber die Fundorte sind über die ganze Stadt verteilt, und sie können nicht jedes in Frage kommende Gebäude überprüfen.«

Barbara lachte bitter: »Personalmangel ist immer eine gute Entschuldigung.«

»Und eine treffende dazu.« Philipp zog ein Pfefferminzbonbon aus der Tasche und hielt es Barbara hin. »Natürlich bleiben sie dran. Wenn die Leichen so wenig erzählen, kann man nur hoffen, daß der Tatort mehr hergibt. Aber keiner hat eine Ahnung, wieviel derartige Gebäude es in Düsseldorf überhaupt gibt. Es ist eine Sisyphusarbeit.«

Barbara nahm das Bonbon, wickelte es aus und schob es sich in den Mund. »Hat er die Opfer vergewaltigt?«

»Ja. Aber es gibt keine Spermaspuren. Die Lieblingstheorie des Gerichtsmediziners hierzu ist, daß er Kondome benutzt. Das versucht er zur Zeit nachzuweisen, ebenso wie die Vermutung, daß er OP-Handschuhe trug.« Auch Philipp schob sich ein Bonbon in den Mund.

»Kondome und OP-Handschuhe? Bei einem Sexualtäter?«

»Er will keine Spuren hinterlassen. Er erdrosselt sie mit einer Schnur, und wenn sie tot sind, spritzt er sie mit einem Schlauch ab. Dazu paßt auch die letzte Auffälligkeit: Er schneidet ihnen das Fleisch von den Innenseiten der Schenkel.«

Jetzt setzte Barbara sich doch hin. »Warum?«

»Der Gerichtsmediziner meint, um Bißspuren zu beseitigen. Wir kennen das aus Fällen von Kindesmißbrauch: Die Täter beißen in die Innenseiten der Schenkel. Ein solcher Abdruck könnte ihn verraten, also schneidet er ihn weg ...«

Barbara lehnte den Kopf an die Beckenwand. Hinter ihr zogen die Haie ihre Kreise. Sie hatte keine Ahnung, warum gerade das sie so mitnahm.

»Bist du in Ordnung?« fragte Philipp.

»Ich suche mir eine Toilette«, sagte sie hastig und sprang auf.

Kurze Zeit später nahm Philipp sie vor der Toilette wieder in Empfang. »Geht es dir besser?«

»Ja.« Sie lächelte schief. »Noch vor drei Monaten hätte mich so etwas nicht umgehauen.«

»Sag das nicht. Fotos wie diese habe ich lange nicht mehr gesehen.«
Sie waren in ihrem Rundgang bei den Reptilien angelangt und
betraten nun das Tropenhaus. »Meinst du, die feuchtwarme Luft
da drin ist jetzt das richtige?« fragte Philipp besorgt.
»Wenn ich schon hier bin, möchte ich auch die Krokodile sehen.«
Sie standen auf der Brücke über den einzelnen Gehegen und
schauten auf die Krokodile hinunter. »Was haben sie eigentlich gesagt wegen meines Vorschlags, Hielmann undercover auszukund-
schaften?«
»Sie waren erstaunt. Aber sie wissen, daß das Team ohne dich nur
halb soviel wert ist, und deshalb lassen sie sich darauf ein. Der Soko
steht das Wasser bis zum Hals, sie müssen bald Erfolge zeigen, der
öffentliche Druck ist schon jetzt kaum erträglich.« Philipp zuckte
zusammen, weil ein kleiner roter Schmetterling direkt vor seiner
Nase vorüberflog.
»O. K. Ist Körner noch in Wiesbaden?«
»Ja, aber er wird so schnell wie möglich nachkommen.«
»Gut.« Barbara fiel das Durchatmen in der Tropenluft doch etwas
schwer, und sie ging langsam Richtung Ausgang. »Anne soll in
meine Wohnung nach Frankfurt fahren und ein paar Sachen einpacken, sie weiß schon, was. Körner kann den Koffer dann mitbringen. Ich möchte ein Hotelzimmer, in dem ich mich umziehen
und auch arbeiten kann. Ich habe keine Lust, das auf der Toilette
des Polizeipräsidiums tun zu müssen. Wie weit sind die Datenspe-
zialisten mit VICLAS?*«
Philipp zuckte bedauernd die Schultern. »Sie haben nicht mal mit
der Anpassung angefangen. Im Moment hat das organisierte Verbrechen Vorrang – zusammen mit den neuen Abhörmöglichkeiten
versprechen sie sich mehr davon. Vergewaltigungen und andere
Gewaltverbrechen betreffen zu wenige.«
»Und es wäre ja auch eine Schande für die armen Politiker, wenn
sie so ein schönes Gesetz für den großen Lauschangriff konzipie-

---

* VICLAS = Violent Crime Linkage System, amerikanisches Datenerfas-
sungssystem für Gewaltverbrechen, wichtiges Instrument zur Erstellung von
Täterprofilen

ren, und die Polizei ist dann nicht vorbereitet, wenn es in ein paar Jahren vielleicht den Bundestag passiert ...«

»Barbara, du weißt, wie das Spiel läuft. Es war immer so. Und außerdem ist es schwierig, ein amerikanisches Erfassungssystem auf unsere Bedürfnisse umzustricken. Vor allem, wenn die täterorientierten Profiling-Methoden hierzulande umstritten sind.«

Barbara ballte die Faust. »Weißt du, wie lange ich schon für VICLAS kämpfe? In Kanada sind die Behörden zur Nutzung verpflichtet. Und alles andere, was mit Profiling zusammenhängt: In Großbritannien gibt es längst Lehrstühle für Investigative Psychologie. Selbst die Österreicher arbeiten offiziell mit Profiling-Methoden. Und ich muß mich jedesmal rechtfertigen, wenn ich solche Methoden anwende.« Sie seufzte. »Dann muß meine eigene Datenbank wieder herhalten. Mein PC in Wiesbaden soll online geschaltet werden. Dann kann ich mich über ein Laptop in meine Datenbank einklinken. Oder hat das schon jemand gemacht?«

Philipp schüttelte bedauernd den Kopf. »Du hast so viele Features eingebaut, damit kann keiner außer dir wirklich umgehen – nicht mal unser Computerfreak Körner. Wir haben die Informationen natürlich durch den großen Bruder laufen lassen, aber das war Fehlanzeige. Weil wir nicht genug Merkmale miteinander koppeln können, haben wir jetzt über zweihundert alte und neue Fälle, aufgeklärte, nicht aufgeklärte ... Wir wären Wochen damit beschäftigt, allem nachzugehen.«

»Er ist einfach nicht dazu ausgelegt. Ich habe immer gesagt, wir brauchen eine spezielle Falldatei auf diesem Gebiet. Und wir brauchen VICLAS.« Sie hatten inzwischen das Tropenhaus wieder verlassen und kamen zur Insektenabteilung. »Kannst du alles so einrichten?«

»Sicher. Ehrlich gesagt, ich glaube nicht, daß der Täter früher schon einmal zugeschlagen hat.«

»Ich denke schon. Die Abstände zwischen den Morden werden kürzer. Er bekommt seinen Kick nicht durch den Sex mit dem Opfer, er bekommt ihn durch das Töten. Und er ist wie ein Junkie: Er braucht es immer öfter und immer stärker.« Barbara suchte in einem Terrarium Stabheuschrecken, die sich perfekt wie

Zweige getarnt hatten und daher kaum zu sehen waren. »Wird Hielmann überwacht?«

»Sicher, im Moment noch rund um die Uhr. Aber das fehlende Personal wird das auf Dauer unmöglich machen. Sie hoffen sehr auf dich.«

Barbara faßte sich an die Stirn. »Ich kann nicht ständig in seiner Nähe sein, das paßt nicht ...«, sie zögerte, »... zu der Rolle, die ich spiele. Ich kann nur in seiner Wohnung nach Beweisen suchen und versuchen, im Gespräch etwas aus ihm herauszukitzeln – und das ist verdammt schwer. Wenn er der Täter ist, wird er sich im Moment sehr zusammenreißen, er ist schließlich alles andere als dumm.«

»Wenn er der Täter ist, dann bist du vielleicht sein nächstes Opfer.«

»Ich werde mich schon vorsehen. Ehrlich gesagt, eine so brutale Vorgehensweise paßt nicht zu ihm.«

Philipp seufzte: »Muß ich dich erst an Schmidtmann erinnern?«

»Nein«, sagte Barbara knapp. An Schmidtmann mußte sie niemand erinnern. Plötzlich hatte sie das Bedürfnis nach frischer Luft. »Laß uns gehen.«

»Aber ich hätte gern noch die prähistorische Sammlung gesehen«, protestierte Philipp, doch Barbara stürmte geradezu zum Ausgang der Insektenabteilung. Er holte sie erst draußen wieder ein. »Barbara, es tut mir leid. Ich wollte dir nicht weh tun. Ich mache mir Sorgen um dich ...«

»Das ist nicht nötig, Philipp. Du hast mir gegenüber keine Verpflichtungen.«

»Verdammt, Barbara, ich weiß, daß zwischen uns alles vorbei ist, daß du von unserer Beziehung nichts mehr wissen willst. Aber du kannst nicht verlangen, daß ich meine Gefühle einfach ausknipse wie eine ... eine Nachttischlampe. Ich habe hilflos dabeigestanden und zugesehen, wie dich der Fall Schmidtmann langsam auffraß. Ich habe gehorsam meine Zahnbürste und das Rasierzeug eingepackt, als du mich darum gebeten hast.« Er hatte immer lauter gesprochen, jetzt senkte er seine Stimme wieder, weil die Leute draußen sie schon anstarrten. »Ich liebe dich immer noch, Barbara, auch wenn ich dich überhaupt nicht verstehe. Wenn du meine Liebe nicht willst, dann akzeptiere wenigstens, daß ich dein Freund und Kollege bin.«

Ein kalter Windstoß erfaßte sie, und Barbara fröstelte. Philipps plötzlicher Ausbruch war etwas, das sie zu vermeiden gehofft hatte.

»Ich weiß, daß es dir nicht gutgeht, Barbara. Du hast dich so sehr verändert ...«

»Ich hatte einen Nervenzusammenbruch, Philipp.«

Er schüttelte den Kopf. »Glaubst du, das weiß ich nicht? Ich weiß sogar, daß du eine Therapie begonnen hast. Hast du dem Therapeuten von deiner Freundin Ina erzählt?«

Barbara sah ihn kalt an. »Ich habe dir diese Sache einmal in einer schwachen Minute erzählt – im Vertrauen. Wenn ich jemals herausfinden sollte, daß du mit jemandem darüber gesprochen hast ...«

»Aber das würde ich doch nie tun. Wenn Becker das erfahren würde, bekämst du wahrscheinlich einen ruhigen Posten im Innendienst ...« Er nahm sie am Arm und zog sie sanft weiter. Es war ihm peinlich, Aufsehen zu erregen. »Du weißt, daß du nie in diesem Bereich hättest arbeiten dürfen – vielleicht nicht einmal Polizistin werden –, wenn das aktenkundig geworden wäre. Und zu Recht. Dieses Erlebnis beeinflußt dein ganzes Leben – bis hinein in unsere Beziehung.«

»Es ist Vergangenheit. Und es hat nichts mit uns zu tun.« Sie lief entschlossen auf das Eingangstor zu. Philipp hatte Mühe, ihr zu folgen.

»Barbara, der Kerl, der deine Freundin Ina umgebracht hat, ist vor zwölf Jahren in einem Landeskrankenhaus gestorben. Ich habe das recherchiert.«

»Das weiß ich. Ich weiß, daß er tot ist, Philipp.«

Er griff von hinten an ihre Schulter. »Warum jagst du ihn dann immer noch, Barbara?«

»Was?«

»Schmidtmann und all die anderen. Eigentlich jagst du immer nur ihn.«

»Werde nicht melodramatisch, Philipp.« Sie waren draußen auf der Straße, und Barbara konnte wieder durchatmen.

»Wie du meinst.« Philipp klang ein wenig beleidigt.

»Ich möchte nicht darüber sprechen.«

»In Ordnung. Bleiben wir also geschäftlich. Wenn du dich morgen bei mir im Polizeipräsidium meldest, werde ich dir sagen, was wir für dich arrangiert haben.«

Gerade fuhr die U 78 in die Haltestelle ein. »Das ist meine Bahn«, rief sie und rannte über die Straße. »Ich rufe dich im Präsidium an.« Sie war froh, dem Gespräch entflohen zu sein. Als sie sich hingesetzt hatte, konnte sie Philipp mit ratlosem Gesicht auf der anderen Straßenseite stehen sehen. Dann fuhr die Bahn los.

Zuerst überlegte sie, ob sie noch eine Weile am Bahnhof bleiben sollte, aber dann entschied sie sich anders und fuhr auf direktem Weg zurück zu Thomas Hielmann. Als sie die Straße heraufkam, sah sie sich vergeblich nach Beamten um, die ihn beschatteten.

Thomas war nicht zu Hause. Sie ging in ihr Zimmer, um die Schuhe auszuziehen, und traute ihren Augen nicht. Auf dem Bett lag eine schlichte, aber raffiniert geschnittene Jacke in einem warmen, hellen Braunton, eine passende Hose und ein Rock, zwei Oberteile, ein wunderschöner Pulli und eine weite Weste. Auch ein paar Schuhe standen vor dem Bett.

Es waren Sachen, wie sie sie noch nie getragen hatte – schlicht, aber nicht im geringsten langweilig oder konservativ. Vorsichtig strich sie über die Jacke, Thomas mußte eine Menge Geld für die Kleidung ausgegeben haben.

Barbara konnte nicht widerstehen. Sie zog ihre Jeans aus und schlüpfte in die Hose. Sie saß wie angegossen. Ein Kleidungsstück nach dem anderen probierte sie an und rannte immer wieder zu dem großen Spiegel in Thomas' Schlafzimmer. Gerade hatte sie von der Hose zum Rock gewechselt – es war einer dieser langen, schmalen Strickröcke –, da hörte sie den Schlüssel in der Tür. Thomas kam nach Hause.

Sie ging ihm im Flur entgegen. »Soll ich mich in Zukunft so edel gekleidet herumtreiben?« fragte sie.

Sein Gesicht verriet keine Regung. »Als ich dich gestern abend in den anderen Sachen sah, dachte ich, es sei an der Zeit, dir die Chance zu geben, zumindest äußerlich die Herumtreiberin hinter dir zu lassen. Ich weiß ja nicht, was du außer Jeans und Sweatshirts sonst getragen hast. Aber ich dachte, dies könnte zu dir passen.« Wie so häufig, ließ er sie nicht eine Sekunde aus den Augen, auch als er seinen Mantel und den Hut an die Garderobe hängte.

»Eigentlich müßte ich ein so großzügiges Geschenk ablehnen«, sagte sie. »Aber die Sachen sind so schön . . .«

»Dann nimm sie einfach. Ich mache gern jemandem eine Freude.« Er ging ins Arbeitszimmer, ohne ihre Antwort abzuwarten.

»Danke, Thomas.« Einen Augenblick lang stand sie unschlüssig im Flur, dann folgte sie ihm. »Essen wir heute abend zusammen?«

Er sah sie erstaunt an. »Ja, warum nicht.«

»Dann bis später.«

Barbara ging zurück in ihr Zimmer und zog die Jacke über, die sie noch nicht anprobiert hatte. Vorsichtig schlich sie sich durch den Flur in Thomas' Schlafzimmer und drehte sich vor dem Spiegel hin und her. Als sie die Hände in die Taschen steckte, fühlte sie ein Stück Papier. Sie zog es heraus – es war ein Fünfhundertmarkschein, an dem ein Post-it-Zettel klebte. »Für all die Kleinigkeiten, an die ich nicht gedacht habe«, hatte Thomas in seiner eckigen Handschrift darauf gekritzelt.

Barbara steckte den Geldschein in die Handtasche, die Elke ihr geschenkt hatte. Erst jetzt kam ihr in den Sinn, daß sie in Schwierigkeiten kommen könnte, wenn Thomas wirklich der Mörder war. Sie strich gedankenverloren über die Jacke. Die Sachen paßten besser zu ihr als alles, was sie sich je selbst gekauft hatte. Aber das Geld würde sie nicht anrühren. Sicher war sicher.

Thomas führte sie an diesem Abend groß aus. Er trug einen eleganten dunklen Anzug und hatte Wolframs Nobelkarosse samt Fahrer für die Fahrt nach Kaiserswerth ausgeliehen.

»Hast du eigentlich keinen Führerschein?« fragte Barbara, als sie hinten Platz genommen hatten.

»Ich fahre nicht gern – und schon gar nicht, wenn ich gut essen und trinken will. Mein Auto habe ich vor ein paar Jahren abgeschafft. Wenn ich eins brauche, kann ich immer einen Firmenwagen nehmen.«

Ein Weile herrschte wieder das vertraute Schweigen, dann meinte er plötzlich: »Du machst mir eine große Freude heute abend. Ich gehe gern in gute Restaurants, aber allein macht es keinen Spaß.«

»Wer begleitet dich gewöhnlich?« fragte Barbara.

»Wolfram – oder meine Mutter. Aber das ist auch eher eine Strafe.« Nach der Erfahrung am Abend vorher konnte Barbara ihm nur beipflichten.

Verstohlen sah sie sich um und konnte den Wagen der Polizei, der sie verfolgte, sofort ausmachen – einen blauen Opel Omega. Sie war sich nicht sicher, ob auch Thomas etwas gemerkt hatte.

Im Restaurant war Thomas wie ausgewechselt. Wenn sie halb befürchtet hatte, sie würden ihr Essen schweigend einnehmen wie des öfteren bei Enrico, so hatte sie sich darin gründlich getäuscht. Sie sprachen über interessante Themen, aber auch ganz Belangloses, und Thomas glänzte mit geistreichen Bemerkungen. Mit einemmal kam Barbara der Gedanke, daß es für Thomas ein Spiel war. Er kam hierher und gab in dieser Kulisse vor, ein anderer zu sein. Es machte ihr Spaß, aber gleichzeitig stieß es sie ab. Der wahre Thomas war ein anderer.

Es war schon spät, als sie sich wieder heimfahren ließen. Thomas war so rücksichtsvoll gewesen, den Fahrer in der Zwischenzeit nach Hause zu schicken, und hatte ihn dann angerufen. Sie warteten nun draußen auf ihn. Thomas blickte sich um, dann meinte er: »Da sind ja unsere Schatten.« Er deutete auf den blauen Omega.

›Hervorragend‹, dachte Barbara. ›Sie bringen es nicht einmal fertig innerhalb von drei Stunden das Kennzeichen zu wechseln, geschweige denn den ganzen Wagen.‹

»Jedenfalls brauche ich keine Angst zu haben, in der nächsten Zeit nachts überfallen zu werden«, sagte er sarkastisch, als der Fahrer kam und er in den Wagen stieg.

Es kam Barbara wie eine Erholung vor, daß sich Thomas jetzt wieder in sein altes Ich zurückverwandelte. Sie genoß die Stille im

Auto, aber es war anders als sonst, denn Thomas fragte plötzlich: »Hat es dir nicht gefallen? Du warst so still während der letzten Stunde im Restaurant.«

»Doch ... es war wunderbar. Das Essen war großartig.«

Sie näherten sich einer hellerleuchteten Kreuzung, und im Halbdunkel des Wagens waren seine Augen plötzlich wieder genauso wie in der Kneipe an dem Abend, als sie sich kennenlernten. Barbara wußte genau, er hatte verstanden, was sie gestört hatte, und sie spürte, daß es ihn traurig machte. Sie waren jetzt auf Höhe der Theodor-Heuss-Brücke, und aus einem Impuls heraus bat sie: »Laß uns noch ein wenig am Rhein spazierengehen.«

Er nickte, und dann befahl er dem Fahrer anzuhalten und schickte ihn nach Hause. »Wir rufen uns nachher ein Taxi.«

Sie gingen zur Uferpromenade hinunter. Barbara hörte im Geiste die Beamten, die sie beschatteten, fluchen. Am menschenleeren Rheinufer war es äußerst schwierig, unauffällig zu bleiben.

»Ich wollte, daß es ein perfekter Abend wird«, sagte Thomas leise. »War ich so schlecht als Unterhalter?«

»Nein. Aber du hast so etwas nicht nötig.« Der Wind war recht kalt in dieser Nacht, und Barbara fröstelte ein wenig. »Darf ich mich bei dir einhaken?« fragte sie.

Thomas bot ihr seinen Arm, und sie gingen weiter. »Erzähl mir etwas von dir«, bat er nach einer Weile.

»Was willst du denn wissen?«

Er zuckte die Schultern. »Alles – aber nichts, was du nicht erzählen willst.«

»Ich ... ich hatte einen Nervenzusammenbruch ... vor drei Monaten. Das war wegen meines Jobs. Ich bin ... Sozialarbeiterin.« Diese Lüge schien Barbara noch am plausibelsten. »Als es mir wieder besserging ... Aber eigentlich waren es nur die Ärzte, die meinten, mir gehe es wieder besser. Ich schlitterte in eine Depression hinein, ganz langsam, und ich sah mir selbst dabei zu, wie ich mich gehenließ und einfach nichts mehr tun konnte. Ich wohne in Frankfurt.«

»Wie bist du hierhergekommen?«

Barbara schilderte es ihm, so wahrheitsgetreu sie konnte, auch die

Geschichte von der gestohlenen Geldbörse. Sie ließ lediglich weg, daß es Doris Harzig war, bei der sie übernachtet hatte und die ihr Geld gestohlen hatte. »Ich hätte nur ein paar Leute anrufen müssen, sie hätten mir geholfen. Aber ich konnte es nicht. Ich war einfach unfähig, irgend etwas zu tun.«

Thomas sah sie direkt an. »Und jetzt geht es dir besser?«

»Ja. Etwas besser. Da sind … da sind ein paar Dinge aus der Vergangenheit hochgekommen, mit denen ich noch nicht im reinen bin. Vielleicht werde ich es nie sein. Aber ich habe mich gefangen.« Als sie es aussprach, wußte sie, daß es die Wahrheit war.

»Ich habe gespürt, daß es dir schlechtging an dem Abend. Und damit meine ich nicht, daß du Hunger hattest und frorst.« Er machte eine Pause. Es schien ihm sehr schwerzufallen, ihr mit dem, was er sagte, nah zu kommen, und er sah sie dabei nicht an. »So naß, wie du warst, kam es mir vor, als wärst du … eine Ertrinkende.« Seine Stimme war ganz weich geworden.

Noch bevor Barbara antworten konnte, fragte er: »Und wann wirst du diese Leute in Frankfurt anrufen?« Es klang sicher schneidender, als er beabsichtigt hatte.

»Leute? Welche Leute?« fragte Barbara verwirrt.

»Du sagtest, du hättest Leute anrufen können, die dir helfen würden.«

»Möchtest du denn, daß ich das tue?«

Es dauerte eine ganze Weile, bis er antwortete: »Nein.« Und dann fügte er hinzu: »Aber sie werden sich um dich sorgen.«

»Ja. Vermutlich tun sie das. Aber das ist mir egal.«

Sie waren schon in der Altstadt, es war ein langer Spaziergang gewesen, und jetzt fror Barbara wirklich. »Laß uns ein Taxi suchen«, meinte sie.

Wenig später waren sie auf dem Weg zurück nach Hause.

5

Am nächsten Tag war alles wieder beim alten: Barbara hielt sich am einen Ende der Wohnung auf, am anderen saß Thomas und arbeitete an seinem Computer. Es war wie verhext. Immer wenn sie glaubte, ihm nähergekommen zu sein, entglitt er ihr wieder.

Ohne sich zu verabschieden, verschwand sie gegen Mittag aus der Wohnung in Richtung Bahnhof. Dort, das wußte sie, gab es noch eine Telefonzelle mit Münzapparat.

Der Anruf war schnell erledigt. Philipp hatte alles soweit vorbereitet, nur ein Laptop war weder beim LKA noch bei der Düsseldorfer Polizei zu bekommen – aus Etatgründen. Körner, der Kollege aus dem BKA-Team, würde ihn mitbringen, ebenso wie einen Koffer mit Kleidern für Barbara.

Sie traf sich mit Philipp am Bahnhof. »Wir haben dir ein Zimmer in einem Hotel hier ganz in der Nähe gesucht – Grupellostraße. Kennst du die?«

Barbara nickte. »Da ist die Kneipe, in der ich Hielmann kennengelernt habe.«

»Möchtest du lieber woandershin?« fragte Philipp. »Möglicherweise sieht dich jemand, der dich kennt.«

»Nein, ich denke, das geht schon klar.«

Gemeinsam gingen sie zu dem Hotel. Es war klein und einfach, für Düsseldorf recht preiswert. »Wir dachten, wenn du weiter so herumlaufen willst, sollte es nicht gerade ein Luxushotel sein.«

»Das Hotel ist in Ordnung. Hauptsache, ich habe ein Telefon für das Modem.«

»Ja, das habe ich geklärt.«

Sie gingen hinauf in das Zimmer. Barbara packte sofort den Laptop und das Modem aus und schloß beides an. »Mal sehen, ob mein Baby in Wiesbaden schon online ist.« Sie konnte problemlos auf ihre Datenbank zugreifen. »Auf Anne ist eben Verlaß«, sagte sie. Anne Wietold war Beckers Sekretärin.

»Wie lange wirst du brauchen?« fragte Philipp.

»Bis morgen oder übermorgen. Erstens ist das aus der Ferne nicht gerade die schnellste Methode, und zweitens muß ich mich erst noch durch die Akten graben.«

»Ach ja, die Akten.« Philipp öffnete den Koffer. »Ich durfte kein weiteres Exemplar für dich erstellen – dies sind meine Akten, das heißt die des Teams. Sie haben sich schon unglaublich darüber aufgeregt, daß sie für das LKA einen Satz Fotos nachmachen mußten, da habe ich mich gar nicht mehr getraut, sie danach zu fragen.«

»Sie sind wohl fest entschlossen, uns im Regen stehenzulassen?«

»War doch zu erwarten, oder? Wir haben in solchen Fällen keine Weisungsbefugnis.« Philipp warf die Akten aufs Bett. »Aus dem Grund hat das LKA auch einen Ermittlungsbeamten für die Soko abgestellt, statt nur von weitem zu agieren.«

»Und wen? Jemanden, den wir kennen?«

»Heinz Wersten. Er wird uns wenigstens nicht im Weg stehen.«

Barbara kannte und mochte den ruhigen älteren LKA-Beamten. Heinz Wersten war einer von denen, die sich nicht zu schade waren, bei ihr in Wiesbaden um Rat zu fragen, wenn sie nicht mehr weiterwußten. »Lassen die Düsseldorfer Kollegen ihn mitspielen?«

»Wo denkst du hin. Er muß jedesmal seinen Chef um Hilfe bitten, wenn er etwas von ihnen will. Das kann sicher noch ein paar Tage so weitergehen, bis das LKA ein Machtwort spricht. Und natürlich sind die Düsseldorfer tief gekränkt, daß wir jetzt da sind.« Philipp zögerte einen Moment. »Heinz wollte dich hier so bald wie möglich treffen – und du solltest bei seinem Chef Lohberg reinschauen. Ich wollte … nun, Becker kommt übermorgen zurück, und bevor es irgendwelchen Ärger gibt, dachte ich, es wäre besser, wenn das LKA deinen Einsatz offiziell unterstützt.«

Barbara grinste. »Du hast wirklich Angst vor Becker, nicht wahr?«

»Die solltest du diesmal auch haben. Er betrachtet dich als Deserteurin, schließlich hat man – und das ist ein Zitat – ›eine Menge Geld in dich investiert‹ für die Weiterbildung beim FBI. Und heute kannst du ihm nicht so einfach einen Erfolg präsentieren und deinen Kopf aus der Schlinge ziehen.« Er klopfte auf die Akte. »Übermorgen brauche ich die Akten zurück – für Becker.«

Barbara seufzte. »Ich wünschte, er würde in Wiesbaden bleiben und das Ganze von dort aus koordinieren.« Becker koordinierte außerordentlich gern, das brachte ihn nicht in die peinliche Lage, selbst Fehler machen zu müssen. »Ich kann jedenfalls keine Nachtschicht machen, dann würde Hielmann mißtrauisch. Bisher war ich abends immer zu Hause.«

»Was macht Hielmann zur Zeit?«

Barbara griff nach der Akte, setzte sich auf den einzigen Stuhl im Zimmer und begann zu blättern. »Als ich wegging, hat er gearbeitet. Er schreibt ein Buch. Gestern abend hat er mich nach Kaiserswerth zum Essen ausgeführt.«

»Oh.« Die Art, wie Philipp dieses »Oh« betonte, gefiel Barbara nicht.

»Im Bericht der Beamten, die ihn beschatten, stand, daß er gestern in einer Boutique an der Kö Damengarderobe erstanden hat«, sagte Philipp mit einem süffisanten Lächeln. »Ich nehme an, er trägt so etwas nicht?«

Barbara klappte die Akte wieder zu. »Er hat mir die Sachen geschenkt – und ich habe sie angenommen. Ich besitze hier offiziell zur Zeit zwei Jeans und drei Sweatshirts. Wenn ich abgelehnt hätte, wäre das nicht sehr klug gewesen, oder?«

»Schon gut, Barbara. Reg dich nicht auf. Aber du solltest vorsichtig sein – laß dich nicht einwickeln von dem Kerl.«

»Ich lasse mich nie einwickeln. Gerade du solltest das wissen.« Barbaras Erwiderung klang ungewollt scharf. Philipp senkte den Blick. »Gibt es etwas Neues aus der Gerichtsmedizin?« fragte Barbara und versuchte, geschäftsmäßig zu klingen.

»Nein. Sie legen sich zwar sehr ins Zeug, aber die Ergebnisse sind alle enttäuschend.«

Barbara runzelte die Stirn. »Philipp, meinst du, es könnte etwas bringen, wenn wir Doris' Schlafplatz untersuchten?«

»Ihren Schlafplatz? Denkst du, er ist dort gewesen?« Er schüttelte den Kopf. »Die Chancen dafür stehen eins zu tausend.«

»Ja, das sehe ich auch so. Trotzdem würde es der Gerichtsmedizin und dem Labor doch sehr helfen, wenn gewisse Spuren an Doris ausgeschlossen werden könnten. Fasern von ihrer Schlafdecke im Haar und so weiter ...«

»Würdest du diesen Schlafplatz denn wiederfinden?«

»Ich weiß nicht.« Barbara zuckte die Schultern. »Wenn ich das Gebäude sehe, erkenne ich es bestimmt wieder. Aber wo genau es ist ... Ich habe schon einmal vergeblich versucht, es wiederzufinden.«

»Ich bekomme keinen von der Soko dazu, dich durch Düsseldorf zu kutschieren für ein paar vage Spuren.«

»Dann ruf Heinz an. Er lebt schon so lange in Düsseldorf, er kennt sich doch bestens aus.«

Philipp ging zur Rezeption hinunter, um zu telefonieren. Währenddessen begann Barbara einen ersten Suchlauf in ihrer Datenbank mit den Fakten, die Philipp ihr im Aquazoo genannt hatte. Ein paar Minuten später war er wieder oben, und in weniger als einer halben Stunde stand Wersten in der Tür.

»Hallo, Barbara«, sagte er und umarmte sie herzlich. »Wie lange ist das jetzt schon wieder her?«

»Die Autobahnmorde – drei Jahre. Aber du hättest uns doch längst mal besuchen können in Wiesbaden ...«

Heinz Wersten war klein und drahtig, hatte dichtes graues Haar und eine Menge Lachfalten um die Augen. Barbara erinnerte sich, ihm im letzten Jahr eine Karte zum fünfzigsten Geburtstag geschickt zu haben.

»Du weißt ja selbst, wie das ist ... Die Arbeit nimmt überhand, überall wird am Personal gespart ... Philipp sagte, du brauchst meine Hilfe?«

»Sie hat mit dem vierten Opfer, Doris Harzig, im Keller eines Gebäudes übernachtet – der übliche Schlafplatz dieser Frau. Sie kann das Gebäude nicht wiederfinden«, sagte Philipp. Barbara haßte es, wenn er für sie sprach.

Wenn Heinz überrascht war, daß Barbara bei einer Pennerin übernachtet hatte, ließ er sich das jedenfalls nicht anmerken. Etwas anderes schien ihn zu wundern. »Ich hatte einen befreundeten Streetworker gebeten, mit seiner Klientel am Bahnhof zu reden, um Informationen über Doris Harzig zu sammeln. Er erzählte mir, sie sei eine von denen, die unter der Oberkasseler Brücke schlafen, bis es zu kalt wird dafür.«

»Vielleicht war sie noch nicht so lange in diesem Keller. Sie war ziemlich stolz drauf und warnte mich, es jemandem zu sagen«, meinte Barbara. »Du mußt mir helfen, dieses Gebäude zu finden.«

»Dann erzähl mal. In welche Richtung seid ihr gegangen?«

Philipp stand auf. »Ich denke, ihr braucht mich hier nicht mehr. Ich fahr noch einmal ins Präsidium, um zu hören, ob es etwas Neues gibt. Meine Nummer im Hotel hast du ja.«

Barbara nickte. »Bis morgen.«

Als Philipp gegangen war, setzte sich Heinz auf das Bett. »Bevor wir hier weitermachen, Barbara — sagst du mir, was mit dir los ist? Weshalb du bei einer Pennerin und einem Typen wie Hielmann gelandet bist?«

»Ich hatte einen Nervenzusammenbruch. Und danach steckte ich ganz lange in einem tiefen Loch. Dieser Kindermörderfall, weißt du. Das hat mich einfach fertiggemacht. Jetzt ... jetzt geht es langsam wieder aufwärts. Obwohl ich gedacht habe, ich könnte nie wieder arbeiten.«

Heinz hatte sie die ganze Zeit angesehen. »Ich weiß, wie das ist. Ich war auch mal in so einer Situation. Nicht wegen eines Falles, nein. Meine Frau ist vor zehn Jahren an Krebs gestorben. Ich habe angefangen zu saufen — aber das weißt du ja.«

»Ich wußte nicht, daß es wegen deiner Frau war«, sagte Barbara leise. Heinz machte aus seinem Alkoholismus keinen Hehl. Barbara wußte, er war seit Jahren trocken.

»Ich spreche nicht gern darüber.« Er lächelte. »Keine Angst — ich werde dir keine guten Ratschläge geben. In solchen Situationen kann man sich nur selbst helfen.«

»Aber die anderen müssen einem auch eine Chance dazu lassen«, erwiderte Barbara.

»Meinst du Philipp? Zwischen euch beiden ... das ist vorbei?«

Sie nickte. »Er denkt, wenn es mir bessergeht, kommen wir wieder zusammen. Aber ... ich kann das nicht mehr. Das ideale Paar, das war nur Fassade. Ich glaube, ich habe die Tatsache, daß wir beruflich so ein gutes Team sind, mit Liebe verwechselt.«

»Das ist bitter – für euch beide.« Sie schwiegen, dann lächelte Heinz aufmunternd: »So, jetzt laß uns dieses Gebäude finden.«

Barbara erklärte ihm, an welche Einzelheiten des Weges sie sich noch erinnerte – aber das war wenig mehr, als daß es vom Hauptbahnhof aus nicht in Richtung Rhein gegangen war. »Das Haus ist ein älteres Verwaltungsgebäude, so ein häßliches aus den frühen Sechzigern, ein großer grauer Kasten. Es steht mitten zwischen neuen Bürogebäuden, solchen postmodernen Glaspalästen. Büropark hier, Business Center dort – du kennst das ja.«

»Da gibt es ein paar Möglichkeiten. Eine Stunde seid ihr vom Bahnhof aus gelaufen?«

»So etwa. Ich hatte keine Uhr um – es kam mir so vor wie eine Stunde.« Barbara seufzte. »Das ist wirklich nicht sehr brauchbar. Wenn ich meine Zeugin wäre, ich glaube, ich wäre jetzt ganz schön frustriert.«

»Ach was. Es gibt mehrere Möglichkeiten, und ich denke, wir sollten einfach hinfahren«, meinte Heinz. »Oder mußt du hier am Computer sitzen?«

»Nein. Das kann noch eine Weile dauern. Ich muß nur unten an der Rezeption Bescheid sagen, daß keiner den Laptop anrührt.«

Kurze Zeit später waren sie unterwegs. Heinz steuerte mehrere Gegenden an, wo es viele Bürogebäude gab, aber dreimal hatten sie kein Glück. »Es wird bald dunkel«, sagte er. »Wir können heute nicht mehr alles abfahren. Aber eine Sache ist ganz hier in der Nähe, das werden wir uns noch ansehen.«

Er bog um eine Straßenecke und mußte an einer Ampel halten. Barbara sah sich um. Ihr Blick fiel auf einen Laden direkt an der Ecke. »An- und Verkauf« stand auf dem Schild.

»Heinz, hier sind wir richtig. Ich kann mich genau an den Laden erinnern, wegen der uralten Waschmaschine im Schaufenster. Wir müssen hier rechts abbiegen.«

»Bist du sicher?« fragte er. »Die Gebäude, an die ich dachte, sind hier geradeaus.«

»Nein, ich bin ganz sicher. Es ist noch ein Stück die Straße runter.«

Hinter ihnen hupte jemand, weil die Ampel längst Grün zeigte, aber Heinz setzte gelassen den Blinker und bog ab. Es war eine große, breite Straße. Sie fuhren fast fünf Minuten, da tauchte auf der rechten Seite der erste der Glaspaläste auf.

»Fahr da rechts in die kleine Straße«, wies Barbara Heinz an.

Es war eine längere Sackgasse mit einem großen Wendehammer am Ende. Davor gab es noch eine lange Zufahrt.

»Da ist es«, sagte Barbara.

Das Gebäude stand, von zwei neuen Bürobauten fast verdeckt, am Ende der Zufahrt. Heinz bog ein und hielt. Nachdenklich ging Barbara an dem Maschendrahtzaun entlang, aber Heinz rief sie zurück.

»Dort!« rief er und deutete auf die andere Seite. »Da ist der Zaun zerschnitten.«

»Ja, das war es. Ich erinnere mich nicht mehr an den Zaun, aber daran, wie das Gebäude ausgesehen hat, als wir darauf zugingen.« Sie stutzte. »Hast du eine Taschenlampe? Hier gibt es keinen Strom mehr.«

»Sicher.« Heinz ging zurück zum Auto und öffnete den Kofferraum. Er kam mit einer großen, lichtstarken Taschenlampe und einer etwas kleineren für den Hausgebrauch wieder. »Die ist für dich«, meinte er und drückte sie Barbara in die Hand.

Zielsicher ging Barbara um das Haus herum zur Rückseite und fand sofort den Abgang zur Kellertür. Sie klemmte. Heinz wollte sich dagegenstemmen, aber Barbara winkte ab. Sie erinnerte sich, wie Doris gegen die Tür gedrückt hatte, und war erfolgreich. Knarrend ging die Tür auf.

Sie schalteten die Taschenlampen an. Barbara ging voran. Sie leuchtete in ein paar Räume, nicht ganz sicher, wo der Raum, in dem sie geschlafen hatte, nun war. Aber dann wurde sie fündig.

»Hier ist es.«

Heinz leuchtete mit der großen Lampe den Raum ab. Die Kartons auf dem Boden, die beiden Decken, das kleine Regal mit den Konserven, alles war noch da. Zuerst dachte Barbara, daß

Doris möglicherweise nach der gemeinsamen Nacht gar nicht mehr hiergewesen war, aber dann erkannte sie, daß die Decke, die sie am Morgen zusammengefaltet hatte, offen dalag. Barbara leuchtete das schmutzige Teil an und schüttelte sich bei dem Gedanken, sich darin eingewickelt zu haben.

»Ich kann gar nicht glauben, daß ich hier wirklich eine Nacht verbracht habe«, sagte sie leise. »Aber an dem Abend war mir so ziemlich alles egal.«

Heinz klopfte ihr auf die Schulter: »Das ist ja jetzt vorbei.«

»Ja. Jetzt schlafe ich auf einem Reisebett in einer Luxuswohnung.« Sie blickte sich zu Heinz um. »Sollen wir uns hier noch etwas umsehen? Vielleicht hat sie nicht nur einen Raum benutzt.«

»In Ordnung. Du gehst den Gang rechts hinunter, ich links. Schade, daß deine Lampe so schwach ist.«

Barbara ging den Gang hinunter, während Heinz schnell im Nebenraum verschwand und ihn ausleuchtete. Sie fand nur zwei Stahltüren, die verschlossen waren. Sie leuchtete die Schilder auf den Türen an. »Technik« stand auf dem einen und »Heizungskeller« auf dem anderen. Am Heizungskeller steckte der Schlüssel. Barbara öffnete die Tür, leuchtete nur kurz hinein, konnte aber nichts Auffälliges entdecken. Sie schloß die Tür wieder ab und ging weiter. Der Gang machte einen Knick. Hier gab es keine verschlossenen Türen.

Auf der linken Seite war ein Raum mit vielen Regalen. Barbara vermutete, daß das hier das Archiv der Firma gewesen war. Die beiden anderen waren leer, nur eine große Plastikplane lag in dem einen.

Plötzlich hörte Barbara ein Geräusch, daß sie zusammenzucken ließ. Irgend etwas klopfte mehrmals fest gegeneinander. Sie sah in die Richtung des Geräuschs und atmete erleichtert durch. Es gab einen Kellerraum, dessen Tür offenstand. Durch das Kellerfenster fiel sogar noch etwas Licht hinein. Barbara spürte einen kühlen Luftzug. Sie ging zum Fenster. Es war offen, und der Luftzug ließ es wieder hin- und herschwingen. Durch das offene Fenster war ein Gartenschlauch gelegt, der leise vor sich hin tropfte. Barbara runzelte die Stirn. Wer leitete Wasser in dieses tote Gebäude?

Sie leuchte mit der schwachen Taschenlampe herum. Der Raum war vollständig gekachelt, es gab zwei vorn offene Duschkabinen. Ein Waschraum für Arbeiter. In einer Ecke stand ein Zinkputzeimer, daneben lag ein ganzer Haufen Lappen.

Barbara ging zu dem Eimer hinüber und hob einen Lappen hoch. Diese Flecken ... sah sie richtig im trüben Licht der kleinen Taschenlampe? Sie rannte zurück zu der Stelle, wo der Gang abknickte. »Heinz? Heinz!«

Heinz kam aus einem der vorderen Räume. »Ja, was gibt's?«

»Komm bitte her. Ich brauche deine starke Lampe.«

»Was hast du da?« fragte er, als er näher kam.

»Leuchte das hier an, damit ich weiß, ob ich recht habe.« Sie zog den Lappen mit beiden Händen auseinander. Das Licht der Taschenlampe fiel darauf.

»Blut«, sagte Heinz.

»Dachte ich mir.« Barbara ging wieder zu dem Fundort zurück. »Da liegen noch mehr davon.«

Heinz leuchtete alles ab. »Da«, sagte er und deutete auf einen der Duschabflüsse im Boden. Er war dunkel verfärbt.

»Er spritzt sie ab, bevor er sie wegschafft, nicht wahr?« fragte Barbara.

»Ja.«

»Ich habe irgendwo eine große Plane gesehen ...« Barbara ging zurück zu dem Raum mit der Plane, Heinz folgte ihr. Die Plane war sorgsam zusammengelegt, aber innen ganz feucht, auch sie hatte ein paar dunklere Flecken.

»Rufen wir die Spurensicherung, die können das besser als wir«, meinte Heinz. »Wird 'ne harte Nacht für die Jungs ...«

Sie gingen zurück zum Auto. »Also manchmal bist du mir richtig unheimlich, Barbara«, meinte Heinz, bevor er sich hinter das Steuer setzte, um die Kollegen anzufunken.

»Unheimlich – wieso?«

»Na, dein Instinkt. Du bist gerade erst dazugekommen, und schon findest du ... es ist doch wohl höchstwahrscheinlich der Tatort.«

»Glaub mir, ich wollte lediglich Doris Harzigs Schlafplatz untersuchen«, sagte Barbara. »Ich denke, es ist wirklich der Tatort. Er mußte seine Opfer an einen Platz bringen, wo niemand ihre Schreie hören konnte. Dies hier ist absolut perfekt. Abends ist diese Gegend ganz ausgestorben – und ich glaube nicht, daß hier hinten tagsüber jemand etwas hören würde.«

Heinz seufzte. »Wenn ich daran denke, was diese armen Frauen durchgemacht haben müssen, wird mir ganz schlecht.« Er nahm das Funkgerät und rief die Soko, damit sie die Spurensicherung herausschickte.

Noch vor der Spurensicherung waren zwei Soko-Mitglieder vor Ort. »Hallo, Wersten«, begrüßten sie Heinz.

»'n Abend, Kollegen. Darf ich euch vorstellen: Kriminaloberrätin Barbara Pross vom BKA. Barbara, das sind Lutz Kramer und Gerald Wilkowski. Kramer leitet die Soko.«

Die beiden schüttelten Barbara die Hand. »Sie machen Ihrem Ruf ja alle Ehre«, sagte Wilkowski. Barbara war sich nicht sicher, ob das als Kompliment gemeint war. »Wie sind Sie auf dieses Gebäude gekommen?«

»Doris Harzig hatte mich eingeladen, hier zu übernachten – bei dieser Gelegenheit hat sie mir meine Geldbörse gestohlen.« Barbara blieb betont sachlich.

Kramer pfiff durch die Zähne. »Down and out in Düsseldorf, was?«

»Immerhin sind wir dadurch einen großen Schritt weiter«, sagte Heinz und wies auf das Loch im Zaun. »Da geht's lang, Kollegen.«

»Das wird sich noch herausstellen«, murmelte Wilkowski. Dann hellte sich sein Gesicht aber auf. Denn er hatte übersehen, daß Heinz und Barbara mit Kramer einen Bogen schlugen, um zur Rückseite zu gelangen, und stand nun direkt vor dem Vordereingang. »Ist ja hochinteressant«, rief er. »Vielleicht kommen wir hier doch weiter.«

»Wieso?« fragte Kramer.

»Na deswegen!« Wilkowski deutete auf ein Schild, das früher einmal vor dem Eingang gestanden haben mußte. Die anderen kamen zurück und sahen es sich an. »Hielmann Baugesellschaft KG« stand da in großen Lettern. »Ich hatte es fast vergessen«, sagte Wilkowski mit einem triumphierenden Lächeln. »Aber dies hier muß der frühere Firmensitz sein. Mit etwas Glück können wir den Kerl jetzt festnageln.«

Barbara starrte auf das Schild. Thomas. Würden sie da unten seine Spuren finden? Wieder stieg sie mit den anderen hinunter. War sie beim erstenmal noch kühle Beobachterin gewesen, so klopfte jetzt ihr Herz bis zum Hals. Fast konnte sie die Schreie der Opfer hören, die Plane, die über den Boden schleifte, wenn der Täter das Opfer in den Waschraum brachte … Einen Moment lang stellte sie sich vor, wie Thomas um die Ecke des Ganges kam.

»Da vorn ist es. Der Waschraum. Und hier liegt die Plane«, erklärte Heinz.

Kramer und Wilkowski leuchten in die Räume hinein und kamen schnell wieder heraus, um keine Spuren zu verwischen. Barbara war draußen stehengeblieben. Sie hatte Schwierigkeiten zu atmen.

»Heinz, ich möchte hier raus. Ich werde im Auto warten. Ich muß auch bald zurück …«

»In Ordnung. Ich zeige den Kollegen, was wir gefunden haben, dann bringe ich dich.«

»Bald werden Sie sich eine neue Unterkunft suchen müssen, Frau Pross. Wir werden den Kerl schnappen, ganz bestimmt.« Auch Kramer schien von ihrem Erfolg überzeugt zu sein.

Barbaras Atemnot legte sich. »Wieso sind Sie eigentlich so sicher, daß Thomas Hielmann unser Mann ist?« fragte sie und konnte nicht verhindern, daß das ein wenig aggressiv klang.

»Der Typ ist doch absolut pervers. Schleppt Nutten und Pennerinnen mit nach Hause«, schnaubte Wilkowski.

Und Kramer fügte hinzu: »Ich bin mir deshalb sicher, weil wir, die Düsseldorfer Polizei, gute und korrekte Arbeit geleistet haben. Auch wenn wir ihn wieder laufen lassen mußten, deutet alles auf ihn, und wir werden es beweisen. Dazu muß man kein Spezialist für was auch immer sein – nur ein guter Polizist.«

»Ich habe bisher noch nicht erlebt, daß gute Polizeiarbeit durch Vorurteile und Scheuklappen bestimmt wird. Sie haben sich so sehr auf Hielmann eingeschossen, daß Sie Entlastungsmaterial nicht einmal sehen würden, wenn es direkt vor Ihrer Nase läge.« Barbara hatte sich in Rage geredet.

Heinz legte ihr beschwichtigend die Hand auf den Arm. »Laß gut sein, Barbara. Hier tut jeder seine Arbeit – und das sehr gut.«

»Danke, Wersten. Vom LKA hätte ich das am wenigsten erwartet.«

»Komm, Barbara, ich fahr dich nach Hause.« Heinz schob sie sanft in Richtung Ausgang. »Sie gehen mir ja auch auf die Nerven«, meinte er leise. »Aber mußt du sie so reizen?«

»Aber ich habe doch recht. Du weißt, wie das ist, wenn man sich nur auf einen Verdächtigen konzentriert. Dabei sind schon viele wichtige Spuren verlorengangen.« Barbara atmete tief durch, als sie wieder oben standen.

»Du magst Hielmann, nicht wahr?« fragte Heinz vorsichtig.

»Das macht mich nicht blind, wenn du das meinst.«

Heinz hob die Augenbrauen: »So habe ich das nicht gemeint, und das weißt du.«

Barbara sah ihn an. »Heinz, mein von allen so hochgelobter Instinkt sagt mir, daß er nicht der Mörder ist – aber ich verlasse mich nicht einfach darauf. Ich habe mich schon einmal geirrt, als ich mich von Schmidtmann einlullen ließ. Das wird mir nicht wieder passieren.«

»Warum denkst du, er ist es nicht?«

Sie lächelte: »Ich glaube, Thomas würde anders morden.« Dann wurde sie wieder ernst: »Aber wie gesagt – ich kann mich irren. Und wenn er der Täter ist, dann werde ich ihn unerbittlich jagen, egal, wie sympathisch er mir auch sein mag.«

Heinz stieg ins Auto und öffnete ihr die Beifahrertür. »Wo soll ich dich absetzen?«

»Irgendwo in der Nähe der Sternstraße. Ich bin spät dran, Thomas wird sich schon Sorgen machen.«

»Und dein PC im Hotel?« fragte er.

»Der kann ruhig angeschaltet bleiben. Morgen werde ich die Abfrage weiter spezifizieren, und wenn die Zahl dann klein genug ist, können wir uns um diese Fälle kümmern.« Sie fuhren zurück

Richtung Stadtmitte. »Hast du Hielmann kennengelernt?« fragte Barbara plötzlich.

»Ja, ich war bei seinem Verhör die meiste Zeit dabei.«

»Und ... findest du es merkwürdig, daß ich ihn mag?«

Heinz zögerte. »Nein, eigentlich nicht. Obwohl es bei ihm keine Rolle zu spielen scheint, ob man ihn mag oder nicht. Er ist ein sehr einsamer Mann.«

Ein paar Minuten später setzte Heinz sie ab. Sie mußte noch um zwei Straßenecken biegen, dann stand sie vor Hielmanns Haus.

»Ich bin wieder da!« rief sie, als sie die Tür aufschloß.

»Abendessen steht auf dem Herd«, rief er zurück.

An diesem Abend sahen sie sich nicht mehr.

6

Am nächsten Tag setzte sich Barbara gleich nach dem Frühstück ab. Es wartete eine Menge Arbeit auf sie. Unten auf der Straße konnte sie es sich jedoch nicht verkneifen, den »Schatten« einen Besuch abzustatten. Heute war es ein roter Omega. Sie klopfte an die Scheibe.

»Guten Morgen, Jungs«, sagte sie, als der eine der beiden jungen Beamten die Scheibe herunterdrehte. »Hielmann hat heute morgen schon nach euch Ausschau gehalten und läßt euch schön grüßen. Wenn ihr nett seid, bringt er euch morgen vielleicht Brötchen mit.« Mit diesen Worten machte sie sich auf den Weg zum Hotel.

Der PC hatte eine Fülle von Fällen aus Barbaras Spezialdatenbank gefiltert. Sie hatte schon während ihrer Zeit bei der Mordkommission Daten über bestimmte Morde und andere Gewaltverbrechen gesammelt, und ihre spätere Dozententätigkeit für das BKA hatte ihr genügend Kontakte zu Polizeibeamten verschafft, die ihr solche Fälle zutrugen. Besonderes Augenmerk legte sie dabei auf unaufgeklärte Straftaten. Ihre Fähigkeit, die richtigen Fälle miteinan-

der in Verbindung zu bringen, hatte nicht wenig zu ihrem Berufs-
erfolg beigetragen und war fast ebenso wichtig wie ihr Psycho-
logie-Diplom und die Schulungen beim amerikanischen FBI in
Investigativer Psychologie, dem Erstellen von Täterprofilen nach
amerikanischem Muster. Inzwischen hatte sie die Handhabung
der Datenbank derart verfeinert, daß ihre Trefferquote sehr hoch
lag. In drei Serienmordfällen hatte sie nachweisen können, daß ein
Täter auch für andere, frühere Verbrechen verantwortlich war. In
einem Fall hatte eine solche Vermutung sogar erst zum Täter geführt.

Barbaras Datenbank war jedoch ausschließlich ihr »Privatvergnü-
gen« – Anregungen und Anträge, diese Sammlung zur Grundlage
einer speziellen Falldatei im Bereich Serienmorde und Sexualdelikte zu machen, waren immer wieder daran gescheitert, daß das
BKA nur ermitteln durfte, wenn es sich um Verbrechen handelte,
die in mehreren Bundesländern verübt worden waren, oder wenn
die Beamten – wie in diesem Fall – von einem LKA angefordert
wurden. Die Existenz dieser unter Datenschutzaspekten fragwür-
digen Datenbank und ihre Nutzung innerhalb des Spezialteams
wurden stillschweigend geduldet. Serienmorde waren zu öffent-
lichkeitswirksam, als daß man auf irgendein Mittel zu ihrer Aufklärung hätte verzichten können.

Mit den Angaben, die Philipp ihr im Aquazoo gemacht hatte, war
Barbara in etwa zwanzig Fällen fündig geworden, die in irgendeiner Weise Ähnlichkeit mit der Handschrift des Mörders hatten –
zuviel, um sich alle Akten kommen zu lassen. Sie warf sich aufs
Bett und begann, die Akte durchzuarbeiten, die Philipp ihr überlassen hatte. Hin und wieder hämmerte sie ein paar Notizen in den
Laptop. Sie ergänzte Philipps Angaben in der Abfrage. Alle Opfer
waren dunkelhaarig und eher zierlich. In zwei der vier Fälle hatte
man ihnen nicht nur die Fußsehnen durchtrennt, sondern ihnen
auch tiefe Schnitte in die Waden etwas unterhalb der Kniekehlen
beigebracht. Es gab Hinweise darauf, daß der Täter – obwohl er ja
vermutlich ein Kondom benutzt hatte – den Wasserschlauch auch
in die Scheide seiner Opfer eingeführt hatte, um auch die letzte
mögliche Spur zu beseitigen.

Zuletzt schränkte Barbara die Toleranz weiter ein, sie vergrößerte die Anzahl der Komponenten, die mit dem Tatprofil übereinstimmen mußten. Die Toleranz war ihre ureigenste Idee gewesen – statt hundertprozentiger Übereinstimmung blieb eine gewisse Unschärfe, die Raum für Abweichungen vom Schema gab. Solche Unschärfen waren praktikabler als absolute Übereinstimmungen.

Sie ließ die Abfrage wieder durchlaufen; jetzt dauerte es natürlich nicht mehr so lange. Übrig blieben sechs Fälle. Es waren zwei Mordfälle in Bonn, die drei und vier Jahre zurücklagen, ein weiterer in Koblenz, einer in der ländlichen Gegend um Freiburg und einer in einem Dorf in Schleswig-Holstein. Außerdem gab es einen fünf Jahre alten Vergewaltigungsfall – möglicherweise war es auch versuchter Mord – im Raum Köln, bei dem das Opfer schwer verletzt überlebt hatte.

Barbara nahm den PC aus der Telefonleitung und wählte die Nummer ihres Büros in Wiesbaden.

»BKA Wietold«, meldete sich eine freundliche Stimme.

»Hallo, Anne, hier ist Barbara.«

»Das wurde ja auch mal Zeit, daß du dich bei mir meldest. Ich bekomme hier nur Anweisungen aus zweiter Hand – Barbara will dies, Barbara will das. Und ich wußte nicht einmal, wie es dir geht. Philipp hat da so dunkle Andeutungen gemacht …«

Barbara seufzte: »Mir geht es gut, Anne. Und es tut mir leid, daß ich mich nicht bei dir gemeldet habe, aber die Situation hier ist nicht so ganz einfach.«

»Ja, ich habe schon von deiner Undercover-Mission gehört.« Anne ließ eine gewaltige Portion Ironie in ihrer Stimme mitschwingen.

»Wenn ich wieder in Wiesbaden bin, werde ich dir alles genau erzählen. Weißt du schon, daß Heinz Wersten vom LKA Nordrhein-Westfalen und ich gestern den vermutlichen Tatort gefunden haben?«

»Sicher. Körner und Philipp halten mich auf dem laufenden.« Barbara hörte ein Klicken am anderen Ende der Leitung, Anne zündete sich eine Zigarette an. Sie war Kettenraucherin in einem

Team von Nichtrauchern und genoß es offensichtlich, das Büro für sich allein zu haben.

»Ich kann den Qualm bis hierher riechen ...«, stichelte Barbara.

»Ach, hör doch auf.« Anne blies deutlich hörbar den Rauch aus.

»Was kann ich denn für dich tun, Schatz?«

»Ich schicke dir gleich per e-mail die Aktenzeichen von sechs Fällen, die etwas mit unserem Mörder zu tun haben könnten. Ich brauche alles, was der große Bruder darüber hat – falls er etwas hat.«

»O. K., sonst noch etwas?«

»Ich brauche es bis gestern ...«

Anne stöhnte. »Soll ich dir nicht lieber eine Online-Verbindung machen?«

»Dazu habe ich keine Zeit«, meinte Barbara ungeduldig. »Ich muß sehen, was die Düsseldorfer am Tatort treiben. Zum Glück ist wenigstens die Spurensicherung hier top – die Soko ist eine einzige Katastrophe ...«

»Die Jungs sind hoffnungslos überlastet und unterfinanziert. Von unserer Ausstattung können die doch nur träumen«, meinte Anne.

»Du kennst doch zur Genüge die Neider hier im Hause, die uns jede Mark unseres Etats mißgönnen.«

Barbara wußte, worauf Anne anspielte. »Ich kann nichts dafür, daß sich die Öffentlichkeit für die Aufklärung von Serienmorden mehr interessiert als für statistische Erhebungen über die Häufigkeit von Wohnungseinbrüchen in Einfamilienhaussiedlungen. Ich neide den Teams von der Inneren Sicherheit ihre Gelder ja auch nicht, auch wenn ich gern für meine Arbeit ein größeres Stück vom Kuchen hätte. Wann kann ich mit den Unterlagen rechnen?«

»Ich faxe sie Philipp, sobald ich sie habe.«

»Anne, das ist keine präzise Antwort. Morgen früh?«

Barbara konnte hören, wie Anne am anderen Ende der Leitung schnaubte: »Gut, du Nervensäge. Du hast sie morgen im Laufe des Vormittags. Bis dann.«

»Bis dann, Anne.«

Auch wenn sie nur so etwas wie eine freie Mitarbeiterin war, mußte Barbara sich im Polizeipräsidium blicken lassen. Sie hätte es gern vermieden, aber sie konnte weder von Philipp verlangen, daß er den Laufburschen für sie machte, noch daß die Soko das Hotel an der Grupellostraße gewissermaßen als BKA-Außenstelle in ihre Arbeit mit einbezog.

Sie überlegte, ob sie eines ihrer Kostüme, die Anne ihr in den Koffer gepackt hatte, anziehen sollte, entschied sich dann aber doch dagegen. Sie arbeitete undercover, und sie glaubte kaum, daß die Kollegen auf ein Business-Outfit Wert legten.

Unten an der Rezeption bat sie um einen Verkehrsverbundplan. Sie fand die richtige Buslinie, und der Portier erklärte ihr den Weg zur Haltestelle an der Graf-Adolf-Straße.

Barbara ließ sich Zeit. Langsam schlenderte sie die Grupellostraße hinunter. Als sie in die Karlstraße einbog, stutzte sie: Elke war gerade aus einem Haus gekommen. Sie hinkte. Noch bevor Barbara in irgendeinem Hauseingang verschwinden konnte, hatte Elke sie gesehen. »Hallo, Barbara!« rief sie.

»Hallo.« Barbara kam näher. Jetzt war sie sehr froh, daß sie sich nicht umgezogen hatte. »Was ist denn mit dir passiert?« Elke trug links einen schicken Halbschuh und am rechten Fuß einen weiten Badelatschen. Der Fuß war dick bandagiert.

»Ich habe mir eine Zehe gebrochen … ich bin gestolpert und gegen eine Treppenstufe gestoßen. Zum Glück ist nicht mehr passiert. Ich war gerade beim Arzt.«

Barbara sah sie prüfend an. »Und woher stammt das Veilchen?«

»Ach, das war das Treppengeländer. Ist ja nicht schlimm.« Elke wirkte auf einmal ein wenig nervös. »Ich bin wirklich sehr ungeschickt.«

Dieser Satz ließ bei Barbara von einem Moment zum anderen ein Warnlicht angehen. Zu oft hatte sie ihn als Entschuldigung gehört. Prügelnde Ehemänner und Väter wurden von ihren Opfern so in Schutz genommen. Aber Wolfram ein Schläger? Der nette, freundliche Wolfram?

»Kann ich dich irgendwohin mitnehmen?« fragte Elke. »Wolfram hat mir einen seiner Wagen gegeben, der hat Automatik.«

»Nein ... nein danke«, sagte Barbara. »Ich wollte noch ein bißchen in die Altstadt ...«

Elke sah sie erstaunt an. »Dann gehst du aber in die falsche Richtung. Hier geht es zum Hauptbahnhof.«

»Ach, wirklich?« Barbara spielte gekonnt die Ahnungslose. »Ich verlaufe mich hier immer wieder.«

»Ich kann dich an der Kö absetzen«, schlug Elke vor.

»Aber nur, wenn es kein Umweg für dich ist.«

Elke lächelte. »Nein, ganz bestimmt nicht. Mein Wagen steht da drüben.«

Sie gingen ein Stück die Straße hinauf. Elke schien Schmerzen zu haben und hatte wirklich Mühe zu laufen. »Hak dich doch bei mir ein«, bot Barbara ihr an. Danach ging es etwas besser. »Gib zu, du wolltest nur, daß ich dir helfe«, flachste sie, als sie am Wagen waren.

»Ja, sicher.« Elke lächelte tapfer. »Es tut aber auch gemein weh.«

Man konnte ihr ansehen, daß sie froh war, im Auto zu sitzen. »Neulich abend – das war richtig nett«, meinte sie, als sie losfuhr. »Das sollten wir öfter machen.«

»Wenn die Showeinlagen nicht inbegriffen sind, gerne.«

»Du nimmst das wirklich übel, nicht wahr?«

Barbara zögerte: »Ich ... habe das Gefühl, es geht auf deine Kosten.«

»Aber es macht mir ebensoviel Spaß. Und beim nächstenmal kriegt Wolfram den Drink ins Gesicht – oder ein Stück Sahnetorte.« Elke kicherte.

»Sahnetorte? Habt ihr das wirklich mal gebracht?« fragte Barbara ungläubig.

»Und ob – im besten Café von Düsseldorf. *Das* hat Aufsehen erregt, Barbara. Ganz anders als neulich abend.« Elke hielt an einer roten Ampel. »Leider hat seine Mutter davon Wind bekommen. Danach haben wir uns eine Weile zusammengerissen.« Die Ampel sprang um, Elke fuhr wieder los. »Aber es ist wie eine Sucht – total stimulierend.«

Barbara verkniff sich, sie zu fragen, wie die Nacht gewesen war.

Wenig später fand sich Barbara am Eingang zum U-Bahnhof Heinrich-Heine-Allee wieder, Elke hatte es sich nicht nehmen lassen, sie so nah wie möglich an die Altstadt heranzufahren. Sie war jetzt weiter vom Polizeipräsidium entfernt als vorher. Entnervt wartete sie, bis Elke ganz verschwunden war, dann nahm sie sich ein Taxi.

Es dauerte eine Weile, bis sie sich zur Soko durchgefragt hatte. Sie fand in dem Großraumbüro nur Philipp und Körner vor. »Wilkowski und Kramer beschatten Hielmann – es waren nicht genug Leute da, deshalb hat sich Kramer selbst eingeteilt«, erklärte Philipp. »Und Heinz Wersten will sich noch mal mit dem Streetworker treffen. Die Sache mit dem Schlafplatz scheint ihm keine Ruhe zu lassen.«

»Hallo, Barbara«, sagte Körner. Sie hatten sich jetzt mehr als drei Monate nicht gesehen. Mit seiner letzten Diät hatte der rundliche Körner nicht gerade viel Erfolg gehabt. Offensichtlich hatte er seit ihrem letzten Zusammensein einige Kilo zugelegt. Mit dem Vollbart und den halblangen Haaren erinnerte er Barbara immer an einen Teddybären. Die Weitsichtbrille vergrößerte seine Augen stark. Sie hatte sich lange gefragt, wie Körner mit einem solchen Sehfehler überhaupt zur Polizei kommen konnte. Irgendwann hatte sie erfahren, daß er ein Seiteneinsteiger aus der Informatik war.

»Hallo, Werner. Sag mal, warum hast du als unser Fachmann eigentlich nicht längst meine Datenbank angezapft?«

»Weil du sie alles andere als professionell programmiert hast und praktisch nichts dokumentiert ist. Ich hätte Stunden gebraucht, nur um durch die Grundfunktionen durchzusteigen.« Körner war ein unbedingter Anhänger des großen Bruders. Er war im Programmierteam der PSIOS-Datenbank für Rauschgiftdelikte – einer Falldatei, ähnlich der, die Barbara gern für die Sexualdelikte gehabt hätte.

»Was sagt denn der große Bruder?«

Körner tippte auf eine dicke Liste aus Endlospapier. »Ich hatte noch keine Zeit, mir das näher anzusehen. Es sind immer noch über achtzig Fälle.«

»Wirf die Liste weg. Morgen schickt Anne etwas zu sechs Fällen.«

»Das ging ja schnell«, meinte Philipp. »Ebenso wie das Auffinden des Tatortes.«

»Reiner Zufall. Und das weißt du auch.«

Er nickte. »Die Spurensicherung ist immer noch bei der Arbeit, und ich schätze, morgen auch noch. Sie drehen das gesamte Gebäude auf links – den Keller natürlich besonders gründlich.«

»Gibt es schon Ergebnisse?« fragte Barbara und setzte sich auf einen freien Stuhl.

»Und ob. Sie haben Blutspuren aller vier Opfer gefunden. In dem Duschraum und in einem anderen Raum. Dort gab es eine Matratze, auf die er die Opfer gelegt hat.«

»Und irgendwelche anderen Spuren?« fragte Barbara ungeduldig.

Philipp schüttelte den Kopf: »Nichts, was auf den Täter deutet. Sie haben im Heizungskeller Asche gefunden, neben dem Ölbrenner gab es noch einen alten Koksofen. Die Asche wird noch genauer untersucht. Vermutlich hat er dort die Kleidung verbrannt – und das, was er den Opfern herausgeschnitten hat.«

»Das Labor wird sicher tagelang beschäftigt sein.« Barbara ging alles nicht schnell genug voran. Sie hatte das unbestimmte Gefühl, daß sie nicht viel Zeit hatten, bis der Mörder wieder zuschlug.

»Man sollte sie nicht hetzen«, sagte Körner ruhig. »Je genauer sie arbeiten, desto besser.«

»Wenn Anne morgen die Fälle faxt, sollten wir sie unter uns aufteilen.« Barbara war mit ihren Gedanken schon wieder weiter.

»Glaubst du wirklich, daß wir fündig werden?« Philipp hatte offensichtlich Zweifel.

»Ich weiß es nicht, Philipp. Aber hier können wir ohnehin wenig mehr tun, als auf die Laborergebnisse zu warten. Und bevor wir die Soko dabei unterstützen, Hielmann zu beschatten, sollten wir lieber etwas Sinnvolles tun.«

Körner gähnte herzhaft: »Ich weiß nicht, ob das Herumreisen in der Weltgeschichte so sinnvoll ist. Was meinst du, Philipp?«

»Bisher hat es meistens etwas gebracht«, sagte Philipp vorsichtig.

»Hört mal, ich bin eure Vorgesetzte ...«, Barbara stockte.

»Genau das bist du im Moment nicht«, sagte Körner mit süffisantem Unterton. »Du bist beurlaubt und allenfalls eine freie Mitarbeiterin. Solange Becker nicht hier ist, ist Philipp der Chef. Oder hast du dich offiziell zurückgemeldet?«

Philipp runzelte die Stirn: »Werner! Was soll denn das? Es spielt doch wirklich keine Rolle, ob Barbara wieder offiziell mitarbeitet oder nicht. Sie tut ihre Arbeit, und das hat unserem Team noch nie geschadet.«

»Laß mal, Philipp«, sagte Barbara leise. »Er hat ja recht. Aber es würde mich wirklich interessieren, warum er sich querstellt.«

»Das kann ich dir ganz genau sagen.« Werner Körner hatte plötzlich so gar nichts mehr von einem Teddybären an sich. »Erstens bin ich kein Ermittler und habe nicht die geringste Lust, mich mit mißlaunigen Kriminalkommissaren herumzuschlagen. Davon abgesehen sind wir nur hier, weil irgendein hohes Tier uns hier haben wollte – damit in der Zeitung steht, die Spezialisten vom BKA kümmern sich. Die Soko-Jungs und ihre Staatsanwaltschaft sind stinksauer, daß wir ihnen die Schau stehlen, für sie ist es schlimm genug, daß sie Weisungen vom LKA erhalten. Ich finde, an diesem Fall sind ein paar Leute zuviel dran.«

»Um so wichtiger ist es, daß wir unsere eigenen Spuren verfolgen.« Barbara war ganz ruhig geblieben. »Überlaß der Soko ruhig die Auswertung der Spuren aus dem Firmengebäude, sie werden das schon ordentlich machen. Aber sie haben nur Thomas Hielmann im Kopf. Wenn er nicht unser Mann ist, dann stehen sie bald noch mehr im Regen als jetzt schon. Und dann hätte ich gern ein paar Ergebnisse, die wir der Öffentlichkeit präsentieren können.« Sie stand auf. »Gerade du solltest wissen, wie gut das Programm ist. Wenn der Täter früher schon gemordet hat, werden wir das herausfinden.«

»Und wenn es doch Hielmann ist?« fragte Philipp überraschend scharf.

Barbaras Pause, bis sie antwortete, war ein wenig zu lang. »Dann werden wir auch das beweisen. Die Soko kann es jedenfalls momentan noch nicht. Außerdem ...«, Barbara stand auf und beugte sich zu Körner über den Tisch, »sollte einer der Fälle außerhalb Nordrhein-Westfalens eindeutig auf das Konto unseres Täters gehen, ist die Sache länderübergreifend, und wir können die Ermittlungen offiziell übernehmen. Dann haben wir die Weisungsbefugnis.«

Körner stöhnte. »Im Gegensatz zu dir ist das Jagen von Serienmördern nicht mein ganzer Lebensinhalt. Ich entwickele zur Zeit in Wiesbaden ein paar neue Programmkomponenten für den Bereich organisierte Kriminalität, die verdammt wichtig sind. Und statt dort zu arbeiten, hocke ich hier herum … Und was die Übernahme des Falles betrifft: Das haben immer noch der Abteilungsdirektor und – nicht zuletzt – Becker zu entscheiden.« Er stand auf und ging hinaus.

»Verdammt. Ich weiß bis heute nicht, was dieser Kerl in unserem Team soll«, zischte Barbara.

»Becker wollte einen EDV-Spezialisten. Er konnte ja nicht ahnen, daß du als Psychologin und Profiling-Spezialistin mit dem Aufbau deiner Datenbank so viel Initiative zeigtest, daß Körner praktisch überflüssig war«, sagte Philipp ruhig.

Barbara grinste: »Außerdem würde Becker niemals den einzigen aus dem Team hinauswerfen, der ihn nicht bis auf die Knochen blamieren kann.«

»Vielleicht solltest du dich doch offiziell aus dem Urlaub zurückmelden«, meinte Philipp. »Damit könntest du solchen Auseinandersetzungen aus dem Weg gehen. Außerdem würdest du dann auch bezahlt.«

»Nein«, Barbara schüttelte heftig den Kopf. »Ich kann höchstens Anne bitten, ob es eine Möglichkeit gibt, mich zeitweise als freie Mitarbeiterin zu reaktivieren. Ich will noch nicht zurück in die Tretmühle.«

Philipp sagte nichts dazu. Er warf ihr nur einen Stapel von Untersuchungsberichten aus der Gerichtsmedizin und dem Labor hin.

»Sind das schon Ergebnisse vom Tatort?« fragte sie.

»Nein, es kommen nur immer wieder neue Fakten von der Nachauswertung der Autopsien. Wenn du Zeit hast, fände ich es gut, wenn du mir helfen würdest, sie durchzuarbeiten.«

»Kein Problem. Vor heute abend erwartet Hielmann mich nicht zurück.«

Den ganzen Nachmittag bearbeiteten sie stumm die Akten. Von Zeit zu Zeit kam der eine oder andere Soko-Beamte herein und ging wieder. Sie wirkten alle außerordentlich geschäftig.
Gegen halb sechs ließ Barbara die Akten sinken und rieb sich die Augen. »Ich bin so etwas gar nicht mehr gewöhnt«, sagte sie.
»Irgend etwas Interessantes gefunden?« fragte Philipp.
»Nein. Allerdings hilft mir das, dem Täter ein wenig näher zu kommen.«
»Ich habe etwas. Aber leider wird das erst wirklich interessant, wenn wir das Messer gefunden haben, mit dem er den Opfern die Füße und Beine verletzt hat.«
Barbara war plötzlich wieder hellwach. »War das ein besonderes Messer?«
»Das nicht. Sie glauben, es war ein sehr scharfes Küchenmesser. Aber es hinterläßt eine charakteristische Spur, es muß eine Scharte haben.« Philipp warf ihr Mikroskopaufnahmen hin, die Messer-spuren an Knochen zeigten. »Es war dasselbe Messer bei allen vier Opfern.«
Barbaras Augen leuchteten auf, als sie sich die Bilder ansah. »Das ist gut, wenn wir die alten Fälle überprüfen. Dann können wir es zweifelsfrei nachweisen, wenn es unser Täter ist.«
»Wenn er das Messer auch damals schon benutzt hat«, dämpfte Philipp ihre Erwartungen.
»Sag mal, mußt du immer so pessimistisch sein?«
»Das war ein ganz logischer Einwand.«
Barbara stand auf. Ihr Blick fiel auf das Nebenbüro, das durch eine Glaswand abgetrennt war. Hier residierte Kramer als Leiter der Soko. Er hatte eine Pinnwand zur Sammlung von Informationen aufgehängt. Interessiert ging Barbara hinüber, Philipp folgte ihr.
Von jedem Opfer gab es Fotos, vom Fundort und aus dem Lei-chenschauhaus, aber auch ein paar private Bilder, die sie lebend zeigten. Vor allem Julia Karlkowski und Tanja Werner waren bild-hübsch: klein, dunkelhaarig, mit großen Augen. Von Gabi Wendt

gab es ein Foto, daß sie als Oben-ohne-Bedienung in irgendeiner Bar zeigte. Im Gegensatz zu den anderen beiden war sie tatsächlich keine Schönheit, wie Doris damals zu Barbara gesagt hatte. Aber sie hatte eine atemberaubende Figur und einen großen, sinnlichen Mund. Das Foto von Doris Harzig zeigte sie mit ihren Kindern, die wenig älter als drei und vier sein konnten. Barbara erkannte sie darauf kaum wieder.

»Wann wurde das Bild von Doris Harzig gemacht?«

»Es ist zehn Jahre alt«, sagte Philipp. »Es gab keine neueren von ihr.«

»Irgendwie paßt sie nicht zu den anderen ...«, murmelte Barbara. Sie drehte sich zu Philipp um. »Sie sagte mir, der Mörder habe es auf ›gutaussehende‹ Frauen abgesehen. Die anderen drei sind wirklich attraktiv. Aber Doris würde ich doch eher als unscheinbar bezeichnen – selbst als sie noch nicht vom Alkohol gezeichnet war.«

»Na ja«, meinte Philipp. »Das hat auch Heinz beschäftigt. Deshalb will er herausfinden, seit wann sie nicht mehr unter der Brücke übernachtete. Seine Theorie ist, daß sie getötet wurde, weil sie dem Mörder in dem Haus in die Quere kam.«

Barbara nickte nachdenklich. »Das ist gut möglich.«

Sie standen noch vor der Tafel, als Kramer und Wilkowski plötzlich hereinkamen. Sie waren ausgezeichnet gelaunt und trugen einen schweren Karton. Im Schlepptau hatten sie Heinz Wersten und den zuständigen Staatsanwalt.

»Ah, unsere Spezialistin ist hier«, sagte Kramer, und es klang eher gehässig. »Sie sollten so schnell wie möglich verschwinden, denn Thomas Hielmann wird jeden Moment hergebracht.«

»Obwohl Ihre Dienste in seiner Wohnung wohl nicht mehr benötigt werden ...«, fügte Wilkowski hinzu. Er griff in die Kiste und holte eine Handvoll Bilder heraus. Barbara erkannte sofort die Polaroids aus der Kommodenschublade wieder.

»Sie haben eine Hausdurchsuchung gemacht?« fragte sie ungläubig.

»Da das Gebäude, in dem wir den Tatort entdeckt haben, ursprünglich den Hielmanns gehörte, war es eine Kleinigkeit, den

Richter zu überzeugen.« In der Stimme des Staatsanwalts klang Stolz mit. Heinz, der hinter ihm stand, sah Barbara an und zuckte bedauernd die Schultern.

»Und wir sind fündig geworden«, fuhr Wilkowski fort. Er blätterte durch die Fotos und warf nacheinander vier Bilder auf den Tisch. Bei jedem nannte er einen Namen. »Doris Harzig. Julia Karlkowski. Gabi Wendt. Tanja Werner.« Dann lächelte er böse. »Und nicht zu vergessen . . . Kriminaloberrätin Barbara Pross.« Er warf auch dieses Bild auf den Tisch.

»Machen Sie mit den Bildern eine Fingerabdruckuntersuchung?« fragte sie.

Kramer sah sie an, als wäre sie übergeschnappt: »Sie lagen in seiner Kommode unter seinen Strümpfen . . . glauben Sie, jemand hätte sie ihm hineingelegt?«

»Dann kann ich sie mir ja genauer ansehen.« Barbara war froh, daß so nicht herauskommen konnte, daß sie die Bilder bereits gefunden hatte. Sie nahm ihr Bild und drehte es um. »13. Oktober 1996« stand darauf. Doris Harzigs Bild trug das Datum vom 10. Oktober. Auch auf den anderen Bildern waren Daten vermerkt – alle stammten aus den vermuteten Todesmonaten, nur Tanja Werner war etwa zwei Monate vorher bei Thomas gewesen.

»Den Daten nach sind alle wenige Wochen vorher bei Hielmann gewesen, er hat es selbst fein säuberlich festgehalten.« Kramer schien in seinem Triumph zu schwelgen. »Wären nur ein oder zwei der Opfer in seiner Sammlung, würde ich sagen, die Sache ist wacklig. Aber er kannte alle vier. Und dann das hier . . .« Er zeigte ein paar besonders scheußliche Bilder aus dem Material für Hielmanns Buch. »Ziemlich perverser Kram, mit dem er sich beschäftigt.«

»Er ist Schriftsteller. Er schreibt ein Buch über Hexenverfolgung«, warf Barbara ein.

»Also ich finde es bezeichnend, daß er sich mit solchen Grausamkeiten befaßt«, sagte der Staatsanwalt spitz.

»Das Wichtigste haben wir in einer Schublade mit lauter Krempel gefunden . . .« Wilkowski war richtig erregt, als er das nächste Beweisstück präsentierte: einen dicken Schlüsselbund. »Das sind sämtliche Schlüssel zum alten Hielmann-Gebäude in Flingern-Nord. Ein Kollege ist extra hingefahren und hat sie ausprobiert.«

»Toll«, sagte Philipp trocken. Er hatte bisher geschwiegen. »Sehr ungewöhnlich, daß Hielmann als Sohn und Teilhaber der Firma einen Schlüssel besitzt.«

Der Staatsanwalt sah ihn giftig an. »Zu einem ungenutzten Gebäude – obwohl er überhaupt nicht aktiv in der Firma ist? Nein, Herr Lachmann, das alles reicht für einen Haftbefehl.«

»Na schön«, sagte Barbara, »tun Sie, was Sie nicht lassen können. Ich werde jetzt gehen. Ich möchte tatsächlich nicht, daß ich Hielmann hier begegne.« Sie verließ den Raum, Philipp und Heinz folgten ihr.

»Unsere Spezialisten können bald ganz abreisen ...«, hörte sie Wilkowski noch sagen, laut genug, damit sie drei es vor der Tür auf jeden Fall verstehen konnten.

»Warum waren wir nicht informiert, Heinz?« fragte Barbara draußen. Nach außen hin war sie sehr ruhig.

»Es tut mir leid, Barbara. Ich war mit diesem Streetworker unterwegs und deshalb nicht erreichbar. Das LKA war informiert, aber euch haben sie schlicht vergessen.«

»Verdammt, Heinz, wenn das den Düsseldorfern hier passiert, dann kann ich das ja noch verstehen, aber das LKA? Ihr habt uns schließlich angefordert.« Barbara war wirklich wütend.

»Hör auf mit diesem ›ihr‹ und ›wir‹. Du weißt, daß ich immer mit offenen Karten spiele.« Heinz schien gekränkt zu sein.

Philipp schlug einen versöhnlichen Ton an. »Laß gut sein, Heinz, die Sache ist nun einmal passiert, und wir wissen, daß es nicht deine Schuld ist. Was tun wir jetzt? Hängen wir uns an die Ermittlungen gegen Hielmann an?«

»Nein«, sagte Barbara entschieden. »Wir machen weiter wie vorher. Ich bin sicher, auch dieser Haftbefehl wird in sich zusammenbrechen.«

»Hast du denn etwas gefunden?« fragte Heinz.

»Sechs mögliche Fälle. Wenn Anne in Wiesbaden Genaueres weiß, will ich ihnen vor Ort nachgehen.«

»Es ist nicht zufällig einer aus einem anderen Bundesland dabei?«
fragte Heinz vorsichtig.

Barbara mußte grinsen.

Heinz zeigte plötzlich ein breites Lächeln: »Du bist ein verdammt
schlauer Fuchs, Barbara.«

»Hilfst du uns?« fragte sie.

Heinz zuckte die Schultern. »Wenn ich jemanden finde, der für
mich bei den Hielmann-Verhören dabei ist …«

»O. K. Warten wir bis morgen ab.«

Philipp seufzte. »Ich will eure Begeisterung ja nicht bremsen, aber
habt ihr euch überlegt, was ist, wenn Hielmann wirklich der Täter
ist? Das kann doch kein Zufall sein, daß er alle Opfer kannte …«

»Du wiederholst dich ständig, Philipp«, konstatierte Barbara. »Und
ich sage dir, wenn Hielmann der Täter ist – was ich immer noch
nicht glauben kann, trotz der wunderschönen ›Beweise‹ aus seiner
Wohnung –, dann kann es nicht schaden, weitere bislang unge-
klärte Mordfälle zu den Akten legen zu können.«

»Sag mir ein vernünftiges Argument, warum er es nicht sein
könnte. Eines, das nicht mit irgendeinem diffusen Gefühl zusammenhängt, Barbara.«

»Diffuse Gefühle gehören zu meinem Job, Philipp. Er … ist exzentrisch, ja. Aber er hat überhaupt nichts an sich, das auf eine solche Gewalttätigkeit hinweist, wie sie bei diesen Morden im Spiel
ist. Er ist herzkrank, Philipp, er ist nicht sehr kräftig. Der Täter
bringt seine Opfer in diesen Keller, er schleift die Leichen in den
Duschraum, er stopft sie in Müllcontainer – kannst du dir vorstellen, daß Hielmann so etwas tut, daß er dazu überhaupt in der Lage
ist?«

»Soll es alles schon gegeben haben«, murmelte Philipp, dann
wurde er wieder lauter. »Wenn deine ganze hochgelobte Profiling-
Schulung nur das Ergebnis liefert, daß der Täter vielleicht groß
und kräftig ist, hast du der Arbeit der Soko nicht viel entgegenzu-
setzen. Außerdem könnte ich wetten, daß du diese Fotos bereits
kanntest und uns unterschlagen hast.«

Barbara errötete. Philipp kannte sie verdammt gut.

»Nun? Wie lange wußtest du schon davon?«

»Seit gestern abend. Und ich hatte noch keine Gelegenheit, sie zu erwähnen.«

Heinz hatte dem Schlagabtausch der beiden wie einem Tennismatch zugesehen und meinte nun: »Das ist jetzt nicht mehr wichtig, Philipp. Bist du denn der Meinung, wir sollten den alten Fällen nicht mehr nachgehen?«

»Nein, das habe ich doch nicht gesagt. Es regt mich nur auf, daß sie diesen Kerl ständig in Schutz nimmt.«

»Aber das tue ich nicht.« Barbara wandte sich zum Gehen. »Ich muß jetzt weg, bevor sie Hielmann herbringen. Wir sehen uns morgen um zwölf in der Grupellostraße, bis dahin wird Anne die Informationen haben – in Ordnung?«

»Ja, in Ordnung«, sagte Philipp.

»Ich komme, wenn ich kann«, meinte Heinz.

Als Barbara in die Eingangshalle kam, konnte sie gerade noch rechtzeitig um eine Ecke verschwinden, denn ein paar Beamte führten Thomas – tatsächlich in Handschellen – soeben ins Gebäude. Sie konnte die Szene gut beobachten. Thomas sah sehr blaß und mitgenommen aus. Und auch hier, mitten zwischen den Leuten, wirkte er wie ein Fremder. Sie wartete, bis der Troß vorbei war, und verließ dann ganz schnell das Präsidium.

Sie fuhr mit dem Bus zu Thomas' Wohnung nach Pempelfort. Als sie um die Ecke bog, sah sie, daß ein Mann vor der Tür wartete – es war Walter.

»Hallo«, sagte er. »Ich habe auf Sie gewartet.«

»Wirklich?«

»Sie brauchen gar nicht erst zu klingeln – man hat Hielmann eben abgeholt.« Er baute sich in seiner vollen Größe vor Barbara auf. Heute trug er Jeans und einen dunklen Parka. Er roch nach einer Menge Old Spice. »Ich wollte ein Päckchen abgeben, da haben Polizisten mir geöffnet. Sie haben das Päckchen gleich eingesackt.«

»Sind sie noch da?« fragte Barbara.

Walter schüttelte den Kopf. »Nein, die letzten sind gegangen, kurz nachdem sie Hielmann abtransportiert haben. Ich habe gleich an Sie gedacht … weil Sie doch jetzt auf der Straße stehen.«

»Das war sehr nett von Ihnen, aber ich habe einen Schlüssel.« Barbara zog ihn aus der Tasche und wollte die Tür öffnen, doch Walter versperrte ihr den Weg.

»Wollen Sie wirklich wieder da rauf? Der Kerl hat vier Frauen umgebracht«, sagte er besorgt.

»Er wird verdächtigt – das heißt nicht, daß er es war«, antwortete Barbara, so ruhig sie konnte. »Und jetzt lassen Sie mich bitte vorbei. Heute nacht kann er mir ja wohl kaum etwas tun.«

»Ich habe Theaterkarten.« Walter bewegte sich nicht einen Zentimeter zur Seite. »Richard III. Eine sehr gute Inszenierung.«

»Sie mögen Shakespeare?« Barbara war so verblüfft, daß ihr der Satz einfach herausrutschte.

Walter verzog das Gesicht: »Sie glauben wohl, daß ich zu dumm dazu bin – nur ein kleiner, dummer Kurierfahrer, nicht wahr?«

»Nein, ganz bestimmt nicht«, sagte Barbara hastig. Sie ärgerte sich, daß sie ihm Gelegenheit gegeben hatte, das Gespräch fortzuführen.

»Ich gehe oft ins Theater. Und in klassische Konzerte. Ich mag das sehr.« Walter geriet sichtlich in Fahrt.

»Aber weshalb glauben Sie, daß eine kleine Straßennutte wie ich klassische Musik und Shakespeare mag?«

»Ich habe mich doch schon entschuldigt«, sagte Walter. »Ich ... ich denke, daß Sie das mögen.«

»Hören Sie, Walter. Sie sind ein netter Kerl und ganz bestimmt nicht dumm. Und ich fühle mich geehrt, daß Sie ausgerechnet mich einladen wollen. Aber ich bin sehr müde, und ich möchte jetzt in dieses Haus gehen und mich ausruhen. Also geben Sie die Tür frei, und lassen Sie mich durch.« Barbara hatte ganz langsam gesprochen wie zu einem störrischen Kind.

Zögernd ging Walter zur Seite. »Warum geben Sie mir immer einen Korb?« fragte er und klang ein wenig resigniert.

»Das hat nichts mit Ihnen zu tun – nur mit mir. Ich habe auch nichts mit Hielmann, wenn Sie das beruhigt.« Barbara hatte eilig die Tür aufgeschlossen und war in den Hausflur geschlüpft. »Auf Wiedersehen, Walter«, sagte sie, kurz bevor sie die Tür ganz schloß. Sie wollte ihm nicht das Gefühl geben, daß sie vor ihm floh. »Und einen schönen Theaterabend. Vielleicht finden Sie ja noch jemanden, der mitgeht.«

Von der Wohnung oben konnte sie sehen, daß Walter noch eine Weile vor der Haustür auf und ab ging. ›Das nenne ich hartnäckig‹, dachte sie.

Thomas' Wohnung sah nach der Hausdurchsuchung schlimm aus. Schubladen waren durchwühlt und nur halb geschlossen worden, Schranktüren standen offen, sogar die wertvollen Bücher in der Bibliothek waren aus den Regalen genommen worden auf der Suche wonach auch immer. Ein Band einer Goethe-Ausgabe aus dem 19. Jahrhundert lag geöffnet mit dem Rücken nach oben auf dem Boden. ›Banausen‹, dachte Barbara, hob das Buch auf und glättete die umgeknickten Seiten vorsichtig mit der Hand. Sie versuchte sich zu erinnern, was wo gestanden hatte, und begann, die Bücher wieder an ihren Platz zu räumen.

Auch ihre paar Habseligkeiten waren durchwühlt worden, wie sie feststellte, als sie in ihr Zimmer kam. Fehlte nur noch, daß die Federkissen auseinandergerissen worden wären – doch ganz so wild hatten sie es nicht getrieben.

In Thomas' Arbeitszimmer sah es jedoch chaotisch aus: Auch hier lagen die Bücher stapelweise auf dem Boden, seine kompletten Notizen und Unterlagen waren durchwühlt und zum Teil abtransportiert worden, ebenso der Computer. Was zur Hölle glaubten Kramer und Co. darin zu finden? Entwürfe für Serienmorde?

Plötzlich hörte sie einen Schlüssel in der Tür. »Lassen Sie mich vorgehen«, sagte Thomas' Stimme. »Wenn Barbara da ist, will ich sie nicht noch mehr erschrecken ...«

Barbara ging ihm im Flur entgegen. Es war wirklich Thomas, bei ihm waren ein ihr unbekannter Mann und Wolfram.

»Hallo, Barbara«, sagte Thomas. »Sie hatten mich schon wieder verhaftet.«

»Mußten sie dich wieder freilassen?« fragte Barbara.

»Ich habe per Eilantrag die Aussetzung der U-Haft für Herrn Hielmann durchgesetzt. Guten Abend, ich bin Dr. Hardanger, sein Anwalt.« Hardanger streckt ihr die Hand entgegen, und sie schüttelte sie.

»Aussetzung der U-Haft?« Barbara war verwirrt.

»Nun, Herr Hielmann ist zu krank dazu – er ist auch zu krank für stundenlange Verhöre.« Hardanger wandte sich an Thomas. »Jetzt haben wir der Form Genüge getan und Sie hier abgeliefert. Ich glaube, ich kann nun verschwinden. Wir sehen uns morgen in der Klinik bei Professor Weinfurt. Schönen Abend noch.« Er nickte Barbara freundlich zu und verschwand durch die Tür.

Wolfram legte Thomas einen Arm um die Schulter. »Du solltest dich jetzt hinlegen, Thomas.«

Unwillig schüttelte Thomas Wolframs Arm ab. »Ich will mich noch nicht hinlegen, Wolfram. Ich bin ... ich bin nicht müde genug.«

»Aber Thomas ...«

»Verdammt, hör auf, mir zu sagen, was ich zu tun und zu lassen habe. Laß mich allein.« Er ging in die Bibliothek.

Barbara trat zu Wolfram, der hilflos im Flur stand. »Du solltest besser gehen«, meinte sie. »Mach dir keine Gedanken, ich bin ja hier.«

»Bitte, hab ein Auge auf ihn«, bat Wolfram eindringlich. »Wenn irgend etwas mit seinem Herzen sein sollte ... er trägt das Medikament in seiner Geldbörse bei sich.« Er drehte sich unentschlossen um, und Barbara schob ihn sanft durch die Tür.

»Ich passe auf ihn auf, ich verspreche es dir.« Sie schloß die Tür hinter ihm und horchte auf seine Schritte. Irgendwie hatte Wolframs Angst um Thomas sie erschreckt. Sie hörte die Haustür zufallen.

»Ist er weg?« rief Thomas aus der Bibliothek.

»Ja.« Sie ging zu ihm. »Du siehst wirklich nicht sehr gut aus«, sagte sie, und das stimmte. »Was meinte dein Anwalt damit, daß du zu krank für die Untersuchungshaft bist? Du hast doch immer gesagt, du bist gesund ...«

»Es ist nichts, Barbara. Es ist ... es ist ein Trick, um mir Torturen wie neulich zu ersparen. Wolfram ist besorgt, weil er das so gewöhnt ist.« Er sah sich um. »Du hast die Bibliothek aufgeräumt.«

»Ja, habe ich. Ich weiß nicht, ob alles so stimmt.«

Thomas warf sich auf ein Sofa. »Sieht ganz gut aus. Ich schau es mir morgen genauer an.« Er wirkte sehr müde und sah ganz grau aus.

»Thomas«, sagte Barbara leise. »Mach mir nichts vor. Wenn an der Sache nichts dran wäre, wäre dein Anwalt damit doch nicht beim Richter durchgekommen.«

Er lächelte. »Der Richter, bei dem Hardanger seinen Antrag einreichte, ist ein alter Freund meines Vaters. Ich bin nicht krank. Aber mein Herz ist natürlich nicht so stark wie das eines Menschen, der sein Leben lang kerngesund war. Ich muß ein paar Medikamente nehmen und mich regelmäßig durchchecken lassen – diszipliniert leben. Aber nach meinen Maßstäben bin ich gesund.« Er stand auf. »Nun sieh mich doch nicht so besorgt an. Du erinnerst mich ja fast an meine Mutter. Möchtest du auch einen Cognac?«

Sie nickte. Er holte die Flasche und Gläser und schenkte ein. Barbara hatte sich auf das Sofa gegenüber gesetzt. »Weshalb haben sie dich diesmal festgenommen?«

»Soweit ich sie verstanden habe, weil ich die Opfer gekannt habe und einen Schlüssel zu unserem alten Verwaltungsgebäude besitze. Offensichtlich sind die Morde dort begangen worden.« Er seufzte. »Ich habe alle Frauen im Schlaf fotografiert. Dich auch.« Er traute sich gar nicht, sie anzusehen, während er das sagte.

Barbara wartete, bis er wieder aufsah. »Ich kenne die Fotos. Ich hatte Strümpfe gesucht und sie in der Schublade gefunden – an dem Abend, als ich mit Elke und Wolfram essen war.«

Er runzelte die Stirn. »Du findest das nicht pervers?«

Sie lächelte. »Ich weiß zwar nicht, warum du sie ausgerechnet schlafend fotografierst – aber nein, ich finde das nicht pervers.«

»Die Polizei fand es sehr pervers. Ich bin überhaupt ein Bestie, die Folterdarstellungen sammelt, um sich daran zu ergötzen. Ich weiß übrigens nicht, wie ich jetzt den Termin für das Buch einhalten soll.«

Sie tranken den Cognac schweigend. Als er ausgetrunken hatte, stellte Thomas das Glas auf den Tisch und stand auf. »Ich weiß, es ist erst kurz nach halb neun, aber ich bin jetzt doch furchtbar müde. Mit ansehen zu müssen, wie sie hier alles auseinandernehmen und die intimsten Dinge durchwühlen – das war alles ein bißchen zuviel. Ich werde jetzt versuchen zu schlafen, obwohl ich nicht weiß, ob ich überhaupt schlafen kann. Laß dich nicht stören – trink noch einen Cognac, wenn du möchtest.«

Er wollte an Barbara vorbeigehen, aber sie griff nach seiner Hand. Verwirrt sah er sie an. Irgend etwas in ihr sagte ihr, daß sie ihn so nicht weggehen lassen konnte. Sie stand langsam auf und umarmte ihn. Es dauerte eine Weile, bis auch er seine Arme um sie legte und sie ganz fest hielt.

»Gut, daß du wieder da bist«, sagte sie, als hätten sie sich eine Ewigkeit nicht gesehen und nicht nur einen Tag. Sie standen eng umschlungen da, dann machte sie sich vorsichtig los und küßte ihn sacht auf die Wange. »Du mußt jetzt schlafen gehen und dich erholen.«

Einen Augenblick hatte sie das Gefühl, daß er noch etwas sagen wollte, aber er drehte sich um und ging in sein Schlafzimmer.

Barbara stand in der Tür der Bibliothek und sah ihm noch hinterher, als er längst die Tür seines Zimmers hinter sich geschlossen hatte. Was in aller Welt hatte sie dazu getrieben? ›Was ist, wenn Hielmann der Mörder ist?‹ hörte sie Philipps kühle Stimme fragen. Ja, was war dann?

7

Als Barbara am nächsten Morgen gegen neun Uhr aufstand, wunderte sie sich, daß Thomas noch nicht wach war. Sie bereitete das Frühstück vor, ging Brötchen holen, aber als sie zurückkam, war er immer noch nicht aufgestanden. Sie klopfte an seine Schlafzimmertür.

»Komm herein, ich bin wach«, sagte er.

Barbara öffnete die Tür. Thomas lag im Bett und las in einem Buch.

»Ich habe mir schon Sorgen gemacht – sonst bist du immer schon wach, wenn ich aufstehe«, sagte sie.

»Solange mein Computer beschlagnahmt ist, kann ich nicht arbeiten. Warum also früh aufstehen?«

»Dann bringe ich dir das Frühstück ans Bett.«

»Nein, auf keinen Fall«, sagte er, und das klang ernster, als sie erwartet hatte. Er klappte das Buch zu. »Ich habe so oft in meinem Leben zwangsweise im Bett essen müssen – ich hasse es.«

Er stand auf und ging ins Bad. Barbara konnte hören, wie er in dem großen Medizinschrank wühlte. Dann kam er in die Küche und durchsuchte mehrere Schubladen und Schränke. »Verdammt«, sagte er und setzte sich an den Tisch. »Diese Idioten haben tatsächlich meine Medikamente mitgenommen. Wahrscheinlich verdächtigen Sie mich auch des Drogenmißbrauchs.«

»Ist das schlimm, daß du sie jetzt nicht nehmen kannst?« fragte Barbara besorgt.

Er lächelte schwach. »Ich falle nicht tot um, wenn du das meinst. Ich werde mir einfach neue besorgen.« Er bemerkte, daß Barbara immer noch beunruhigt aussah. »Barbara, du wirst mich jetzt doch nicht wie einen Invaliden behandeln, oder? Glaub mir, wenn ich ein paar Spielregeln beachte, kann ich steinalt werden.«

Die Bernsteinaugen sahen sie an. Für einen Moment gab es wieder diese Nähe zwischen ihnen, das Gefühl einer Verbindung. Barbara konnte es fast körperlich spüren, und ein Blick sagte ihr, daß auch Thomas es spürte.

Dann fiel die Empfindung einfach in sich zusammen. »Ich hasse es, wenn sich jemand Sorgen um mich macht«, sagte er.

Sie frühstückten schweigend, aber diesmal erschien es Barbara nicht wie ein Geheimsprache zwischen ihnen. Dieses Schweigen war einfach nur kalt und ungemütlich. Barbara warf einen Blick in die Zeitung. Die Kollegen hatten nicht gezögert, die Auffindung des Tatorts groß herauszustellen.

»Das Horrorhaus in Flingern-Nord – Erster Erfolg in der Fahndung nach dem Düsseldorfer Serientäter« konnte Barbara dort lesen. Wenn eine seriöse Zeitung schon so dick auftrug, was stand in der Boulevardpresse? Der Artikel sprach im übrigen nur von der »Düsseldorfer Polizei« – kein Wort über das LKA und das BKA. Offensichtlich hatten andere Leute als sie und Heinz den Tatort entdeckt.

Thomas rührte die Zeitung nicht an, als sie sie ihm anbot. »Wahrscheinlich steht doch nur wieder etwas über die Morde drin«, sagte er.

Barbara wechselte das Thema. »Ich habe gestern Elke getroffen«, sagte sie in der Hoffnung, ein Gespräch mit ihm führen zu können. »Sie hat sich eine Zehe gebrochen, und ein Veilchen hatte sie auch. Sie ist wohl an einer Treppe unglücklich hingefallen ...«

»So?« fragte Thomas und runzelte die Stirn.

»Sie scheint öfter Pech zu haben«, fuhr Barbara fort. »Neulich hatte sie einen großen blauen Fleck am Arm. Verletzt sie sich häufig?«

»Ja, sie zieht Unfälle anscheinend an«, meinte Thomas. Danach sagte er nichts mehr und schien sehr in Gedanken. Er kam ihr nervös und fahrig vor.

»Wann mußt du in der Klinik sein?« fragte Barbara.

Er schreckte auf. »Hm?«

»Die Klinik. Dein Anwalt sagte, er trifft dich heute dort.«

»In zwei Stunden. Der Professor soll ein Gutachten erstellen und damit den Antrag meines Anwalts untermauern.« Thomas stand vom Küchentisch auf und ging ins Arbeitszimmer. Als Barbara ihm folgte, saß er vor dem leeren Schreibtisch, wo sein Computer gestanden hatte. Er lächelte hilflos. »Ich habe einen Moment lang nicht daran gedacht, daß sie alles abtransportiert haben.«

Barbara hatte das Gefühl, daß es ihm ganz und gar nicht gutging. Sie hätte gern gewartet, bis er zur Klinik mußte, aber es war wichtig, daß sie heute möglichst früh mit der Arbeit anfing.

»Ich gehe gleich weg«, sagte Barbara. Sie war sich nicht sicher, ob er das mitbekommen hatte.

Barbara fuhr auf direktem Weg zur Grupellostraße und rief von dort aus Philipp an.

»Hast du die Zeitungen gelesen?« fragte er sofort.

»Ja. Ein Hoch auf die Düsseldorfer Polizei.« Barbara reagierte in solchen Momenten gern mit ein bißchen Sarkasmus.

»Wenn bis jetzt noch eine vage Möglichkeit bestanden hat, daß der Mörder an den Tatort zurückkehrt, ist sie jetzt zum Teufel«, meinte Philipp.

»Die war schon zum Teufel, als die Spurensicherung mit ganzen Wagenkolonnen angerückt ist. Das war bestimmt ein Fehler – man hätte es diskreter machen sollen. Aber wir alle stehen unter Erfolgsdruck.«

Philipp seufzte. »Es sind schon einige Hinweise aus der Bevölkerung eingegangen auf verdächtige Personen, die dort beobachtet worden sein sollen. Wenn die Kollegen allen nachgehen, werden sie sehr beschäftigt sein.«

»Laß mich raten ...« Barbara kicherte. »Hat jemand schon den Teufel dort gesehen?«

»Nein, aber Außerirdische. Hohe silberne Gestalten, die auf dem Dach gelandet sind. Sie stammen von einem Planeten, der um Alpha Centauri kreist, und brauchen die Lebenskraft der Frauen, damit ihr Volk überlebt.«

»Oh«, meinte Barbara, »so ausgereifte Spinnereien sind wirklich selten. – Hat Anne schon etwas gefaxt?«

»Ja. Der Schleswig-Holstein-Fall fällt weg, der Mörder wurde gefunden. Und im Freiburg-Fall muß dir bei der Eingabe ein Fehler unterlaufen sein. Das Opfer war 13, nicht 31 Jahre alt.«

»Das kann passieren«, meinte Barbara. »Was ist mit den übrigen vier Fällen?«

»Damit komme ich lieber zu dir – hier ist noch alles in heller Aufregung, weil Hielmann auf freiem Fuß ist – aber das weißt du ja sicher. Sie dürfen ihn nur zwei Stunden am Tag verhören, in Anwesenheit eines Arztes. Wilkowski und Kramer toben.«

»Ich kann nicht behaupten, daß ich sie bedauere«, sagte Barbara. »Beeil dich, wir dürfen keine Zeit verlieren.«

Wenig später war Philipp bei ihr und hatte Heinz Wersten gleich mitgebracht.

»Wenn Hielmann nicht verhört werden kann, kann ich mich auch absetzen«, sagte er.

Sie hockten sich auf das Bett, und Philipp breitete die Faxseiten vor ihnen aus. »Anne konnte natürlich per Telefon nur rudimentäre Auskünfte bekommen, aber es reicht, um den Fällen nachzugehen, ich habe das schon gescheckt.« Er holte einen kleinen Notizblock heraus. »Also alle Opfer waren dunkelhaarig und eher zierlich – dieses Vergewaltigungsopfer in Köln war allerdings nicht so klein.«

»Vergewaltigungsopfer?« fragte Heinz. »Heißt das, es gibt eine Überlebende?«

»Es muß sich erst noch herausstellen, ob dieser Fall dazugehört«, meinte Philipp. »Ehrlich gesagt, ist er eher atypisch. Das kommt von Barbaras gewollter Unschärfe in der Abfrage.«

Barbara runzelte die Stirn. »Das ist ja gerade der Trick bei der Sache. Täter sind auch nur Menschen, und Menschen machen Fehler und weichen vom einmal gewählten Schema ab, machen nur die halbe Arbeit und so weiter ...«, erklärte sie Heinz.

»Kann ich weitermachen?« fragte Philipp ungeduldig. »Wir haben also zwei Morde in Bonn vor drei und vier Jahren und einen in Koblenz vor zwei Jahren. Der Vergewaltigungsfall liegt fünf Jahre zurück.«

»Eine lange Pause bis zum ersten Düsseldorfer Fall«, meinte Heinz.

»Das muß nichts bedeuten. Er hat gemordet, einmal pro Jahr. Dann hat er sich zusammengerissen – aus welchem Grund auch immer. Aber nach zwei Jahren ist der Druck, die Lust zu töten, so groß, daß er wieder damit anfängt und es immer öfter tut. Solche längeren Pausen gibt es häufig.« Barbara dachte einen Moment lang nach, dann meinte sie: »Wenn ihr nichts dagegen habt, kümmere ich mich um den Vergewaltigungsfall. Heinz, du solltest Bonn übernehmen – wegen der Zuständigkeit des LKA.«

»Dann bleibt Koblenz für mich«, sagte Philipp. »Ich habe übrigens gestern noch die Laborleute bestochen, und sie haben mir auf die Schnelle Abzüge von den Fotos der Messerspuren gegeben. Und dann habe ich noch das hier.« Er zog ein Bild von Thomas Hielmann hervor.

»O.K.«, sagte Barbara nur und steckte das Foto ein.

»Barbara, ist Hielmann wirklich so krank?« fragte Heinz.

Barbara sah ihn an. »Vielleicht ist es nicht ganz so schlimm, wie der Anwalt vorgibt. Aber er ist nicht völlig gesund, er muß Medikamente nehmen. Daß es ernster sein könnte, ist mir allerdings erst gestern abend aufgegangen. Er sah wirklich nicht gut aus – ganz grau. Ich glaube nicht, daß er gestern ein längeres Verhör unbeschadet überstanden hätte. Sie waren ziemlich rüde bei ihrer Durchsuchung – ich habe einen bestimmt tausend Mark teuren Band einer Goethe-Ausgabe mit umgeknickten Seiten auf dem Boden gefunden. Das hat ihn alles sehr mitgenommen.«

»Na ja, die Auflagen des Richters geben uns wenigstens genug Zeit, unsere Nachforschungen zu verfolgen«, meinte Heinz. »Ich fahre direkt von hier nach Bonn. Die Kollegen dort werden zwar ein wenig überrascht sein, aber was soll's. Bis dann.«

»Bis dann, Heinz.«

»Und was ist mit Koblenz?« fragte Barbara Philipp.

»Da ich schon geahnt habe, daß ich nach Koblenz fahren muß, habe ich dort angerufen, sobald Annes Fax durch war.«

»Dann muß ich mich jetzt mit Köln in Verbindung setzen.«

»Lies erst das hier«, sagte Philipp. »Ich fahre los. Bis heute abend.«

»Tschüs.« Barbara starrte auf das Fax, das Philipp ihr gegeben hatte. Es war von Anne.

»Hallo, Schätzchen,
ich habe mich gestern abend noch telefonisch in Köln nach dem Fall erkundigt, und unser Freund Rosemann hat mich direkt an die richtige Frau verwiesen. Sie heißt Karin Jansen und ist eine der dienstältesten Kommissarinnen im Präsidium. Der Fall ist ihr präsent. Ich habe dich bereits für heute angekündigt, also mach dich auf die Socken.
Deine Anne.«

Barbara lächelte: Das war typisch Anne. Sie nahm gerne alles in die Hand und lag selten falsch damit. Barbara rief die Rezeption an. »Können Sie mir einen Leihwagen besorgen? Ein Kleinwagen genügt. Und er soll so schnell wie möglich hergebracht werden.«
Sie stieg in der Zwischenzeit in ein Kostüm und legte Make-up auf. Es dauerte etwa eine halbe Stunde, dann meldete der Portier, der Leihwagen sei da. Sie unterschrieb den Vertrag, setzte sich ins Auto und fuhr los.

Etwa gegen Mittag erreichte sie das Kölner Polizeipräsidium und fragte sich zu Karin Jansen durch.

»Kommissarin Jansen? Ich bin Barbara Pross vom BKA.«

»Hallo, Frau Oberrätin. Sie sehen, ich bin voll informiert. Ich habe Rosemann ausgefragt über Sie.« Karin Jansen war eine wirkliche Veteranin: kurzgeschnittenes eisgraues Haar, ein kantiges Gesicht und – als Kontrast – ein großer, mütterlicher Busen.

»Dann lassen Sie bloß den Titel weg«, sagte Barbara und schüttelte Karin Jansen die Hand. Die deutete auf einen Stuhl.

»Sie interessieren sich für den Fall Hungerforth, sagte mir Ihre Mitarbeiterin in Wiesbaden«, kam sie ohne Umschweife zur Sache.

»Ja. Es besteht die – wenn auch vage – Möglichkeit eines Zusammenhangs mit den derzeitigen Düsseldorfer Mordfällen.«

»Ich erinnere mich gut an den Fall. Ich habe Ihnen die Akte herausgesucht und gleich kopiert. Sie können jetzt schon mal einen Blick hineinwerfen, ich habe leider noch eine halbe Stunde zu tun. Haben Sie schon gegessen?«

Barbara verneinte, und dann schlug sie vor, später auf BKA-Spesen ein gutes Lokal aufzusuchen. Sie vertiefte sich in die Akte und schüttelte immer wieder den Kopf. Es war ein absolut brutales Verbrechen, und es war dem Täter gelungen, unauffindbar zu bleiben, und das, obwohl es eine Beschreibung von ihm gab.

Karin Jansen steckte den Kopf zur Tür herein. »Ich bin jetzt fertig, lassen Sie uns gehen.«

Sie führte Barbara zu einem gutbürgerlichen kleinen Lokal mit urgemütlicher Atmosphäre. Das Essen war ganz vorzüglich, obwohl Barbara nach der Lektüre der Akte eigentlich keinen großen Appetit mehr hatte. Irgendwie war ihr ein Stück ihres dicken Fells abhanden gekommen.

»Ich bin seit zwanzig Jahren bei der Kriminalpolizei«, sagte Karin Jansen, »ich habe weiß Gott verdammt viel gesehen in der Zeit. Aber es gibt Fälle, da kann man nicht einfach zur Tagesordnung übergehen. Die vergißt man nicht mehr.« Sie nahm einen kräftigen Schluck aus ihrem Kölschglas. »Als dieser LKW-Fahrer die Meldung über das leere offene Auto auf dem Rastplatz gemacht hatte, rief die Autobahnpolizei bei uns an. Wir stellten den Halter fest: Das war der Vater der jungen Frau. Und da wurde uns klar, daß wir sie suchen mußten, denn der Wagen war völlig in Ordnung. Morgens um sieben stellten wir in aller Eile einen Suchtrupp zusammen – ich ging selbst mit.« Sie machte eine Pause und verzog das Gesicht zu einem leichten Grinsen. »Das ist nicht gerade der richtige Gesprächsstoff beim Essen. Ich hatte auch den Eindruck, daß Sie nach der Lektüre der Akte ein bißchen blaß um die Nase waren.«

»Kann ich nicht leugnen«, sagte Barbara. »Ich lasse im Moment die Dinge ein wenig zu nah an mich herankommen. Irgendwann rächen sich die Gefühle dafür, daß sie immer kurzgehalten werden – besonders wenn man mit solchen Fällen befaßt ist wie ich.«

Karin Jansen nickte. »Ich habe den Fall Hungerforth auch näher an mich herankommen lassen, als mir guttat. Aber ihren Anblick, als wir sie fanden, den werde ich nie vergessen. Sie war mehr tot als lebendig, überall voller Blut, sie schien kaum noch eine heile Stelle am Körper zu haben. Sie hatte einen halben Tag und eine ganze Nacht da draußen gelegen – sie wäre bestimmt gestorben, wenn dieser LKW-Fahrer nicht gewesen wäre.«

»Warum wurde der Täter nicht gefaßt?«

»Wissen Sie, das habe ich mich immer wieder gefragt«, antwortete Karin Jansen. »Alina Hungerforth hat ihn beschrieben – sogar gut beschrieben. Sie hat, als es ihr besserging, sämtliche Täterkarteien durchgesehen. Wir haben nach Zeugen gesucht, die ihn oder zumindest das Auto gesehen haben, sogar in Aktenzeichen XY haben wir mit dem Phantombild gefahndet – nichts. Es war, als würde der Täter nicht existieren.«

»Ein unbescholtener Bürger«, murmelte Barbara.

»Ja. Einer, der nicht vorbestraft ist und dem keiner eine solche Tat zutrauen würde, selbst wenn er dem Phantombild ähnlich sieht.«

Barbara nickte. »Allerdings denke ich, daß es nicht wenige geben wird, die diesem Phantombild ähnlich sehen, es ist irgendwie ein Durchschnittsgesicht.« Sie trank einen Schluck Mineralwasser. »Frau Jansen, mein Hauptinteresse gilt den Schnitten, die er ihr zugefügt hat. Unser Mörder schneidet nämlich seinen Opfern ebenfalls die Achillessehnen durch – und in zwei Fällen gibt es auch zusätzlich diese Schnitte unterhalb der Kniekehlen. Wir vermuten, daß er das tut, um sie nicht fesseln zu müssen.«

Karin Jansen ließ die Gabel sinken. »Die Schnitte – das hat uns alle am meisten mitgenommen. Es gab zwei große Schnitte an jedem Bein, oberhalb der Ferse und ein wenig unterhalb der Kniekehle, bis auf den Knochen. Danach hatte er das Messer als Stichwerkzeug gebraucht, nur um ihr immer wieder neue Schmerzen zuzufügen. Die tiefen Schnitte haben wichtige Nerven zerstört, und weil Alina Hungerforth erst so spät ärztlich versorgt werden konnte, waren die Schäden irreparabel. Heute ist sie körperlich und seelisch ein Wrack.«

»Sie haben Kontakt zu ihr?« fragte Barbara.

»Kontakt ist zuviel gesagt.« Karin Jansen seufzte. »Sie ruft alle paar Monate mal an, taucht sogar hin und wieder unangemeldet hier auf und fragt, ob es irgend etwas Neues gibt. Sie kann einfach nicht begreifen, daß die Akte schon lange geschlossen wurde und niemand mehr nach ihrem Peiniger sucht.«

»Wäre es möglich, sie zu treffen?« fragte Barbara. »Ich würde gern selbst mit ihr sprechen.«

»Wollen Sie sich das wirklich antun? Ich bin jedesmal total depressiv, wenn ich mit ihr gesprochen habe. Und man munkelt, ihr hättet bereits einen Verdächtigen festgenommen.« Auf Karin Jansens Gesicht stand unverhohlene Neugier.

»Ja, es stimmt, es gibt einen Verdächtigen, den die Düsseldorfer Polizei sehr hoch handelt«, meinte Barbara. »Er steht aber nicht auf meiner Liste. Im Gegensatz zu den Kollegen verfolge ich auch noch andere Spuren. Es ist sehr wichtig, daß ich mit Alina Hungerforth spreche.«

Karin Jansen trank ihr Kölsch aus. »Wenn Sie wirklich möchten, werde ich sie anrufen. Sie lebt seit damals wieder bei ihren Eltern.«

Sie kramte nach ihrem Adreßbuch und ging zu einem Münzfernsprecher, der im Flur vor dem Gastraum hing. Wenig später kam sie zurück. »Sie ist einverstanden.«

»Vielen Dank«, sagte Barbara. »Ich möchte gleich von hier aus fahren.«

»Hören Sie«, sagte Karin Jansen vorsichtig, »ich möchte nicht, daß Sie erschrecken, wenn Sie Alina Hungerforth sehen. Sie war mal eine richtige Schönheit, sie hat sogar hobbymäßig gemodelt. Aber heute hat sie nichts mehr mit diesen Fotos gemein. Sie ist in jeder Hinsicht ein Wrack. Und ihr einziger Lebensinhalt ist es, darüber zu brüten, was ihr passiert ist und warum der Täter nicht gefunden wurde. Es gibt Leute, die sich mit einem Unglück und einer Behinderung abfinden können – Alina Hungerforth gehört nicht dazu.«

Karin Jansen gab ihr die Adresse und eine genaue Wegbeschreibung. »Ich hoffe wirklich, daß Sie diesen Mörder schnappen«, sagte sie zum Abschied, »und noch mehr hoffe ich, daß er und der Kerl, der dieses Mädchen zerstört hat, ein und dieselbe Person sind.«

Barbara geriet in einen Stau und kam erst gegen fünf bei den Hungerforths an. Sie bewohnten ein schmuckes Häuschen am Rande von Willich-Anrath. Barbara klingelte, und eine verhärmt aussehende, aber elegante ältere Frau machte ihr auf.

»Frau Hungerforth? Ich bin Barbara Pross vom Bundeskriminalamt.« Im Flur stand direkt neben der Eingangstür ein Rollstuhl.

»Kommen Sie herein.« Sie dirigierte Barbara in das Wohnzimmer, das mit gediegenen belgischen Eichenmöbeln eingerichtet war. »Eigentlich erwarten wir ja nicht mehr viel von der Polizei. Aber Kommissarin Jansen hat wirklich ihr Bestes getan, und wir dachten, wenn sie uns darum bittet, sind wir ihr das schuldig.«

»Ich bin Ihnen sehr dankbar dafür«, sagte Barbara. »Und ich tue das wirklich nur, weil es sehr wichtig ist. Ich meine, es ist sicher nicht leicht für Ihre Tochter, sich wieder an all das erinnern zu müssen ...«

»Das ist wirklich ein sehr mitfühlender Spruch.« Barbara hatte Alina Hungerforth zu spät bemerkt. Sie kam, auf zwei Gehhilfen gestützt, durch die Wohnzimmertür.

In diesem Moment war Barbara Karin Jansen sehr dankbar für ihre sanfte Vorwarnung, denn im Vergleich zu den Fotos der hübschen jungen Frau in der Akte war Alinas Anblick wirklich ein Schock. Sie wog mindestens hundertzwanzig Kilo, was ihre Fortbewegung noch schwerfälliger machte. Ihre Haare waren schlecht geschnitten, und sie hatte sich in einen viel zu engen Jogginganzug gezwängt, der sie noch unförmiger erscheinen ließ. Sie ließ sich in einen Sessel fallen.

»Sie bedauern es also, mich an das, was dieses Schwein mir angetan hat, erinnern zu müssen? Da brauchen Sie wirklich keine Skrupel zu haben. Ich muß nur in den Spiegel sehen, um jeden Tag daran erinnert zu werden. Wissen Sie, früher hatte ich einen Schuhtick – allein zwanzig Paar hochhackige Pumps. Jetzt habe ich zwei Paar von diesen hier.« Sie klopfte mit den Gehhilfen, die sie in einer Hand hielt, an einen ihrer klobigen orthopädischen Schuhe. Die Jogginghose war nach oben gerutscht, Barbara konnte sehen, daß sie erst weit über dem Knöchel endeten.

Alina Hungerforth lehnte die Krücken an die Wand. »Nach fünf Operationen legte man mir nahe, mich mit dem Zustand abzufinden. Sie haben immer wieder die verschiedenen Sehnen verlängert, versetzt und was weiß ich noch ...«

»Ich hole uns einen Kaffee«, sagte Frau Hungerforth. Ihr Gesicht wirkte nach Alinas Auftritt noch ein wenig müder.

»Ich habe mich noch gar nicht vorgestellt. Ich bin Barbara Pross vom Bundeskriminalamt.« Barbara versuchte, das Gespräch wieder auf eine sachliche Ebene zu bringen. »Ich bin auf Ihren Fall gestoßen bei Ermittlungen im Zusammenhang mit den Frauenmorden in Düsseldorf. Sie haben doch sicher davon gehört?«

Alina nickte.

»Möglicherweise«, fuhr Barbara fort, »ich betone, es ist nur eine Möglichkeit, möglicherweise ist der Mörder mit dem Mann, der Sie überfallen hat, identisch. Sollte das der Fall sein, wären Sie die einzige, die eine seiner Attacken überlebt hat. Wenn Sie uns helfen, können wir ihn vielleicht fassen, bevor er einen weiteren Mord begeht. Wären Sie bereit dazu?«

Alina zögerte nicht eine Sekunde. »Ja. Was wollen Sie wissen?«

»Gut.« Barbara lächelte. »Ich habe die Akte Ihres Falles gelesen, aber ich möchte, daß Sie mir noch mal alles schildern, woran Sie sich erinnern. Vielleicht kommt so noch etwas zutage, das damals übersehen wurde.«

Alina seufzte. »Sie wollen die ganze Geschichte?«

»Sicher«, sagte Barbara. »Ich habe Zeit. Sind Sie einverstanden, wenn ich unser Gespräch aufzeichne? Ich brauche mir dann keine Notizen zu machen.«

»In Ordnung.« Alina rutschte auf ihrem Sessel herum, bis sie eine bequemere Sitzposition gefunden hatte. Sie hing jetzt in dem Sessel wie eine achtlos hingeworfene Gliederpuppe. »Ich kam damals von einem Fototermin aus München. Ich war Amateurin, aber sie hatten mich trotzdem zu einem Shooting eingeladen – als einzige Amateurin unter Profimodels. Kaum zu glauben heute, nicht wahr?« Sie deutete auf ihren unförmigen Körper. »Ich war die ganze Nacht durchgefahren, aber bei Köln mußte ich Rast machen. Ich hatte gedacht, ich verkneife mir die Toilette bis zu Hause, aber es ging einfach nicht mehr.«

Frau Hungerforth kam mit dem Kaffee. Während sie einschenkte, erzählte Alina weiter. »Es war ein ganz einfacher Rastplatz, mit diesen kleinen Toilettenhäuschen, wo man eine Münze einwerfen muß.« Für einen Moment schloß sie die Augen. »Als ich herauskam, war der Kerl schon da. Er packte mich, drehte mich um, und dann trug er mich in den Wald.«

»Sie haben ihn doch einen Moment gesehen, oder?« fragte Barbara.

Alina nickte. »Es war nur ganz kurz – aber ich schwöre, ich würde ihn auch heute noch jederzeit wiedererkennen.«

Barbara zog das Foto von Thomas Hielmann aus der Tasche. »Könnte es dieser Mann gewesen sein?« Sie reichte Alina das Foto herüber.

Alina ächzte hörbar, als sie sich vorbeugte, um das Bild zu nehmen. Sie sah es sich sorgfältig an. »Wie groß ist dieser Mann?« fragte sie.

»Eins fünfundsiebzig, vielleicht eins achtundsiebzig.« Barbara hatte sich nie Hielmanns Personenbeschreibung durchgelesen.

Alina schüttelte den Kopf: »Der Mann auf dem Rastplatz war größer, mindestens eins neunzig. Alles an ihm war groß, er hatte riesige Hände. Er ... er hat mich einfach weggetragen, als wäre es nichts, obwohl ich geschrien und mich gewehrt habe.« Sie beugte sich wieder vor, um das Foto auf den Tisch zu legen. »Die Haare waren auch heller als bei diesem Mann. Und besonders kräftig sieht der auch nicht aus.«

»Sein Auto haben Sie nicht gesehen?«

Alina schüttelte den Kopf. »Der Parkplatz machte eine Biegung, vielleicht stand der Wagen da.«

»Und ihn selbst sahen Sie nur in dem Moment, als sie aus der Toilette kamen?« fuhr Barbara fort.

»Ja. Später hatte er sich etwas über den Kopf gezogen ... eine merkwürdige schwarze Kapuze, wie ein ... ein Henker. Das war, als er mich auf den Boden geworfen hatte. Er sagte, er würde mich jetzt bestrafen. Ich ... ich habe nur geschrien und geweint.«

Barbara runzelte die Stirn. »Er gebrauchte diese Worte? ›Ich werde dich bestrafen‹?«

»Ja.« Auch wenn Alina behauptete, jeden Tag daran zu denken, merkte Barbara, daß sie sehr mit ihren Gefühlen kämpfte.

»Was sagte er sonst noch?«

»Er ... er redete ununterbrochen. Er nannte mich Hure und Schlimmeres. Und er sagte, ich sei seine Sklavin und ungehorsam gewesen.«

»Das ist gängiges Sadistenvokabular«, murmelte Barbara.

Alina schien sich wieder ein wenig zu fangen: »Ja, ich weiß. Ich habe darüber gelesen. Sie ... machen merkwürdige Rollenspiele, das gehört mit zur Befriedigung.«

»Haben Sie heute den Eindruck, daß es für ihn ein solches Spiel war?«

»Möglich ...«

Barbara verzog bedauernd den Mund. »Ich weiß, das muß für Sie ein entsetzlicher Gedanke sein ...« Sie wartete einen Moment ab, dann fragte sie: »Die Schnitte – wann hat er Ihnen die zugefügt?«

Alina schloß die Augen, Barbara sah, daß sie zitterte. »Er hatte mich auf den Boden geworfen und sofort vergewaltigt.« Sie schluckte und begann zu weinen.

Ihre Mutter stand auf und setzte sich auf die Sessellehne. »Alina, du mußt das hier nicht tun«, sagte sie.

»Doch«, sagte Alina zwischen zwei Schluchzern, »ich muß es. Weil das Schwein gefaßt werden muß. Er muß bestraft werden.«

Barbara schauderte, weil sie die gleichen Worte wie ihr Vergewaltiger benutzte. »Ich kann auch noch einmal wiederkommen, wenn Sie heute nicht mehr darüber sprechen können.«

»Nein.« Alina bemühte sich, ruhiger zu werden. Ab und an schluchzte sie noch, aber sie sprach weiter: »Ich hatte mich die ganze Zeit gewehrt. Ich ... ich wußte doch, wenn ich mich nicht wehrte, könnte man sagen, ich wäre einverstanden gewesen. Er ... schien das zu mögen. Aber als er ... als er so über mir lag, da ... da konnte ich nicht mehr. Ich wurde ganz still. Er hörte auf und riß mich hoch, sagte irgend etwas von harter Strafe, die ich verdient hätte, und wie gnädig er doch zu mir sei. Er ... würde mir Zeit geben, über meinen Fehler nachzudenken. Ich solle mich nicht von der Stelle rühren. Und dann ... dann ging er weg.«

»Er ging weg?«

»Ja. Er ließ mich allein dort liegen. Ich tat, was er sagte, ich rührte mich nicht, versuchte nicht einmal, den Kopf zu drehen, um zu sehen, wo er geblieben war. Ich ... ich wagte es einfach nicht.«

Barbara runzelte die Stirn: »Sie versuchten nicht zu fliehen?«

»Zuerst nicht. Ich ... war mir ganz sicher, daß er noch in der Nähe war. Aber nach einiger Zeit ... Ich weiß nicht, wie lange es wirklich war, es kam mir vor wie eine Ewigkeit, vielleicht war es nur eine Stunde oder eine halbe ... Zuerst habe ich mich liegend umgesehen. Er war nicht da. Dann habe ich mich aufgesetzt.« Alina machte eine Pause.

»Sie wollten fliehen?«

»Mir tat alles weh, aber ich stand auf und rannte zurück in den Wald. Ich ... ich konnte schon den Parkplatz sehen und plötzlich ...«

»Er hat sie wieder gepackt und zurückgeschleppt«, sagte Alinas Mutter leise.

Alina hatte den Kopf gesenkt. »Er hatte nur darauf gewartet, daß ich zu fliehen versuchte. Er ... warf mich wieder auf den Boden. Und dann ... dann nahm er ... das Messer ...«

Sie begann wieder hemmungslos zu weinen. Barbara krallte ihre Finger in den Sessel. Sie fühlte, wie auch ihr die Tränen kamen. »Dann hat er Ihnen also die Fußsehnen durchgeschnitten?«

Alina nickte, dann schüttelte sie den Kopf. »Nein, er schnitt zuerst oben in die Waden. Er riß mir die Beine mit einer Hand hoch und schnitt blitzschnell. Ich schrie und wurde fast ohnmächtig, aber dann schnitt er noch mal an der Ferse ... ›Du Schlampe hast mir nicht gehorcht. Du wirst nicht mehr weglaufen.‹ Das sagte er immer wieder, und schließlich ... stieg er wieder über mich ...«

»Er vergewaltigte sie zweimal?«

»Dreimal.« Alina war plötzlich wieder ganz ruhig. »Beim drittenmal stach er vorher ein paar Mal mit der Messerspitze in meine Arme und Beine. Nicht sehr tief – er wollte wohl nur, daß es weh tat. Und er schlug mich.«

»Hat er sie gewürgt?« Barbara griff nach der Kaffeetasse, aber sie merkte, daß ihre Hand zitterte, und zog sie wieder zurück.

»Nein.«

Ein Weile schwiegen sie. »Alina – ich darf Sie doch so nennen?« Barbara wartete Alinas Zustimmung nicht ab und fuhr fort: »Was ich Sie jetzt frage, wird Ihnen sehr merkwürdig vorkommen – glauben Sie, er hatte die Absicht, Sie zu töten?«

Alina sah sie erstaunt an. Sie dachte einen Augenblick nach, bevor sie antwortete: »Ich ... ich hatte die ganze Zeit eine Todesangst. Während es passierte, war ich überzeugt, daß er mich töten würde. Ich wünschte mir sogar, daß er es täte. Ich ... wollte, daß es endlich vorbei war.« Sie blickte auf den Boden und dann wieder Barbara direkt in die Augen. »Aber jetzt, hier mit diesen Jahren dazwischen ... Ich bin mir sicher, daß er mich nicht töten wollte. Er holte mich sogar aus einer Ohnmacht zurück. Er wollte, daß ich alles spürte, was er mir antat. Als er nach dem dritten Mal nicht mehr konnte, ist er einfach weggegangen und hat mich dort liegenlassen. Ich hätte sterben können, ja – aber nicht direkt durch seine Hand.« Sie atmete tief durch. »Warum ist das so wichtig?« fragte sie Barbara.

»Weil ich ziemlich sicher bin, daß der Mörder seinen Kick nicht beim Geschlechtsverkehr bekommt, sondern beim Töten. Aber das heißt nicht, daß sie nicht identisch sind«, fügte sie rasch hinzu.

»Vielleicht waren Sie die erste, und die Lust am Töten entdeckte er erst später.«

»In der Zeitung stand, er habe seine Opfer über mehrere Tage gequält«, sagte Alina. »Dann hätte ich ja noch Glück gehabt.«

Barbaras Diktiergerät piepste. Die Kassette war voll. »Alina, ich möchte Ihnen danken. Ich weiß zwar noch nicht, wie das Ganze in unseren Fall paßt ...«

»Sie werden mir doch Bescheid geben, oder? Wenn Sie das Schwein haben, meine ich.«

Barbara war verlegen. »Bitte machen Sie sich keine vorschnellen Hoffnungen, Alina. Es könnte jemand ganz anderes gewesen sein. Und wenn ich ehrlich bin – wir haben nicht die geringste Ahnung, wo wir nach dem Mörder suchen sollen – das bleibt aber bitte unter uns.«

Alina wirkte enttäuscht. »Wahrscheinlich war das alles hier wieder heiße Luft«, sagte sie. Sie wuchtete sich aus dem Sessel hoch und griff nach den Krücken.

»Alina ...« Barbara versuchte, sie zurückzuhalten, aber sie schüttelte ihren Arm ab und stelzte schwerfällig aus dem Zimmer.

»Nehmen Sie es ihr nicht übel«, sagte die Mutter. »Ihre einzige Hoffnung ist, daß der Täter irgendwann büßen muß.«

»Und was ist, wenn wir ihn tatsächlich fassen? Das wird sie nicht wieder in die alte Alina zurückverwandeln.«

Die Mutter fuhr sich mit der Hand über die müden Augen. »Sie wissen das, Frau Pross, und ich weiß es auch. Ich habe Angst vor dem Tag, an dem Alina es begreift.« Sie verzog den Mund. »Aber wer weiß? Bis dahin hat sie sich vielleicht zu Tode gegessen. Sie ist jetzt schon so schwer, daß sie längere Strecken nur im Rollstuhl bewältigen kann. Ich habe aufgehört, um sie zu trauern oder sie zu bemitleiden. Irgend jemand muß die Sache realistisch sehen, sonst werden wir alle verrückt. Ich ... werde mein Bestes tun, damit sie nicht ständig bei Ihnen anruft ...«

»Sie wird mich kaum erreichen«, sagte Barbara. »Ich bin so etwas wie eine Spezialermittlerin. Ich möchten Ihnen trotzdem danken, Frau Hungerforth, sagen Sie das auch Ihrer Tochter.« Einen Augenblick zögerte sie, dann meinte sie: »Selbst wenn die Fälle nicht zusammenhängen, kann ich vielleicht etwas für Alina tun. Ich … ich bin Spezialistin auf diesem Gebiet, und manchmal tauchen Hinweise an den unmöglichsten Stellen auf.«

»Ehrlich gesagt, glaube ich nicht mehr daran, daß irgend jemand wirklich etwas für uns tun kann. Außer Kommissarin Jansen und Herrn Rottländer kümmert sich niemand mehr um sie.«

»Herr Rottländer?«

»Der LKW-Fahrer, der sie damals gefunden hat. Er besucht sie manchmal, nimmt sie zu Ausflügen mit – ein netter junger Mann. Natürlich hat er nur Mitleid mit ihr – aber mehr kann sie wohl auch nicht verlangen.«

Barbara verabschiedete sich. Als sie im Auto saß, atmete sie erst einmal tief durch. Mehr noch als die Konfrontation mit der brutalen Tat verstörte sie die Tatsache, daß sie, von einem kleinen Augenblick abgesehen, wieder ganz die kühle Polizistin gewesen war. Alinas Haß, Selbsthaß und ihre Verzweiflung, die Bitterkeit ihrer Mutter – sie hatte es einfach zur Kenntnis genommen. Sie funktionierte wieder – und wieder ließ sie mögliche Gefühle nicht zu. Ihr Verstand sagte ihr, daß ein solcher Job kaum anders zu machen sei, aber die leise Stimme aus dem Hintergrund, die sie seit so kurzer Zeit erst wahrnahm, warnte zaghaft.

Sie sah aus dem Auto. Plötzlich bemerkte sie Alina, die eine Gardine beiseite geschoben hatte und sie anstarrte. Sofort startete sie den Wagen und fuhr los.

Im Polizeipräsidium war um sieben Uhr abends noch eine Menge los. Die Soko-Beamten werteten erste Ergebnisse aus Flingern-Nord und auch aus Thomas' Wohnung aus. Barbara wurde kaum beachtet, als sie eintraf.

»Da ist ein Päckchen für Sie mit Kurier gekommen«, sagte ihr jemand und deutete auf Philipps Notschreibtisch. Barbara öffnete es. Anne hatte in Wiesbaden ganze Arbeit geleistet: Es waren Zeitungsausschnitte über alle vier Fälle, die sie gerade untersuchten.

In diesem Moment kam Philipp herein. »Nun?« fragte sie.

»Bingo.« Er reichte ihr eine gute Fotokopie einer Mikroskopaufnahme. »Es war dasselbe Messer, daran besteht kein Zweifel. Ich bekomme eine komplette Kopie der Akte am Montag zugeschickt.«

Barbara blickte sich nach den geschäftigen Soko-Leuten um. »Jetzt haben wir sie bei den Eiern«, sagte sie.

»Wen meinen Sie, Frau Pross?« Barbara hatte gar nicht gemerkt, daß sich hinter ihr eine Tür geöffnet hatte. Herein kamen Heinz Wersten, sein Chef Lohberg vom LKA und – Klaus-Gerhard Bekker, der Leiter des Spezialistenteams, Barbaras Chef. »Was sehen Sie mich so an, Frau Pross? Ich bin genauso überrascht, Sie hier zu sehen.«

»Wir haben einen Fall in Rheinland-Pfalz gefunden, der hundertprozentig auf das Konto des Düsseldorfer Täters geht«, sagte Philipp.

»Es geht um Messerspuren. Es ist unzweifelhaft dieselbe Waffe.« Barbara versuchte, Beckers Aufmerksamkeit von sich abzulenken, erreichte damit aber das Gegenteil.

»Und Sie sind der Meinung, daß wir die Ermittlungen nun an uns ziehen sollen?« stellte Becker kühl fest. Noch bevor Lohberg etwas dazu sagen konnte, fuhr er fort: »Ich möchte mit Ihnen unter vier Augen sprechen, Frau Pross.« Laut fragte er: »Können wir einen Vernehmungsraum haben?«

»Der Vorraum vom Archiv ist frei«, rief jemand. »Von den Toiletten aus die dritte Tür links.«

Barbara folgte Becker den Flur hinunter. Als sie in dem staubigen kleinen Raum waren, schloß er die Tür hinter ihnen. »Sie haben also beschlossen, wieder mitzuspielen.«

»Nicht ganz freiwillig. Ich ... bin in die Sache hineingestolpert.« Becker hob eine Augenbraue: »Ja, ich habe schon so etwas gehört. Ihre Rolle in dem Fall ist ja mehr als merkwürdig. Die Kollegen von der Soko haben sich beschwert, Sie würden den Verdächtigen Thomas Hielmann schützen.«

»Das tue ich keineswegs. Sein Anwalt hat ihm den Freiraum verschafft. Sie würden allerdings nie einen Haftbefehl gegen ihn bekommen, der aufrechterhalten werden könnte – dazu sind die Beweise viel zu dünn. Meiner Meinung nach ist er körperlich gar nicht in der Lage, solche Morde zu begehen.« Barbara haßte diese

Situation: Wann immer sie auf Becker traf, mußte sie sich für irgend etwas rechtfertigen.

Erstaunlicherweise äußerte sich Becker ganz anders, als sie erwartet hatte: »Der Meinung bin ich auch. Lohberg vom LKA hat ebenfalls Zweifel, hält es aber nicht für unmöglich. Er denkt, Hielmann könne einen Komplizen haben, der ihm die schwere Arbeit abnimmt.«

»Zwei Täter? Nie und nimmer«, sagte Barbara bestimmt.

»Ich schätze Ihre Meinung, Frau Pross, aber Sie können sich irren.«

»Sie wollen die Ermittlungen also nicht an sich ziehen?« fragte sie.

»Das habe ich nicht gesagt. Nur weiß ich nicht, ob es etwas bringt, einzugreifen, wenn wir genauso dumm dastehen wie die örtliche Kripo.« Becker hielt eine Menge von Imagepflege und Taktik.

Barbara meinte zögernd: »Ich habe heute einen Vergewaltigungsfall recherchiert, der möglicherweise mit den Morden zusammenhängt. Der Täter wurde nie gefaßt, aber das Opfer hat ihn gesehen. Vielleicht bringt uns das weiter.«

Becker rieb sich die Augen. Er wirkte sehr müde. »Ich bin heute nachmittag direkt hier in Düsseldorf gelandet. Als Körner mich informiert hatte, habe ich den Flug sofort von Frankfurt hierher umgebucht. Aber so eine Entscheidung will ich nicht treffen, wenn ich übermüdet bin und die Fakten kaum begreife. Ich denke, wir sollten uns morgen alle zusammensetzen.«

Barbara nickte.

Becker sah sie an und runzelte die Stirn. »Lohberg sagte mir, Sie hätten sich noch nicht offiziell zurückgemeldet.«

»Nein, ich ... war mir nicht sicher ...«

»Wenn Sie an dem Fall arbeiten wollen, dann müssen Sie das offiziell tun. Strenggenommen hätten Sie die Frau heute gar nicht vernehmen dürfen.«

»Ich weiß ...«

Becker seufzte. »Hören Sie, ich weiß, daß Sie und Lachmann nicht viel von meinen kriminalistischen Fähigkeiten halten.« Er wartete gar nicht ab, bis Barbara verlegen protestieren konnte. »Ich leite dieses Team auch nicht, weil ich ein guter Kriminalist bin – in erster Linie bin ich ein guter Chef. Ich kenne meine Leute. Und mir war völlig klar, daß Sie nach dem Fall Schmidtmann nicht einfach nur überarbeitet waren. Ich habe schon eine Menge Leute erlebt, die kurz vor dem Zusammenbruch standen, Frau Pross.«

Barbara war sprachlos. So hatte Becker noch nie mit ihr geredet.

»Ich habe keine Ahnung, was Sie plötzlich aus Ihrer kühlen Reserve gelockt hat – ich will das auch gar nicht wissen. Aber ich bin auf Ihrer Seite, Frau Pross. Schauen Sie, Sie sind überzeugt davon, daß ich Sie nicht mag und Sie gern aus dem Team herauskatapultieren würde. Aber entgegen allen Gerüchten war ich selbst es, der Sie für dieses Team ausgesucht hat – und glauben Sie mir, es hat sehr viele Widerstände dagegen gegeben: Man fand Sie zu jung, als Frau ungeeignet für diesen Bereich, Profiling von Täterpersönlichkeiten hielt man ohnehin für Unfug und so weiter. Aber ich wollte jemanden mit einer umfassenden psychologischen Vorbildung in diesem Team. Ich war immer von Ihrem außergewöhnlichen Talent und Ihrem Können überzeugt, und unsere Erfolge haben mir recht gegeben.«

Becker machte eine seiner eindrucksvollen Pausen, die auf Pressekonferenzen die Spannung ins Unerträgliche steigern konnten. Barbara dagegen machte er nur nervös damit.

»Und deshalb«, fuhr er fort, »deshalb möchte ich Ihnen wirklich Zeit geben, wieder zu sich selbst zu finden – oder was immer Sie tun müssen, um Ihre Arbeit wieder ausüben zu können. Ich kenne Sie. Sie brauchen diese Arbeit.«

»Im Moment bin ich mir da einfach nicht sicher«, sagte Barbara leise.

»Gut«, sagte Becker und zog die Brauen hoch. »Dann lassen Sie uns einen Handel machen. Sie melden sich zurück und helfen uns bei diesem einen Fall. Und wenn er abgeschlossen ist, überlegen Sie sich, ob und wie es weitergeht. Ich denke, das ist fair, oder?«

»Ja, das ist es.«

»Dann lassen Sie uns wieder zu den anderen gehen.«

Sie gingen zurück in das Büro. Dort unterrichtete Philipp gerade die Kollegen von der Soko über die drei alten Fälle, die sie ausgegraben hatten. Den Vergewaltigungsfall ließ er erst einmal außen vor.

»Und?« fragte Kramer. »Sollen wir jetzt auch noch in dem alten Kram herumwühlen ... Bonn, Koblenz ...«

»Ja, Koblenz«, rief Wilkowski wütend. »Dämmert euch nichts, Kollegen? Ein Fall in Rheinland-Pfalz. Wenn das stimmt, dann starten unsere Spezialisten ja wohl bald eine Invasion.«

»Meine Herren«, Beckers mächtige Stimme verschaffte ihm unmittelbar Gehör. »Meine Herren, ich denke, wir möchten einen Mörder dingfest machen, und zwar einen, der jederzeit wieder zuschlagen kann. Und da kommen Sie mit solch kindischem Kompetenzgerangel? Ja, wir sind Spezialisten für Sexualstraftaten und Serienmorde. Aber wir alle wissen doch, daß wir hier vor Ort auf Ihre Hilfe angewiesen sind. Sie sind gute Polizisten, meine Herren, aber sie werden doch nicht so dumm sein, auf geballtes Fachwissen, das wir Ihnen zur Verfügung stellen können, zu verzichten? Nutzen Sie es, Kollegen. Wir sind schließlich hier, um Ihnen zu helfen.«

»Schwätzer«, murmelte Wilkowski verächtlich, aber die aufgewühlte Stimmung war erst einmal verflogen.

Barbara packte die Zeitungsausschnitte in eine Plastiktüte, die auf dem Tisch lag. »Ich nehme ein Taxi zum Hotel und ziehe mich dort um. Ich bin schon sehr spät dran«, sagte sie zu Philipp.

»Gut, Barbara, wir sehen uns morgen. Pünktlich.«

Barbara verdrehte die Augen und machte, daß sie schleunigst aus dem Büro kam.

Als Barbara das Präsidium verließ, war sie wie betäubt. Becker hatte sie sehr überrascht.

Sie ließ das Taxi vor dem Hotel warten und zog sich rasch um. Der Taxifahrer staunte nicht schlecht, als sich sein eleganter Fahrgast so schnell in eine unscheinbare Jeansträgerin verwandelt hatte.

Eigentlich wollte Barbara sich bis nach Pempelfort fahren lassen, aber plötzlich besann sie sich anders. Sie ließ das Taxi halten und bezahlte. Gerade als sie gehen wollte, rief der Taxifahrer sie zurück. In der Hand schwenkte er eine Plastiktüte – Annes Zeitungsausschnitte. Einen Moment überlegte Barbara, ob sie sie zum Hotel zurückbringen sollte, aber dann ließ sie es. Wenn sie die Ausschnitte nur für diese eine Nacht zu Thomas mitnahm, würde er sie bestimmt nicht entdecken.

Sie hatte einen längeren Fußweg vor sich, aber im Augenblick war sie viel zu neugierig auf die Zeitungsartikel, die sie im Präsidium gar nicht hatte ansehen können. Obwohl es kalt war, setzte sie sich auf eine Vorgartenmauer und blätterte die Ausschnitte durch. Bei den Mordfällen war es das übliche Pressegeschreibsel. »Bestialischer Mord« und so weiter. Interessanter waren die Berichte über den Fall Hungerforth. Hier wurde die Bevölkerung intensiv um Mithilfe gebeten. Es gab auch mehrere Artikel über Alina selbst bis hin zu einem mit der Headline: »*Professor Meier-Relling: Ich will Alina helfen.*« Der Artikel behandelte eine von Alinas Operationen, bei der die durch die Lähmung einzelner Wadenmuskeln ausgelöste Fehlstellung der Füße korrigiert werden sollte. Etwa ein Jahr nach der Tat hörten die Artikel endgültig auf. Bis dahin war Alina noch schlank gewesen und hatte auf ihr Aussehen geachtet. Es war, als hätte erst das nachlassende Medieninteresse ihr endgültig den Rest gegeben. Nachdenklich steckte Barbara die Mappe mit den Ausschnitten wieder zurück in die Plastiktüte und machte sich auf den Weg.

Sie ließ sich viel Zeit damit, zurück zu Hielmanns Wohnung zu kommen. Sie versuchte, ihrer widerstreitenden Gefühle Herr zu werden. Die vergangenen Monate hatten gezeigt, daß ein Rückzug aus dem Job sie nicht weiterbrachte – im Gegenteil, sie hatte sich so ihres bisherigen Lebensinhaltes beraubt. Becker lag also völlig richtig, wenn er sagte, daß sie den Job brauche. Aber das kühle Herumstochern in den Abgründen menschlichen Tuns und Verhaltens war ihr nicht mehr möglich, ebenso wie sie damals die verstandesmäßig so perfekte Beziehung zu Philipp nicht aufrechterhalten konnte. Die Begegnung mit Alina Hungerforth schien das Elend aller Opfer, mit denen sie je zu tun gehabt hatte, wieder lebendig zu machen und nachträglich Trauer, Wut und das Gefühl der Ohnmacht in ihr wachzurufen. Die blumengeschmückten Leichen der kleinen Jungen, die Schmidtmann umgebracht hatte, waren das deutlichste Bild. Aber ganz tief in ihr lauerte ein anderes: ein Mann, über ihre Freundin Ina gebeugt, das Gesicht zwischen ihren kleinen Schenkeln. Ein Mann, der die tote Ina ein Stück in den Wald hineinträgt und mit Zweigen und totem Laub bedeckt ...

Bis zur Wohnungstür hatte sie die Tränen zurückgehalten. Nun ging sie, ohne ein Wort zu Thomas zu sagen, der den Kopf aus der Küche steckte und sie fragte, ob sie etwas essen wolle, in ihr Zimmer. Sie schloß die Tür hinter sich, warf sich auf das Bett und begann, leise in ihr Kissen zu weinen. Sie wollte nicht, daß Thomas etwas davon mitbekam, doch nach einigen Minuten wurde ihr Weinen lauter. Jetzt, so schien es, holte sie alle Tränen nach, die sie bei dem Fall Schmidtmann und bei allen Fällen vorher unterdrückt hatte.

Es war sicher schon eine Viertelstunde vergangen, als sie zum erstenmal aufsah. Thomas saß auf dem einzigen Stuhl, gut anderthalb Meter von ihr entfernt. Er beobachtete sie, doch von der früheren Kühle – wie damals in der Kneipe – war nichts zu merken. Er wirkte hilflos, knetete seine Hände, als überlege er, ob er sie berühren dürfe. Auf einem seiner Knie lag ein sorgfältig gefaltetes Herrentaschentuch.

Barbara wollte nicht mit ihm reden. Sie drehte den Kopf zur Seite, und wieder schüttelte sie ein Weinkrampf. Noch eine ganze Weile lag sie so da, bis sie nicht mehr weinen konnte, sondern nur noch trocken schluchzte.

Plötzlich hing das entfaltete Taschentuch vor ihren Augen. Thomas war aufgestanden und hielt es ihr hin. Sie griff danach und drehte sich langsam zu ihm um. Er setzte sich auf den Bettrand, ohne den Blick von ihr zu nehmen. Ganz vorsichtig, als hätte er Angst, sie könne zurückweichen, griff er nach ihrer Hand. »Geht es wieder?« fragte er leise.

»Ich ... ich kann jetzt nicht mehr weinen. Aber es war gut ... ich ... habe so lange nicht mehr geweint.« Sie setzte sich auf, ohne seine Hand dabei loszulassen. Die Hand war warm und trocken, Barbara hatte den Eindruck, als gehöre sie einer viel stärkeren Person als Thomas. Sie wischte sich das Gesicht und die Augen ab. Jeder andere hätte begonnen, ihr Fragen zu stellen, aber das war nicht Thomas' Art. Er nahm ihr Verhalten einfach hin und war für sie da.

Wie lange sie so dagesessen hatten, konnte Barbara nicht sagen. Die letzten vereinzelten Schluchzer hörten auf, jetzt fühlte sie sich nur noch erschöpft. Sie war ganz entspannt und ruhig. »Hast du heute abend gekocht?« fragte sie ihn irgendwann.

Er nickte und stand auf. »Ich werde es aufwärmen.«

Wenig später saßen sie in vertrautem Schweigen am Küchentisch. Der Augenblick der Nähe war wieder vorbei, sie hatten sich beide zurückgezogen.

8

Barbara hatte kaum geschlafen. Bisher hatte sie sich um eine Sache gedrückt, die eigentlich zu ihren Hauptaufgaben gehörte: das Täterprofil. Bei Schmidtmann hatte sie damals in einigen Punkten gründlich danebengelegen – aus durchaus entschuldbaren Gründen zwar, wie ihr Becker und alle Kollegen immer wieder versichert hatten, aber vor sich selbst entschuldigte sie das nicht. Sie wußte, woran es gelegen hatte: Um einen Täter wirklich zu verstehen, mußte man ihn und seine Tat nah an sich herankommen lassen, ihn sozusagen in sich aufnehmen. Das waren für Barbara immer ein bißchen zuviel Emotionen gewesen. Sie hatte sich von jeher mehr auf ihren Verstand verlassen und dann ihren Instinkten freie Bahn gelassen. Meist hatte sie damit richtig gelegen. Bei Schmidtmann hätte sie mehr tun müssen, sie hätte ihm näher kommen müssen, aber sie hatte diese Sicherheitsschleuse nicht öffnen wollen.

Sie war sich nicht sicher, ob sie jetzt dazu bereit oder auch nur in der Lage war. Dem Düsseldorfer Mörder hatte die Presse nicht einmal einen Spitznamen verpaßt, kein »Schlitzer von ...« oder »XY-Mörder«. Er war ein völlig blinder Fleck.

Systematisch ging sie alles durch, was sie bisher wußte, drehte und wendete es. Ein Bild formte sich, aber mehr als eine grobe Silhouette konnte es nicht werden. Erschöpft schlief sie schließlich ein, als der kleine Wecker, den sie sich besorgt hatte, schon halb vier zeigte.

Für den nächsten Morgen hatte Becker ein Treffen mit seinem Team sowie mit Heinz Wersten und Helmut Lohberg vom LKA angesetzt, hauptsächlich um sich gründlich zu informieren. Auf dieser Basis wollte er die Entscheidung fällen, ob die Ermittlungen endgültig beim BKA angesiedelt werden sollten. Körner war inzwischen nach Wiesbaden zurückgekehrt und recherchierte anhand der Spuren am Tatort weitere Fälle. Barbara war sich sicher, daß er nichts mehr finden würde.

Es war Barbara mehr als peinlich, daß Becker sie förmlich als offiziell zurückgekehrt begrüßte. Zum Glück waren alle begierig darauf, dieses Treffen am Samstag so knapp wie möglich zu halten, so daß sie schnell wieder zur Tagesordnung übergingen.

»Darf ich zusammenfassen«, sagte Becker, nachdem die anderen geendet hatten. »Wir haben insgesamt sieben Morde, die eindeutig auf das Konto desselben Täters gehen – dies kann aufgrund der Messerspuren als gesichert gelten. Wir haben außerdem eine Theorie zum Modus operandi, die mir schlüssig scheint. Außerdem gibt es eine Unmenge von Spuren aus dem Gebäude, in dem die vier letzten Taten begangen wurden. Was wir nicht haben, sind Spuren, die direkt auf einen Täter weisen. Das Ganze ist nicht sehr ermutigend.«

»Es gibt immerhin einen Verdächtigen – diesen Thomas Hielmann«, warf Lohberg ein. »Allein aufgrund von Frau Pross' bemerkenswertem Instinkt können wir ihn nicht einfach als entlastet ansehen. Sein Verhalten ist gelinde gesagt merkwürdig, er kennt das Gebäude gut, und er hat alle vier Düsseldorfer Opfer gekannt.«

Becker bemerkte, daß Barbara demonstrativ zur Decke blickte. »Diese Beweise reichen ja nicht einmal für einen wasserdichten Haftbefehl«, meinte er. »Die Soko ist jetzt seit Tagen an ihm dran und hat praktisch nichts. Allerdings muß ich zugeben, daß wir auch nicht weiter sind – außer daß wir die alten Fälle mit auf unsere Liste setzen konnten.«

»Was ist mit dem Vergewaltigungsfall?« fragte Philipp plötzlich. Barbara hatte bisher nichts dazu gesagt.

»Frau Pross?« forderte Becker sie auf.

»Ich habe gestern mit einer gewissen Alina Hungerforth gesprochen, die vor fünf Jahren Opfer einer sehr brutalen Vergewaltigung wurde. Auf den Fall bin ich gestoßen, weil der Täter ihr ähnliche Schnitte an den Beinen zufügte wie unser Mörder. Wenn Sie am Montag den Vernehmungsbericht bekommen – sollte ich denn jemanden finden, der mir die Kassette abtippt –, werden Sie merken, daß vieles für, aber ebenso vieles gegen die Tatsache spricht, daß es sich um denselben Täter handelt.« Sie warf die Kassette auf den Tisch. »Die Schnitte an sich, die Brutalität, mit der er vorgegangen ist, und der offensichtliche Sadismus des Täters sprechen eher dafür. Aber die Tatsache, daß er ihr die Schnitte erst zufügte, nachdem er sie bereits einmal vergewaltigt hatte, sozusagen um durch ihren Schmerz seine Lust zu erhöhen, würde unsere Theorie, nach der der Täter eine Fesselung vermeiden wollte und die Opfer deshalb gehunfähig machte, zumindest in Frage stellen. Das wichtigste Argument dagegen ist jedoch, daß der Vergewaltiger offensichtlich kein Interesse daran hatte, sein Opfer zu töten.«

»Trifft die Täterbeschreibung auf Hielmann zu?« fragte Lohberg.

Barbara schüttelte den Kopf. »Definitiv nicht. Der Täter war ein großer, kräftiger Mann. Ich denke nicht, daß Hielmann körperlich in der Lage ist, eine Frau mehr als einen Kilometer weit durch einen Wald zu schleppen.«

»Hm«, meinte Lohberg, »wenn wir also annehmen, daß es sich um denselben Täter handelt, ist Hielmann entlastet. Wenn nicht ...«

»Frau Pross ist Profiling-Spezialistin nach angelsächsischem Muster. Sie ist erst kurz an dem Fall dran, aber vielleicht kann sie uns schon etwas sagen, was wir noch nicht wissen.« Beckers Unterbrechung grenzte hart an Unhöflichkeit.

»Ich halte nichts von wilden Spekulationen«, meinte Lohberg.

»Ich glaube nicht, daß wir es uns im Moment leisten können, auf irgendeine Methode zu verzichten, die uns weiterbringen kann – so spekulativ sie auch sein mag«, bemerkte Becker sanft. »Nun, Frau Pross?«

»Eines ist schon gesagt: Der Täter ist groß oder doch zumindest sehr kräftig. Ich weiß, daß die Theorie kursiert, es könnte einen zweiten Mann geben, der für Hielmann die Drecksarbeit macht – aber bei derartigen Fällen kann man praktisch immer davon ausgehen, daß es sich um einen Einzeltäter handelt.« Barbara tat so, als bemerke sie nicht, daß Lohberg die Augen verdrehte. Solche Reaktionen war sie gewöhnt. »Gehen wir systematisch vor: Wie findet er seine Opfer? Die Frauen waren Prostituierte, Drogenabhängige, Obdachlose. Es ist nur logisch, daß er sich in diesem Milieu auskennt oder – was wahrscheinlicher ist – sich sozusagen in den Randzonen bewegt.«

»Wie Hielmann«, warf Lohberg ein. »Hielmann ist doch Stammgast in den einschlägigen Lokalen.«

»Ja. Aber er ist so etwas wie ein Fremdkörper. Jemand, der geduldet wird. Die Frauen, die er mitgenommen hat, befanden sich in einer Notlage, sonst wären sie vermutlich nicht bei ihm gelandet.«

»Eine wundervolle Erklärung, warum sie mitgegangen sind, oder?« sagte Lohberg.

Philipp konnte sich bei diesem Einwand ein Lächeln nicht verkneifen.

»Genausogut kann es aber jemand sein, den sie bereits kannten.« Barbara klang ein wenig ungeduldig. »Jemand, der unauffällig ist, nett, irgendwie vertrauenswürdig. Ich habe keine Anhaltspunkte für das Alter, aber ich glaube nicht, daß er wesentlich älter als seine Opfer ist – also Ende Zwanzig bis höchstens Anfang Vierzig. Wohnort ist wahrscheinlich Düsseldorf, obwohl das gegen die amerikanischen Erfahrungen spricht. Häufig beginnt ein Serienmörder in der Nähe seines Wohnortes zu morden – mit einem gewissen Sicherheitsabstand – und erweitert dann das Gebiet. Die Häufung der Fälle in diesem Jahr in Düsseldorf deutet aber darauf hin, daß er hier oder in der Umgebung wohnt.«

»Das könnte auch bedeuten, daß die alten Fälle vielleicht doch nichts …«, meinte Lohberg, aber Philipp unterbrach ihn:

»Die Messerspuren sind da eindeutig. Außerdem gibt es immer wieder Ausnahmen von der Regel, nicht wahr, Barbara?«

Sie nickte. »Nun zur Tat an sich. Die Vergewaltigung und der Geschlechtsakt spielen eine untergeordnete Rolle dabei – was nicht bedeutet, daß die Morde nicht sexuell motiviert sind. Ich bin überzeugt davon, daß die Tötung an sich ihn sexuell stimuliert. Und natürlich die Grausamkeiten, die der eigentlichen Tötung vorausgehen: die Schnitte an den Beinen. Bisher sind wir lediglich davon ausgegangen, daß er mit diesen Schnitten eine Flucht der Opfer verhindern will. Aber er hätte seine Opfer in den Kellerräumen leicht einsperren können, und natürlich hätte er sie fesseln können. Wir glaubten, daß er jegliche Spuren wie die von Fesselungen und die seiner eigenen Handabdrücke vermeiden wollte. Ich stelle jedoch eine andere Theorie dagegen: Was, wenn es gar nicht um Flucht, sondern um Hilflosigkeit geht? Stellen Sie sich das Opfer in dem Kellerraum vor. Da ist die Matratze, ein Eimer für die Notdurft. Alle hatten kleine Abschürfungen an den Knien, oder? Sie konnten nicht gehen, aber sie waren durchaus in der Lage zu kriechen. Er wollte sie keineswegs bewegungsunfähig.«

Heinz Wersten schüttelte den Kopf. »Das würde also bedeuten, daß er noch grausamer ist, als wir bisher angenommen haben.«

»Ja und nein«, meinte Barbara. »Ich glaube, daß ihn diese Hilflosigkeit erregt. Aber es ist noch mehr: Die Opfer sind auf ihn angewiesen, sie brauchen ihn. Und er kümmert sich um sie – die Wunden sind versorgt worden, das wissen wir. Bei Tanja Werner, dem ersten Opfer, waren sie praktisch verheilt, das heißt, er hat sie viele Wochen dort unten festgehalten.«

»Wir suchen also einen netten, unauffälligen und ausgesprochen hilfsbereiten Menschen?« fragte Lohberg.

»Ja. Er ist aber auch jemand, den es sehr trifft, wenn seine Hilfsbereitschaft abgelehnt wird. Vielleicht klinkt er dann sogar aus. Außerdem glaube ich, daß er Schwierigkeiten hat, eine Beziehung zu einer Frau über eine längere Zeit zu halten. Eine hilflose Frau, eine, die dankbar ist, wenn er sich um sie kümmert – das ist vermutlich sein Traum. Aber die Sexualität steht ihm im Wege: Er muß für seine Befriedigung töten.«

Becker runzelte die Stirn. »Reichlich zwiespältig. Aber durchaus einleuchtend.«

Barbara seufzte: »Es ist eine Theorie, mehr nicht. Er ist ziemlich intelligent – das zeigt die Akribie, mit der er die Spuren an den Leichen beseitigt, einschließlich der ... der vermuteten Bißwunden an den Schenkelinnenseiten. Bei den Fundorten der Leichen liegt die Sache jedoch anders: Ich bin nicht davon überzeugt, daß er sie wirklich verstecken will. Müllcontainer werden geleert, wilde Müllkippen irgendwann beseitigt. Daß das erste Opfer erst so spät gefunden wurde, kann ein Zufall sein, die Firma, der der Container gehörte, ist schließlich pleite gegangen. Er will also, daß sein Opfer gefunden wird, das deutet auf eine gewisse Geltungssucht hin – vielleicht verrät er sich sogar dadurch.«

»Beim wievielten Opfer wohl?« murmelte Philipp.

Barbara fuhr fort: »Zuletzt ein paar Bemerkungen zu seinem möglichen Beruf: Er kennt sich gut auf Firmengeländen aus. Vielleicht ist er Müllfahrer oder Postbote, Fensterputzer, Vertreter ...«

»Nicht gerade eine kleine Auswahl«, meinte Becker. »Trotzdem möchte ich am Montag das Profil schriftlich vorliegen haben, Frau Pross. Einige Punkte werden uns sicher weiterhelfen.«

»Ich weiß nicht, was uns das bringen soll, wenn wir in Hielmann einen Tatverdächtigen haben, dem wir zumindest nachweisen können, alle Opfer kurz vor ihrer Ermordung gekannt zu haben«, sagte Lohberg.

»Herr Lohberg«, unterbrach ihn Becker, »ich habe gar nichts dagegen, wenn Sie die Spur Hielmann weiterverfolgen, sicher ist sicher. Ein Täterprofil liefert uns nicht den Täter frei Haus, es hilft uns lediglich, den Täterkreis einzuschränken. Wir sollten auf jeden Fall auch die andere Möglichkeit ins Auge fassen, die Frau Pross uns präsentiert hat. Dieses Vergewaltigungsopfer ist vielleicht eine wichtige Zeugin. Ist sie glaubwürdig, Frau Pross?«

»Ja, das ist sie schon.« Barbara zögerte. »Aber sie hat sehr schwere körperliche und seelische Schäden davongetragen. Ihr ganzes Leben ist darauf ausgerichtet, den Mann, der ihr das alles angetan hat, doch noch gefaßt und bestraft zu sehen. Sie klammert sich an jeden Strohhalm von Hinweis. Alles, was ihre Hoffnung bestärkt, gibt ihr

Auftrieb. Fehlschläge könnten meiner Meinung nach katastrophale Folgen haben. Deshalb denke ich, wir sollten sie nicht zu tief in die Sache hineinziehen.«

»Ah, die Kollegin ist aber ungemein zartfühlend«, meinte Lohberg spöttisch. »Ich denke, was immer zu einem Erfolg führen kann, muß getan werden.«

»Solange die Hinweise noch so vage sind, bin ich der gleichen Meinung wie Frau Pross: Eine labile Zeugin kann uns mehr schaden als nützen«, sagte Becker knapp.

»Nun gut.« Lohberg war sichtlich unzufrieden. »Sprechen wir es ehrlich aus: Wir haben praktisch nichts – nichts außer einem Haufen Arbeit durch die Auswertung von unzähligen Spuren, die uns vermutlich nicht weiterbringen werden, und einer Menge interessanter Spekulationen. Nach vier Morden können wir die Öffentlichkeit bald nicht mehr ruhig halten. Wenn Sie also bereit dazu sind, Herr Becker, dann schlage ich vor, daß Sie die Leitung der Ermittlungen übernehmen. Es hat immer eine sehr positive Wirkung auf die Öffentlichkeit, wenn das BKA eingreift.«

Becker antwortete ihm sofort: »Ja, die Öffentlichkeit wird kurzfristig beruhigt – und geteiltes Leid ist halbes Leid, nicht wahr, Herr Lohberg?«

Barbara sah, daß um Lohbergs Mundwinkel die Andeutung eines Lächelns zuckte. Er lehnte sich gelassen zurück: »Nach der Entdeckung des Falls in Koblenz sind eindeutig Sie zuständig.«

»Ich habe schon verstanden.« Barbara hatte den Eindruck, daß Becker mit der Situation so unzufrieden gar nicht war. »Ab Montag haben wir offizielle Weisungsbefugnis. Lohberg, Sie und ich werden gleich die Staatsanwaltschaft darüber in Kenntnis setzen. Die Soko der Düsseldorfer Polizei wird weitermachen wie bisher: Auswertung der Spuren von den Leichen und vom Tatort, Auswertung von Hinweisen aus der Bevölkerung. Lachmann untersucht die alten Fälle genauer – wo es möglich ist, vernehmen Sie nochmals Zeugen. Falls Gewebeproben und solche Dinge gelagert worden sind, sollen Gerichtsmedizin und Labor noch einmal ran. Maßgabe ist: weitere Gemeinsamkeiten der Fälle zu finden, die einen Hinweis auf den Täter geben könnten.«

Philipp verzog das Gesicht. Er hatte gerade die schlechteste Karte in Beckers Arbeitspoker gezogen.

»Frau Pross, ich möchte, daß Sie noch einmal Zeuginnen aus der ›Zielgruppe‹ des Mörders vernehmen – von Frau zu Frau kommt vielleicht mehr dabei heraus. Fangen Sie bei den Frauen an, die mit Hielmann zu tun hatten. Wersten kann Sie dabei unterstützen; solche Gespräche führt man besser nicht im Präsidium. Körner in Wiesbaden wird den großen Bruder mit der Personenbeschreibung des Vergewaltigers füttern – und auch mit den Angaben aus Ihrem vorläufigen Täterprofil. Vielleicht stolpern wir so über einen Bekannten.« Er raffte seine Notizen zusammen. »Das war's, meine Herren und meine Dame. Ab nächste Woche werde ich morgens um acht eine Einsatzbesprechung für alle ermittelnden Beamten abhalten. Seien Sie also pünktlich.«

»Herr Becker ...«

»Ja, Frau Pross?«

»Ich bin sozusagen immer noch undercover bei Hielmann ...«

»Und?«

»Ich stehe selten vor acht Uhr auf ...«

Becker grinste. »Also gut. Solange Sie noch vorschieben können, gegen Hielmann zu ermitteln, bekommen Sie eine Extrawurst gebraten.« Damit verließ er den Raum, gefolgt von Lohberg.

Heinz, Philipp und Barbara sahen sich an.

»Was war er heute wieder in Form«, sagte Barbara.

»Ja. Und ich kann mich nächste Woche mit diesen alten Fällen herumschlagen. Ich glaube kaum, daß es etwas bringt ...«

»Nichts von dem, was Becker angeordnet hat, wird etwas bringen«, sagte Barbara. »Aber im Moment habe ich keine Idee, was wir anderes machen könnten. Ich bin am Ende mit meinem Latein.«

Bis in den frühen Nachmittag hinein war Heinz mit Barbara unterwegs. Heinz kannte sich im Rotlichtmilieu gut aus. Zuerst besuchten sie eine Kneipe, die einer ehemaligen Prostituierten gehörte. Als sie ihr die Polaroids von Thomas Hielmann zeigten, konnte sie einige Frauen identifizieren und sagte Heinz auch bereitwillig, wo sie gewöhnlich zu finden waren. Allerdings hatten die beiden um diese Tageszeit wenig Glück. Von den drei Frauen, die sie antrafen, hörten sie immer das gleiche: Thomas habe sie mitgenommen und bei sich wohnen lassen, aber kaum mit ihnen geredet, geschweige denn sie angerührt. Mit einer, einer zierlichen Blondine, hatte er zwar geschlafen, »aber danach war er wie immer«, sagte sie, schweigsam, völlig distanziert. Über die Opfer der Morde wußten die drei nichts, sie hatten sie nicht gekannt.

Nach einer weiteren Stunde vergeblicher Suche stießen Heinz und Barbara auf eine vierte Frau. Sie hieß Dana Vevic, eine große, mollige Kroatin mit tiefschwarzen Haaren. Sie wärmte sich gerade in einem Stehcafé auf.

»Ich kann nichts Schlechtes über Thomas Hielmann sagen«, meinte sie. Ihr Akzent war zwar deutlich, aber ihre Grammatik war absolut perfekt. Als Barbara sie darauf ansprach, meinte sie nur knapp: »Ich habe mal Germanistik studiert, aber dann mußte ich Geld verdienen.«

»Kannten Sie eines der Mordopfer?«

Dana nickte: »Julia Karlkowski. Als sie krank wurde, irgendeine Entzündung an den Einstichstellen, und sie nicht arbeiten konnte, wollte ihr Zuhälter ihr nicht helfen. Da habe ich sie zu Hielmann geschickt. Der hat seinen eigenen Arzt für sie kommen lassen.«

»Davon wußten wir nichts«, murmelte Barbara.

»Hielmann ist ein seltsamer Mann, aber wenn ich in Schwierigkeiten wäre, würde ich immer zu ihm gehen«, versicherte Dana. »Einige andere, die bei ihm waren, würden das nicht tun – er war ihnen irgendwie unheimlich, so schweigsam und zurückhaltend, wie er ist. Aber mir hat die Ruhe dort sehr gutgetan. Wie ein Urlaub.«

»Wie lange waren sie bei ihm?« fragte Heinz.

»Nur zwei Wochen. Ein Urlaub, mehr nicht. Das Leben geht weiter.« Dana trank den letzten Schluck ihres Kaffees. »Sie glauben doch nicht, daß er etwas mit den Morden zu tun hat?«

»Er gehört zu den Verdächtigen«, sagte Heinz.

»Ich glaube es nicht«, meinte Barbara. »Vielen Dank, Frau Vevic.«

Als sie das Café verließen, meinte Heinz: »Besonders aufschluß-
reich waren unsere Gespräche ja nicht. Thomas Hielmann ist offensichtlich ein selbstloser Engel der Nutten.«
»Ich hatte gar nicht erwartet, daß mehr dabei herumkommt.« Barbara gähnte. »Es ist völlig sinnlos weiterzumachen.«
Heinz grinste: »Ich glaube nicht, daß dein Chef damit zufrieden
ist. Wir haben insgesamt elf Namen. Wenn du keine Lust hast,
dann überlaß die anderen mir. Ich denke, daß ich die restlichen
heute nacht finden werde. Du kannst auch schlecht nachts weg-
bleiben von Hielmanns Wohnung.«
»Da hast du recht. Und es macht dir nichts aus?«
»Nein, bestimmt nicht.« Er klopfte Barbara zum Abschied auf die
Schulter und verschwand um die nächste Ecke. Barbara machte
sich auf den Weg zurück zu Thomas.

Thomas hatte über seinen Anwalt durchgesetzt, daß er den Computer wieder ausgehändigt bekam, und versuchte fieberhaft, die
verlorene Zeit aufzuholen.
Barbara hatte es sich mit einem Jane-Austen-Roman, den sie als
Taschenbuch am Bahnhof erstanden hatte, in der Bibliothek gemütlich gemacht. Sie liebte die feine Ironie der Austen, die es
schaffte, einer Handlung, in der die Menschen wenig mehr taten,
als sich gegenseitig zu besuchen, spazierenzugehen und sich zu
ver- und entlieben, Spannung zu entlocken.
Die Türklingel riß sie aus ihrer Lektüre. »Erwartest du jemanden?«
rief sie Thomas durch den Flur zu.
»Nein«, rief er zurück. »Öffnest du bitte? Ich muß arbeiten, ich bin
für niemanden zu sprechen.«
Barbara drückte den Türöffner. An der Treppe erschien Elke. Sie
ging langsam, und Barbara erinnerte sich an die gebrochene Zehe.
Doch auf der letzten Stufe taumelte Elke und konnte sich gerade
noch am Geländer festhalten, sonst wäre sie die Treppe hinunter-
gestürzt. Barbara lief zu ihr, um ihr zu helfen, und sah, daß sie blutete. Über dem rechten Auge war die Braue aufgeplatzt, sie blutete
auch aus mehreren Wunden an Armen und Beinen – von kleinen,
nicht sehr gefährlichen Messerstichen, wie es schien.

»Thomas«, rief sie. »Thomas, komm bitte, ich brauche deine Hilfe.«

Thomas erschien an der Tür. Als er Elke sah, schloß er für einen Moment die Augen.

»Thomas, nun hilf mir schon, sie hineinzubringen«, sagte Barbara.

Er half ihr, Elke wieder auf die Beine zu stellen, und gemeinsam brachten sie sie in die Bibliothek.

»Barbara, hol bitte eine Decke«, bat er.

»Hast du Angst um dein Sofa?«

Er schüttelte den Kopf. »Ich möchte nur nicht, daß die Polizei bei mir irgendwelche Blutflecken findet.«

Barbara holte eine Decke und legte sie auf das Sofa. Thomas ließ Elke vorsichtig hinuntergleiten. Er besah sich ihre Wunde an der Braue. »Das muß genäht werden.«

»O nein«, das waren die ersten Worte, die Elke von sich gab.

Barbara blieb bei ihr, während Thomas mit einem Arzt telefonierte und dann Verbandszeug und Desinfektionsmittel suchte. »Was ist passiert, Elke? Und sag mir nicht, du seist ungeschickt ...«

Elke schwieg.

»Es war Wolfram, oder? Wolfram schlägt dich, und er hat dich auch so zugerichtet.«

»Das verstehst du nicht«, sagte Elke leise.

Barbara war empört: »Natürlich verstehe ich das. Er verprügelt dich, greift dich sogar mit einem Messer an, und du entschuldigst ihn noch?«

Elke lehnte sich vorsichtig zurück. »Das mit dem Messer war wirklich zuviel.«

»Elke, du mußt zur Polizei gehen. Du mußt ihn anzeigen.«

»Sie wird nichts dergleichen tun.« Thomas war wieder ins Zimmer gekommen, und er hatte für seine Verhältnisse laut gesprochen.

»Aber Thomas ... ich weiß, er ist dein Bruder, aber sieh dir Elke doch an ...«

Thomas setzte sich zu Elke und gab ihr ein Stück Mull in die Hand. »Drück damit auf die Wunde an der Schläfe.« Elke tat gehorsam, was er sagte.

»Elke kann Wolfram nicht anzeigen«, sagte Thomas, während er sorgfältig die kleinen Messerstichwunden mit Desinfektionsmittel abtupfte.

»Warum nicht?« Barbara konnte es einfach nicht fassen.

»Sag's ihr, Elke.«

»Oh, Thomas ...«

Er hob eine Braue. »Na gut, wenn du nicht willst. Sie kann Wolfram nicht anzeigen, weil es ihr Spaß macht, geschlagen zu werden.«

Barbara schüttelte energisch den Kopf. »Das ist doch der größte Blödsinn ...«

»Nein, Barbara«, sagte Elke matt. »Thomas hat recht. Ich habe aus meinen Neigungen nie einen Hehl gemacht. Ich komme erst richtig auf Touren, wenn es weh tut – und Wolfram erst, wenn er jemanden verletzen kann.«

Barbara ließ sich entgeistert auf das andere Sofa fallen. Wolfram, der nette, freundliche Wolfram, ein Sadist?

»Diesmal ist er zu weit gegangen, Thomas«, sagte Elke. »Ich ... ich hatte eine Todesangst, als er mit dem Messer vor mir stand. Ich ... kann nicht wieder zurück zu ihm.« Elke war kurz davor, in Tränen auszubrechen.

Bei den meisten Stichen hatte ein kleines Pflaster genügt. Jetzt stand Thomas auf und ging ins Arbeitszimmer.

»Du willst nun sicher nichts mehr mit mir zu tun haben«, sagte Elke zu Barbara. Ihr schien viel an Barbaras Meinung zu liegen.

»Jeder hat seine Macken, Elke. Ich weiß eine Menge über die Abgründe der menschlichen Natur – auch über meine eigenen.« Sie blickte an Elke vorbei, als sie das sagte. Dann sah sie sie wieder an. »Ich verurteile dich nicht. Aber ich würde dir zu einer Therapie raten. Es ist sehr gefährlich, diese Art von Trieb auszuleben. Es kann zu viel außer Kontrolle geraten.« Barbara sagte ihr nicht, wieviel »Unfälle« von Masochisten es Jahr für Jahr gab.

Elke lächelte schwach: »Wem sagst du das.«

Thomas kam zurück. In der Hand hielt er einen Scheck. Barbara konnte nicht sehen, um welche Summe es sich handelte. »Ich denke, das reicht für einen Neuanfang.«

»Danke.«

»Elke, das ist auch dafür, daß du dich in Zukunft von Wolfram endgültig fernhältst – nicht so wie bei den letzten beiden Malen. Diesmal wird es keine Versöhnung geben. Ich will nicht, daß er völlig außer Kontrolle gerät.« Elke sah Thomas nicht an. »Hast du mich verstanden?« Er zwang sie, ihn anzusehen. »Du wirst ihn nie wiedersehen.« Thomas sagte das sehr streng, und Elke nickte. »So, und jetzt rufe ich ein Taxi. Damit fährst du zu meinem Hausarzt, der wird keine Fragen stellen.«

Als Thomas das Zimmer verlassen hatte, fragte Barbara: »Er hat dich schon öfter so schlimm wie heute zugerichtet?«

Elke nickte wieder. »Weißt du, Wolfram und ich haben uns über eine Anzeige kennengelernt, die ich aufgegeben habe. Ich ... war damals so glücklich, jemanden gefunden zu haben, bei dem ich mich sexuell ausleben konnte. Und als ich dann feststellte, daß Wolfram auch außerhalb des Bettes ein guter Partner war ...« Elke stiegen wieder die Tränen in die Augen. »Ich ... liebe ihn, Barbara. Doch ich weiß, daß Thomas recht hat. Irgendwann bringt er mich um, nicht mit Absicht, bestimmt nicht, aber ...«

»Er braucht eine Therapie. Ihr beide braucht das.«

Thomas kam zurück. »Das Taxi ist schon da. Ich bringe dich hinunter.«

Barbara faltete gerade die Decke zusammen, als Thomas wieder hereinkam. »Wie lange geht das schon so mit Wolfram?« fragte sie.

Thomas ließ sich auf das Sofa fallen. »Schon lange.«

»Wie lange?«

Thomas sah sie an und runzelte die Stirn. »Ich glaube nicht, daß dich das etwas angeht«, sagte er und wollte aufstehen, um das Zimmer zu verlassen.

»Wenn Frauen geprügelt und verletzt werden, geht mich das immer an«, sagte Barbara.

»Ach ja. Hängt das mit deinem Job zusammen?« Thomas lehnte sich wieder zurück. Er beobachtete Barbara ganz genau und schien ihre Verwirrung zu bemerken. »Du sagtest doch, du bist Sozialarbeiterin, oder?«

»Ja.« Barbara war erleichtert. »Ja, genau deswegen. Aber auch . . .«, sie setzte sich auf das gegenüberliegende Sofa, »auch weil ich Wolfram mag. Ich . . . kann das kaum glauben.«

Thomas schwieg und sah auf den Boden. Barbara ließ ihm etwas Zeit.

»Bitte, Thomas. Ich will das verstehen. Erkläre es mir«, sagte sie nach ein paar Augenblicken.

Thomas seufzte. »Er hatte schon immer diese merkwürdigen Neigungen. Als Kind hat er Tiere gequält und manchmal auch getötet . . .«

»Was haben deine Eltern dazu gesagt?«

»Nichts.« Er sah wieder auf den Boden. »Wahrscheinlich hätten sie es nicht einmal bemerkt, wenn er es direkt vor ihren Augen getan hätte. Damals drehte sich alles um mich. Wolfram spielte nicht einmal die zweite Geige. Er war einfach nicht existent. Ein bedauerlicher Unfall am Rande.«

Er fuhr sich mit beiden Händen über das Gesicht. Als sein Blick jetzt Barbaras traf, war er so voller Schmerz, wie sie es nie bei ihm gesehen hatte. »Er ist der wunderbarste Bruder, den man sich vorstellen kann. Schon als kleines Kind − er ist drei Jahre jünger als ich − begriff er, daß er rücksichtsvoll und vorsichtig mit mir umgehen mußte. Er hat mich immer beschützt, und er war immer für mich da. Er hat mir meine Kindheit ein wenig erträglicher gemacht. Und er ist mein bester Freund.«

»Und deshalb schützt du ihn?«

»Ich schütze ihn, weil ich schuld bin, Barbara. Ich bin schuld durch meine bloße Existenz. Ich . . . ich habe ihm die Liebe unserer Eltern gestohlen.« Thomas atmete schwer. Es schien ihn sehr mitzunehmen, über dieses Thema zu sprechen.

»Aber du konntest doch nichts dafür, daß du so krank warst . . .«, sagte Barbara.

»Nein − aber das ändert nichts.«

»Er muß in eine Therapie, Thomas.«

Thomas lachte gequält auf. »Was stellst du dir eigentlich vor? Wolfram ist in Therapie, seit er zwanzig ist. Seit . . .« Er brach ab. »Mit Unterbrechungen, aber immer wieder. Ich war auch oft in dem

Glauben, daß ihm das half, aber es ist ein ständiges Auf und Ab, wie bei einem Süchtigen, der rückfällig wird. Als er Elke kennenlernte, war ich sehr froh. Ich dachte, wenn sie sich mögen und ihre Neigungen kontrolliert ausleben, könnten sie vielleicht glücklich werden.«

Barbara schüttelte den Kopf. »Es war klar, daß sie irgendwann ihre Grenzen austesten würden. Du mußt mit Wolfram reden.«

Er nickte. »Ich weiß. Aber mir ist nicht wohl bei dem Gedanken.« Dann stand er auf. »Ich muß jetzt weiterarbeiten. Ich habe noch viel aufzuholen.«

Barbara sah ihm kopfschüttelnd nach. In einer solchen Situation hätte nicht einmal sie arbeiten können.

Nur eine knappe Stunde später klingelte es wieder. Thomas kam aus dem Arbeitszimmer, gerade als Barbara die Tür öffnen wollte. »Das ist Wolfram. Ich möchte, daß du in deinem Zimmer bleibst, oder, noch besser, geh eine Weile weg.« Er schob Barbara in ihr Zimmer und öffnete dann die Tür.

»Thomas, ist Elke hier? Ich muß sie sprechen, ich muß ihr sagen, daß es mir leid tut ...« Wolframs Stimme überschlug sich fast. Barbara konnte hören, wie Thomas ihn in die Bibliothek zog und dann die Tür schloß. Sie kam aus dem Zimmer. Eigentlich war sie entschlossen gewesen, Thomas' Wunsch zu respektieren und eine Weile zu verschwinden. Aber hier im Flur konnte man jedes Wort verstehen, das zwischen Thomas und Wolfram fiel. Barbara blieb unschlüssig stehen.

»Sie war hier? War sie schwer verletzt, Thomas? Nun sag doch was!«

»Ich habe sie zu Dr. Bergen geschickt. Die Wunde an der Braue muß genäht werden – ein oder zwei der Messerstiche vielleicht auch.« Thomas' Stimme klang ganz ruhig.

»Oh, mein Gott.« Wolfram hatte zu weinen begonnen.

»Wie konnte das nur passieren?« Thomas wurde lauter. »Wolfram, du hast es versprochen. Beim letzten Mal hast du mir versprochen, daß du es nie mehr so weit kommen läßt. Daß du dich unter Kontrolle halten wirst ...«

»Aber es war nur ein Spiel«, schluchzte Wolfram. »Und dann fand ich plötzlich das Messer unter den Requisiten. Ich ... hatte ganz vergessen, daß es da war.«

»Keine Messer, Wolfram. Du hattest es mir versprochen.«

»Bitte, Thomas, sieh mich doch nicht so an. Ich ... wollte ihr nicht weh tun. Ich wollte dich nicht enttäuschen ...« Wolfram räusperte sich. »Ich ... werde es Elke erklären, ich werde sie um Verzeihung bitten, sie wird es verstehen, Thomas, ganz bestimmt.«

»Sie will nichts mehr mit dir zu tun haben.«

Einen Moment lang war es ruhig, dann sagte Wolfram mit deutlicher Angst in der Stimme: »Sie ... wird mich doch nicht anzeigen ... Thomas, was ist, wenn sie mich anzeigt? Du mußt mir helfen, Thomas, rede mit ihr.«

»Was glaubst du, was ich getan habe? Dasselbe wie bei allen anderen. Sie hat einen Scheck bekommen und wird sich künftig von dir fernhalten.«

»Aber ich liebe sie ...«

»Wenn du sie wirklich liebst, Wolfram, dann ist es besser, wenn du sie nie wiedersiehst. Oder willst du sie eines Tages umbringen? Dann werde ich dir nicht mehr helfen können.«

»Du hast recht, Thomas, es ist sicher besser so.« Wolfram klang jetzt viel ruhiger.

»Wolfram, du solltest wieder mit der Therapie beginnen.«

Wolfram lachte auf. »Du siehst ja, wieviel das gebracht hat.«

»Aber du mußt wieder anfangen. Du mußt lernen, dich unter Kontrolle zu halten, sonst geschieht irgendwann ein Unglück.«

»Ich weiß, ich habe ja selbst Angst davor.«

Eine Weile blieb es ganz still. Gerade als sich Barbara entschlossen hatte, wirklich zu gehen, kamen Thomas und Wolfram aus der Bibliothek.

»Hallo, Barbara«, sagte Wolfram, und seine Stimme klang ganz anders als sonst. Der riesige Mann machte mit seinen verheulten Augen den Eindruck eines hilflosen kleinen Jungen. »Danke, Thomas«, sagte er noch, dann ging er.

»Ich hoffe, deine Neugier ist gestillt«, sagte Thomas. Er ging ins Bad und wühlte im Medizinschrank herum. Als Barbara an die Tür kam, hatte er gerade gefunden, was er suchte, und schluckte die Tablette mit etwas Wasser herunter.

»Thomas, es ...«

»Ich habe keine Lust auf eine Unterhaltung mit dir«, sagte er kalt und verschwand im Arbeitszimmer.

Barbara stand immer noch neben der Badezimmertür und starrte ihm entgeistert nach. So offen feindselig hatte sie ihn noch nie erlebt. Sie sah auf die Uhr, die sie für zehn Mark in einem Kaufhaus erstanden hatte – es war halb sechs. Kurz entschlossen griff sie ihre Jacke und nahm sich am nahegelegenen Marienhospital ein Taxi zum Polizeipräsidium.

Sie hatte nicht erwartet, am Samstag abend um diese Zeit jemanden dort anzutreffen, aber erstaunlicherweise saß Kramer im Büro. Er war dabei, die bisherigen Ergebnisse der Arbeit seiner Soko für Becker aufzubereiten.

»Guten Abend, Kramer«, begrüßte sie ihn.

»Unsere Spezialistin. Wollen Sie unser Büro vor der Übernahme inspizieren?«

Barbara seufzte. »Ab nächste Woche werden wir eng zusammenarbeiten, Herr Kramer. Sollten wir da nicht das Kriegsbeil begraben? Und wenn Sie das nicht wollen – wegen der Kollegen vielleicht –, wie wäre es dann wenigstens mit einem Waffenstillstand für heute abend? Ich könnte nämlich Ihre Hilfe brauchen.«

Kramer verzog den Mund. »Warum nicht?« Er machte eine einladende Handbewegung und wies auf einen Stuhl.

Barbara setzte sich. »Haben Sie eigentlich Wolfram Hielmann überprüft?« fragte sie.

»Wen?«

»Thomas Hielmanns jüngeren Bruder.«

Kramer schüttelte den Kopf. »Nein. Es gab keinerlei Hinweise auf ihn. Oder haben wir etwas übersehen?«

»Nein«, meinte Barbara beruhigend. »Es ist heute etwas vorgefallen, das mich auf ihn gebracht hat. Ich würde ihn gern durch den Computer laufen lassen. Helfen Sie mir?«

»Ich helfe Ihnen bei allem, was uns irgendwie weiterbringt«, sagte Kramer.

Gemeinsam gingen sie zu dem Terminal. »Das wird schnell gehen heute«, meinte Kramer. »Um diese Zeit arbeitet ja kaum jemand.«

Eine halbe Stunde später hatten sie einen Ausdruck auf dem Tisch. »Ich würde sagen, Volltreffer«, meinte Kramer.

Wolfram tauchte dreimal in den Akten auf. Es gab eine Anklage wegen Vergewaltigung, die mangels Beweisen niedergeschlagen wurde. Das war 1980, Wolfram war gerade zwanzig. Dann gab es eine Vergewaltigung 1987, bei der das Opfer selbst die Anzeige zurückgezogen hatte.

»Das hier dürfte eigentlich gar nicht im Computer auftauchen«, sagte Barbara zu Kramer.

Der grinste. »Wir haben eine sehr engagierte Kollegin. Die vergißt manchmal, solche Fälle zu löschen.«

»Ist mir sehr sympathisch«, meinte Barbara.

Ein drittes Mal tauchte Wolfram bei einer Razzia in einem Sado-Maso-Sexclub auf – vor nicht ganz fünf Jahren. Man hatte dort nach Drogen gesucht und Wolfram dabei überrascht, wie er eine Prostituierte mit einem Messer bedrohte, daher war sein Name registriert worden. Die Prostituierte hatte ihn nicht angezeigt.

»Sollen wir ihn vorladen?« fragte Kramer.

Barbara schüttelte den Kopf. »Das hier ist mir zu dünn, um eine Verbindung zu den Mordfällen herzustellen. Aber die Personenbeschreibung paßt zu dem Vergewaltiger aus dem Kölner Fall.« Sie wühlte in der Akte Hungerforth, bis sie das Phantombild fand. »Das sieht ihm wirklich ähnlich. Ich möchte am Montag eine Gegenüberstellung organisieren.«

»Das damalige Opfer soll ihn identifizieren?«

»Ja. Dann haben wir eine Chance, ihn aus dem Verkehr zu ziehen.«

Kramer hob die Brauen. »Es sei denn, dieser Anwalt funkt uns wieder dazwischen.«

»Dieses Risiko bleibt immer«, meinte Barbara. »Wollen Sie jetzt Feierabend machen, Herr Kramer?«

»Nein. Ich denke, ich fahre mal in diesen Club und höre mich um. Vielleicht erfahre ich etwas Interessantes.«

Barbara lächelte. »Gut. Aber meinetwegen könnten Sie auch Feierabend machen.«

»Auf mich wartet niemand«, sagte Kramer. Er zog sich seine Jacke über und verließ das Büro.

Barbara wählte Philipps Nummer im Hotel und unterrichtete ihn. »Ist Becker im selben Hotel untergebracht?« fragte sie.

»Ja. Und ich muß gleich mit ihm zu Abend essen.« Philipp klang nicht gerade glücklich.

»Dann kannst du ihn ja unterrichten. Ich will, daß die Gegenüberstellung am Montag so früh wie möglich über die Bühne geht – am besten am frühen Nachmittag, bis dahin müßten wir das doch organisiert haben, oder?«

»Ja, sicher. Wirklich, Barbara, ich wäre heilfroh, wenn das etwas bringen würde – dann brauchte ich nicht diese alten Fälle aufzurollen … Aber besser wäre, du wartest auf Beckers O.K., bevor du etwas unternimmst.«

»Nein, Philipp«, sagte Barbara entschlossen, um nicht den geringsten Zweifel aufkommen zu lassen. »Ich weiß, daß Becker nicht viel von Alina Hungerforth als Zeugin hält – ich selbst bin ja ein wenig skeptisch. Vielleicht will er diese Gegenüberstellung nicht. Aber es ist die schnellste Möglichkeit, Wolfram Hielmann festzunageln, wenn er der Mörder sein sollte. Deshalb werde ich sie sofort anrufen. Nicht einmal Becker ist so herzlos, ihr eine solche Hoffnung zu nehmen.«

»Ich schwöre dir, das gibt Ärger – wahrscheinlich schon während unseres Abendessens«, sagte Philipp.

»Tut mir leid.«

»Es tut dir gar nicht leid. Das ist wieder eine echte Pross-Show, die du da abziehst.«

Barbara lachte leise. »Bisher waren diese Shows immer sehr erfolgreich, oder?«

Philipp knurrte noch etwas, das sie nicht verstand, dann legte er auf.

Barbara suchte nach Alina Hungerforths Nummer. »Guten Abend, Frau Hungerforth, hier ist Barbara Pross. Ich muß dringend mit Ihrer Tochter sprechen.«

»Gibt es etwas Neues?« fragte Frau Hungerforth.

»Vielleicht. Bitte holen Sie sie ans Telefon.«

»Sie hat sich schon früh hingelegt. Das kann eine Weile dauern, bis sie die Schuhe wieder anhat und die Treppe herunterkommt. Wir wollten eigentlich schon lange ein schnurloses Telefon anschaffen . . .«

»Sagen Sie ihr bitte Bescheid. Ich rufe dann in . . . reicht eine Viertelstunde?«

»Ja, ich denke schon.«

»Ich rufe dann gleich zurück.«

»Gut, Frau Pross.«

Die Viertelstunde verging quälend langsam. Als Barbara schließlich die Nummer erneut wählte, klingelte es sehr lange, dann war die etwas atemlose Mutter wieder am Apparat. »Sie ist schon an der Treppe, Frau Pross, sie kommt sofort.« Die Mutter legte den Hörer neben den Apparat. Barbara konnte nach einer Weile Alinas schwere, unregelmäßige Schritte auf der Treppe hören. Dann war sie am Telefon.

»Frau Pross?« Alina keuchte von der Anstrengung. »Mutter sagte, es gibt etwas Neues.«

»Können Sie am Montag nach Düsseldorf kommen?« fragte Barbara.

»Ja, sicher.«

»Gut. Ich weiß noch nicht genau, wann – aber es wird eine Gegenüberstellung geben.«

»Sie haben das Schwein?«

Barbara seufzte. »Wir haben einen Verdächtigen, auf den Ihre Personenbeschreibung paßt. Sollten Sie ihn identifizieren, sind wir einen Schritt weiter.«

»Ich werde da sein. Sagen Sie mir, wann . . .«

»Haben Sie jemanden, der Sie fahren kann?«

Alina zögerte. »Meine Mutter hat keinen Führerschein, und mein Vater arbeitet . . .«

»Dann werde ich Ihnen einen Wagen schicken. Danke, Alina.«

Aber für Alina schien das Gespräch noch nicht beendet zu sein. »Was . . . was für ein Typ ist er? Hat er auch die Morde begangen?«

»Alina, wir wissen noch nichts Genaues. Ich verspreche Ihnen, wenn wir Ergebnisse haben, die Sie betreffen, werde ich Sie unterrichten ...« Barbara machte ein Pause. »Alina, bitte machen Sie sich klar, daß es gut möglich ist, daß er nicht der Mann ist, der Sie überfallen hat.«

»Das werden wir ja sehen«, sagte Alina.

»Ja. Und jetzt wünsche ich Ihnen eine gute Nacht.«

»Ich werde jetzt kaum schlafen können.«

»Das kann ich mir vorstellen. Bis Montag, Alina.«

»Ja.«

Barbara legte auf und atmete tief durch. Sie fragte sich, was jetzt in Alina Hungerforth vorging. Und sie hoffte, daß sie mit ihrer Vermutung richtig lag. Aber dann fiel ihr Thomas ein. Was würde er dazu sagen?

Wenige Minuten später saß Barbara wieder im Taxi nach Pempelfort. Mehr noch als früher kam sie sich wie eine Verräterin an Thomas vor. Noch bevor das Taxi die Sternstraße erreichte, sagte sie plötzlich zum Fahrer: »Hören Sie, ich habe es mir anders überlegt. Fahren Sie mich zur Grupellostraße.« Sie konnte Thomas nicht unter die Augen treten. Sie konnte es nicht wegen ihres Verdachts gegen Wolfram, aber auch deshalb nicht, weil er Wolfram offensichtlich seit Jahren deckte. Obwohl Barbara seine Motive verstand – die Polizistin in ihr konnte das nicht zum Schweigen bringen.

Am Sonntag vermied Barbara alles, was sie in Beckers Reichweite gebracht hätte – obwohl sie nur zu gerne Kramer wegen seiner Ermittlungen in dem Club gesprochen hätte. Sie lag auf dem Bett in ihrem Hotelzimmer und überlegte, ob sie nicht endgültig bei Thomas ausziehen sollte. Ihr fielen die Sonntagnachmittage mit ihm ein, die sie besonders gemocht hatte. Eigentlich war es nichts weiter gewesen, als daß jeder mit einem Buch in der Bibliothek oder im Wohnzimmer gesessen hatte – trotzdem war da etwas Vertrautes, ein Gefühl der Gemeinsamkeit gewesen. Ihr war klar, daß sie, wollte sie mehr über Wolfram erfahren, besser noch eine Weile bei Thomas wohnen sollte, und sie wollte es auch. Aber sie war durchaus erleichtert, daß er nicht da war, als sie am späten Vormittag wieder seine Wohnung betrat. Vorsichtig, immer in Sorge, ob Thomas nicht nach Hause kam, begann sie, nach privaten Dingen zu stöbern, nach Fotos und Briefen etwa, die die Kollegen bei der Hausdurchsuchung vielleicht als nicht so wichtig erachtet hatten.

In einer Schachtel im Kleiderschrank fand sie eine Menge Fotos – fast ausschließlich von Wolfram und Thomas. Es gab viele Kinderbilder. An Thomas' zehntem Geburtstag waren die Brüder gleich groß, zwei Jahre später überragte Wolfram seinen Bruder schon. Es war immer das gleiche Bild: Thomas blickte meist ernst oder mit einem kleinen Lächeln in die Kamera, Wolfram hingegen schien stets fröhlich und ausgelassen, ein ganz und gar sonniges Kind.

Die Briefe, die sie fand, stammten aus aller Herren Länder. Thomas mußte schon früh intensive Brieffreundschaften im Ausland gepflegt haben. Mit dreizehn war sein Englisch schon fast perfekt, mit siebzehn schrieb er lateinische und altgriechische Briefe, damals war er wohl einem Club beigetreten, der diese Sprachen lebendig halten wollte.

Trotz seiner peinlichen Ordnung war Thomas jemand, der anscheinend nichts wegwerfen konnte. In einem Regal im Arbeitszimmer fand Barbara Kontoauszüge und Bankunterlagen aus den vergangenen zehn Jahren. Eines war sicher: Wenn Thomas von Reichtum sprach, meinte er mehrere Millionen, die fest angelegt waren, und ein stattliches Bankkonto. Sorgfältig hatte er über jeden Scheck, den er ausgestellt hatte, Buch geführt und auch diese Listen gesammelt. Meist stand ganz genau drin, wozu er das Geld benötigt hatte. »Kopierer 10 540,– DM« las Barbara. »Brosche für Mutter – Cartier 22 350,– DM; Fachliteratur 500,– DM.« Was hatte er wohl bei dem Scheck für Elke eingetragen? Diese Liste befand sich vermutlich noch in seinem Scheckbuch. Barbara blätterte zurück. Ein paar Seiten weiter stutzte sie. »12. 03. 1992 Sandra Kahlenberg 50 000,– DM.« Sie griff sich einen Zettel und notierte sich den Eintrag. »16. 07. 1991 Ulrike Kemper 50 000,– DM. 23. 04. 1991 Ilona Fettweiß 50 000,– DM.« Insgesamt fand sie neun derartige Einträge innerhalb der letzten zehn Jahre.

Eilig stellte sie den Ordner wieder zurück, peinlich darauf bedacht, daß alles so aussah wie vorher. Sie steckte den Zettel in ihre Hosentasche. Als sie am Schreibtisch vorbeiging, fielen ein paar Blätter auf den Boden. Barbara bückte sich, um sie aufzuheben, und erschrak: Es waren Kopien der Zeitungsausschnitte, die sie versehentlich mit hierhergebracht hatte. Thomas mußte sie gefunden und kopiert haben – gestern vielleicht, als sie noch einmal zum Präsidium gefahren war.

Als Barbara Thomas etwa zwei Stunden später kommen hörte, klopfte ihr Herz bis zum Hals. Würde er ihr zu den Berichten Fragen stellen? Aber er war nur noch ein bißchen schweigsamer als sonst, fragte sie nicht einmal, wo sie die Nacht verbracht hatte.
»Warst du bei Wolfram?« fragte Barbara ihn, als er in der Küche ein Mineralwasser trank.
»Ja. Ich will nicht darüber sprechen.« Er trank aus und ging sofort in sein Arbeitszimmer. Barbara hatte das Gefühl, als hätte sich eine meterhohe Mauer zwischen ihnen aufgetürmt. Sie ging in ihr Zimmer – vielleicht würde sie den Jane-Austen-Roman weiterlesen. Aber sie konnte sich nicht darauf konzentrieren. Wenn sie Wolfram durch ihre Ermittlungen schaden würde, wäre auch mit ihr und Thomas alles aus. Sie stutzte plötzlich. War da denn wirklich etwas zwischen ihr und Thomas? Mehr als eine kleine Notgemeinschaft zweier einsamer, verdrehter Menschen?
Sie wollte nicht darüber nachdenken und zwang sich zur Konzentration auf ihre Lektüre. Und welche Überraschung: Die Heldinnen beendeten einen Spaziergang und begaben sich auf einen Besuch.

9

Barbara traf am Montag morgen um halb zehn im Präsidium ein. Die Einsatzbesprechung war gerade beendet. Becker rief sie sofort zu sich.
»Was soll diese Eigenmächtigkeit?« herrschte er sie an. »Wir sind

ein Team, und ich bin Ihr Vorgesetzter, haben Sie das vergessen, Frau Pross?«

»Ich wollte keine Zeit verlieren, nachdem ich diese Fakten über Wolfram Hielmann herausgefunden hatte«, sagte Barbara ruhig.

»Sie haben selbst gesagt, daß diese Zeugin schwierig ist.«

»Ja. Ich habe aber auch gesagt, daß sie sich sicher ist, den Vergewaltiger auch jetzt noch wiederzuerkennen.« Barbara sah Becker direkt in die Augen. »Wir können Wolfram Hielmann nicht verhaften, nur weil er sadistische Neigungen hat. Wenn er aber der Vergewaltiger ist ...«

»... können wir ihn auch auf die Morde festnageln, meinen Sie das?« fiel ihr Becker ins Wort.

»Zumindest ist das ein ausreichender Grund für einen Haftbefehl.«

»Gut.« Becker war immer noch nicht ganz besänftigt. »Veranlassen Sie alles Nötige für die Gegenüberstellung. Aber wenn Sie sich noch eine derartige Eigenmächtigkeit leisten, haben Sie ein Disziplinarverfahren am Hals – das ist mein voller Ernst.« Er griff nach einem Päckchen, das auf seinem Tisch lag. »Hier, nehmen Sie das mit – mit den besten Empfehlungen von Anne Wietold.«

Barbara grinste, als sie aus dem Büro kam, das man Becker zur Verfügung gestellt hatte. Wenn sie Buch geführt hätte über alle Disziplinarverfahren, die ihr Becker in den vergangenen Jahren angedroht hatte, wäre sie sicher auf eine gewaltige Zahl gekommen. In dem Päckchen waren ihre Marke und ihre Dienstwaffe.

Im Großraumbüro traf sie Kramer. »Guten Morgen, Kramer«, sagte sie. »Was haben Ihre Nachforschungen am Samstag ergeben?«

»Guten Morgen. Das war leider Fehlanzeige. Diese Ilona Fettweiß, deren Freier Wolfram Hielmann damals war, arbeitet nicht mehr in dem Club. Kurz nach dem Vorfall ist sie bürgerlich geworden. Wir versuchen sie aber ausfindig zu machen.«

»Ilona Fettweiß?« Barbara griff in die Tasche ihrer Jeans. »Wann war diese Razzia noch mal?«

Kramer warf einen Blick in die Akte. »April '91. Weshalb fragen Sie?«

»Thomas Hielmann hat am 23. April 1991 einen Scheck über 50 000 Mark auf eine gewisse Ilona Fettweiß ausgestellt.«

»50 000?« Kramer pfiff durch die Zähne. »Kein Wunder, daß die Kleine sich zur Ruhe setzen konnte.«

Barbara wechselte das Thema. »Wer wird die Gegenüberstellung vorbereiten?«

»Wilkowski und ich. Er sucht gerade ein paar große, starke Jungs aus.«

»Sie sollen unterschiedliche Kleidung mitbringen – Anzüge, Freizeitkleidung, Sie wissen schon. Ich will nicht, daß Hielmann unter ihnen irgendwie auffällt. Wann sind wir soweit damit?«

»Ich denke um zwei. Wann sollen wir Hielmann abholen?«

Barbara sah auf die Uhr. »So um zwölf, denke ich. Er muß ja noch seinen Anwalt informieren.«

Kramer runzelte die Stirn. »Wenn es derselbe Anwalt ist wie der, der Thomas Hielmann hier herausgeholt hat, können wir uns auf etwas gefaßt machen.«

»Ja. Ich darf ihm hier auf keinen Fall begegnen. Er hat mich bei Thomas gesehen, als er ihn nach Hause gebracht hat.«

»Wir werden uns schon um alles kümmern – und Ihr Chef und Ihr Kollege Lachmann sind ja auch noch da.«

Er wollte weggehen, aber Barbara rief ihn zurück: »Kramer!«

»Ja?«

»Ich möchte, daß Sie Alina Hungerforth in Willich abholen – sie soll keine Minute früher als zwei Uhr hier sein.«

Kramer war keineswegs erfreut über den Auftrag. »Ich habe es nicht so mit Behinderten«, sagte er verlegen. »Und Becker meinte, sie sei wohl ziemlich durchgeknallt ...«

Barbara lächelte. »Eben deshalb möchte ich, daß das jemand macht, auf den ich mich verlassen kann. O.K.?«

»Na gut.«

Man hatte Barbara gleich neben Philipps Schreibtisch einen uralten Schreibmaschinentisch gestellt. Immerhin hatte er eine Schublade, in der Barbara jetzt ihre Dienstwaffe verstaute. »Wie sieht's aus?« fragte sie Philipp.

»Anne recherchiert in den Zeitungsarchiven nach Material über Wolfram Hielmann. Ich dachte, wenn er Unternehmer ist, dann finden wir vielleicht etwas.«

»Ja, das ist wahrscheinlich. Die Hielmann KG scheint ganz gut zu laufen – Thomas hat jedenfalls eine Menge Geld.« Barbara zog sich einen Stuhl heran. »Ihr werdet die Gegenüberstellung ohne mich machen müssen. Der Anwalt der Hielmanns kennt mich.«

»Und das fällt dir jetzt erst ein?« fragte Philipp mißmutig. »Du leierst alles an, und dann läßt du uns mit dieser Alina Hungerforth allein ...«

»Es tut mir leid. Ich hatte nicht daran gedacht.« Sie warf Philipp das Zettelchen mit den Namen auf den Tisch.

»Was ist das?« fragte er.

»Das sind Frauen, die von Thomas Hielmann 50 000 Mark bekommen haben. Und ich bin sicher, das war Schweigegeld, um Wolfram zu schützen.«

»Er schützt ihn?« Philipp sah sie ungläubig an.

Barbara zuckte die Schultern. »Sie haben eine sehr enge Beziehung.«

»Mein Gott, ist das eine kranke Familie.« Er nahm den Zettel. »Du willst doch sicher, daß wir diese Frauen ausfindig machen, oder?«

»Was sonst? Es wäre gut, wenn du sie zuerst mit der Liste der Frauen vergleichst, die Thomas mitgenommen hat. Vielleicht gibt es Übereinstimmungen.« Sie blickte sich im Raum um. »Wo ist eigentlich Heinz?«

»Becker hat ihn damit beauftragt, den Haftbefehl gegen Wolfram Hielmann und die Durchsuchungserlaubnis für Wohnung und Büro vorzubereiten. Er will keine Zeit verlieren. Hoffen wir nur, daß die Hungerforth ihn wirklich identifiziert.« Philipp überflog den Zettel. »Da gibt es keine Übereinstimmungen.« Barbara kam nicht einmal auf die Idee zu fragen, ob er sicher sei.

Da sie im Augenblick nichts tun konnte, fuhr Barbara ins Hotel und stieg in eines ihrer Kostüme. Als sie wieder zurück im Präsidium war, kam ihr Philipp entgegen. »Kramer ist gerade losgefahren, um die Hungerforth abzuholen. Und Wilkowski ist vor einer halben Stunde mit zwei Kollegen zu Hielmann gefahren. Er hat gerade über Funk gemeldet, daß der Anwalt eingetroffen ist. Sie müßten jeden Moment hier sein.«

»Dann gehe ich am besten in Beckers Büro. Wenn ihr die Zwischentür aufklaßt, bekomme ich alles mit und brauche nicht in Erscheinung zu treten.«

»Gut. Zwei der Frauen von der Geldliste wohnen übrigens hier in Düsseldorf. Ich habe zwei Beamte deswegen losgeschickt.«

Er ging zurück in das Großraumbüro. Wolframs Vernehmung vor der Gegenüberstellung sollte im Büro des Soko-Leiters stattfinden, von dem aus eine Zwischentür in Beckers provisorisches Büro führte. Barbara ließ sich auf dem Besucherstuhl vor Beckers Schreibtisch nieder, konnte sich aber nicht verkneifen, einen Blick auf die Notizen zu werfen, die ihr Chef auf dem Tisch zurückgelassen hatte. Es waren augenscheinlich Entwürfe für Presseerklärungen zum Thema Festnahme Wolfram Hielmann. Sie grinste. Becker hätte PR-Manager werden sollen.

Wenige Minuten später wurde Wolfram hereingebracht. Sein Anwalt begleitete ihn. Hardanger redete unaufhörlich von den Rechten seines Mandanten, bis Becker ihm das Wort abschnitt. Er hatte es sich nicht nehmen lassen, die Vernehmung selbst zu führen, assistiert von Philipp. Zur Enttäuschung der Beamten im Großraumbüro wurde die Tür geschlossen.

Durch den Spalt der offenen Zwischentür konnte Barbara Wolfram sehen – er war blaß und wirkte sehr nervös, obwohl er für seine Verhältnisse eher still war. Als Becker ihm eröffnete, daß der Verdacht bestehe, er habe vor fünf Jahren in Köln eine Vergewaltigung begangen, zuckte er sichtlich zusammen. Hardanger ließ wieder einen Wortschwall los, bis Becker ihn erneut bat, ruhig zu sein.

»Wenn Ihr Mandant unschuldig ist, hat er von uns nichts zu befürchten, Herr Dr. Hardanger«, sagte Becker in seinem souveränen »Wir-tun-doch-alle-nur-unsere-Arbeit«-Ton. »Wir haben eine Personenbeschreibung, die auf ihn paßt, und wir haben eine Zeugin – das Opfer. Daher wollen wir, sobald sie eingetroffen ist, eine Gegenüberstellung durchführen. Dann werden wir mehr wissen.«

Hardanger protestierte scharf und lieferte sich ein weiteres Wortgefecht mit Becker, Plötzlich nahm Barbara Unruhe an anderer Stelle wahr – irgend jemand mußte das Großraumbüro betreten haben.

»Lassen Sie mich durch«, kreischte eine Frauenstimme. »Man hat mir gesagt, das Schwein ist hier, und ich will ihn jetzt sehen.«

Es war ohne Zweifel Alina Hungerforth. Barbara rannte aus Beckers Büro auf den Flur. Wenn Alina Wolfram jetzt wirklich zu Gesicht bekam, war die ganze Mühe umsonst gewesen. »Wenn ich Kramer in die Finger kriege ...«, murmelte sie.

»Frau Pross, wo ist diese Frau Pross?« rief Alina. »Sie hat mir versprochen, daß ich den Kerl zu sehen bekomme ...«

Barbara blieb an der Tür stehen. »Alina! Kommen Sie sofort da raus.«

»Ich will das Schwein sehen ...«, schrie Alina und fuchtelte mit einer Krücke einem Beamten vor dem Gesicht herum, der sie sanft aus dem Raum hatte bringen wollen. Die andere Krücke rutschte plötzlich auf dem glatten Boden weg, Alina verlor das Gleichgewicht und stürzte.

Barbara lief zu ihr. »Sind Sie verletzt?« fragte sie.

»Nein. Ich bin schon öfter gefallen.«

»Meine Herren, helfen Sie Frau Hungerforth, bitte.«

Zwei Polizeibeamte hoben Alina auf, ein dritter gab ihr die Krücken zurück.

»Kommen Sie jetzt bitte, Alina«, sagte Barbara. »Sie beide«, forderte sie die Helfer auf, »bringen Frau Hungerforth auf dem schnellsten Wege in ein geschlossenes Büro.«

Ihr Blick fiel auf die Glaswand zum Nebenbüro. Dort standen Becker, Philipp, Wolfram und Hardanger, um zu sehen, was passiert war. Dann entdeckte Hardanger Barbara. Er schien zu überlegen, woher er sie kannte. Plötzlich kam er schnurstracks auf sie zu. »Sie habe ich doch bei Thomas Hielmann gesehen.« Er drehte sich zu Becker um, der ihm gefolgt war. »Wer ist sie?«

»Das ist Kriminaloberrätin Pross, Mitarbeiterin in meinem Team«, sagte Becker ruhig.

»Sie haben jemanden in die Wohnung meines Mandanten eingeschleust?« Hardanger war außer sich. »Das sind ja Spitzelmethoden wie bei der Stasi ...«

»Mäßigen Sie sich, Dr. Hardanger. Unter Umständen kann man so eine Äußerung auch als Beamtenbeleidigung verstehen«, sagte Becker.

»Aber wie soll ich das sonst bezeichnen? Erst spioniert sie Thomas Hielmann aus, und als sie da nicht weiterkommt, wird einfach willkürlich Wolfram herausgepickt.« Er trat ganz nah an Becker heran. »Ist das ein Feldzug gegen die Familie Hielmann? Wen wollen Sie als nächstes verdächtigen? Frau Hielmann vielleicht?« Er drehte sich wieder zu Barbara. »Ich werde Thomas Hielmann natürlich sofort davon unterrichten. Dieser Sache muß schleunigst ein Riegel vorgeschoben werden.«

»Dr. Hardanger, wir sind noch nicht ganz fertig«, sagte Becker. »Gehen Sie bitte wieder in das Büro. Sie können sich dort gern mit Ihrem Mandanten beraten. Ich komme gleich zurück.«

»Was sollte der Auftritt der Hungerforth?« fragte er Barbara, als Hardanger wieder in dem Büro war und die Tür hinter sich geschlossen hatte.

»Ich weiß nicht. Kramer hatte die strikte Anweisung, sie nicht vor zwei hierherzubringen.«

»Kramer hat vor fünf Minuten angerufen«, sagte einer der Beamten. »Er hat die Zeugin in Willich nicht mehr angetroffen. Ihre Mutter sagte, daß sie schon vor Stunden weg sei. Vermutlich ist sie mit öffentlichen Verkehrsmitteln hierhergekommen.«

Barbara seufzte: »Dieses verrückte Weibsstück ...«

»Was glauben Sie?« Becker sah sie nachdenklich an. »Hat sie Hielmann gesehen oder nicht?«

»Ich weiß nicht.« Barbara zögerte. »Wenn sie ihn erkannt hätte, hätte sie vermutlich noch mehr Theater gemacht, oder? Sollen wir die Gegenüberstellung abblasen?«

Becker dachte einen Moment nach. »Nein. Wir ziehen das durch. Allerdings glaube ich kaum, daß Alina Hungerforth so viel Theater machen kann wie dieser Anwalt.«

Er ging wieder zurück zur Vernehmung, und Barbara suchte Alina Hungerforth.

»Was haben Sie sich eigentlich dabei gedacht, hier so einfach auf-zukreuzen?« Barbara hatte keine Lust, nett und einfühlsam zu sein.

Alina sah sie mit großen Augen an. »Ich ... ich wollte ihn so bald wie möglich sehen ...«

»Aber ich habe Ihnen doch gesagt, daß ich einen Wagen schicke, verdammt noch mal.«

Alina traten Tränen in die Augen. »Ich war fast drei Stunden un-terwegs. Eigentlich kann ich das gar nicht mehr ohne Rollstuhl, aber meine Mutter weigerte sich mitzukommen.« Sie schniefte. »Ich ... habe Anschlüsse verpaßt, weil ich nicht schnell genug bin, und dann der lange Weg vom S-Bahn-Gleis zur U-Bahn und die vielen Treppen. Ich bin müde und habe Schmerzen im Rücken und an den Hüften.«

Barbara zeigte kein Mitleid. »Sie hätten ganz gemütlich eine halbe Stunde in einem Auto verbringen können. Aber was noch viel schlimmer ist – möglicherweise haben Sie durch ihren famosen Auftritt alles verdorben.«

»Verdorben?« Alina versuchte, ihre schmerzende Hüfte in eine an-dere Stellung zu bringen. »Wieso verdorben?«

»Haben Sie den Mann gesehen – den Mann, der in dem abge-trennten Büro saß?«

»War er das?«

»Haben Sie sein Gesicht gesehen?«

Alina schüttelte den Kopf. »Nur von hinten. Dann kamen doch diese vielen Leute, und ich bin gestürzt.«

»Würden Sie das beeiden?«

»Ja.«

Barbara seufzte. Vermutlich würde sie alles beeiden, was den ver-meintlichen Täter dingfest machte. »Wenn Sie ihn vorher gesehen haben, werden wir die Gegenüberstellung nicht verwerten kön-nen.«

»Was heißt das? Bedeutet das, daß er nicht bestraft wird?«

Barbara sah sie kalt an. »Unter Umständen, ja.«

Philipp steckte den Kopf herein. »Es kann jetzt losgehen. Hiel-mann ist schon auf dem Weg zur Gegenüberstellung.«

»Wo ist das überhaupt?«

»Im anderen Gebäude ...«

»Na, prima«, sagte Barbara. »Du kannst gleich anrufen und sagen, daß wir frühestens in einer Viertelstunde da sind.«

Philipp sah sie verwirrt an.

»Frau Hungerforth wird eine Weile brauchen.«

»O ja ...« Philipp beeilte sich, aus dem Raum zu kommen.

»Es ist ein weiter Weg, Alina. Fühlen Sie sich stark genug?« fragte sie.

Alina nickte. Sie stand mühsam auf und griff nach den Krücken. »Lassen Sie uns gehen.«

»Wie lange sollen wir denn noch warten?« fragte Hardanger gerade, als Barbara die Tür zum Zeugenraum öffnete. Es hatte länger als eine Viertelstunde gedauert.

»Entschuldigen Sie vielmals, Herr Dr. Hardanger. Aber wie Sie sehen, ist Frau Hungerforth schwerbehindert«, sagte Barbara.

Hardanger sah sie giftig an. »Kann diese Farce jetzt losgehen?«

»Wenn wir einen Stuhl für Frau Hungerforth haben.«

Philipp räumte seinen Stuhl. Alina ließ sich darauf nieder und drückte dem verblüfften Philipp ihre Krücken in die Hand. Er lehnte sie an die hintere Wand.

»Es kann losgehen«, rief Becker durch das Mikrofon.

»Einen Moment noch«, unterbrach Barbara Becker.

»Was ist denn nun?« fragte Hardanger ungeduldig.

»Ich möchte Frau Hungerforth noch eine Frage stellen, bevor es losgeht. Und ich möchte, daß ihre Antwort ins Protokoll aufgenommen wird.« Sie wandte sich an Alina. »Frau Hungerforth, als Sie eben in das Großraumbüro kamen, hatten Sie da Einsicht in das abgetrennte Büro?«

»Ich sah, daß da Leute saßen.«

»Haben Sie die Gesichter gesehen?«

»Nur das von ihm hier.« Alina deutete auf Hardanger. »Den anderen sah ich nur von hinten. Ich bin ja gestürzt.«

»Was soll das?« fragte Hardanger. »Glauben Sie, damit kommen Sie durch?«

Barbara ließ sich nicht beirren. »Würden Sie das auch vor Gericht beeiden, Frau Hungerforth?«

»Ja, das würde ich.«

»Danke. Herr Becker, wir können jetzt starten.«

Insgesamt sechs Männer, jeder mit einer Nummer in der Hand, betraten den Raum. Wilkowski hatte sie wirklich gut ausgesucht – alle waren groß und breitschultrig. Wolfram hatte die Nummer vier.

»Sehen Sie genau hin, Frau Hungerforth«, sagte Becker. »Der Mann, der Sie vor fünf Jahren überfallen hat, ist er darunter?«

Barbara hatte sich so hingestellt, daß sie jede Regung auf Alinas Gesicht beobachten konnte.

»Können die mich sehen?« fragte Alina.

»Nein. Das ist ein venezianischer Spiegel. Er ist nur auf unserer Seite durchsichtig.« Becker gab seiner Stimme etwas Beruhigendes.

Alina betrachtete jeden der Männer ganz genau. Dann blieb ihr Blick an Wolfram hängen. Ihre Hände krallten sich zusammen, die Augen weiteten sich. Hardanger registrierte ihr Verhalten mit einem Stirnrunzeln.

»Wir können die Herren auch bitten, sich zur Seite zu drehen oder einen Schritt vorzutreten«, sagte Becker, aber Alina schien ihn gar nicht zu hören. Sie stand von ihrem Stuhl auf und machte zwei unbeholfene Schritte nach vorn, bis sie ganz nah vor der Scheibe stand. »Nummer vier«, flüsterte sie. »Kann Nummer vier etwas näher kommen?«

Becker griff nach dem Mikrofon. »Nummer vier, treten Sie bitte drei Schritte vor.«

Zögernd tat Wolfram, was man ihm gesagt hatte. Alina begann zu keuchen. Sie stützte sich auf den breiten Rahmen der Scheibe und wippte mit dem Oberkörper hin und her.

»Alina?« fragte Barbara besorgt. »Hören Sie mich, Alina?«

Alina drehte sich leicht zur Seite. Sie sah Barbara direkt ins Gesicht. »Er ist es. Die Nummer vier. Er hat mich ...«, sie begann zu weinen.

Becker trat auf sie zu und half ihr zurück auf ihren Stuhl. »Frau

Hungerforth, ist das der Mann, der Sie am 29. Mai 1991 auf dem Rastplatz bei Köln überfallen, vergewaltigt und schwer verletzt hat?« fragte er.

Alina saß auf dem Stuhl und hatte den Kopf gesenkt. Sie zitterte am ganzen Körper. »Ja«, sagte sie heiser und dann lauter: »Ja, ja, ja. Die Nummer vier.«

»Nehmen Sie bitte zu Protokoll, daß die Zeugin Wolfram Hielmann eindeutig identifiziert hat.« Becker drehte sich zu Hardanger, an dem diese Szene offensichtlich auch nicht ganz spurlos vorübergegangen war. Barbara fragte sich, wieviel er über Wolfram Hielmann und seine Neigungen wußte und ob er sich jetzt vielleicht vorstellen konnte, daß Wolfram es war, der Alina so zugerichtet hatte.

»Irgendwelche Einwände, Herr Dr. Hardanger?« fragte Becker.

Hardanger gewann seine Fassung schnell wieder zurück. »Nun, sie hat ihn identifiziert. Die Frage ist nur, ob ihr Herr Hielmann nicht schon vorher als Verdächtiger präsentiert worden ist. So wie sich diese Frau eben aufgeführt hat, würde sie jeden Eid schwören, nur um jemanden zu finden, der schuld an ihrem – zugegebenermaßen sehr traurigen – Schicksal ist ...«

Alina hatte den Kopf wieder gehoben. Ihr Gesicht war naß von Tränen und Schweiß, aber sie zitterte nicht mehr. »Er ist es gewesen. Ich habe ihn damals gesehen und sein Gesicht niemals vergessen.«

Becker wollte offensichtlich einen weiteren Ausbruch Alinas verhindern und dirigierte Hardanger und den Protokollanten geschickt nach draußen.

»Frau Pross, kümmern Sie sich um Frau Hungerforth, lassen Sie sich ruhig Zeit mit dem Rückweg. Wir sehen uns dann nachher im Büro.«

»Was ist mit meinem Mandanten?« fragte Hardanger.

»Nach der positiven Identifizierung werden wir ihn erkennungsdienstlich behandeln. Ein Mitarbeiter wird innerhalb der nächsten Stunde den Haftbefehl besorgen.« Becker schob Hardanger weiter. »Sie können gern in unserem Büro auf Herrn Hielmann warten.«

Sie gingen den langen Flur hinunter Richtung Hauptgebäude.

Alina hatte aufgehört zu weinen. »Ich will hier raus«, sagte sie. »Fühlen Sie sich stark genug für den Rückweg?« fragte Barbara besorgt. Ihre Wut auf Alina war gänzlich verflogen, seit sie gesehen hatte, was der Anblick von Wolfram in ihr ausgelöst hatte. »Es wird schon gehen.«

Philipp reichte Alina die Krücken, und dann gingen alle drei ganz langsam den Flur entlang. Sie waren gerade an der Tür zum Vorführraum, als zwei Beamte Wolfram herausführten. Barbara legte eine Hand auf Alinas Schulter. »Gehen Sie einfach weiter, Alina. Er kann Ihnen hier nichts tun.«

»Barbara ...«, sagte Wolfram erstaunt, als er sie erkannte. Aber dann hing sein Blick an Alina, er taxierte sie genau – die Krücken, die unförmigen Schuhe, die mühsamen Schritte. Barbara glaubte auf seinem Gesicht plötzlich etwas wie Verstehen zu entdecken. Er begriff, daß er es war, der Alina das angetan hatte. Und dann zeigte seine Miene blankes Entsetzen.

Zwei Stunden später saßen Philipp und Barbara in Beckers Büro. Langsam war etwas Ruhe eingekehrt. Heinz hatte den Haftbefehl besorgt und nahm mit einigen Leuten gerade eine Hausdurchsuchung in der Villa Hielmann vor. Ein zweiter Trupp durchsuchte die Büroräume. Kaum war der Haftbefehl da, hatte Hardanger sich abgesetzt, nicht ohne Wolfram einzuschärfen, jede Aussage zu verweigern.

Barbara gähnte. Die emotionsgeladenen Ereignisse hatten sie mehr mitgenommen als ein Tag harter Ermittlungen vor Ort. Eine Sache stand ihr noch bevor – Thomas zu beichten, daß sie Polizistin war, und dann für immer aus seiner Wohnung zu verschwinden. Im Moment war sie zu erschöpft, um irgend etwas bei dem Gedanken zu empfinden.

Heinz Wersten streckte den Kopf herein. »Thomas Hielmann ist gerade eingetroffen. Er will wohl seinen Bruder sprechen.«

»Soll er«, sagte Barbara. »Mein Inkognito ist ohnehin aufgeflogen. Ist Alina gut nach Hause gekommen?«

»Kramer hat sie gefahren. Erstaunlich sensibel, der Bursche, wenn er will.«

»Wenn ich Alina noch eine Stunde länger hätte ertragen müssen, wäre ich reif für eine Therapie«, murmelte Philipp. »Wie war eigentlich die Hausdurchsuchung, Heinz?«

Heinz Wersten zuckte die Schultern. »Wir haben eine Menge schwarzes Leder, Peitschen und anderes Sadisten-Equipment gefunden. Deutet alles auf sehr phantasievolle Spielchen hin.«

»In der Villa?« fragte Barbara. »Ich meine, die Mutter wohnt doch auch dort.«

»Nein, das Zeug haben wir im Gartenhaus gefunden – da hätte eine vierköpfige Familie ausreichend Platz. Die Mutter war äußerst schockiert, weil wir sämtliche Küchenmesser mitgenommen haben.« Heinz grinste. »Sie wurde richtig hysterisch.«

Barbara streckte sich. »Ich glaube, ich fahre jetzt zu Hielmann und packe meine Sachen. Vielleicht bin ich weg, bis er wieder zu Hause ist.«

»Feigling«, sagte Philipp.

»Ich will ihm nicht noch mehr weh tun.« Barbara sagte das sehr leise. »Morgen früh bin ich dann pünktlich zur Einsatzbesprechung wieder hier.«

»Pünktlich?«

»Ja, pünktlich!«

Sie hielt es nicht für nötig, sich umzuziehen, und fuhr direkt mit einem Taxi zu Hielmanns Wohnung. Thomas war noch nicht zurück. Oben in der Wohnung merkte sie plötzlich, daß sie seit dem Frühstück nichts mehr gegessen hatte. Sie ging in die Küche und machte sich ein Brot. Gedankenverloren strich sie über die ungleichmäßige Oberfläche des alten Tisches. Sie würde diesen Tisch sehr vermissen.

Sie stand auf und ging langsam durch alle Zimmer. In der Bibliothek holte sie den Heine-Band heraus, den sie am ersten Tag hier gelesen hatte, und stellte ihn gleich wieder zurück. Das Bild im Wohnzimmer, die gemütlichen Sitzkissen, Thomas' alter Schreibtisch im Arbeitszimmer, der Spiegel im Schlafzimmer – von allem nahm sie Abschied.

Sie öffnete den Kleiderschrank und griff nach der Fotoschachtel.

Hastig wühlte sie darin, bis sie fand, was sie suchte: ein Bild von Thomas, das erst vor wenigen Jahren aufgenommen worden war – offensichtlich für den Klappentext eines Buches. Auf diesem Bild sah er genauso aus wie an dem Abend in der Kneipe, es zeigte den gleichen forschenden, beobachtenden Blick, aber auch ein wenig von der Wärme, die dieser Blick ausstrahlen konnte. Kurz entschlossen nahm sie das Bild heraus und stellte die Schachtel zurück in den Schrank.

Dann ging sie in ihr Zimmer und begann, ihre wenigen Sachen zusammenzufalten und einzupacken. Die Kleider, die Thomas ihr geschenkt hatte, hängte sie mit einem bedauernden Blick an den Schrank. Eigentlich hätte sie jetzt gehen können, doch dann fiel ihr das Bett ins Auge. Sie stellte die Tüte mit ihren Sachen wieder ab und begann, das Bett abzuziehen. Die Bettdecke und das Kopfkissen legte sie in den Kasten in der Nische, dann klappte sie das Bett zusammen und schob es an seinen alten Platz. In diesem Moment hörte sie Thomas' Schlüssel in der Tür.

Thomas entdeckte sie sofort. »Hallo, Barbara«, sagte er leise.

»Hallo. Ich . . . ich wollte nur meine Sachen holen.«

Er blickte auf den Boden. »Du willst weg?«

Barbara stutzte. »Hat Dr. Hardanger noch nicht mit dir gesprochen?«

Langsam hob er den Kopf. Da war dieser Blick, an den sie sich immer erinnern wollte. »Doch.«

»Hat er denn nichts über mich gesagt?«

»Er sagte, du seist eine Polizistin, du hättest mich im Auftrag der Polizei ausspioniert. Ist das wahr?«

»Ja . . .« Zum erstenmal wich Barbara absichtlich seinem Blick aus. »Es tut mir leid, daß ich dich belogen habe, Thomas. Das war nicht richtig.«

»Du bist also nur mit mir mitgegangen, weil man mich in Verdacht hatte?«

Barbara schüttelte den Kopf. »Nein, so war das nicht. Ich war wirklich fertig an dem Abend. Ich hatte Hunger, und ich wußte nicht, wo ich schlafen sollte. Bei der Polizei habe ich mich erst gemeldet . . .«

»... als man deine Geldbörse bei dem vierten Opfer gefunden hatte«, ergänzte er mit ruhiger Stimme.

Barbara setzte sich verwirrt auf den Stuhl. »Aber woher ...«

Er lächelte. »Bei meiner ersten Festnahme lag ein Fax mit deiner Vermißtenmeldung im Präsidium herum. Ich habe dich sofort erkannt.«

Barbara schluckte. »Und du hast mich nicht gleich hinausgeworfen?«

»Zuerst wollte ich das. Du erinnerst dich, das war der Abend, als du mit Wolfram und Elke essen warst.«

Sie nickte. »Ein wenig merkwürdig warst du schon. Aber ich dachte, es läge an der Nacht im Gefängnis ...« Sie sah ihm ins Gesicht. »Was hat dich umgestimmt?«

Er zögerte. »Du sahst so ... so wunderschön aus an diesem Abend. Die Herumtreiberin war verschwunden. Und dann dachte ich mir, warum soll sie nicht bleiben? Ich bin unschuldig. Wenn sie eine gute Polizistin ist, wird sie es herausfinden.« Er zuckte die Schultern. »Ich ... beschloß, dir einfach zu vertrauen.«

»Und zum Dank für dein Vertrauen sorge ich jetzt dafür, daß dein Bruder hinter Gitter kommt.«

Er seufzte. »Ja, Wolfram – das ist eine andere Geschichte. Wollen wir nicht in die Bibliothek gehen?«

Sie nickte, und sie gingen hinüber. Ohne Zögern setzten sich diesmal beide auf dasselbe Sofa.

»Es tut mir leid, wenn ich dir das sagen muß, Thomas – aber Wolfram ist schuldig. Er hat Alina Hungerforth vergewaltigt und für ihr Leben zum Krüppel gemacht. Wenn du bei der Gegenüberstellung dabeigewesen wärst – es war erschütternd. Ihre Reaktion läßt keinen Zweifel zu – egal, was der Anwalt daraus macht.«

»Ich glaube dir«, sagte Thomas leise. »Wolfram ist oft zu mir gekommen und hat mich gebeten, ihm zu helfen, eine Sache zu vertuschen. Von dieser Frau weiß ich nichts, aber so, wie er sich heute nachmittag verhalten hat, als ich kurz mit ihm sprach, glaube ich auch, daß er es gewesen ist.«

Barbara atmete tief durch. »Von da bis zu den Morden ist es nur noch ein kurzes Stück.«

178

Thomas schlug die Hände vor das Gesicht. »Ich weiß das, verdammt noch mal.« Er ließ die Hände wieder sinken. »Ich habe diese Zeitungsausschnitte in deinem Zimmer gefunden. Und ich konnte es kaum glauben. 92/93 hat die Hielmann KG einen Großauftrag im Regierungsviertel in Bonn gehabt. Wolfram war damals Bauleiter – unser Vater lebte ja noch. Und Koblenz: Wir hatten 1994 in der Gegend drei Projekte. Ich kann den Gedanken, daß er es getan hat, kaum ertragen.«

»Mir geht es genauso. Er war so nett zu mir ...« Barbara rückte näher an Thomas heran und nahm seine Hand. »Er ist krank, Thomas. Ich glaube nicht, daß er ins Gefängnis muß. Aber wenn er der Mörder ist, muß er aus dem Verkehr gezogen werden, bevor noch mehr passiert.«

»Du willst, daß ich eine Aussage mache, nicht wahr? Daß ich aussage, was ich dir eben gesagt habe.« Er machte seine Hand los. »Barbara, das kann ich nicht. Ich werde versuchen, mit ihm zu reden, damit er ... sich intensiver behandeln läßt, vielleicht sogar stationär. Aber ich kann ihn nicht verraten – wenn ich es eben nicht schon getan habe. Bitte, Barbara, kannst du nicht für einen Moment vergessen, daß du Polizistin bist? Bitte, tu es für mich.«

Sie schüttelte den Kopf. »Ich kann dich nicht zu einer Aussage zwingen, Thomas – du als sein Bruder mußt nicht gegen ihn aussagen. Und die Informationen, die du mir eben gegeben hast, reichen allein kaum aus, ihm die Morde nachzuweisen. Aber wenn er freikommt und wieder so etwas tut ...«

Thomas schloß die Augen. »Ich werde versuchen, das zu verhindern. Jetzt ist er ja erst einmal in Haft.«

»Ja, sicher.« Sie stand auf. »Ich werde jetzt gehen.«

»Aber warum denn?« fragte er erstaunt und stand ebenfalls auf.

»Thomas, es gibt keinen Grund für mich, länger hierzubleiben.«

»Weil du mich nicht mehr bespitzeln mußt?«

Sie nickte.

»Bist du denn wirklich nur deswegen hiergeblieben?« Seine Frage klang so sanft, aber Barbara spürte etwas Forderndes darin. Es war, als wäre er ein Stück näher an sie herangetreten. »Hast du ... dich nicht wohl gefühlt bei mir?«

»Ich habe mich sehr wohl gefühlt.«

»Warum bleibst du dann nicht einfach?« Es schien ihm sehr schwerzufallen, das auszusprechen.

Barbara schluckte. »Du möchtest, daß ich bleibe?«

»Ja. Ich bin dir nicht böse – wegen der Lüge meine ich. Du hattest deine Gründe.« Er sah sie nicht an dabei. »Als du vorgestern nacht nicht nach Hause gekommen bist, war ich völlig verzweifelt. Ich hatte Angst, ich würde dich nie wiedersehen. Ich ... ich habe mich ... auf dich eingelassen. Du bist für mich sehr, sehr wichtig geworden. Bitte, geh nicht weg.«

Sie legte ihm die Hand an die Wange und zwang ihn so, sie anzusehen. »Dann bleibe ich noch.«

Einen Moment lang hatte sie das Gefühl, er wolle sie in den Arm nehmen. Aber irgend etwas hielt ihn davon ab – es war wie eine letzte Schwelle, die er nicht überschreiten wollte.

Er griff nach ihrer Hand und zog Barbara langsam ins große Wohnzimmer. »Setz dich hin«, sagte er. »Ich möchte dir etwas zeigen.« Er verschwand für einige Minuten im Arbeitszimmer und kam dann mit einem Stapel Videokassetten wieder.

»Das waren mal alles Super-8-Filme. Ich habe sie mir auf Video überspielen lassen.«

Barbara baute mit den großen Kissen eine Art Nest, während Thomas eine Flasche Rosé aus der Küche holte. Er zündete die Kerzen in den großen Leuchtern an und schob die erste Kassette in den Videorecorder.

»Wer hat die gedreht?« fragte Barbara.

»Mein Vater. Später, so mit zehn, habe ich auch damit angefangen.«

Sie hatten sich gemütlich hingelegt, den Kissenberg im Rücken. Vorsichtig, als dürfe sie es nicht merken, legte Thomas seinen Arm um sie. Barbara rückte näher an ihn heran, bis sie noch bequemer lag.

Die Filme zeigten die ganze Familie Hielmann – bis auf den filmenden Vater natürlich. Wolfram, der im Garten herumtobte, Thomas, der vorsichtig und langsam über den Rasen ging. Wolfram warf ihm einen Ball zu, Thomas fing ihn und warf ihn zurück, noch einmal warf Wolfram, und dann kam Frau Hielmann, eine schöne junge Frau, deren zu schmale Lippen sich unübersehbar nach unten zogen, Frau Hielmann, die Thomas den Ball wegnahm und offensichtlich mit Wolfram schimpfte.

»Sie hat dir nicht viel Spaß gegönnt«, sagte Barbara.

»Sie hatte Angst um mich.«

Barbara runzelte die Stirn. »Zu Recht, oder hat sie übertrieben?«

Jetzt lief offensichtlich ein anderer Film ab. Thomas' neunter Geburtstag. Es gab eine ganz große Party im Hause Hielmann – unzählige Gäste waren anwesend, auch einige Kinder. Wolfram spielte mit ihnen im Garten Fangen. Thomas, noch ein bißchen blasser als im vorigen Film, saß auf einem bequemen Stuhl auf der Terrasse und sah ihnen zu. Man hatte ihn in eine Decke gehüllt.

»Nein, sie hat nicht übertrieben. Mein Herzfehler war sehr kompliziert, und es kamen besondere Faktoren hinzu, die eine frühe Operation ausschlossen. Ohne Operation liegt die Lebenserwartung bei ungefähr zwanzig Jahren. Hier, die Bilder von meinem neunten Geburtstag, da hatte ich gerade eine Grippe überstanden. Ich wäre fast daran gestorben. Ich hätte nicht mit den anderen herumtoben können, selbst wenn ich es gewollt hätte. Ich war sogar zu schlapp zum Gehen.«

Der Film endete, und Thomas spulte die Kassette zurück. »Dreieinhalb Jahre später bin ich dann in den USA operiert worden, die waren damals schon ein wenig weiter als wir hier.«

»War es ein gutes Gefühl ... nach der Operation, meine ich?«

»Es war wunderbar. Es ging ganz langsam jeden Tag ein bißchen aufwärts. Und trotzdem ...« Er stand auf und wechselte die Kassette. »Ich habe manchmal das Gefühl, in diesem kleinen Jungen gefangen zu sein. Klingt verrückt, was?«

Barbara schüttelte den Kopf. Sie wartete, bis er sich wieder gesetzt hatte. »Hast du mir die Filme deshalb gezeigt?« fragte sie leise.

»Ja, ich glaube schon.« Diesmal legte er nicht wieder den Arm um sie. Aber Barbara fühlte, er wollte ihr mit diesen Filmen etwas von sich erzählen, etwas sehr Wichtiges.

Während sie die Filme ansahen, fühlte Barbara, daß sie sich langsam entspannte und einen Teil der Strapazen dieses Tages hinter sich ließ. Auch Thomas war ruhiger als bei seiner Rückkehr. Der Wein tat sein übriges. Kurz nach zehn begann Barbara verstohlen zu gähnen.

»Du langweilst dich sicher ...«, sagte er. Wie immer entging ihm nichts.

»Nein, nein, das ist es nicht. Ganz ehrlich – ich möchte alle eure Filme sehen. Aber ... es war so ein harter Tag, ich glaube, ich kann einfach die Augen nicht mehr offen halten ...«

»Ich bin auch sehr müde. Machen wir Schluß, gehen wir ins Bett.«

Barbara stand auf, dann fiel es ihr ein: »Thomas, ich muß mein Bett noch beziehen und wieder aufstellen – ich hatte doch eben einen Anfall von Ordnungssinn.« Sie gähnte wieder. Der Gedanke, jetzt noch das Bett bauen zu müssen, behagte ihr gar nicht.

Thomas sah sie unschlüssig an. »Also, wenn du so müde bist ...« Er zögerte. »Mein ... Bett ist doch groß genug. Wir ... würden uns nicht ... in die Quere kommen, denke ich.«

Barbara schluckte. »Meinst du wirklich ...?«

»Ich habe keine Schwierigkeiten damit. Du?«

»Nein«, Barbara versuchte auszusehen, als sei das die natürlichste Sache der Welt.

Sie verschwand im Badezimmer. Als sie ins Schlafzimmer kam, hatte Thomas ihr ein frischbezogenes Kopfkissen auf die linke Bettseite gelegt. Er ging auch ins Bad.

Barbara legte sich ins Bett. Die Decke war sehr groß, vermutlich würde es damit keine Schwierigkeiten in der Nacht geben. Thomas kam aus dem Bad. Er stieg an seiner Seite ins Bett und löschte das Licht. »Gute Nacht, Barbara«, sagte er.

»Gute Nacht.« Barbara drehte sich auf ihre Schlafseite – zu Thomas, gerade als er sich zu ihr drehte.

Die Vorhänge verdunkelten das Zimmer nicht völlig, und es gab eine Straßenlaterne direkt vor dem Fenster. Barbara drehte sich wieder auf den Rücken, ein paar Minuten später auf die andere Seite. Ihre Müdigkeit war völlig verflogen. Sie lag mit diesem merkwürdigen Mann unter einer Decke, und beide waren peinlich darauf bedacht, den anderen nicht zu berühren – es war schon fast lächerlich. Sie drehte sich wieder auf den Rücken.

Plötzlich knipste Thomas das Licht wieder an. »Du wirkst nicht besonders entspannt«, sagte er.

»Entschuldige ... ich ... wollte dich nicht stören ...«

Er lächelte plötzlich. Es war diese Spur von Lächeln, diese sanfte Ironie, Barbara mochte es, wenn er so lächelte. »Barbara, du darfst mir gern widersprechen, wenn ich falsch liege, aber ... kann es sein, daß wir uns ziemlich blöd benehmen, gerade jetzt? Ich meine, jeder drängt sich an seinen Bettrand ...«

»Dabei hattest du eben deinen Arm um mich gelegt ...«, ergänzte sie.

»Meinst du, du wirst schlafen können, wenn ich es wieder tue?«

Barbara schluckte. »Ich ... glaube nicht. Dann erst recht nicht.«

»Wahrscheinlich hast du recht.« Er sah ratlos an die Zimmerdecke.

»Tu es trotzdem. Bitte.«

Für einen Augenblick hatte sie das Gefühl, er könne gar nicht glauben, was sie eben gesagt hatte. Doch dann nahm er sie in den Arm und küßte sie. Es war ein sehr langer Kuß. »Du ... hast mir mal gesagt, du seist kein Mönch ...«, sagte Barbara. Es klang immer noch ein wenig zaghaft.

»Möchtest du, daß ich es dir beweise?«

Der nächste Kuß war noch ein bißchen länger.

10

Barbara erwachte am nächsten Morgen, als schon das erste Tageslicht ins Schlafzimmer fiel. Thomas lag neben ihr. Sein gleichmäßiges Atmen hatte etwas Vertrautes, als wäre sie ihr ganzes Leben neben ihm aufgewacht. Sie knipste die Nachttischlampe an und hoffte, ihn dadurch nicht zu wecken. Die Decke war heruntergerutscht, er lag mit freiem Oberkörper da. Barbaras Blick fiel auf die lange, dicke Narbe auf seiner Brust. Gestern abend hatte sie sie zaghaft berührt. »Du brauchst keine Angst um mich zu haben«, hatte er gesagt. »Wenn du es willst, werde ich dich nie mehr allein lassen.«

Leise stand sie auf, ging um das Bett herum und zog die Decke über ihn. Er wachte auf und griff nach ihr. Ein wenig schlaftrunken fragte er: »Wo gehst du hin?«

»Arbeiten«, antwortete sie.

»Du ... kommst doch wieder ... heute abend?« So ganz schien er seinem Glück nicht zu trauen.

»Ja.« Sie beugte sich herunter und küßte ihn auf die Wange. »Schlaf weiter. Wir sehen uns heute abend.«

Obwohl es für Barbaras Verhältnisse früh am Morgen war, wußte sie, daß sie zu spät zur Einsatzbesprechung kommen würde. Sie sprang rasch unter die Dusche und wollte ihr übliches Kostüm anziehen. Aber dann überlegte sie es sich anders und zog Hose, Oberteil und Jacke an – die Sachen, die Thomas ihr geschenkt hatte.

Gerade als sie die Wohnung verlassen wollte, kam Thomas aus dem Schlafzimmer. »Hast du nicht gefrühstückt?« fragte er.

»Keine Zeit. Ich komme ohnehin zu spät.«

Er schüttelte theatralisch den Kopf: »Ich wußte, daß so etwas passiert, wenn ich nicht auf dich achtgebe.«

Barbara lachte nur und zog die Wohnungstür hinter sich zu.

Barbara hatte erwartet, wie üblich zur Einsatzbesprechung zu spät zu kommen, doch nur Philipp, Wilkowski und drei weitere Mitglieder der Soko, die sie bisher nicht näher kennengelernt hatte, waren im Besprechungsraum anwesend. Irgend etwas lag in der Luft. Bei den Kollegen erntete sie erstaunte Blicke – die lässig elegante Kleidung war ein großer Kontrast zu Jeans und den strengen Kostümen.

»Ich hatte schon gedacht, mir hätten sie als einzigem BKAler nicht Bescheid gesagt«, begrüßte Philipp sie leise.

»Was ist denn los? Sag nicht, Wolfram Hielmann wird schon dem Haftrichter vorgeführt!«

»Ich denke, genau das passiert gerade«, mischte sich Wilkowski ein. »Dieser schmierige Anwalt holt ihn raus.«

»Aber doch nicht bei einem solchen Verdacht«, sagte Barbara ungläubig.

»Wieso nicht?« fragte Wilkowski gehässig. »Weil Sie auf ihn gekommen sind?« Er stand auf und holte sich einen Kaffee.

»Wo hast du eigentlich übernachtet?« fragte Philipp sie plötzlich.

»Ich habe versucht, dich im Hotel zu erreichen …«

»Bei Thomas«, sagte sie knapp.

Philipp sah sie erstaunt an: »Aber hat Hardanger nicht …«

»Doch, er hat. Aber Thomas wußte es längst. Die Kollegen haben bei seiner ersten Verhaftung ein Fax herumliegen lassen mit meiner Vermißtenmeldung.« Sie sah Philipp an. »Kaum zu glauben – wenn er der Mörder gewesen wäre, hätten sie mich ihm damit direkt ans Messer geliefert.«

»Und du wirst jetzt weiter bei ihm wohnen …«

Sie nickte. »Ich denke schon.«

Philipps Augen verengten sich, als prüfe er einen kostbaren Edelstein. »Du hast mit ihm geschlafen.«

»Ich wüßte nicht, was dich das angeht, Philipp.« Ein wenig bestürzt war sie schon, daß man ihr das anscheinend ansehen konnte.

In diesem Moment kamen Becker, Lohberg, Wersten und Kramer herein. Becker war hochrot im Gesicht und verfärbte sich noch ein bißchen mehr, als er Barbara sah. »Wo waren Sie eigentlich heute morgen, Frau Pross? Ich habe mindestens ein dutzendmal in diesem schäbigen Hotel angerufen, in dem sie abgestiegen sind …«

»Was ist passiert?« fragte Wilkowski dazwischen. »War wirklich schon die Vorführung beim Haftrichter?«

Becker machte nur eine unwillige Handbewegung und setzte sich.

Lohberg antwortete an seiner Stelle: »Ja. Dieser Anwalt muß noch gestern alle verrückt gemacht haben, weil wir ein so wertvolles Mitglied der Düsseldorfer Gesellschaft festgenommen haben.«

»Der Richter hat dann heute morgen festgestellt, daß unsere Beweise nicht ausreichen, um Hielmann in Haft zu behalten«, fuhr Heinz Wersten fort.

Philipp schnaubte: »Natürlich reichen sie nicht aus – noch nicht. Wie sollen wir in so kurzer Zeit etwas Brauchbares liefern? Wir haben nicht einmal die Hausdurchsuchung ausgewertet.«

»Was ist mit der Gegenüberstellung?« fragte Barbara.

»Die können wir vergessen.« Becker zerknüllte ein Stück Papier – Barbara vermutete, den Entwurf einer Presseerklärung – und warf es in Richtung Papierkorb. Natürlich traf er daneben.

»Der Richter meint, die Aussage der Zeugin steht auf wackligen Füßen, weil nicht zweifelsfrei ausgeschlossen werden kann, daß sie Hielmann vorher gesehen hat. Außerdem drückte Hardanger wohl kräftig auf die Tränendrüsen von wegen alter Mutter, um die Hielmann sich zu kümmern habe, Firma, die Schaden nehmen könnte, und so weiter. Es besteht deswegen auch keine Fluchtgefahr – sagt der Richter.« Kramer legte seinen ganzen Sarkasmus in diese Sätze. »Übrigens war er auch der Meinung, daß abgesehen von der Körpergröße keine große Übereinstimmung mit dem brillanten Täterprofil unserer Spezialistin besteht.«

»Aber das waren doch nur vorläufige Hypothesen.« Barbara fühlte sich getroffen. »Wenn ich Zeit gehabt hätte, es neu ...«

»Keiner von uns hatte die Zeit«, sagte Becker. »Vielleicht hätten wir etwas vorsichtiger vorgehen sollen bei dieser Sache.« Er sah Barbara direkt in die Augen. »Schließlich ist der Mann nicht irgendwer.«

»Tut mir leid«, sagte Barbara leise. »Das geht auf mein Konto. Ich ... wollte nur einen weiteren Mord verhindern.«

Becker schüttelte den Kopf: »Die Verantwortung lag bei mir. Ich hätte es abblasen können. Aber bisher waren wir immer gut beraten, uns auf Ihren Instinkt zu verlassen. Ganz ehrlich, Frau Proß – trotz der Abweichungen vom Täterprofil –, glauben Sie, Hielmann ist unser Mann?«

»Er hat die Vergewaltigung begangen – daran besteht für mich kein Zweifel. Und die Ähnlichkeiten in der Vorgehensweise bei den Morden ist unübersehbar. Wir können natürlich nach so langer Zeit nicht mehr lückenlos nachweisen, wo Hielmann zur Zeit der früheren Morde gewesen ist, aber wenn ich seinen Bruder richtig verstanden habe, hatte er in den fraglichen Jahren in der Nähe der

Tatorte zu tun.« Barbara biß sich auf die Lippen. Wieder hatte sie das Gefühl, Verrat an Thomas zu begehen. Ausgerechnet an diesem Morgen. »Thomas Hielmann wird natürlich keine Aussage dazu machen«, fuhr sie fort. »Aber ich denke, da könnten uns Firmenunterlagen weiterhelfen. Und was die Düsseldorfer Morde betrifft … jetzt ist Kleinarbeit angesagt. Immerhin gibt es eine plausible Erklärung, wie er an die Opfer kommen konnte: Er hat sie bei seinem Bruder kennengelernt, er ist oft bei ihm.«

»Irgendwelche Meinungen dazu?« fragte Becker.

Die anderen schwiegen. In die Stille hinein klingelte das Telefon. Wilkowski nahm ab. »Danke«, sagte er kurz, dann legte er wieder auf. »Tja, Leute, wenn er unser Mörder ist, werden wir ihn gleich wieder auf die Menschheit loslassen – nachdem sein Anwalt eine Kaution von fünf Millionen hinterlegt hat.«

»Scheiße.« Barbara wußte, daß sie allen aus der Seele gesprochen hatte.

»Wir werden die Leute, die Thomas Hielmann beschatten sollten, jetzt abziehen und auf Wolfram ansetzen«, sagte Kramer. »Vielleicht verhindern wir so wenigstens, daß er sich ein neues Opfer greift.«

Alle verließen den Raum, nur Barbara blieb sitzen. Becker bemerkte es, schloß die Tür und kam zu ihr. »Sie bemitleiden sich doch nicht selbst?« fragte er.

»Sie sind doch auch nicht glücklich über diese verdammte Panne.«

»Ja, aber das trifft eher meine Eitelkeit.« Barbara sah Becker erstaunt an. Der grinste und wurde gleich wieder ernst. »Hören Sie bloß damit auf, sich mit Schuldgefühlen zu beladen. Sie glauben doch, daß er es war. Also machen Sie sich an die Arbeit und beweisen es, verdammt noch mal. Ich will noch heute eine Überarbeitung des Täterprofils auf dem Tisch haben. Wir brauchen Ihre wilden Spekulationen, Frau Pross.« Er klopfte ihr auf die Schulter und verließ den Raum.

Barbara war erschöpft, als sie am Abend gegen neun Uhr bei Thomas ankam.

»Harter Tag?« fragte er. Dann legte er vorsichtig seinen Arm um sie.

»Thomas, wir arbeiten daran, deinen Bruder festzunageln.«

»Ich weiß.«

»Bitte . . .«, sie machte sich sanft los. »Bitte, du mußt das verstehen . . . ich . . . ich . . .«

»Schon gut«, sagte er. Es klang ein wenig traurig.

Barbara ging ins Bad und ließ Wasser in die Wanne. Sie fühlte sich völlig ausgebrannt. Sie hatten eine Menge geschafft, trotz der Enttäuschung über Wolframs Freilassung. Wersten hatte die zwei in Düsseldorf ansässigen Frauen, die von Wolfram mißhandelt worden waren, aufgesucht, aber Thomas' Schecks hatten eine gründliche Wirkung gehabt – keine war bereit, über den Vorfall zu sprechen.

Kramer und Wilkowski durften nach zähem Ringen mit Wolframs Anwalt Firmenunterlagen einsehen, die Aufschluß über seinen Aufenthalt während der vermuteten Tatzeiten der früheren und der Düsseldorfer Morde gaben. »Ich kann zwar möglicherweise nicht beweisen, daß mein Mandant nicht am Tatort war«, meinte Hardanger süffisant, als er schließlich nachgab, »aber ebensowenig können Sie nachweisen, daß er es war. Oder wissen Sie vielleicht die genaue Uhrzeit, zu der Herr Hielmann angeblich eine der Frauen umgebracht haben soll?«

Becker hatte einen Nebenkriegsschauplatz mit der Presse eröffnet und sich tapfer geschlagen.

Barbara selbst hatte über dem Täterprofil gebrütet. Nach ihren eigenen Begegnungen mit Wolfram und dem, was Elke und Thomas ihr erzählt hatten, war er durchaus gestört genug, um als Täter in Frage zu kommen. Hinzu kam die reiche Ausbeute der Hausdurchsuchung und die seltsamen Spielchen in der Öffentlichkeit, deren Zeugin Barbara geworden war. Aber es gab eine Menge loser Enden, die einfach nicht passen wollten. Deshalb hatte sie das Täterprofil bisher nicht bei Becker abgeliefert.

Sie schloß die Augen und legte sich in das warme Wasser.

Als sie die Augen wieder aufschlug, saß Thomas auf dem Rand der Wanne. »Ich habe dich gar nicht kommen hören«, sagte sie.

Er lächelte: »Ich habe mich angeschlichen.«

Ein Weile schwiegen sie, dann sagte sie leise: »Es tut mir leid, daß ich dir das alles antun muß.«

»Es ist dein Job.«

»Aber mit jedem Tag wird mehr zwischen uns stehen.«

Thomas sah sie nicht an. »Ich habe heute mit Wolfram geredet – wieder einmal. Ich hatte das Gefühl, er würde die Vergewaltigung gern gestehen. Aber Hardanger meint, wenn er das täte, würdet ihr ihm die Morde anhängen.«

»Ja. Das wäre dann ganz leicht.« Barbara setzte sich in der Wanne auf und nahm seine Hand. »Thomas, ich möchte nicht, daß du mir so etwas erzählst. Ich bin Polizistin, und ich ermittle gegen Wolfram.«

»Gut, ich sage nichts mehr.« Thomas stand auf und holte ein Handtuch. »Du solltest jetzt da rauskommen, deine Finger sind schon ganz schrumplig.« Barbara stieg aus der Wanne und ließ zu, daß er sie sanft trockenrubbelte. In diesem Moment war es nicht mehr schwierig.

Barbara kam am nächsten Morgen wieder einmal zu spät. Die Einsatzbesprechung war längst zu Ende, und Barbara fand auf ihrem Schreibtisch einen Zettel mit Beckers schwungvoller Handschrift: »Wo ist das Täterprofil?«

Das Telefon auf Philipps Schreibtisch klingelte. Er nahm ab. »Lachmann.« Er hörte einen Moment zu, dann gab er den Hörer an Barbara weiter. »Es ist Alina Hungerforth. Die Zentrale sagt, sie hätte während der Einsatzbesprechung schon dreimal angerufen.«

Barbara verdrehte die Augen. »Stellen Sie sie durch«, sagte sie in den Hörer.

»Frau Pross? Sind Sie dran?«

»Guten Morgen, Alina. Geht es Ihnen wieder besser?«

Alina schien ihre Frage überhaupt nicht zu hören. »Hat er gestanden? Hat er gestanden, Frau Pross?«

Barbara seufzte. »Nein, Alina, bis jetzt noch nicht.«

Kurze Pause. »Aber Sie verhören ihn doch?«

»Nein, im Moment nicht. Heute nachmittag wohl wieder.« Barbara konnte sich Alinas Gesicht in diesem Augenblick genau vorstellen.

»Aber er ist jetzt im Gefängnis?«

Barbara zögerte.

»Ist er im Gefängnis, Frau Pross?« fragte Alina.

»Nein, ist er nicht.«

»Dann ist also wahr, was in der Zeitung steht? Daß ein Verdächtiger verhaftet, aber nicht in U-Haft genommen wurde?«

Barbara runzelte die Stirn: »Das steht so in der Zeitung?«

»Ja. Ich ... konnte es kaum glauben. Dieses ... Schwein läuft frei herum.«

»Ganz so ist es nicht, Alina. Hielmann hat eine hohe Kaution hinterlegt. Er darf die Stadt nicht verlassen und muß sich täglich bei der Polizei melden. Untersuchungshaft wird nicht in allen Fällen angesetzt ...«

»Aber er ist doch ein Gewaltverbrecher!« Alinas Stimme überschlug sich fast. »Er ... ist des Mordes verdächtig, und er hat mich ...« Sie fing an zu weinen.

Barbara ließ sich auf Philipps Stuhl nieder. »Alina ... Alina, bitte hören Sie mir zu. Der Richter sagte, es bestehen Zweifel, ob Sie ihn nicht doch vorher gesehen haben. Ihr Auftritt vorgestern legt außerdem die Vermutung nahe, daß Sie jeden, auf den Ihre Beschreibung annähernd paßt, beschuldigen würden, nur weil Sie den Täter bestraft sehen wollen ...«

»Aber ich habe ihn doch erkannt. Er war es, Frau Pross. Ich lüge doch nicht ...«

»Ich sage ja nicht, daß *ich* Ihnen nicht glaube. Aber es ist Aufgabe eines Anwalts, Zweifel an der Glaubwürdigkeit von Zeugen zu wecken. Und leider haben Sie ihm eine gute Chance dafür geboten.«

»Ich wußte es.« Alinas Stimme wurde wieder von Schluchzern erstickt. »Ich habe gleich gewußt, daß Sie mir nicht helfen würden. Ihr ganzer verdammter Laden wird niemals auch nur einen Finger für mich rühren ...«

»Alina ...«

»Ach, halten Sie doch den Mund.« Und damit hatte Alina aufgelegt.

Barbara fuhr sich durch das Gesicht. Als sie wieder aufsah, fragte Philipp: »Du hast ihr gesagt, daß Hielmann nicht in Untersuchungshaft sitzt?«

»Das war nicht nötig. Es steht heute morgen in der Zeitung. Bekker hat ja ein Rendezvous mit der Presse gehabt.«

»Was hätte er auch anderes tun können, nachdem er vorgestern bereits etwas von einem Erfolg hatte durchsickern lassen.«

»Er hat was? Kein Wunder, daß er gestern auch ein schlechtes Gewissen hatte.« Barbara schüttelte verständnislos den Kopf. »Seine verfluchte Eitelkeit wird uns irgendwann noch mal das Genick brechen«, sagte sie. »Und jetzt laß uns an die Arbeit gehen.«

Der nächste Tag verging mit öder Routine. Die Untersuchung der Hielmannschen Küchenmesser war negativ. Wersten sprach mit weiteren Frauen, die von Thomas Geld für ihr Schweigen bekommen hatten, diesmal konnte er einige wenige zum Reden bringen. Aber die Befragungen brachten wenig mehr zutage, als man schon wußte: Wolfram hatte ausgeprägte sadistische Neigungen, die ihm dann und wann außer Kontrolle gerieten. Immerhin konnte aber so seine Täterschaft im Fall Hungerforth untermauert werden – das Vokabular, das er gewöhnlich bei seinen Sexspielen benutzte, entsprach exakt dem, was Alina geschildert hatte.

Eigentlich hatte Barbara damit gerechnet, daß Alina sie ständig anrufen würde, aber nach dem unerfreulichen Gespräch am Mittwochmorgen hatte sie nichts mehr von sich hören lassen, und Barbara war froh darüber.

Sie genoß es, am Abend zurück zu Thomas zu kommen. Sie hatten das Problem Wolfram ausgeklammert. Rein äußerlich hatte sich nicht viel geändert zwischen ihnen – außer ein paar zärtlichen Gesten vielleicht. Noch immer sprachen sie nicht viel miteinander. Aber es gab keinerlei Distanz mehr. Selbst wenn sie sich in verschiedenen Zimmern aufhielten, fühlte Barbara sich Thomas so nah wie nie einem Menschen zuvor.

Am frühen Donnerstagabend lagen die beiden auf dem großen Bett im Schlafzimmer und hatten sich aneinandergekuschelt. Barbara spürte Thomas' Arm, den er um ihre Schultern gelegt hatte. »Thomas«, sagte sie. »Ich glaube, ich habe mich noch nie in meinem Leben so sicher gefühlt wie bei dir.«

Er lachte leise: »Aber ich bin nicht besonders stark. Wenn jemand wie ... ja, wie dieser Walter damals in der Kneipe dich anmacht, kann ich ihm nicht mal eins auf die Nase geben ...«

Barbara setzte sich halb auf. »Das meine ich auch nicht. Ihm eins auf die Nase geben – das kann ich selbst.« Sie ballte ihre Faust und führte sie spielerisch zu seinem Gesicht.

»Ja, das kann ich mir vorstellen.«

Das Telefon klingelte.

»Laß es klingeln«, sagte Thomas. »Ist sicher wieder nur meine Mutter.«

Barbara löste sich aus der Umarmung. »Tut mir leid – es könnte auch für mich sein.«

Sie lief zum Telefon, wo gerade die Ansage des Anrufbeantworters geendet hatte.

»Barbara, wenn du da bist, geh bitte ran.« Es war Philipp.

Sie nahm den Hörer ab. »Was gibt's?«

»Du mußt unbedingt den Fernseher anschalten – nimm es auf, wenn Hielmann einen Videorecorder hat. Ich habe gerade die Vorschau für dieses Boulevardmagazin gesehen: *SPOT.* Ich glaube, Alina Hungerforth ist gerade dabei, uns fürchterlichen Ärger zu machen.«

»Sie hat sich an einen Sender gewandt?«

»Sieht so aus. Ich muß Becker noch anrufen. Meldest du dich?«

»Sicher.« Sie legte auf. »Thomas?«

Er war schon im Flur. »Was ist los?«

»Es war Philipp. Schalte den Fernseher ein. Philipp sagte, daß heute in *SPOT* etwas Wichtiges läuft. Hast du eine leere Videokassette?«

Er nickte und ging ins Wohnzimmer. Barbara folgte ihm. Noch lief die Werbung. In fieberhafter Eile legte Barbara die Kassette ein, die Thomas ihr gegeben hatte.

Die Werbung war beendet. Die kühle blonde Moderatorin erschien auf dem Bildschirm.

»Zu unserem ersten Thema heute abend. Eine junge Frau identifiziert nach fünf Jahren den Mann, der sie vergewaltigt und fürs Leben gezeichnet hat. Aber der Mann landet nicht hinter Gittern, obwohl sogar ein Zusammenhang mit den grauenhaften Frauenmorden von Düsseldorf vermutet wird. Unser Reporter Friedhelm Dunstel sprach mit dem Opfer und recherchierte diesen ungeheuerlichen Fall.«

Die ersten Bilder des Beitrags zeigten eine Modenschau. Models liefen über einen Laufsteg. »Da ist sie«, sagte Barbara. »Das muß Alina Hungerforth sein.«

»Das war Alina Hungerforth vor sechs Jahren«, sagte der Kommentar aus dem Off. Die Bilder wechselten, Barbara erkannte die Straße vor dem Haus der Hungerforths. Die Kamera schwenkte nach unten, und ins Bild kamen Alinas orthopädische Schuhe, die Krükken und ihre mühsamen Schritte. Dann schwenkte die Kamera nach oben. *»Dies ist Alina Hungerforth heute. Zwischen diesen Bildern liegen fünf leidvolle Jahre.«*

In genußvollen Häppchen wurde über den Überfall und die Mißhandlung berichtet, immer wieder unterbrochen durch Teile eines offensichtlich tränenreichen Interviews im Hungerforthschen Wohnzimmer. Ständig wurden Bilder von der sich mühsam vorwärtsschleppenden Alina dazwischengeschnitten: Alina im Supermarkt, auf der Post, beim Arztbesuch. Dann erzählte Alina von Barbaras Besuch, den Zusammenhängen mit den Mordfällen. Barbaras Namen hatte man mit einem Zensurton unkenntlich gemacht.

»Sie bekniete mich geradezu, ihr zu helfen«, sagte Alina.

»Aber nach der quälenden Gegenüberstellung im Düsseldorfer Polizeipräsidium geschah das Ungeheuerliche«, fuhr der Kommentar aus dem Off fort. *»Der Unternehmer Wolfram H., den Alina Hungerforth bei der Gegenüberstellung zweifelsfrei identifizierte, wurde unter fadenscheinigen Gründen wieder freigelassen. Dabei gibt es sogar einige Anhaltspunkte, die für seine Täterschaft in der grausamen Mordserie sprechen, die zur Zeit Düsseldorf in Aufruhr versetzt.«*

Es folgten Bilder vom alten Hielmann-Gebäude in Flingern-Nord und Bilder, die während der Arbeit der Spurensicherung für einzelne Nachrichtensendungen gemacht worden waren. Der Sprecher legte Wolframs Verbindung zu dem Gebäude dar.

»Die Polizei war nicht zu einem Interview bereit. Ein Polizeisprecher verwies in einem Telefongespräch lediglich auf eine Presseerklärung, die am Dienstag nach der Freilassung des Verdächtigen herausgegeben worden war. In einem dazugehörigen Fax heißt es: ›Der Verdächtige wurde nach Zahlung einer Kaution unter strengen Auflagen aus der Untersuchungshaft entlassen. Es wird weiter gegen ihn ermittelt.‹«

Die nächsten Bilder zeigten Wolfram beim Betreten seiner Firma. Er versuchte verzweifelt, sich vor der Kamera abzuschirmen. Sein Gesicht hatte man elektronisch unkenntlich gemacht, aber für einen Sekundenbruchteil konnte man das Firmenschild »Hielmann GmbH« erkennen. *»Wolfram H. gilt als erfolgreicher Geschäftsmann und ist in Düsseldorf kein Unbekannter. Wir haben ihn um eine Stellungnahme gebeten, aber er war nicht bereit, mit uns zu reden«*, lautete der Kommentar. *»Er ließ uns lediglich durch seinen Anwalt mitteilen«*, hier wurde ein Fax eingeblendet, *»daß es sich bei der ganzen Angelegenheit um einen bedauerlichen Irrtum handeln müsse, der sich bald aufklären werde. Rechtsanwalt Thorsten Hardanger betonte, daß seinen Mandanten und auch ihn persönlich das schreckliche Schicksal Alina Hungerforths sehr berührt habe. Daher falle es ihm auch nicht leicht, Zweifel an der Glaubwürdigkeit der bedauernswerten jungen Frau anmelden zu müssen, die von verantwortungslosen Polizeibeamten aufgrund vager Vermutungen dazu gezwungen wurde, ihre furchtbarste Erfahrung noch einmal durchleben zu müssen.*

›Niemand, nicht einmal die anwesenden Polizeibeamten‹, *heißt es wortwörtlich in dem Schreiben* – die entsprechende Passage wurde eingeblendet –, ›können Frau Hungerforth vom Verdacht einer gewissen Hysterie freisprechen – und wer würde dafür kein Verständnis zeigen in ihrer Lage? Rechtlich gesehen ist mein Mandant unschuldig, bis seine Schuld bewiesen ist. Die Tatsache, daß der Richter den Haftbefehl nicht aufrechterhalten hat, sagt mehr als deutlich, daß es solche Beweise derzeit nicht gibt.‹«

Alina kam wieder ins Bild, diesmal interviewte man sie auf der Straße vor dem Haus. *»Ob solchen Zynismus kann das Opfer Alina*

Hungerforth nur hilflos reagieren«, sagte der forsche Reporter, der kurz zu sehen war. Alina hielt nur mühsam die Tränen zurück. *»Zuerst macht er mich zum Krüppel, jetzt erklärt er mich für verrückt. Offensichtlich ist es ganz einfach, mich mundtot zu machen.«* *»Was werden Sie jetzt tun?«* *»Ich weiß es nicht. Aber mundtot machen lasse ich mich nicht, ich will, daß dieser Wolfram«* – es wurde ein Zensurton über den Namen geblendet – *»für das bestraft wird, was er mir angetan hat.«* Während Alina das sagte, hatte sie wieder richtig zu weinen begonnen. *»Ich ... ich kann jetzt nichts mehr sagen ...«* Schwerfällig drehte sie sich um, und die Kamera verfolgte sie bis ins Haus.

»Alina Hungerforth wird nie wieder ein normales Leben führen können«, sagte der Sprecher dazu in dramatischem Ton. *»Fünf Jahre lang quälte sie der Gedanke an den Unbekannten, der ihr das angetan hat. Jetzt hat er einen Namen – aber so, wie es aussieht, kommt Wolfram H. auch diesmal davon.«*

Die Moderatorin kam wieder ins Bild. *»Wir werden diesen Fall für sie weiterverfolgen, meine Damen und Herren. Sobald es etwas Neues gibt, werden wir darüber berichten.«*

Barbara schaltete erst den Videorecorder, dann den Fernseher ab. »Ich hatte keine Ahnung, daß so etwas im Busch war«, sagte sie leise.

Thomas war wie erstarrt. »Sie haben seinen Namen nicht genannt – aber für Eingeweihte gibt es genügend Hinweise, wer gemeint ist. Hardanger hat es auch nicht gerade besser gemacht.«

Barbara nahm die Kassette aus dem Recorder und steckte sie zurück in die Hülle. »Das war übelster Gossenjournalismus. Allein diese voyeuristische Art, mit der sie Alinas Behinderung ständig ins Bild gesetzt haben.«

»Er ist das gewesen, sagtest du?«

Barbara nickte. »Daran besteht kein Zweifel. Er hat ihr die Schnitte an den Beinen zugefügt, die zu den Lähmungen geführt haben.«

Thomas stand auf. »Ich muß meine Mutter anrufen.« Er ging zum Telefon, legte aber gleich wieder auf. »Besetzt«, sagte er.

»Fahr doch hin ...«

Er schüttelte den Kopf. »Das könnte ich heute abend nicht ertragen. Aber ich muß mit Wolfram sprechen. Falls er es nicht gesehen hat, muß ihn jemand warnen.«

Er wählte Wolframs Handynummer. »Ich bin es, Thomas. Du hast es gesehen ... Ja, ich komme sofort zu dir.«

Thomas rief ein Taxi und griff nach Hut und Mantel. »Warte nicht auf mich – das kann lange dauern.«

»Ich werde trotzdem warten«, sagte Barbara.

Es war weit nach Mitternacht, als Thomas nach Hause zurückkam. Barbara war auf den Kissen im Wohnzimmer eingeschlafen. »Wie geht es ihm?« fragte sie, als Thomas sie mit einem vorsichtigen Kuß weckte.

»Nicht besonders gut, wie du dir denken kannst. Er macht sich Sorgen um die Firma. Da hängen eine Menge Arbeitsplätze dran.«

»Die Firma?«

»Ja – und Mutter. Wir mußten den Arzt kommen lassen.«

Barbara setze sich auf und runzelte die Stirn: »Ich glaube, ich bin noch nicht ganz wach. Da läuft ein Bericht im Fernsehen, in dem dein Bruder als Vergewaltiger und möglicher Serienmörder hingestellt wird, und er denkt an die Firma?«

»Er hat es nicht getan«, sagte Thomas ruhig. »Er hat mir geschworen, daß er es nicht war. Diese Alina Hungerforth hat er vergewaltigt, aber er hat niemanden ermordet. Er hat es nicht getan, Barbara.«

»Das glaubst du ihm?« Barbara konnte nicht verhindern, daß ihre Stimme zweifelnd klang.

»Ja, das tue ich. Er ist mein Bruder, er lügt mich nicht an. Alina Hungerforth geht ihm nicht aus dem Kopf. Es ist ihm zum erstenmal klargeworden, daß das, was er tut, solch schreckliche Folgen haben kann. Die anderen, die er verletzt hat, nun, das Geld, das ich ihnen gab, hat ja alles wieder ins Lot gebracht ...«

»Thomas«, sie setzte sich neben ihn und zwang ihn, ihr ins Gesicht zu sehen. »Er hat dir ja auch nie von der Vergewaltigung erzählt, oder? Alles spricht gegen ihn. Der Mörder fügt seinen Opfern exakt solche Schnitte zu, wie Wolfram es bei Alina getan hat. Sein Sadismus, die merkwürdigen Spielchen, die er treibt ... Ich weiß, du liebst ihn, aber du darfst dir nichts vormachen.«

»Er ist es nicht gewesen.«

»Wer denn dann? Er ist der einzige Verdächtige, den wir haben.« Thomas lachte auf. »Bis vor wenigen Tagen war ich das noch, Barbara. Ich glaube meinem Bruder.« Er schwieg einen Moment, dann sagte er: »Du wirst dafür sorgen, daß er als Mörder überführt wird, oder?«

»Ich bin Polizistin, Thomas. Es ist meine Pflicht, ihn aus dem Verkehr zu ziehen.«

Sie schwiegen. Barbara hatte vor wenigen Minuten noch fast erwartet, daß sie sich ernsthaft streiten würden, aber nichts dergleichen geschah. Thomas zog sie irgendwann an sich und küßte sie flüchtig auf die Stirn.

»Barbara, du mußt mir etwas versprechen.«

»Was?«

»Wenn sie diese Beweise gegen Wolfram zusammentragen, dann überprüfe alles dreimal. Laß dich nicht einlullen von diesen oberflächlichen ›Tatsachen‹. Du hast es nicht getan, als sie mich verdächtigten, also tu bitte für Wolfram das gleiche.«

»Aber ich glaube nicht an seine Unschuld, Thomas.«

»Dann tu es für mich ... bitte.«

Barbara seufzte. Thomas' Blick konnte sie nicht widerstehen. »Also gut. Ich werde die Augen offenhalten. Wenn es Ungereimtheiten gibt, werde ich ihnen nachgehen. Das verspreche ich dir.«

Kurze Zeit später gingen die beiden zu Bett, aber schlafen konnten sie nicht. Stumm lagen sie nebeneinander, nur ihre Hände berührten sich manchmal.

Der Wecker zeigte drei Uhr, als Thomas plötzlich sagte: »Ich spendiere uns eine Runde Baldrianpillen.« Er stand auf und kramte im Medizinschrank im Badezimmer herum. »Ich habe so etwas ewig nicht mehr gebraucht«, meinte er, als sie gemeinsam auf der Bettkante hockten und jeder vier der rezeptfreien Pillen einnahmen.

Als sie sich danach wieder hinlegten und auf die Wirkung warteten, kuschelte sich Barbara dicht an ihn. Bald hörte sie seine ruhigen Atemzüge. Bei ihr ließ der Schlaf noch lange auf sich warten.

Barbara hatte das Gefühl, gerade erst eingeschlafen zu sein, als das Telefon klingelte. Schlaftrunken stieg Thomas aus dem Bett und stand gleich darauf wieder in der Tür.
»Das ist für dich. Dein Chef.«
Barbara versuchte, ein wenig wacher zu werden, und ging in den Flur. »Hallo, Herr Becker ...«
»Wir haben ein neues Opfer.«
»Was?«
»In einem Waldstück zwischen Ratingen und Kaiserswerth. Ein Spaziergänger hat die Leiche gefunden – vielmehr sein Hund.«
»Wann?«
»Heute morgen um sechs.«
Barbara konnte sich ein Gähnen nicht verkneifen. »Und wie spät ist es?«
»Halb neun.«
»Und es ist unser Täter?« fragte Barbara ungläubig.
»Ohne Zweifel. Die Streifenpolizisten, die dorthin gerufen wurden, haben die Schnitte an den Beinen gesehen – und die Schnur hat sie noch um den Hals. Eine junge Frau, klein, dunkelhaarig. Es paßt alles.« Becker wartete auf Barbaras Kommentar, aber sie schwieg. »Wir fahren jetzt dorthin, Frau Pross. Die Spurensicherung ist schon ausgerückt.«
»Gut, ich komme so schnell wie möglich nach«, sagte Barbara und legte auf. Sie war blaß.
»Was ist los?« fragte Thomas.
»Sie haben ein weiteres Opfer gefunden. Ich ... muß da jetzt hin.« Sie sah ihn an. »Willst du ... willst du mitkommen?«
Er zögerte einen Moment, dann nickte er. »Ich lasse mir einen Firmenwagen bringen.«

An der Einfahrt zum Parkplatz an der Kalkumer Schloßallee stand ein Streifenwagen mit Blaulicht. Die Beamten staunten nicht schlecht, daß der Nobel-Mercedes, den Thomas ausnahmsweise selbst steuerte, einbiegen wollte. Einer der Polizisten hielt den Wagen an und wartete, bis Thomas die Scheibe heruntergelassen hatte. »Sie können hier nicht durch.«

Barbara beugte sich über Thomas und hielt ihre Marke hin. »Barbara Pross, Bundeskriminalamt. Herr Hielmann war so nett, mich herzufahren.«

»Oh, das ist natürlich etwas anderes. Fahren Sie etwa zweihundert Meter den Weg da entlang und parken dann dort. Es sind dann noch etwa fünfhundert Meter zu laufen. Wir möchten keine Spuren verwischen.«

Es stand eine ganze Reihe Wagen an der rechten Seite des Weges. Schon als sie ausstiegen, konnten sie einen Dieselgenerator hören, der hergeschafft worden war, um die Scheinwerfer, die die Fundstelle taghell ausleuchteten, mit Strom zu versorgen. Barbara ertappte sich dabei, wie sie immer langsamer ging. Sie hatte sich bei Thomas untergehakt.

»Hallo, Barbara!« Philipp hatte sie als erster entdeckt. »Guten Morgen, Herr Hielmann«, sagte er irritiert.

»Thomas hat mich gefahren«, erklärte Barbara.

Philipp nickte. »Sie liegt da drüben, er hatte sie nur mit ein paar Zweigen und Blättern verdeckt.«

»Weiß man schon etwas über den Zeitpunkt des Todes?«

»Genau festlegen wollte der Arzt sich nicht, aber er meint, vier bis fünf Tage könnte es her sein. Genaueres erfahren wir später. Es ist kein schöner Anblick, das sag ich dir.«

Barbara und Thomas traten in das Scheinwerferlicht. Mindestens vier Leute von der Spurensicherung waren damit beschäftigt, alles im direkten Bereich der Leiche zu fotografieren, zu registrieren und danach für weitere Untersuchungen einzutüten.

Barbara spürte plötzlich, wie Thomas vorsichtig seine Hand aus der ihren löste. Sie hatte sie so sehr zusammengeballt, daß sie ihm damit weh tat. »Entschuldige«, sagte sie.

Das Opfer war nackt. Sie lag breitbeinig da, die Füße grotesk nach innen gedreht. Im unteren Bereich des Körpers und der Oberschenkel war sie voller Blut, an den Füßen und unterhalb der Kniekehlen sah man die sauberen Schnitte.

»Wie sieht es aus?« fragte Barbara einen der Leute von der Spurensicherung. »Ist sie hier ermordet worden?«
Er schüttelte den Kopf: »Kaum. Es ist fast kein Blut im Boden. Er
muß sie hergetragen haben. Aber es ist anders als bei den anderen
Opfern. Die Schnitte sind ziemlich frisch, im Bereich der Arme
sind deutlich Hand- und Fingerspuren zu erkennen. Abgespritzt
hat er sie auch nicht. Und dann das hier ...« Er deutete nach links,
wo ein Kollege gerade einen Fußabdruck ausgoß. »Turnschuhe –
schätzungsweise Größe achtundvierzig.«
Barbara merkte, daß Thomas beim Erwähnen der Schuhgröße zu-
sammengezuckt war. »Dann bekommen wir diesmal endlich mehr
über ihn heraus«, sagte sie. Sie ging zu Becker und Lohberg, die
mit Kramer und Wilkowski etwas abseits standen.
»Diesmal hat er einen Fehler gemacht, Frau Pross«, begrüßte sie
Becker. Er sah zu Thomas hinüber, der immer noch bei der Leiche
stand. »Hat das einen besonderen Grund, daß Sie Herrn Hielmann
mit hierhergebracht haben?«
»Ich dachte, vielleicht bringt ihn dieser Anblick dazu, auf seinen
Bruder einzuwirken, ein Geständnis abzulegen. Obwohl Wolfram
Hielmann durch diesen Fund möglicherweise entlastet werden
könnte. Jetzt kommt alles auf den Todeszeitpunkt an: Wolfram
Hielmann war seit Montag nachmittag in Haft und wurde danach
observiert.«
»Wo sie recht hat, hat sie recht«, sagte Lohberg trocken.
»Dann können wir also wieder von vorn anfangen«, meinte Bek-
ker. Es war ihm offensichtlich peinlich, daß er nicht selbst daran
gedacht hatte.
»Nicht, wenn der Mord vor Montag begangen wurde. Brauchen
Sie mich noch?« fragte Barbara. Sie hatte gerade deutlich gespürt,
wie sich ihr Magen drehte.
»Nein, fahren Sie ruhig. Wir sehen uns dann morgen.«
Barbara ging zu Thomas hinüber. »Laß uns schnell hier wegfahren«, sagte sie leise. Sie wollte ihm eigentlich erzählen, daß Wolfram möglicherweise außer Verdacht war, aber er wirkte irgendwie
geistesabwesend, und ihrem Magen ging es auch nicht wieder besser.

So gingen sie schweigend zurück zum Wagen. Solange sie Thomas neben sich spürte, fühlte Barbara sich noch ganz gut. Als sie dann aber im Wagen saß und sie die Kalkumer Schloßallee entlangfuhren, konnte sie ihre Gefühle nicht mehr kontrollieren. Das Bild der Leiche hatte sich in Barbaras Kopf festgefressen, und dann schob sich ein anderes davor. Laub, Zweige – Ina tot im Wald.

»Halt bitte an«, sagte sie. »Sofort.« Thomas tat es, und sie stürzte aus dem Wagen und übergab sich am Straßenrand.

Thomas stand plötzlich hinter ihr, mit einem Taschentuch und einer Dose Mineralwasser. Dankbar nahm sie beides an, wischte sich den Mund ab und spülte ihn mit dem Wasser aus.

»Ich denke, so etwas ist dein Job, und du siehst öfter schlimm zugerichtete Leichen«, sagte er.

Sie schüttelte den Kopf. »Wenn wir dazukommen, liegen sie meist schon in einer Schublade oder auf dem Sektionstisch.«

»Sehen sie dann weniger schlimm aus?«

»Es ... es war der Ort. Der Wald, das Laub ...« Sie begann plötzlich zu weinen. Thomas nahm sie in den Arm, brachte sie zum Auto zurück und wartete geduldig, bis sie sich etwas beruhigt hatte.

»Erzähl mir davon«, sagte er. »Rede es dir von der Seele.«

Barbara begann zögernd: »Meine Freundin Ina ist ermordet worden. Damals war ich zehn – wir waren beide zehn.« Sie tastete nach Thomas' Hand. »Wir trafen uns immer in einem Wäldchen, ganz in der Nähe der Straße, in der wir wohnten. Es war unser Geheimplatz, so eine kleine Lichtung mit einem großen Stein in der Mitte – der war ganz flach, fast wie ein heidnischer Altar. An diesem Nachmittag hatten wir uns dort verabredet, aber ich kam zu spät, weil ich meine Hausaufgaben noch machen mußte. Ich ... ich dachte, ich könnte Ina erschrecken, deshalb schlich ich mich ganz leise heran.« Sie machte eine lange Pause, aber Thomas wartete geduldig, bis sie bereit war weiterzureden.

»Als ich dort ankam, sah ich ihn. Einen Mann. Er hatte seine Hose heruntergelassen, sie hing ihm auf den Füßen. Ina lag auf dem Stein und war ganz still ... ich ... ich wußte ja nicht, was mit ihr los war. Der Mann war über sie gebeugt und hatte den Kopf zwischen ihren Schenkeln. Dann hat er ...« Sie zögerte wieder. »Dann hat er sie vergewaltigt. Damals wußte ich nicht, was das bedeutete. Ich sah nur, daß er etwas Schlimmes mit ihr tat, aber sie war so still. Irgend etwas sagte mir, daß ich genauso still sein mußte. Ich ... wagte kaum zu atmen. Ich weiß nicht, wie lange ich da gestanden habe, jedenfalls ließ der Mann nach einer Zeit, die mir sehr lang vorkam, von ihr ab und zog sich die Hose hoch. Dann griff er sich Ina und trug sie ein Stück in den Wald hinein – nicht weit. Ich konnte noch sehen, daß er Laub ... und Zweige ...« Sie stockte und begann wieder zu weinen.

»Ist er gefaßt worden?« fragte Thomas und streichelte ihr über den Kopf.

»Ja. Sie haben ihn gefaßt.«

»Und du hast gegen ihn ausgesagt?«

Langsam schüttelte Barbara den Kopf. »Niemand hat davon erfahren, daß ich es gesehen habe.«

Thomas sah sie verwundert an. »Du hast niemandem davon erzählt?«

»Doch, sicher, meinen Eltern. Ich kam völlig verstört nach Hause, und sie brauchten Stunden, um es aus mir herauszuholen. Und dann beschlossen sie, nichts zu unternehmen, um mich zu schützen. Ich sollte es nicht noch einmal durchmachen müssen in Verhören und vor Gericht.«

»Heißt das, deine Eltern haben nichts unternommen?«

Barbara lächelte bitter. »O doch. Mein mutiger Vater fuhr zu einer Telefonzelle und rief anonym die Polizei an, daß eine Kinderleiche im Wäldchen liege. Es war nicht der erste derartige Mord, weißt du. Es war ein Serientäter. Er hat insgesamt vier Kinder umgebracht.« Sie schluchzte. »Ina war ... die dritte. Verstehst du? Wenn ich ausgesagt hätte, wäre das vierte Kind vielleicht nicht ermordet worden.«

Thomas nahm sie in den Arm, und sie weinte so heftig, daß es sie schüttelte. »Es ist nicht deine Schuld«, sagte er sanft. »Du warst ein Kind. Du mußtest tun, was deine Eltern für richtig hielten.«

Er hielt sie lange so, bis sie wieder ruhiger wurde. »Als ich herausfand, daß noch ein Kind hatte sterben müssen, war ich vierzehn. Ich habe meine Eltern damals gefragt, wie sie damit leben könnten, dieses Kind auf dem Gewissen zu haben, aber sie haben mich nicht einmal verstanden. Ich habe schon damals, als es passiert war, gewußt, daß es nicht richtig war.« Sie machte sich von ihm los und starrte in die Dunkelheit.

»Und jetzt versuchst du es wiedergutzumachen, indem du solche Bestien wie diesen Mann damals zur Strecke bringst?«

Barbara sah ihn an. »Komisch, als Philipp mir neulich etwas Ähnliches gesagt hat, habe ich ihn noch ausgelacht. Aber vermutlich ist es wahr. Es ist sicher kein Zufall, daß ich ausgerechnet in diesem Bereich der Polizeiarbeit gelandet bin.«

»Wenn dir das jetzt bewußt ist«, sagte Thomas langsam, als müßte er den Gedanken erst festhalten, »dann müßtest du doch besser mit solchen Dingen wie heute abend fertig werden. Ich meine, dann kratzt es dich weniger an.«

»Aber genau das ist mein Problem, Thomas. Bisher hat es mich nicht angekratzt. Ich bin immer cool gewesen. Keine Gefühle. Bei der Arbeit nicht und ... sonst auch nicht. Ich ... bin so aus dem Lot geraten, als ich anfing, Gefühle zuzulassen.«

»Deshalb hast du geglaubt, nicht mehr arbeiten zu können.« Es war eine seiner treffenden, kühlen Beschreibungen. »Aber du arbeitest wieder. Und offensichtlich arbeitest du gut.«

Barbara seufzte. »Doch ich fühle mich nicht immer gut dabei. Ich habe Angst, in meine alten Fehler zurückzufallen, aber ich habe auch Angst, wenn ich zu viele Gefühle zulasse, daß ich dann dabei vor die Hunde gehe.«

»Sieh es als einen Übergang zu etwas Neuem«, sagte er. »Du veränderst dich, und damit verändert sich auch deine Einstellung zu den Dingen. Und das ist gut so. Denn offensichtlich konntest du nicht mehr weitermachen wie bisher.«

Barbara hatte das Gefühl, daß er nicht nur von ihr sprach.

»Sollen wir jetzt fahren?« fragte er.

Barbara nickte.

11

Kurz nach zwölf tauchte Barbara wieder im Polizeipräsidium auf. Niemand fragte sie, wo sie gewesen war – dazu waren alle viel zu beschäftigt. Auf dem Flur traf sie Heinz Wersten, der gerade erste Laborergebnisse abgeholt hatte. »Und?« fragte sie ihn.

»Sieht nicht gut aus für Hielmann. Ganz sicher läßt es sich nicht sagen, aber der Pathologe meint, sie sei keinesfalls später als Montag morgen gestorben. Und Hielmann hat Schuhgröße achtundvierzig. Wir werden nach den Turnschuhen bei ihm suchen. Becker ist sofort vom Leichenschauhaus aus zur Staatsanwaltschaft. Er versucht, wieder einen Haftbefehl gegen Wolfram Hielmann zu erwirken.« Heinz sah Barbara mitleidig an. »Wie nimmt sein Bruder es auf?«

»Er glaubt, Wolfram sei unschuldig.«

»Und du?«

Barbara schüttelte den Kopf. Und dann zuckten sowohl sie als auch Heinz zusammen, weil Wilkowski plötzlich laut durch das Großraumbüro fluchte: »Verdammt, verdammt, verdammt ...«

»Was ist los?« fragte Kramer.

»Die Funkleitstelle hat angerufen. Unsere Jungs haben sich gemeldet – Hielmann ist ihnen entwischt.«

»Wie konnte das denn passieren?« fragte Heinz.

»Das passiert schon mal, wenn man mit einem Omega einen Porsche verfolgen will«, sagte Kramer trocken.

Barbara wandte sich an Wilkowski. »Wo haben sie ihn verloren?«

»Auf der A 52 Richtung Essen. Er hat plötzlich Gas gegeben, und weg war er.«

»Dann ist er nicht mehr auf Stadtgebiet – eine eindeutige Verletzung der richterlichen Auflagen.« Barbara überlegte einen Moment. »Wilkowski, geben Sie eine Fahndungsmeldung heraus, vor allem die Essener sollen ihre Augen aufhalten. Kramer, wie viele

Leute können wir kurzfristig für die Überwachung bekommen?«

»Zwei Teams.«

»Ich will drei, zusätzlich zu diesen beiden Versagern, die ihn verloren haben. Die sollen sofort zurückkommen, ich will mit ihnen reden. Die anderen drei Teams schicken Sie zur Villa, zur Firma und zu Thomas Hielmanns Wohnung. Möglicherweise taucht er dort auf.«

Kramer und Wilkowski machten sich an die Arbeit.

»Er reitet sich immer tiefer hinein«, sagte Barbara zu Heinz.

Eine halbe Stunde später trafen die beiden Unglücksraben des Beschatterteams ein. Barbara war froh, daß Becker zur Zeit unauffindbar war und so noch nichts von der Panne wußte. Sie ging die beiden hart an, doch das war nichts im Vergleich zu dem, was Becker mit ihnen gemacht hätte.

Zunächst ließ sie sich alles noch einmal genau schildern. Wolfram war schon früh in die Firma gefahren. Um kurz vor elf war er plötzlich wie ein Verrückter aus dem Gebäude gestürzt, in seinen Porsche gestiegen und zunächst quer durch die Stadt gefahren – die Beamten vermuteten, er wolle nach Hause. Dann hatte er aber plötzlich den Weg zum Mörsenbroicher Ei eingeschlagen.

»Als Sie sahen, daß er zur Autobahn fuhr, warum haben Sie da nicht Verstärkung angefordert?« fragte Barbara.

»Die Verkehrsnachrichten hatten ein Stau gemeldet – wir dachten, der fährt da mitten rein«, sagte einer der Beamten kleinlaut.

»Sie dachten, warum Verstärkung, wir schaffen das auch allein, nicht wahr? Es hätte Ihnen doch klar sein müssen, daß auf die Verkehrsmeldungen nicht immer Verlaß ist.«

»Laß sie in Ruhe, Barbara«, sagte Heinz. »Jetzt können wir ohnehin nichts mehr ändern.«

»Und was, wenn wieder ein Mord geschieht?« Sie sah die beiden unglücklichen Kollegen an und machte eine wegwerfende Handbewegung. »Sie beide schreiben jetzt Ihren Bericht, und zwar in einem Büro möglichst weit weg von hier. Ich möchte um Ihretwillen nicht, daß Sie hier sind, wenn mein Chef wiederkommt.«

Sie wandte sich an Heinz: »Wo ist eigentlich Philipp?«

»In der Gerichtsmedizin – als Beobachter bei der Obduktion.«
»Ich fahre auch hin. Je eher wir Genaueres wissen, desto besser.«

Als Barbara zwei Stunden später zurückkam, war Beckers Laune auf dem Tiefpunkt. Er war kurz vorher triumphierend mit dem Haftbefehl aufgetaucht, nur um zu erfahren, daß Wolfram ihnen entwischt war. Auch Barbaras Nachricht, daß die Messerspuren wieder vom selben Messer stammten, konnte ihn nicht aufmuntern.
Barbara hatte eine Weile überlegt, ob sie Thomas über Wolframs Flucht unterrichten sollte, hatte es dann aber doch gelassen. Plötzlich winkte Kramer aufgeregt mit dem Telefonhörer in der Hand.
»Die Funkleitstelle hat angerufen. Eine Streife hat Wolfram Hielmann gesichtet – offensichtlich ist er auf dem Weg nach Hause.«
»Kommen Sie, Frau Pross, gehen wir zur Leitstelle, und geben wir dem Team an der Villa den Einsatzbefehl«, sagte Becker. »Kramer, fahren Sie mit einem anderen Beamten sofort dorthin.«

»Hielmanns Wagen fährt soeben die Auffahrt hoch«, meldete der Beamte Müller gerade, als sie in der Leitstelle ankamen. »Er steigt aus. Aber er geht nicht ins Haus. Ich glaube, er geht zu diesem Gartenhaus.«
»Hier spricht Becker, BKA. Verstärkung ist unterwegs. Wenn die eingetroffen ist, nehmen Sie Hielmann sofort fest. Sie bleiben bitte am Funkgerät, für den Fall, daß es Schwierigkeiten gibt.« Beckers Stimme strahlte gerade besonders viel Autorität aus.
»Verstanden.«
Gute zehn Minuten später meldete Müller sich wieder: »Das andere Team ist da. Kollege Jenter und die beiden gehen jetzt hinein.«
Kramer mußte gefahren sein wie ein Wahnsinniger. Barbara konnte noch ein kurzes Gespräch hören, das Jenter mit Kramer führte, dann war alles still.
»Warum dauert das denn so lange?« knurrte Becker. Im nächsten Moment war ein Geräusch zu hören – leise, aber unverkennbar.
»Das war ein Schuß«, flüsterte Barbara.

»Wer hat da geschossen?« rief Becker.

»Ich werde nachsehen«, rief Müller.

»Seien Sie verdammt noch mal vorsichtig«, brüllte Becker ihm nach.

Es dauerte keine Minute, da kam Müller atemlos zum Funkgerät gerannt. »Wir brauchen einen Krankenwagen ...«

»Wer ist verletzt? Wer hat geschossen?« schrie Becker.

Müller versuchte zu Atem zu kommen. »Kollege Kramer. Er hat geschossen, meine ich, er ist nicht verletzt. Er ... er hat versucht zu verhindern, daß Hielmann sich aufhängt.« Der Mann schien völlig durcheinander.

Becker sah Barbara entgeistert an. »Sind wir denn hier im Wilden Westen? Was ist mit Hielmann?«

»Er ... ist tot ... vermutlich. Er hatte anscheinend schon alles aufgebaut, als er herkam. Er muß sofort auf den Tisch gestiegen sein und den Kopf in die Schlinge gesteckt haben. Sein ... Genick ist wohl gebrochen. Da war nichts mehr zu machen. Jenter hat nichts zum Abschneiden gefunden ... da hat Kramer den Strick durchschossen ... aber es war schon zu spät.«

»O. K., bleiben Sie, wo Sie sind. Wir kommen zu Ihnen.«

»Herr Becker ...« Barbara war ganz blaß.

»Ja?«

»Ich ... würde lieber nicht dorthin fahren ...«

Becker sah sie scharf an, dann sagte er: »In Ordnung. Wollen Sie es seinem Bruder mitteilen?«

Barbara nickte. Während Becker Philipp und Heinz anrief und danach Lohberg unterrichtete, saß sie auf einem Stuhl in der Funkleitstelle. Dann stand sie langsam auf und ging zurück zum Büro, wo sie ihre Jacke hatte.

»Was ist passiert?« fragte Wilkowski sie, als sie hereinkam. »Wersten sagte etwas davon, daß Wolfram Hielmann tot ist?«

Sie nickte. »Er hat sich praktisch vor den Augen unserer Leute erhängt.«

»Na, wenn das kein Schuldbekenntnis ist«, meinte Wilkowski.

»Blasen Sie die Fahndung nach ihm ab, Wilkowski. Ich ... habe zu tun.« Sie rief sich ein Taxi. Ihr Herz klopfte bis zum Hals.

Auf dem Weg nach Pempelfort hatte Barbara ein wenig geweint. Trotz allem, was sie in den letzten Tagen über ihn erfahren hatte – sie hatte Wolfram gemocht, den Wolfram, den sie kennengelernt hatte. Und sie hatte Angst vor Thomas' Reaktion.

Sie schlich fast die Treppe hinauf und drehte den Schlüssel ganz leise in der Wohnungstür, doch weil Thomas gerade in der Küche war, hörte er sie sofort.

»Hallo, Barbara«, sagte er lächelnd. »So früh zurück?« Dann erst schien er ihre verheulten Augen zu sehen. »Ist etwas passiert?«

Wortlos warf sie sich ihm in die Arme und weinte.

»Aber was ist denn ...«

»Wolfram«, schluchzte sie. Sie zwang sich, ruhig zu werden, und machte sich aus der Umarmung los. »Thomas, bitte, du mußt dich jetzt hinsetzen.«

»Wolfram? Was ist mit Wolfram?«

Sie schob ihn in die Bibliothek. »Setz dich bitte.« Wieder kamen ihr die Tränen. Sie wartete, bis Thomas sich gesetzt hatte. »Wolfram ist ... tot. Er hat sich im Gartenhaus erhängt.«

Einen Moment lang hatte sie das Gefühl, als hätte Thomas gar nicht wahrgenommen, was sie ihm gesagt hatte. Doch er hatte jedes Wort verstanden. Ganz langsam krümmte er sich zusammen, nahm die Arme vor den Kopf und verharrte so, bis die ersten Schluchzer kamen. Barbara setzte sich neben ihn und streichelte seinen Rücken. Es dauerte sehr lange, bis er den Kopf wieder hob. Er sah sie an, dann löste er die Arme, die er noch immer fest an den Körper gepreßt hatte, und zog Barbara an sich.

»Thomas, bist du in Ordnung?« fragte sie leise.

Er nickte nur.

»Du ... mußt dich um deine Mutter kümmern. Sie ist doch ganz allein in der Villa ...«

»Ja.« Er ließ Barbara los und stand langsam auf. Er schwankte ein wenig und setzte sich wieder. »Keine Angst ... ich ... werde etwas nehmen, dann wird es schon gehen«, sagte er.

»Ich hol es dir, sag mir nur, was.«

Er nannte ihr ein Medikament, und sie kam mit der Tablette und einem Glas Wasser zurück. »Das ist speziell für akute Streßsituationen«, meinte er und versuchte ein schiefes Lächeln. »Wie ist es passiert?«

»Ich weiß es nicht genau. Die beiden Beamten, die ihn festnehmen sollten, meinten, er habe schon alles vorbereitet gehabt, weil nur ganz wenig Zeit zwischen seinem Eintreffen und dem Eingreifen der Beamten lag.«

»Ich habe so etwas geahnt, als ich gestern mit ihm gesprochen habe. Er wußte, daß nach diesem Fernsehbericht alle auf ihn einprügeln würden. Ich hätte ihn nicht allein lassen dürfen.«

»Und was ist mit mir? Welche Vorwürfe kann ich mir machen?« fragte Barbara. »Wenn ich nicht gewesen wäre, wüßte niemand etwas von Alina Hungerforth, und niemand hätte ihn des Mordes verdächtigt. Und wenn wir mehr Beweise gegen ihn gehabt hätten, säße er jetzt im Gefängnis.«

»Schluß damit.« Thomas richtete sich auf, und die eben noch deutliche Schwäche schien verschwunden. »Wir sollten nicht gerade jetzt darüber reden. Jetzt müssen wir zu meiner Mutter. Ruf uns ein Taxi.«

12

Wolframs Selbstmord und die zunehmende Gewißheit, daß es sich bei ihm mit größter Wahrscheinlichkeit um den Frauenmörder handelte, waren ein Hauptthema in der Berichterstattung von Presse und Fernsehen in den nächsten Tagen. Selbst Thomas' Wohnung wurde von Reportern belagert. Daß Barbara, die als die wichtigste Ermittlerin bei diesem Fall gehandelt wurde, ausgerechnet bei Thomas wohnte, erregte vor allem bei der Boulevardpresse Aufsehen. Aber mehr als die Tatsache an sich konnten sie nicht melden – sowohl Thomas als auch Barbara enthielten sich jeden Kommentars. Im Augenblick war Barbara sehr dankbar dafür, daß Becker jede Gelegenheit nutzte, um mit der Presse zu sprechen – damit blieb sie selbst aus dem Spiel.

Die Arbeit gestaltete sich als reine Routine: Zwar wurden die Turnschuhe nicht gefunden, doch die Größe der Handabdrücke auf der zuletzt gefundenen Leiche stimmte mit Wolframs Händen überein.

Am Montag nach dem Selbstmord und den ersten Meldungen in der Presse darüber erhielt die Sonderkommission einen Anruf aus Essen. Er landete bei Philipp.

»Was gibt's?« fragte Barbara, als er wieder aufgelegt hatte.

»Bei den Kollegen in Essen hat sich ein Mann gemeldet, ein Rentner. Er war vorgestern mit seinem Hund am Baldeneysee unterwegs und hat Wolfram dort gesehen.«

Barbara runzelte die Stirn. »Was wollte er da?«

Philipp lächelte. »Er hat dort von einem Steg aus etwas ins Wasser geworfen. Die Essener meinen, sie könnten heute nachmittag ein paar Taucher hinschicken.«

»Los, Philipp, fahren wir hin«, sagte Barbara.

Nachdem sie zunächst mit den zuständigen Kollegen in Essen gesprochen hatten, fuhren sie gegen zwei Uhr zum Baldeneysee und gingen zu dem besagten Steg. Der Rentner hatte sich auch schon dort eingefunden, nur die Taucher ließen auf sich warten.

»Herr Näther, erzählen Sie mal – wie war das am Freitag?« fragte Barbara ihn.

Näther war neunundsiebzig Jahre alt, aber ungewöhnlich wach und fit für sein Alter, er trug nicht einmal eine Brille. Er hatte sein Leben lang hart gearbeitet, im Bergbau, wie ein Essener Kollege Barbara erzählt hatte.

»Ich war mit dem Hund unterwegs, dat regnete ja in Strömen, aber ich geh bei jedem Wind und Wetter mit ihm, wir sind dat so gewöhnt«, sagte Näther. »Bei so 'nem Wetter triffste hier keinen sonst. Kurti hat mich ein Stück zwischen die Sträucher gezogen und ein Loch gebuddelt. Meine Frau schimpft immer, wenn er sich dreckig macht, aber ich sach immer, laß den Hund, er ist eben en Tier und hat seine Natur, und seinen eigenen Kopp hatter auch.«

Rauhhaardackel Kurti hatte offensichtlich seinen Namen gehört und sah erwartungsvoll von seinem Herrchen zu Barbara.

»Sehn Se, der versteht jedes Wort. Braver Hund, Kurti.«

»Wo war das? Wo hat er das Loch gebuddelt?« fragte Barbara.

»Da drüben.« Näther ging mit Kurti voran, und Barbara folgte ihnen. »Da ist dat Loch, sehn Se?«

Barbara nickte. Sie blickte sich um. Von hier aus hatte man den Steg genau im Blick. »Sie haben ihn gesehen, aber er Sie nicht, oder?«

»Nee, der konnte mich nicht sehen in meiner Lodenjacke hier im Gebüsch. Sind ja noch die Blätter dran. Er hat sich ja auch ein paarmal umgesehen, bevor er dat, wat er in den See werfen wollte, hervorgeholt hat.«

»Konnten Sie denn erkennen, was es war?«

Näther schüttelte den Kopf. »Ich hab ja noch gute Augen, aber dafür waret wirklich zu klein und zu weit weg. Er hattet jedenfalls ins Wasser geworfen, weit rein, mit viel Schwung.«

»Sicher«, meinte Barbara. »Wie sind Sie denn darauf gekommen, daß es Wolfram Hielmann war?«

»Da bin ich erst Samstag abend drauf gekommen, da kam ein Bericht in diesem Magazin, wie heißt et noch ...«

»*SPOT am Wochenende?*« Barbara hatte den Bericht auch gesehen. Es war eine Zusammenfassung der Ereignisse seit der Ausstrahlung des Beitrags über Alina am vergangenen Donnerstag. *SPOT* war in der Presse sehr angegriffen worden, weil die Alina-Story hart am Rande der Seriosität gewesen war.

»Ja, richtig. Die sagten da wat von einem schwarzen Porsche, den der Kerl fuhr. Diesen Porsche habe ich unten auf dem Parkplatz gesehen. Und sein Gesicht auch, als er vom Steg herunterkam. Da war Kurti nämlich fertig mit dem Loch, und wir wollten nach Hause. Ich habe mich dann direkt heute morgen gemeldet.«

»Danke, Herr Näther, das war sehr aufmerksam von Ihnen.«

Philipp rief Barbara zurück zum Steg. Die Taucher waren eingetroffen und stiegen gerade in ihre Anzüge. »Wir werden ein großes Terrain absuchen müssen wegen der Strömung. Kann sein, daß wir auch morgen noch mal ran müssen«, sagte der Einsatzleiter der Taucher, der sich als Frank Schmidt vorstellte.

»Herr Näther«, rief Barbara. »Kommen Sie doch bitte noch mal her.« Sie wartete, bis Näther samt Kurti auf dem Steg war, und machte dann Schmidt und Näther miteinander bekannt.

»Also gut, Herr Näther«, sagte Schmidt. »Wir rudern mit dem Schlauchboot auf den See bis an die Stelle, wo nach Ihrer Erinnerung der Gegenstand ins Wasser gefallen ist. Dort machen wir dann die ersten Tauchgänge. Flog das Ding gerade oder schräg?«

»Ziemlich gerade, vielleicht ein bißchen nach links«, meinte Näther.

Schmidt sah ihn zweifelnd an und instruierte seine Leute. Als sie weiter draußen waren, korrigierte Näther noch einmal, ließ sie aber noch weiter hinausrudern.

»So weit?« fragte Schmidt.

Näther nickte. Dann rief er: »Stopp.«

»Gut.« Schmidt informierte seine Leute über Funk: »Ihr könnt jetzt tauchen. Einer genau dort, wo ihr seid, der andere in Fließrichtung daneben.«

Zwei Stunden lang passierte nichts. Barbara hatte sich auf den Steg gehockt und knuddelte Kurti, der alles ganz aufmerksam beobachtete. Glücklicherweise regnete es nicht, aber sie fror. Einer der Essener Kollegen bot ihr einen Kaffee aus einer Thermosflasche an, den sie dankbar annahm.

»Ich würde sagen, wir korrigieren den Standort in Richtung Ufer«, meinte Einsatzleiter Schmidt. »Es wird auch bald dunkel, dann müssen wir ohnehin aufhören.«

»Nee, nee«, sagte Näther. »Dat war eher noch weiter.«

Schmidt sah Barbara an, die den alten Näther. »O.K., fahren Sie noch ein paar Meter weiter hinaus«, meinte sie.

Der Einsatzleiter zuckte die Schultern. Offensichtlich hielt er Barbara für nicht ganz zurechnungsfähig, daß sie dem alten Mann eine solche Genauigkeit zutraute.

Wieder verging eine halbe Stunde. Aber plötzlich kam einer der beiden Taucher unverhofft wieder hoch und winkte. In der Hand hatte er ein längliches weißes Päckchen.

»Dat is et«, sagte Näther.

»Gut, bringt es her«, befahl der Einsatzleiter.

Der Gegenstand war eingewickelt in ein weißes Tuch. Barbara

erinnerte sich sofort an die Lappen, die sie im alten Hielmann-Gebäude gefunden hatte. Vorsichtig zerschnitt Philipp das Gummiband, mit dem das Tuch gehalten wurde, das er dann auseinanderwickelte. Der eingewickelte Gegenstand war ein mittelgroßes Küchenmesser einer bekannten Marke, und die Flecken auf der Schneide waren kein Rost.

»Die Tatwaffe?« fragte einer der jüngeren Polizisten, die eigentlich da waren, um die nicht vorhandenen Schaulustigen abzuhalten.

»Die Düsseldorfer Opfer wurden mit einer Schnur erdrosselt«, sagte Philipp in ruhigem Dozententon. »Mit diesem Messer hat der Täter seine Opfer nur ein wenig gequält.«

Der junge Mann schluckte, während Philipp das Messer, das Tuch und das Gummiband in drei Tüten packte und beschriftete. »Fürs Protokoll«, sagte Philipp, »das BKA ordnet an, daß der gefundene Gegenstand im Düsseldorfer Polizeilabor untersucht wird. Vielen Dank, Kollegen, das war ein großartiger Einsatz.«

Nachdem sich alle verabschiedet hatten, machten sich Philipp und Barbara mit den Fundstücken auf den Weg zurück nach Düsseldorf.

»Du hast gut bei Becker gelernt«, meinte sie.

»Inwiefern?«

»Na, von wegen ›großartiger Einsatz‹ und so …«

Philipp zuckte die Schultern: »War es doch auch, oder?«

»Der alte Näther, der war gut. Wenn ich nicht dafür gesorgt hätte, daß die noch weiter auf den See hinausfahren …«

»Tja, ohne deinen Superinstinkt kommen wir eben nie weiter, Barbara.« Philipps Sarkasmus hatte etwas Verletzendes.

»Habe ich dir etwas getan?« fragte sie.

Er schüttelte den Kopf. »Der Fall ist bald abgeschlossen. Was wirst du dann tun? Zurück nach Wiesbaden und so weitermachen wie bisher?« fragte er.

Barbara schwieg betroffen. Bis zu diesem Augenblick hatte sie sich tatsächlich keine Gedanken gemacht über das, was nach dem Fall kam.

»Oder bleibst du hier? Bei Thomas Hielmann, meine ich.« Philipp ließ nicht locker.

Barbara seufzte. »Ich weiß es nicht. Ich habe mich monatelang treiben lassen, Philipp.«

»Liebst du ihn?«

Sie antwortete ihm nicht, wollte ihm nicht darauf antworten. Aber er bremste plötzlich und hielt am Straßenrand. »Barbara, liebst du ihn?«

Er packte sie unsanft. Für einen kurzen Moment hatte sie sogar Angst vor ihm, aber dann sah sie, daß er weniger wütend als traurig war. »Glaubst du nicht, daß ich ein Recht darauf habe, das zu erfahren? Wir haben schließlich zwei Jahre lang …« Er stockte, dann fuhr er mit einem bitteren Lächeln fort: »Wir haben zwei Jahre lang beinah miteinander gelebt.«

»Ja«, sagte Barbara. »Beinah.«

»An mir hat es nicht gelegen.«

Sie seufzte. »Ich weiß. Und ich weiß auch, daß es dir gegenüber nicht fair gewesen ist. Philipp, frag mich nicht, ob ich Thomas liebe. Aber … seit er und ich uns nähergekommen sind, weiß ich zumindest, daß das, was du und ich hatten, keine Liebe war.«

»Du solltest besser nur für dich sprechen, wenn du so etwas sagst.« Philipp startete den Motor wieder und fuhr los. Bis zum Polizeipräsidium fiel kein Wort mehr.

Thomas hatte Barbara gebeten, nicht mit zu Wolframs Beerdigung zu kommen – seiner Mutter wegen, die Barbara ihr Zutun zu den Geschehnissen nicht verzeihen konnte. Daher war sie zur Arbeit gegangen, aber sie war an diesem trüben Tag überhaupt nicht bei der Sache. Die anderen feierten regelrecht die Laborergebnisse: Das Tuch war das gleiche wie die in Flingern-Nord gefundenen, man hatte Blutspuren von Doris Harzig und Kirsten Reinhardt, dem letzten Opfer, darauf gefunden, es gab Scharten in der Klinge, die zu den charakteristischen Schnittspuren auf den Knochen geführt hatten. Das Erstaunlichste aber war: Auf dem Messer befanden sich Wolframs Fingerabdrücke. Niemand hatte das erwartet, da der Mörder immer so vorsichtig gewesen war. »Damit ist er endgültig überführt. Wir können den Fall zu den Akten legen«, sagte Becker mit zufriedenem Gesichtsausdruck. »Schade, daß wir noch Zeit für den Abschlußbericht brauchen, ich könnte ihn sonst schon in dem Fernsehinterview morgen vorstellen.«

Er griff in seinen Pilotenkoffer und holte zwei Flaschen Mittelklassechampagner hervor. »Den werden wir jetzt kühlen. In einer Stunde kommen Lohberg und Heinz Wersten, dann werden wir mit ihnen und den anderen Kollegen auf unseren Erfolg anstoßen.«

»Brauchen Sie mich heute noch, Herr Becker?« fragte Barbara.

Becker sah sie erstaunt an. »Ja, wollen Sie denn nicht mitfeiern?«

»Wolfram Hielmann ist heute morgen beerdigt worden«, sagte sie. »Ich ... würde mich jetzt lieber um Thomas kümmern.«

Einen Augenblick lang herrschte betretenes Schweigen. Becker räusperte sich. »Nein, gehen Sie nur – und morgen geht es fleißig ans Werk. Sie wissen, der Abschlußbericht muß so schnell wie möglich fertig werden ...«

»Wegen des Interviews, ich weiß«, sagte Barbara schneidend, packte ihre Sachen und ging.

Sie fuhr mit öffentlichen Verkehrsmitteln zurück nach Pempelfort. Thomas war sicher noch nicht wieder da, er würde wohl noch eine Weile bei seiner Mutter bleiben.

Aber sie hatte sich getäuscht. Er war zu Hause, saß in der Bibliothek und hatte sich einen mehrstöckigen Cognac eingegossen. Auf dem Tisch lagen Fotos aus der Schachtel im Kleiderschrank ausgebreitet – alle Fotos, auf denen Wolfram abgebildet war.

Barbara setzte sich neben Thomas. »Wolltest du nicht bei deiner Mutter bleiben?«

»Sie hat mich gebeten, sie allein zu lassen.« Er seufzte. »Ich habe das Gefühl, in den letzten Tagen ist ihr erstmals aufgefallen, daß sie zwei Söhne hatte.«

»Du bist sehr hart zu ihr«, sagte Barbara leise, aber sie saß an seiner linken Seite und vermutete, daß er sie nicht gehört hatte.

»Es war eine trostlose Beerdigung«, meinte er. »Es waren so wenige Leute da. Ein paar aus der Firma, einige Verwandte, Elke ... Elke war da. Sie ist am Grab beinah zusammengebrochen.«

»Ich wäre auch gern gekommen ...«

»Ich weiß. Aber es war besser so.« Er sah sie an. »Auch einen Cognac?«

Sie nickte. »Aber einen kleineren bitte.«

Er holte ihn ihr. »Rutsch ein Stück, dann sitzt du an der richtigen Seite«, sagte er. Sie tat es, und er setzte sich links von ihr hin.

»Können wir heute reden?« fragte sie ihn. »Über Wolfram und seinen Tod?« Sie hatte das Thema seit Wolframs Todestag nicht mehr angeschnitten.

Thomas nickte bedächtig. »Ich ... habe darüber nachgedacht. Über meine Schuldgefühle und deine.« Er nahm einen Schluck und stellte das Glas wieder auf den Tisch. »Und weißt du, zu welchem Schluß ich gekommen bin? Ich will nichts davon wissen. Ich mag schuld sein, daß Wolfram so verkorkst gewesen ist, aber ich bin nicht schuld an seinem Tod. Du magst schuld sein, daß diese Vergewaltigung ans Tageslicht gekommen ist, aber an seinem Tod hast du keine Schuld. Niemand hat ihn dazu getrieben. Er wußte, daß alles, was er tat oder früher getan hatte, irgendwann herauskommen konnte und entsprechende Konsequenzen für ihn haben mußte. Er wußte aber auch, daß ich immer zu ihm gehalten hätte. Trotzdem hat er diesen Weg gewählt.«

Er nahm Barbara in den Arm und zog sie an sich. »Barbara, ich will nicht mehr darüber nachdenken. Ich habe zum erstenmal in meinem Leben das Gefühl ... die Chance, glücklich werden zu können. Ich habe endlich einen Menschen gefunden, dem ich nahekommen kann, ohne daß ich mich verstellen muß. Dich zu treffen war das Beste, was mir passieren konnte. Und ich will mir das nicht kaputtmachen lassen durch Schuldgefühle und Grübeleien über etwas, das man nicht mehr ändern kann.«

Barbara streichelte gedankenverloren seine Wange. »Aber diese Gefühle sind doch da. All das Negative, das ich über Wolfram erfahren habe, der Mordverdacht – es ist da. Willst du das verdrängen?«

»Nein.« Er löste sich vorsichtig aus der Umarmung und sah ihr direkt ins Gesicht. »Ich will mich an ihn erinnern, wie er war, an Gutes und Schlechtes. Aber ich will nicht, daß er zwischen uns steht, Barbara. Er selbst hätte uns alles Glück der Welt gewünscht.«

Er lehnte sich wieder zurück und schloß die Augen. »Ich glaube, außerhalb meiner Seminare habe ich seit Jahren nicht mehr so viel geredet.«

Barbara lächelte: »Aber ich habe immer gewußt, daß du es kannst.«

Auch er lächelte. Dann wurde er plötzlich wieder ernst. »Gibt es eigentlich etwas Neues?« fragte er.

»Ja. Das Messer ist das besagte Messer. Und Wolframs Fingerabdrücke sind drauf. Becker hat Champagner kalt gestellt.«

Thomas nahm noch einen Schluck Cognac. Barbara beobachtete ihn eine Weile. Schon am Morgen, als ihr wieder einmal die losen Enden in ihrem Täterprofil ins Auge gefallen waren, war ihr dieser Gedanke gekommen – jetzt sprach sie ihn aus: »Ich habe dir etwas versprochen, Thomas, erinnerst du dich?«

Er sah sie verwirrt an.

»Ich habe dir versprochen, alle Beweise, die Wolframs Täterschaft an den Morden betreffen, dreimal zu prüfen.«

»Aber es scheint doch alles klar zu sein ...«, sagte er zweifelnd.

»Du hast ihm doch geglaubt, als er dir sagte, daß er die Morde nicht begangen hat ...«

»Ja. Ich habe ihm geglaubt. Aber nun ...«

»Dann werde ich es tun«, sagte Barbara. »Ich werde alles noch einmal überprüfen. Wenn du Wolfram vertraut hast, dann werde ich es auch tun.«

»Und Beckers Champagner?« fragte Thomas.

»Mir ist dein Cognac lieber.«

Am späten Nachmittag war Thomas ziemlich betrunken, und Barbara überredete ihn, sich hinzulegen. Sie selbst hockte in der Küche und löffelte Eis, das sie im Tiefkühlschrank gefunden hatte. In ihrem Kopf arbeitete es, seit sie Thomas ihren Entschluß verkündet hatte. Und plötzlich wußte sie, daß es nicht nur das Versprechen war, das sie Thomas gegeben hatte: Irgend etwas an dem Fall war faul – er war zu glatt, zu perfekt, die Lösung zu offensichtlich.

Die Fingerabdrücke auf dem Messer – das war es, was sie störte. Es paßte nicht zu einem so durchtriebenen Mörder, der praktisch keine Spuren hinterlassen hatte. Aber Wolfram selbst hatte dieses Messer in den Baldeneysee geworfen, daran gab es keinen Zweifel.

Sie dachte nach, was sie vergessen haben könnten, aber das Team hatte wie üblich wie ein Uhrwerk funktioniert. Alles paßte genau. Alibis zu den früheren Fällen konnten nicht überprüft werden – abgesehen von Doris Harzig vielleicht. Wolfram hatte die Frauen bei Thomas kennengelernt oder doch zumindest gesehen, hatte sie entführt und in dem früheren Firmengebäude gequält und ermordet. Aber welche Beziehung bestand zu den Fundorten der Leichen? Und wie paßte es ins Bild, daß Wolfram mit Elke eine zwar nicht ganz alltägliche, aber doch recht glückliche und gefestigte Beziehung hatte?

Einen Augenblick lang war Barbara versucht, ins Präsidium zu fahren und sich die Akten noch einmal vorzunehmen, aber der Gedanke an die Party, die zur Zeit dort stieg, hielt sie ab.

Sie versuchte, aus dem Gedächtnis zusammenzusetzen, was sie konnte – und immer wieder landete sie bei seinem Todestag. Die beiden Beamten hatten ausgesagt, daß er wie ein Verrückter aus der Firma zu seinem Auto gerannt sei. Wie ein Verrückter. Warum? Niemand hatte versucht, das herauszufinden.

Barbara ging ins Schlafzimmer und rüttelte Thomas sanft. »Thomas. Wolframs Sekretärin – war die bei der Beerdigung?«

»Die Andresen?« murmelte er.

»Ja. Thomas, es ist wichtig, sag es mir bitte.«

»Hmm.«

»Heißt das ja?«

»Ja.«

»Dann ist sie jetzt nicht in der Firma?«

Aber Thomas war schon wieder eingeschlafen.

Barbara griff sich das Telefonbuch. Es gab zwei Einträge, Andresen, Erwin, und Andresen, Friederike. Kurz entschlossen wählte sie die zweite Nummer. »Andresen.« meldete sich die unverkennbare Stimme, obwohl sie müde und irgendwie verschnupft klang. Barbara legte auf. Sie wollte von Frau zu Frau mit ihr sprechen. Rasch notierte sie sich die Adresse und rief ein Taxi.

Friederike Andresen wohnte in Angermund. Als Barbara klingelte, dauerte es recht lange, bis sich drinnen etwas rührte. Aber schließlich öffnete Friederike Andresen doch.

»Guten Tag, Frau Andresen«, sagte Barbara.

Die Andresen sah sie verwirrt an. »Ich kenne Sie doch . . .«

»Ich bin Barbara Pross vom BKA – nein, bitte, hören Sie mir erst zu, bevor Sie die Tür zuschlagen.« Barbara hatte geistesgegenwärtig ihren Fuß in die Türöffnung gesetzt. »Meine Kollegen sind der Meinung, daß Wolfram Hielmann ein Mörder war. Aber ich bin mir da nicht so sicher. Bitte, ich muß mit Ihnen reden.«

»Na, gut, kommen Sie herein«, sagte die Andresen. Ihre Augen waren verheult und wurden von einem fast zentimeterbreiten schwarzen Rand verwischter Wimperntusche umrahmt. »Möchten Sie ablegen?« Sie nahm Barbaras Jacke und hängte sie achtlos an die Garderobe.

»Entschuldigen Sie mein Aussehen«, sagte sie, als sie ins Wohnzimmer kamen.

»Aber das verstehe ich doch. Sie haben ja Tag für Tag mit ihm zusammengearbeitet.«

Friederike Andresen schniefte, aber sie nahm sich zusammen. »Möchten Sie einen Kaffee?« fragte sie.

Barbara schüttelte den Kopf. »Nein danke – auch sonst nichts.«

»Er war ein großartiger Chef«, sagte die Andresen. »Ganz egal, was sie jetzt über ihn schreiben und reden. Ich . . . habe nie das geringste Anzeichen von merkwürdigen Neigungen an ihm entdecken können.«

Barbara seufzte: »Das ist auch sehr schwierig zu verstehen. Frau Andresen, wann haben Sie Herrn Hielmann zum letztenmal gesehen?«

»An dem Tag, an dem er . . .« Sie brach ab.

Barbara nickte. »Die Polizisten, die ihn beschatteten, berichteten, er sei wie ein Verrückter aus dem Gebäude gerannt. Das muß so zwischen halb elf und Viertel vor elf gewesen sein.«

»Ja. Er . . . stürzte an mir vorbei. Er war weiß wie die Wand.« Ihr traten wieder die Tränen in die Augen, aber wieder nahm sie sich zusammen. »Er hat sich nicht einmal verabschiedet.«

»Warum?« fragte Barbara. »Warum ist er so überstürzt weggegangen?«

Frau Andresen sah sie verständnislos an. »Woher soll ich das wissen? Wer weiß, was in einem Menschen vorgeht, der Selbstmord begehen will?«

Barbara seufzte. »Aber genau das will ich herausfinden. Versuchen Sie, sich zu erinnern. Was war anders an diesem Morgen?«

»Alles. Am Abend war doch dieser schreckliche Beitrag im Fernsehen gelaufen. Das Telefon klingelte ständig – Reporter, anonyme Drohungen, einige Geschäftspartner ...«

»Und kurz bevor Herr Hielmann weglief – kam da ein bestimmter Anruf, der ihn vielleicht so aufgeregt hat?«

»Ich habe ihm die Gespräche gar nicht durchgestellt«, sagte Frau Andresen. »Er wollte es nicht.«

Barbara fuhr sich durch das Gesicht und schüttelte den Kopf. »Aber irgend etwas muß doch passiert sein. Irgend etwas hat ihn so aufgeschreckt, daß er einfach losgerannt ist ...«

Die Andresen runzelte die Stirn. »Da war ein Päckchen. So ein gepolsterter Umschlag, an Herrn Hielmann persönlich und vertraulich. Das habe ich ihm natürlich gebracht – aber das war mindestens eine Stunde, bevor er wegging.«

»Das Messer«, flüsterte Barbara. »Jemand hat ihm das Messer geschickt.«

»Was für ein Messer?« fragte Friederike Andresen verwirrt.

»Der Frauenmörder mißhandelte seine Opfer mit einem Messer, einem ganz bestimmten Messer, das leicht identifiziert werden könnte. Dieses Messer hat Wolfram Hielmann an seinem Todestag in den Baldeneysee geworfen – man fand seine Fingerabdrücke darauf.« Barbara dachte nach. »Kam es per Post?«

»Nein. Ein Kurier brachte es. Das war sehr früh, schon um kurz nach halb neun.«

»Welcher Kurierdienst?« fragte Barbara.

Frau Andresen überlegte. »DEKUS, glaube ich. Ja, es war DEKUS, die tragen doch diese hellblauen Overalls.«

Barbara sah auf ihre Uhr. Es war halb fünf. »Darf ich mal telefonieren?«

»Bitte. Selbstverständlich.«

»Haben Sie die Nummer von DEKUS im Kopf?«

»Viermal die 5, zweimal die 0.« Die Andresen war eine gute Sekretärin.

»DEKUS-Kundenservice, was kann ich für Sie tun?« meldete sich eine freundliche Stimme am anderen Ende der Leitung.

»Guten Tag, Andresen, Hielmann KG«, sagte Barbara. »Ich habe ein Problem. Gerade hat ein Kunde angerufen, er hätte uns ein Päckchen mit DEKUS geschickt, und zwar muß es am letzten Freitag angekommen sein. Ich fürchte, es ist irgendwie im Haus verschütt gegangen, aber ich will kein Theater machen, bevor ich nicht sicher weiß, ob es wirklich zugestellt wurde. Können Sie mir da helfen?« Barbara flötete ins Telefon, als würde sie nie etwas anderes tun.

Der Gesichtsausdruck der Andresen wechselte von Anerkennung zu Spannung. »Ich hoffe, so kriegen wir den Absender heraus«, sagte Barbara ihr, während sie den Hörer zuhielt.

»Frau Andresen?« sagte die freundliche Stimme. »Sind Sie sicher, daß es der Freitag war? Da hatten wir nämlich gar nichts für Hielmann.«

»Nichts? Nicht ein Päckchen?«

»Nein, tut mir leid.«

»Oh ... trotzdem vielen Dank.« Barbara legte auf. »Sie wissen nichts von einem Päckchen. War es wirklich DEKUS?«

»Ja, ich bin mir ganz sicher. Es war zwar nicht der übliche Bote ...«

»Wie sah er aus?« fragte Barbara schnell. Ihr war plötzlich ein Verdacht gekommen.

»Groß, sehr groß und ein bißchen dicklich um die Hüften. Und er trug einen Ohrstecker. Ich hatte ihn früher schon ein paarmal gesehen, er kommt manchmal als Vertretung.«

›Walter‹, dachte Barbara. Die Andresen beschrieb Walter.

Barbara griff nach ihrer Tasche. »Frau Andresen, ich danke Ihnen. Vielleicht ist Wolfram Hielmann doch nicht der Mörder – und wenn ich das beweisen kann, dann verdanke ich das Ihnen. Bitte bleiben Sie sitzen, ich finde allein hinaus.«

Sie riß ihre Jacke von der Garderobe und zog sie sich im Hinausgehen über. Walter ... Heute würde sie nichts mehr unternehmen
können. Aber morgen, morgen würde sie den ganzen Fall noch
einmal aufrollen.
Als sie wieder in die Wohnung zurückkam, schlief Thomas immer
noch tief. Sie brachte es nicht über sich, ihn zu wecken. So hockte
sie sich eine Weile vor den Fernseher, trank etwas Wein und hoffte,
bald müde zu werden. Erst weit nach Mitternacht ging sie zu Bett.

13

Barbara hatte schlecht geschlafen. Ihre Entdeckung ging ihr nicht
aus dem Kopf, sie konnte es kaum abwarten, ins Polizeipräsidium
zu kommen. Außerdem war Thomas' Schlaf im Laufe der Nacht
zunehmend unruhiger geworden. Als er erwachte, hatte sie bereits
einen starken Kaffee gekocht – und wie erwartet, hatte er einen
heftigen Kater und war kaum ansprechbar.
Im Laufe der durchwachten Stunden war Barbara zu dem Schluß
gekommen, daß es besser war, den Verdacht gegen den Kurierfahrer erst einmal für sich zu behalten. Sie wollte Thomas nicht un-
nötig aufregen – und wie die Kollegen darauf reagieren würden,
nachdem sie bereits ihren Erfolg gefeiert hatten, konnte sie sich
schon denken. Sie würde lediglich Becker unterrichten, obwohl
sie von ihm keine Unterstützung erwartete. Schließlich kannte sie
im Moment nicht einmal Walters vollen Namen.
»So viel Alkohol ist doch bestimmt nicht gut für dich«, sagte sie, als
Thomas mit der Aspirinpackung in der Hand in die Küche kam.
»Das hättest du mir auch gestern sagen können«, brummte er, grinste aber dabei, um gleich wieder das Gesicht zu verziehen. Kopf-
schmerzen. Barbara kannte das.
»Ich fahre ins Präsidium«, sagte sie. »Aber ich versuche, früh zurück
zu sein.« An der Küchentür drehte sie sich noch einmal um. »Thomas ...«

»Hmm?«

»Ich habe gestern nachmittag noch ein bißchen gearbeitet ... und vielleicht gibt es Beweise, daß Wolfram nicht der Mörder ist ...«

Thomas sah sie erstaunt an.

»Ich kann dir noch nichts Genaues dazu sagen, ich muß heute erst ein paar Dinge überprüfen.« Sie kam noch einmal zu ihm und gab ihm einen Kuß auf die Wange. »Bis heute nachmittag.«

»Ja, bis dann«, sagte er.

Auch im Präsidium herrschte so etwas wie Katerstimmung – weniger wegen des Champagners, als vielmehr, weil Becker alle unter Zeitdruck gesetzt hatte. Die abschließende Pressekonferenz sollte in zwei Tagen über die Bühne gehen, und für heute war ein großes Interview bei einer Nachrichtensendung angesetzt. Daher war Becker über Barbaras erneutes Zuspätkommen auch entsprechend wütend. Er entdeckte sie, gerade als sie sich eine Akte gegriffen hatte und darin blätterte.

»Können Sie eigentlich nie pünktlich sein, Frau Pross? Nur Ihretwegen kann ich jetzt alles noch einmal erzählen«, sagte er. »Hören Sie mir überhaupt zu? Was tun Sie da eigentlich?«

Barbara sah auf. »Ich suche nach einem Namen.«

»Hören Sie mir gefälligst zu.« Dann ratterte er herunter, was sie in den angesetzten zwei Tagen zu tun hatte. »Heute nachmittag brauche ich den Teil über die Vernehmung dieser Alina Hungerforth und die Gegenüberstellung – wegen des Fernsehinterviews. Ich will möglichst gut vorbereitet sein, und der Teil ist besonders wichtig, weil dieser Privatsender es so aufgebauscht hat.«

Barbara nickte. Sie hatte gerade gefunden, was sie suchte, und klappte die Akte zu. »Herr Becker, kann ich Sie kurz sprechen – unter vier Augen?«

»Kommen Sie«, Becker deutete auf den Besprechungsraum, und sie gingen hinüber. »Was gibt es, Frau Pross?«

»Ich glaube, wir haben den falschen Mann«, sagte sie.

»Sie glauben *was*?«

»Ich bin mir ziemlich sicher, daß Wolfram Hielmann nicht der Mörder ist.«

Becker setzte sich hin. »Dann überzeugen Sie mich – aber tun sie es schnell, in vier Stunden wird das Interview aufgezeichnet.«

»Ich habe im Moment noch nicht genug zusammen«, sagte sie, und dann schilderte sie Becker ihr Gespräch mit der Andresen. »Dieser Kurierfahrer – ich kenne ihn, er heißt Walter Rottländer. Das ist der Mann, der Thomas Hielmann beschuldigt hat – nach diesem Namen habe ich gesucht.« Sie runzelte die Stirn. »Rottländer – kommt mir irgendwie bekannt vor.« Sie zuckte die Schultern und fuhr fort: »Er ist groß und kräftig. Seine Hände könnten ebenso groß sein wie die von Wolfram Hielmann. Wir waren doch immer der Meinung, daß es kein Zufall sein konnte, daß Thomas Hielmann alle Mordopfer näher kannte ...«

»Daher ist es auch wahrscheinlich, daß Wolfram Hielmann sie bei seinem Bruder kennengelernt hat.«

Barbara schüttelte den Kopf. »Nicht nur Wolfram hat sie dort gesehen – Walter Rottländer auch. Er kommt mindestens einmal die Woche oder auch öfter zu Hielmann, um etwas zu bringen oder abzuholen. Mehr noch: Er war vermutlich mehr als einmal Zeuge, wie Thomas die Frauen in einer Kneipe angesprochen hat. Das hat er doch sogar zu Protokoll gegeben ...«

»Wenn er der Mörder wäre, würde er sich doch hüten, auch nur in die Nähe der Polizei zu kommen, Frau Pross.«

»Nicht, wenn er von Anfang an versucht hat, den Verdacht auf einen Exzentriker wie Thomas Hielmann zu lenken«, meinte Barbara. Der Gedanke war ihr gerade erst gekommen.

»Glauben Sie nicht, daß sie einen Kurierfahrer da etwas überschätzen?« fragte Becker mit hochgezogenen Brauen.

»Nein, nicht ihn. Erinnern Sie sich an mein vorläufiges Täterprofil?« Barbara ging zur Tafel und wischte hastig Beckers Einteilung für die Abschlußberichte weg. Rasch zeichnete sie eine Matrix auf. »Punkt 1: Der Täter bewegt sich im oder am Rande des Milieus seiner Opfer. Auf Hielmann trifft das nur bedingt zu. Auf Walter Rottländer ganz sicher.« Sie machte ein Fragezeichen in die Spalte Hielmann und ein Kreuz bei Walter. »Punkt 2: Der Täter ist nett, unauffällig, vertrauenswürdig. Hielmann war sehr nett und hatte eine Menge Charme. Aber man konnte ihm den reichen Mann sofort ansehen. Keiner, dem diese Frauen so leicht vertrauen würden. Walter Rottländer schon.«

Becker schüttelte den Kopf: »Das leuchtet mir nicht ein. Wenn die Frauen Hielmann bei seinem Bruder kennengelernt haben, dann könnte er in ihren Augen auch vertrauenswürdig sein.«

»Gut, einverstanden.« Barbara machte bei beiden ein Kreuz. »Lassen wir Alter und Wohnort beiseite, der Wohnort ist bei beiden gleich. Kommen wir zum Kern der Sache. Punkt 3, Beziehungen zu Frauen: Wolfram war ein Sadist, aber er lebte in einer durchaus gefestigten Beziehung. Walter Rottländer versucht ständig vergeblich, Frauen aufzureißen.« Ein Kreuzchen bei Walter. »Punkt 4: Vergewaltigung und Sex an sich spielen eine untergeordnete Rolle – das trifft auf Hielmann ganz und gar nicht zu. Er hatte auch – Punkt 5 – nie das Bedürfnis, sich um die Frauen, die er verletzt hatte, zu kümmern, das hat er immer seinem Bruder überlassen. Walter Rottländer hingegen schien mir ein durchaus fürsorglicher Typ zu sein. Und schließlich die Fundorte ...« Barbara kritzelte es an die Tafel. »Ich sagte, er müsse die Firmengelände gut kennen, ein Vertreter, Müllfahrer oder Postbote. Ein Kurierfahrer paßt genau in dieses Schema, wogegen man bei Hielmann nur von purem Zufall sprechen kann.«

»Sie wollen mir weismachen, daß es jemanden gibt, der von Anfang an geplant hatte, Thomas Hielmann die Morde in die Schuhe zu schieben? Der mit ungeheurer Akribie jegliche Spuren an den Leichen beseitigt und es schließlich noch fertigbringt, da wir Wolfram Hielmann verdächtigen, diesem das Messer zuzuspielen?« Becker machte eine abwehrende Handbewegung. »Nein, Frau Proß. Sie wissen, daß ich es durchaus schätze, wenn Ihre Phantasie ein wenig mit Ihnen durchgeht, aber das ist mir doch ein wenig zu weit hergeholt.« Er machte eine kurze Pause, dann sagte er: »Und was ist mit der Vergewaltigung? Soll Hielmann das auch nicht gewesen sein? Hat sich Alina Hungerforth geirrt?«

»Nein.« Genau dies war der Punkt, der nicht in Barbaras Konzept paßte. »Ich ... glaube schon, daß Hielmann der Vergewaltiger war.«

»Und ihr Phantomkurier war ein Nachahmungstäter?«

»Nun … das ist nicht unmöglich. Über Alinas Fall und auch über medizinische Einzelheiten wurde sehr ausführlich in der Presse berichtet.«

Becker schüttelte den Kopf. »Nein, Frau Pross – das ist mir alles zu dünn.«

»Herr Becker, ich bin sicher, wenn wir gründlich genug herumwühlen, werden wir die Verbindung finden …«

»Dazu ist keine Zeit. Die Öffentlichkeit wartet auf Informationen. Serienmorde sind schließlich nicht irgendein Verbrechen, sondern von höchstem öffentlichen Interesse. Und ich werde weder die Pressekonferenz noch das Fernsehinterview aufgrund wilder Spekulationen und vager Vermutungen absagen.«

Barbara sah ihn verständnislos an. »Sie versuchen nicht einmal, die Sache zu Ende zu denken, nicht wahr? Es geht Ihnen nur darum, heute nachmittag diese verdammte TV-Show abzuziehen. Dafür nehmen Sie sogar in Kauf, daß der Mörder noch herumläuft.«

»Frau Pross, ich glaube, Ihr Ton ist nicht ganz angemessen. Ich schätze Ihren Instinkt sehr, aber in diesem Fall spielen Ihnen Ihre Gefühle – vielleicht die für Thomas Hielmann? – einen üblen Streich. Der Fall liegt völlig klar.«

Becker schien äußerlich kühl und ruhig, aber Barbara wußte, daß er kurz vor dem Überkochen stand. »Mein Instinkt hat Sie doch überhaupt erst dahin gebracht«, sagte sie.

»Frau Pross, ich möchte jetzt, daß sie in dieses Büro gehen und die Arbeit tun, die ich angeordnet habe. Und sollten Sie das nicht tun, war das ihr letzer Fall für das Team – und wenn ich dafür sorgen kann, auch für das BKA.«

Barbara drehte sich auf dem Absatz um und ging aus dem Zimmer, dabei hätte sie Philipp fast umgerannt. Sie war sich sicher, daß er jedes Wort mitangehört hatte. »Ich brauche die Akten«, sagte sie zu ihm. »Ich brauche alle Akten noch einmal auf meinem Tisch.«

»Aber die sind auf die Leute verteilt für den Bericht …«

»Philipp, ich will noch einmal einen Blick darauf werfen. Auf alle.«

Philipp runzelte die Stirn. »Was soll das, Barbara? Willst du hier wieder eine Show abziehen?«

»Nein, ich werde nur ein paar Hausaufgaben nachholen, die wir versäumt haben. Irgendwo da drin ist ein Hinweis auf den wirklichen Mörder.« Barbara sagte das, als sei es die selbstverständlichste Sache auf der Welt.

»Du bist vollkommen ausgeklinkt. Becker hat recht, der Fall liegt völlig klar!«

»Es gibt eine Menge Indizien«, meinte sie ruhig. »Aber jetzt, wo Wolfram tot ist, können wir nicht einmal nachprüfen, ob es vielleicht Alibis gibt für den einen oder anderen Fall.«

»Aber das Messer ...«

»Es gibt viele Möglichkeiten, wie er zu dem Messer gekommen ist.«

»Ja, ich habe es gehört. Ein geheimnisvoller Kurierfahrer hat es ihm gebracht ...« Philipp schüttelte den Kopf: »Barbara, das ist doch Blödsinn. Ich kann ja verstehen, daß du wegen Thomas Hielmann versuchst, seinen Bruder reinzuwaschen, aber wo bleibt dein gesunder Menschenverstand? Du selbst hast ihn schließlich überführt!«

»Ich wußte, daß du das nicht verstehen würdest.« Barbara seufzte. »Bitte besorge mir die Akten.«

»Weißt du, was passiert, wenn du heute nachmittag den Vorbericht nicht fertig hast?« fragte er.

»Du glaubst gar nicht, wie egal mir das ist.«

Nach und nach kamen die Akten auf Barbaras Schreibtisch. Philipp war bemüht, die Aktion so zu gestalten, daß die Kollegen, die ebenfalls bis mittags mit ihren Berichten fertig sein mußten, so wenig wie möglich gestört wurden. Daher hatte sich Barbara zunächst durch einen Berg von Laborberichten und Obduktionsunterlagen zu kämpfen. Sie versuchte, sich darauf zu konzentrieren, aber es gelang ihr nicht. Die Hinweise, die sie suchte, würde sie dort nicht finden.

Schließlich schob sie den Packen beiseite und ging hinüber zu Philipp, der sich mit den drei alten Fällen herumschlug, da Heinz Wersten bereits wieder an einem anderen Fall arbeitete.

»Kann ich die Akten jetzt haben, Philipp?«

Philipp knurrte nur unwirsch: »Nimm den Koblenzer Fall. Die anderen beiden brauche ich noch.«

Aufmerksam studierte Barbara noch einmal die Akte. Auf den ersten Blick gab sie nichts her, aber dann stutzte sie: Mehrere Zeugen hatten von einem blau-weißen Kastenwagen gesprochen, den sie in der Nähe des Fundortes gesehen hätten. Blau und Weiß, das waren die DEKUS-Farben. Man hatte diesen DEKUS-Kurier tatsächlich gefunden, überprüft und als harmlos eingestuft. Der Fahrer, ein gewisser Walter Rottländer, gab an, am Straßenrand in der Nähe des Fundortes ein menschliches Bedürfnis erledigt zu haben. Er wirkte ausgesprochen glaubwürdig, daher wurde die Sache abgehakt, zumal der genaue Zeitpunkt, wann die Leiche auf dem Brachland abgelegt worden war, nicht festzulegen war. Walter Rottländer. Gab es diesen Namen zweimal? Und wo war er ihr noch begegnet?

Sie wollte Philipp nicht wieder stören, deshalb griff sie nach der Akte Hungerforth, die Kommissarin Jansen ihr in Köln kopiert hatte. Sie las den Inhalt nun zum wiederholten Male. Plötzlich stutzte sie. »Meldung am 29. 05. 1991 um 5.30 Uhr durch Walter Rottländer, Kraftfahrer bei der Spedition Welch, Düsseldorf.« Walter Rottländer, derselbe Walter Rottländer, der drei Jahre später im Koblenz-Fall befragt worden war? Sie sah nach den Personalien – sie stimmten überein. Dann erinnerte sie sich plötzlich, daß Alinas Mutter von »dem Herrn Rottländer« gesprochen hatte, der sich ab und zu um Alina kümmerte.

Einen Augenblick lang überlegte sie, dann wählte sie die DEKUS-Nummer und ließ sich vom Kundenservice zur Disposition verbinden. »Kann ich bitte Walter Rottländer sprechen?« fragte sie.

»Herr Rottländer ist zur Zeit auf Tour. Kann ich ihm etwas ausrichten?«

»Nein danke, ich melde mich wieder.«

Gedankenverloren malte Barbara in den beiden Akten, die sie offen vor sich liegen hatte, Kringel um den Namen Walter Rottländer.

»Brauchst du die Akte noch?« fragte Philipp, der plötzlich vor ihr stand.

»Nein«, sagte sie.

»Ich hasse es, wenn du darin herummalst«, sagte er, klappte die Koblenz-Akte zu und nahm sie mit.

»Willst du nicht wissen, was ich gefunden habe?«

»Nein.«

Barbara fiel ein, daß Philipp eigentlich die alten Fälle hätte aufarbeiten sollen – wenn nicht Wolfram in Verdacht geraten wäre. ›Vielleicht wären wir längst auf Walter gestoßen‹, dachte sie.

Sie nahm den Telefonhörer und bestellte sich ein Taxi.

»Barbara, wo willst du hin?« rief Philipp hinter ihr her, als sie sich Jacke und Tasche schnappte. »Du weißt, Becker will seinen Bericht in einer Stunde ...«

»Ich muß ein paar Fakten überprüfen.«

»Du mußt unbedingt mit dem Kopf durch die Wand, oder?«

Barbara nickte trotzig. »Sag Becker, wenn ich wiederkomme, kann ich ihm das Bindeglied zwischen der Vergewaltigung und den Morden präsentieren.«

»Nein, das werde ich nicht. Ich will, daß Becker heute ein wunderbares Interview gibt und daß er übermorgen den Abschlußbericht vorlegen kann. Und in diesem Abschlußbericht wird der wahre und einzige Mörder stehen: Wolfram Hielmann.« Philipp war richtig wütend.

»Gut. Dann gehörst du jetzt endgültig auch zur Scheuklappenfraktion, Philipp. Bitte, das ist deine Sache. Aber ich werde das tun, was ich tun muß.« Barbara war auch laut geworden, nahm sich jetzt aber wieder zusammen. »Wolfram Hielmann war ein Sadist und ein übler Vergewaltiger. Alina Hungerforth geht auf sein Konto. Aber er war kein Mörder. Man hat ihm das Messer untergeschoben, und er hat brav reagiert, indem er es wegschaffte. Und der wirkliche Mörder wird weitermachen, sobald er sich sicher glaubt.«

»Tu, was du nicht lassen kannst. Aber diesmal liegst du falsch, Barbara«, sagte Philipp kalt und ging zu seinem Platz zurück. »Wenn du Becker seinen Bericht nicht lieferst, kannst du dir deine Papiere geben lassen, das ist dir doch klar?«

»Ich habe es dir schon vorhin gesagt: Das ist mir scheißegal.« Mit diesen Worten verließ Barbara das Büro. Sie hatte eigentlich gehofft, daß Philipp ihr zuhören und sie auch unterstützen würde. Aber er war nicht bereit, über das Thema auch nur zu reden. Barbara wurde ein wenig mulmig bei dem Gedanken, nun alles allein durchziehen zu müssen. Aber jemand mußte Walter Rottländer stoppen.

Barbara ließ sich direkt zur Grupellostraße bringen. Wie üblich war Achims Kneipe um diese Zeit fast leer. Barbara erkannte die beiden Knobler von ihrem ersten Abend wieder. »Hallo«, sagte sie, als Achim aus der Küche nach vorn kam.

»Tach, Mädschen«, sagte er. »Oder muß isch jetz Sie sajen? Isch han disch im Fernsehen jesehn.«

Barbara schüttelte lächelnd den Kopf. »Aber ich werde dich jetzt duzen, einverstanden?«

»Do muss du ewer Bröderschöp drinke«, sagte einer der Alten.

»Reicht auch eine Runde?« fragte Barbara.

Achim machte für alle einen Schnaps fertig – wieder etwas Gutes aus seinem Spezialschrank. Sie tranken auf Barbaras Wohl. Bald war eine muntere Unterhaltung im Gange, hauptsächlich über Polizeiarbeit.

»Isch nehm an, du bös nit mehr lang in Düsseldorf, jetz, wo dä Mörder gefungen ös?« fragte Achim irgendwann.

»Ich weiß nicht. Achim, ich bin eigentlich hergekommen, weil ich dich etwas fragen wollte.«

»Und?«

»Was weißt du eigentlich über den Walter … Was tut er so, wenn er nicht Kurierpost ausfährt? Hatte er mal eine Freundin?«

»Isch han den noch nit mit ener Frau hier jesehn«, sagte Achim. »Du weiß doch selber, dat der ständisch versuch, irjendwo ze landen.«

»Äwer isch weiß, dat der mal üwer äne jerädt hat, 'ne Fründin, min isch«, sagte der eine der Knobler. »En Mädsche aus Willisch. Isch han jesach, bring se doch emal mit, äwer er sachte, die wör schwer krank.«

»Stimmt, jetz, wo du et sachs«, meinte Achim. »Dat is äwer schon 'ne Ewischkeit her.«

»Nee, krank war die nit«, meinte der andere. »Behindert, jehbehindert, hät er jesach. Isch glaub nit, dat er noch mit der zesamme is.«

»Hieß sie Alina?« fragte Barbara.

Die drei zuckten die Schultern.

»Und was ist mit Hobbys?« fragte Barbara weiter. »Hat er welche?«

»Nä, nit dat isch wüßte«, sagte Achim.

»Isch min, dä hätt en Jarten«, sagte der eine der beiden Alten.

Der andere pflichtete ihm bei. »Dat is kein Kleinjarten mit Verein un so, der is wild jebaut auf enem Brachstück. Dat wollen se jetzt wegmachen, weil de Strossebahnjeleise neu verlescht werden vun der Neunundsiebzig, dat is fast schon Duisbursch. Ewer ob dat sin Hobby es?«

»Eijentlisch hat dä nur Weiber im Kopp«, ergänzte der erste. »Manschmal red dä ja wirklisch dummes Zeusch. Öwer Frauen, min isch. Dä Weiber wöre nur Dreck un so Sache. Der hätt öwer die Morde jered, als wörer dabei jewes.«

»Was hat er denn erzählt?« fragte Barbara.

Achim zog die Brauen hoch. »Du interesierst disch doch nit etwa beruflisch für den?«

Barbara senkte die Stimme. »Vielleicht.«

Achim schüttelte energisch den Kopf. »Dä Jung is harmlos. Dä tut keiner Fliesch wat zuleide. Un ihr habt doch üre Mörder.«

»Tja, sieht so aus«, meinte Barbara. Sie wollte die Sache nicht weiter vertiefen. Ihr reichte die Bestätigung, daß Walter näheren Kontakt zu Alina Hungerforth hatte.

Barbara stieß noch mit Achim und den beiden Alten an, dann verabschiedete sie sich schnell. Beim Hinausgehen hörte Barbara gerade noch, wie der eine der beiden Alten sagte: »Kaum ze glöwe, sun klein Persünnschen is en Bulle.«

Barbara fuhr zurück ins Präsidium und rief bei den Hungerforths an.

»Alina ist in ihrem Zimmer, sie ist seit drei Tagen nicht aufgestanden ...«, sagte die Mutter.

»Es geht ihr nicht gut, oder? Wolfram Hielmann ist tot, und nichts hat sich geändert ...«

»Ja.« Frau Hungerforths Stimme klang ganz rauh. »Soll ich ... soll ich sie ans Telefon holen?«

»Nein, Frau Hungerforth, das ist nicht nötig. Sagen Sie ihr nur, daß ich vorbeikomme. Ich muß noch einmal mit ihr sprechen.«

»Ja, gut ...« Frau Hungerforth schien ein bißchen ratlos.

»Bis gleich ...«

Jetzt, da die intensiven Überwachungen beendet waren, konnte Barbara bei der Fahrbereitschaft mit einiger Überredungskunst einen Wagen bekommen. Schon eine halbe Stunde später kam sie bei den Hungerforths an.

Sie klingelte, aber es dauerte eine Weile, bis Frau Hungerforth ihr öffnete. »Guten Tag, Frau Pross. Es tut mir leid, aber es wird eine Weile dauern. Zuerst wollte Alina ja überhaupt nicht aufstehen ...«

»Aber sie hätte ruhig im Bett bleiben können, ich will doch nur kurz mit ihr reden.«

»Um Gottes willen. Ich bin heilfroh, daß ich sie endlich dazu gebracht habe, aufzustehen. Sie kommt gerade aus der Dusche. Wenn Sie schon mal ins Wohnzimmer gehen würden, Sie kennen den Weg ja ...«

»Frau Hungerforth, ich habe nur sehr wenig Zeit ...«

Die Mutter sah sie ein wenig ratlos an. »Also gut, dann kommen Sie mit hinauf.«

Alinas Zimmer war nicht besonders groß, und es war offensichtlich länger nicht mehr gelüftet worden. An den Wänden hingen Dutzende Fotos, die von Alina während ihrer Zeit als Model gemacht worden waren.

Alina saß auf dem Bett. Sie trug einen Bademantel von der Größe eines Zeltes und weniger hohe orthopädische Schuhe mit Klettverschlüssen, die vermutlich als Hausschuhe gedacht waren. Als Barbara den Raum betrat, zog Alina den Bademantel ganz über ihre Beine, aber Barbara hatte ihre Narben sehen können.

»Liebling, Frau Pross hat nicht viel Zeit, deshalb habe ich sie mit hinaufgenommen.«

»Dann hätte ich ja gar nicht aufzustehen brauchen ...« Da war wieder so ein weinerlicher Ton in Alinas Stimme, mit dem sie Barbara und den Kollegen auf die Nerven gegangen war.

»Hallo, Alina«, sagte Barbara. »Frau Hungerforth − könnten Sie uns bitte allein lassen?«

»Ja ... ja sicher ... Möchten Sie einen Kaffee, Frau Pross?«

Barbara schüttelte den Kopf. »Nein danke.« Sie wartete, bis Frau Hungerforth die Tür hinter sich geschlossen hatte. »Wie geht es Ihnen, Alina?«

»Nicht besonders gut. Dieser Hielmann − der hat es hinter sich ...«

»An so etwas sollten Sie nicht einmal denken.« Barbara entdeckte einen Stuhl in einer Zimmerecke und stellte ihn so hin, daß sie Alina direkt gegenübersaß. »Sie haben doch gezeigt, daß Sie kämpfen können.«

Über Alinas Gesicht huschte der Anflug eines Lächelns. »Ich habe Ihnen ganz schön eingeheizt mit dem Fernsehbericht, nicht wahr?«

Barbara lächelte auch. »Ja, das haben Sie ganz sicher.«

»Und warum sind Sie jetzt hier?« Alina drückte auf einen Knopf an einer Schnur, und der Kopfteil des Bettes fuhr langsam in eine fast aufrechte Position. »Ich glaube kaum, daß Sie Sehnsucht hatten, mich wiederzusehen.« Sie rutschte weiter nach hinten und zog mit einiger Mühe ihre Beine nach, bis sie ganz auf dem Bett lagen. »Helfen Sie mir mit der Decke, bitte?«

Barbara zerrte die Bettdecke vom Fußteil des Bettes über Alinas Beine. »Behalten Sie die Schuhe an?«

»Sicher.« Alina machte eine Pause. »Wissen Sie, ich bin zu fett und zu ungelenkig, um sie mir alleine anziehen zu können.« Sie wartete Barbaras Reaktion nicht ab. »Worüber wollten Sie mit mir sprechen?«

»Walter Rottländer.«

»Er hat mich damals gefunden.«

»Und weiter? Ihre Mutter erwähnte, daß er sich um sie kümmert.«

Alina zuckte die Schultern. »Das ist vorbei. Aber Mutter weiß es noch nicht.«

Barbara versuchte, sich vorsichtig heranzutasten. »Was hatte Ihre Mutter denn mit ›kümmern‹ gemeint?«

»Er hat mich damals im Krankenhaus besucht. Und später auch zu Hause. Wenn er Zeit hatte, hat er mich herumgefahren, zu den Ärzten und den vielen Untersuchungen.«

»Und dabei sind Sie sich nähergekommen?«

Alina wich Barbaras Blick aus, als sie antwortete: »Ja.«

»Sie waren ein Paar?«

Alina lachte. »Du meine Güte – ein Paar! Sehen Sie mich doch an!«

»Nun, Walter Rottländer ist auch nicht gerade Brad Pitt. Ich halte es jedenfalls nicht für unwahrscheinlich, sonst hätte ich nicht gefragt.«

»Warum wollen Sie das alles überhaupt wissen? Walter hat doch mit den Morden nicht das geringste zu tun.« Sie lachte wieder ungläubig. »Oder wollen Sie mir weismachen, daß es Walter und nicht Hielmann war, der mich so zugerichtet hat?«

»Würden Sie es denn Walter zutrauen?«

Alina zögerte einen Moment, bevor sie antwortete. »N ... nein. Es war Hielmann und kein anderer.«

Barbara nickte. »Sie haben recht. Ihr Vergewaltiger war Hielmann. Aber warum haben Sie gezögert, als ich Sie fragte, ob Sie Walter die Tat zutrauen würden?«

»Weil ...« Alinas Hände machten eine hilflose Geste. »Weil ich glaube, daß er ... daß er vielleicht nicht ganz normal ist.«

»In welcher Hinsicht? Sexuell?«

Alina sah sie sprachlos an.

Barbara versuchte einen Moment lang abzuwägen, wieviel sie Alina sagen konnte. Würde sie die Wahrheit verkraften? Ihre Reaktionen waren immer so unberechenbar, aber Barbara wußte, daß Alina keineswegs dumm war. Und sie hatte einfach keine Zeit, auf Alinas Seelenzustand Rücksicht zu nehmen. »Alina, die Informationen, die Sie mir jetzt geben, sind sehr wichtig für mich. Aber Sie sehen ja, ich lasse kein Band mitlaufen. Niemand wird je erfahren, was Sie mir hier erzählen, ich muß es nur wissen, um ... sicherzugehen.«

»Sicherzugehen? In welcher Sache?« Sie sah Barbara direkt ins Gesicht. Und plötzlich schien sie zu begreifen. »Hielmann ... er war nicht der Mörder. Sie ... glauben, Walter ...«

Barbara nickte. »Verstehen Sie nun, warum es wichtig ist, daß ich alles über Ihre Beziehung zu Walter Rottländer erfahre?«

»Ja. Ich werde Ihnen alles erzählen.« Von einem Moment zum anderen war Alina ganz ruhig geworden, und ihre Stimme hatte den letzten Rest von Weinerlichkeit verloren. »Wir waren zusammen, eine ganze Weile – anderthalb, fast zwei Jahre, von 1994 an. Vorher war es nur eine Freundschaft – vielleicht eher Mitleid auf seiner Seite. Aber in meiner Lage darf man nicht wählerisch sein.« Sie zog verächtlich die Mundwinkel herunter.

»Haben Sie ihn denn nicht gemocht?« fragte Barbara.

»Doch. Aber früher ... früher sind mir alle Männer nachgelaufen. Na ja, sehr viele. Walter war sicher nicht mein Traummann, aber er war sehr lieb und fürsorglich, und ich konnte spüren, daß er mich mochte.« Sie sah Barbara direkt ins Gesicht. »Meine Eltern haben anfangs nichts davon gewußt. Ein einfacher Kurierfahrer der Freund ihrer einzigen Tochter ...«

»Aber Walter ist weder dumm noch ungebildet«, warf Barbara ein.

»Ja, das fand ich auch immer merkwürdig. Ich dachte stets, das ist einer, der hätte mehr aus sich machen können.«

»Was war mit Sex?«

Alina fuhr sich durchs Gesicht. »Nicht viel. Ich ... wollte es lange nicht. Doch er war sehr geduldig. Er sah jahrelang zu, wie ich immer fetter und häßlicher wurde, aber er schien sein Interesse nie zu verlieren. Wir sahen uns nur zwei- bis dreimal im Monat.«

»Aber Sie haben mit ihm geschlafen, oder?« Barbara konnte sehen, wie schwer Alina die Antwort fiel.

»Ein paarmal. Aber das war immer unter ganz merkwürdigen Umständen. Das erste Mal nahm er mich mit in seine Wohnung. Er ... wohnt im vierten Stock und hat mich die ganzen Treppen hinaufgetragen – ein echter Kraftakt. Alles war wunderschön, er hatte sich wirklich Mühe gegeben. Überall Kerzen, romantische Musik. Aber dann ... er ... er konnte nicht.«

»Er hat versagt?«

»Ja.« Alina fuhr sich wieder durchs Gesicht. »Ich habe das natürlich auf mich bezogen. Und dann haben wir es lange nicht versucht.«

Barbara runzelte die Stirn: »Aber heute wissen Sie, daß es nicht an Ihnen gelegen hat, oder?«

»Wir hatten einen Spaziergang gemacht – das war in irgendeinem Wald, einem Ausflugsgebiet, ich kannte mich dort nicht aus. Ich erinnere mich nur, daß es Sonntag nachmittag war und unglaublich viele Spaziergänger unterwegs waren. Den Rollstuhl hatten wir nicht mitgenommen, und wir sind auch nicht weit gegangen – ich konnte ja nur von einer Bank zur nächsten. Ich wollte bald zurück, weil es mir zuviel wurde – und weil ich die Blicke der Leute nicht ertragen konnte. Schon als wir ins Auto stiegen, merkte ich, daß Walter erregt war. Er fuhr in irgendeinen Waldweg hinein, und dann haben wir im Auto ...«

Alina preßte die Lippen aufeinander. »Es ... war nicht sehr schön. Es erinnerte mich an ...« Sie brauchte einen Moment, um wieder ruhiger zu werden. »Ich ... habe es lange Zeit nicht verstanden. Damals nicht und bei den anderen Malen auch nicht. Er schien danach auch nicht besonders befriedigt zu sein. Ich dachte immer, er tut es aus Mitleid. Und daß dies alles ist, was ich jemals bekommen würde.« Sie senkte den Kopf.

Barbara erwartete fast, daß sie zu weinen beginnen würde, aber dann sah Alina wieder auf, und Barbara entdeckte Zorn in ihrem Gesicht. »Doch das war es nicht. Was dieses perverse Schwein wirklich wollte, war ... er geilte sich an ... an meiner Behinderung auf. Es war mir nie bewußt geworden, aber er wollte immer mit mir herumlaufen, spazierengehen und – o ja, Kleider anprobieren, das ganz besonders. Er sah gern zu, wenn ich mich an den Krücken abquälte ...«

»Ja.« sagte Barbara leise. »Die Hilflosigkeit fasziniert ihn. Alle seine Opfer hat er hilflos gemacht – mit den Schnitten. Aber das konnte ihn nicht befriedigen. Nur ihr Tod konnte das ...«

»Oh, mein Gott.« Alina sah sie entsetzt an. »Dann war ich die ganze Zeit in Gefahr?«

»Nein, das glaube ich nicht. Ich denke, er hat es mit Ihnen ernsthaft versucht. In den zwei Jahren hat er niemanden ermordet.«

»Das ist ja eine tröstliche Vorstellung, daß ich ihn, weil ich die Beziehung beendete, in diese neue Mordserie getrieben habe ...«

»Alina, er hätte es immer wieder getan – früher oder später. Er mußte es. Sie haben nichts damit zu tun.«

Eine Weile schwiegen sie, dann fragte Alina: »Was werden Sie jetzt tun, Frau Pross? Die denken doch alle, daß Hielmann der Mörder gewesen ist. Warten, bis zum nächsten Fall?«

Barbara schüttelte heftig den Kopf. »Nein, ganz bestimmt nicht. Wenn es sein muß, werde ich ihn allein erledigen.« Sie griff nach ihrer Tasche. »Ich muß jetzt gehen. Danke für Ihre Aufrichtigkeit.«

Alina griff nach ihrem Arm. »Barbara – Sie heißen doch Barbara, nicht wahr? Darf ich Sie so nennen?«

»Sicher, ich habe Sie ja auch beim Vornamen genannt.«

»Seien Sie bitte vorsichtig, Barbara.« Alina schlug die Bettdecke beiseite, rutschte wieder zur Bettkante und setzte ihre Beine auf den Boden. »Geben Sie mir bitte die Krücken?«

Barbara reichte sie ihr, und Alina stemmte sich hoch. »Haben Sie noch so viel Zeit, sich von mir nach unten begleiten zu lassen?«

Barbara lächelte. »Schon Ihrer Mutter zuliebe, die würde sich sehr darüber freuen.«

Unten an der Treppe wartete sie auf Alina. Aus einem plötzlichen Impuls heraus schrieb sie Thomas' Telefonnummer auf einen Zettel. »Sie sind zwar manchmal eine echte Nervensäge, Alina, aber Sie sollten sich hier nicht vergraben. Rufen Sie mich an, wenn Sie Lust haben, mal einen Kaffee mit mir zu trinken. Das ist übrigens die Nummer von Thomas Hielmann, nicht, daß Sie erschrecken, wenn Sie den Namen hören.«

»Das werden Sie vermutlich schon bereuen, wenn Sie wieder in Ihrem Wagen sitzen«, sagte Alina, als sie den Zettel nahm, aber sie lächelte dabei.

Barbara verabschiedete sich und fuhr auf dem schnellsten Wege zurück nach Düsseldorf. Sie hatte versprochen, den Wagen spätestens um drei wieder abzuliefern.

Als sie um zwei im Präsidium ankam, fand sie das Großraumbüro leer – vermutlich waren alle in der Mittagspause. Barbara fand im Schreibtisch eines Kollegen das Düsseldorfer Telefonbuch und schrieb sich die Adressen der DEKUS-Niederlassung und die von Walter Rottländer heraus – Hüttenstraße 117. Dann griff sie in ihre Schublade, holte ihre Dienstwaffe und ein Magazin heraus und lud sie. Ihr Magen knurrte vernehmlich. Einen Augenblick lang überlegte sie, ob sie auch zur Kantine gehen sollte, aber dann tat sie es nicht. Sie lief vom Präsidium Richtung Innenstadt und aß unterwegs eine Pizza. Dann rief sie von einer Telefonzelle aus ein Taxi und ließ sich zur DEKUS-Niederlassung bringen. Inzwischen war es kurz nach vier, und ein Teil der Fahrer hatte seine Schicht beendet. »Hallo«, sprach Barbara einen der Männer an. »Ist Walter Rottländer da?«

Der Mann schüttelte den Kopf. »Der fährt noch eine Extrarunde, weil der Spätdienst heute soviel zu tun hat. Er war eben kurz hier und ist schon wieder unterwegs.« Er musterte sie von oben bis unten. Wahrscheinlich kannte auch er Walters Frauenprobleme.

»Wie lange wird er denn etwa brauchen?«

»Na, so etwa eine Stunde.«

»Ist er eigentlich immer die jetzige Route gefahren, seit er hier arbeitet?« fragte sie.

»Nee, der hat vor zwei Jahren von den Langstrecken zum Auslieferungsbetrieb gewechselt. Tut mir leid, ich muß los, meine Frau wartet.« Und damit verschwand er auf dem Parkplatz.

Barbara fluchte innerlich, weil sie das Taxi hatte wegfahren lassen. Sie hatte weiter unten an der Straße eine Bushaltestelle gesehen und ging nun in diese Richtung. Seit dem Morgen hatte sich das Wetter zunehmend eingetrübt. Jetzt begann es zu regnen, und die ersten dicken Tropfen fielen. Sie schlug den Jackenkragen hoch und ging noch etwas schneller.

Der Bus hatte Verspätung. Barbara fragte den Fahrer, wie sie zur Hüttenstraße kam; sie mußte am Hauptbahnhof umsteigen. Es war schon fast fünf, als sie dort ankam.

Jetzt, in ihrer eleganten Kleidung, fühlte sie sich plötzlich hier wie ein Fremdkörper. Kaum zu glauben, daß das noch vor kurzem ihr

liebster Platz in Düsseldorf gewesen war – abgesehen von Thomas'
Wohnung.

Es begann zu dämmern. Sie beschloß, das kurze Stück zur Hüttenstraße zu laufen. Einen Moment lang überlegte sie, ob sie Thomas
anrufen sollte, dann ließ sie es. Sie konnte ihm nicht sagen, was sie
vorhatte – er hätte möglicherweise versucht, es zu verhindern.
Und eigentlich hatte sie auch gar keinen Plan. Sie wollte Walter auf
der Straße abpassen und dann ... Sie fühlte in der Tasche nach der
Waffe. Vielleicht konnte sie ihn zum Reden bringen.

Sie fand das Haus Nr. 117 und sah auf den Klingeln nach. Wie
Alina gesagt hatte, wohnte er im vierten Stock. Mehr als eine
Stunde drückte sie sich im Regen vor der Haustür herum. Inzwi-
schen war es ganz dunkel. Leute hasteten mit aufgespannten Schir-
men vorbei. Bei diesem Novemberwetter wollte jeder schnell zu
Hause sein.

Um sieben war Walter immer noch nicht nach Hause gekommen.
Barbara begann sich zu fragen, was sie dazu gebracht hatte, hier auf
ihn zu warten. Er konnte sonstwo sein – in Achims Kneipe, auf der
Suche nach einer Nutte ... Sie war naß und fror erbärmlich. Am
meisten ärgerte sie, daß sie vor den Kollegen eine Niederlage ein-
gestehen mußte. ›Aber nur für heute‹, sagte sie sich, ›nur für
heute.‹

Langsam ging sie wieder in Richtung Bahnhof. Hier würde sie
sich ein Taxi nehmen, und dann nichts wie heim zu Thomas, eine
heiße Dusche nehmen und alles hinter sich lassen – zumindest für
heute.

Die Straßen waren inzwischen fast ausgestorben. Barbara erinnerte
sich, daß ein Fußball-Länderspiel im Fernsehen übertragen wurde.
Das Wetter tat ein übriges. Die wenigen Leute, die außer ihr noch
auf der Straße waren, hatten es eilig, ins Trockene zu kommen.

Auf dem Hinweg war Barbara auf den großen Straßen geblieben,
jetzt nahm sie die Nebenstraßen, in der Hoffnung, den Weg so ab-
zukürzen. Plötzlich hörte sie Schritte hinter sich, die rasch näher
kamen. Sie blickte kurz über die Schulter und fuhr zusammen:
Der Verfolger war Walter. Noch bevor sie nach der Waffe in ihrer
Tasche greifen konnte, hatte er sie eingeholt. Er griff nach ihrem

Arm und drehte ihn unsanft nach hinten. Sie spürte etwas Spitzes im Kreuz.

»Du hast dich also bei Achim nach mir erkundigt. Ich hatte mich schon gefragt, wie ich dich finden könnte – und da stehst du einfach vor meiner Tür«, sagte er. Seine Stimme klang so freundlich und sanft wie sonst auch. Er riß sie herum und zwang sie in die andere Richtung zurück zur Hüttenstraße. Direkt um die Ecke parkte ein Kastenwagen, ein ehemaliger DEKUS-Wagen, er war immer noch blau-weiß, aber das Logo war überpinselt. Walter öffnete die hintere Wagentür, schob Barbara hinein und knallte ihren Kopf gegen die Wand. Alles wurde dunkel.

Als Barbara wieder zu sich kam, lag sie auf einer nackten Matratze in einem alten, verrosteten Stahlrohrbett. Es stand in einer Art Schuppen, Barbara vermutete, daß es ein alter Bauwagen war. Ihr Kopf tat höllisch weh.

»Ja, sieh dich nur um«, sagte Walter. Er saß entspannt auf einem niedrigen Stuhl und spielte mit einem großen Messer – weit größer als das Messer, das er Wolfram untergeschoben hatte. »Gib zu, daß du mich unterschätzt hast«, sagte er leichthin. »Du wolltest mich doch überraschen, oder?«

Sie nickte. »Wo sind wir hier? In deinem Garten?« Langsam bekam sie wieder ein Gefühl für ihren Körper. Sie war nicht gefesselt, und verletzt hatte er sie bisher auch nicht. Das Nachdenken fiel ihr schwer. Sie mußte bereit sein, im passenden Moment aufzuspringen, um Walter so zu überraschen, daß sie fliehen konnte ...

»Du brauchst nicht einmal daran zu denken, daß du hier wieder rauskommst«, sagte er.

Barbara bekam einen Anflug von Panik. Konnte er Gedanken lesen? Sie versuchte, diese blödsinnige Idee zu verscheuchen, aber sie wußte, das war die Angst.

Er beugte sich etwas vor und strich vorsichtig mit dem Messer über ihren Fußrücken – fast war es ein Streicheln. Entsetzt zog sie ihre Beine an sich und drückte sich in halb sitzender Stellung an das Kopfteil des Bettes.

»Ich weiß, wovor du Angst hast«, sagte er. Er rückte ein Stück mit dem Stuhl vor, griff nach ihren Beinen und riß sie so brutal zum Fußende des Bettes, daß Barbara wieder zu liegen kam. Nun wagte sie nicht mehr, sich zu bewegen.

Er rückte den Stuhl wieder zurecht und bückte sich ganz zu ihren Füßen herunter. Fast ehrfürchtig nahm er einen ihrer Slipper vom Fuß und zog ihr dann die Socke aus. Abwechselnd sah er sie und ihren Fuß an. Barbara atmete schwer. Obwohl sie wußte, daß es sinnlos war, sich zu wehren, bereitete sie sich innerlich darauf vor, ihm den anderen Fuß ins Gesicht zu rammen. Wenn er schneiden würde, dann würde sie es tun.

Walter ließ den Fuß los. »Ich weiß, wovor du Angst hast«, wiederholte er. Dann kniete er sich mit einer Schnelligkeit und Behendigkeit, die sie ihm bei seiner Größe und seinem Gewicht nie zugetraut hätte, auf den beschuhten Fuß. Barbara glaubte, er würde ihn ihr zerquetschen. Er griff wieder nach dem nackten Fuß, hob ihn hoch und liebkoste ihn mit beiden Händen. Plötzlich nahm er das Messer wieder zur Hand. »Du hast Angst vor den Schnitten. Das ist neu für mich. Die anderen wußten ja nichts davon, wenn ich es tat.«

»Hast du es getan, damit sie nicht weglaufen konnten?« fragte Barbara. Es war mehr ein Flüstern.

»Sicher«, sagte Walter. »Aber auch, weil es so interessante Konsequenzen haben könnte.« Er begann, ihre Hose zu zerschneiden. Ganz langsam arbeitete er sich bis zur Kniekehle vor.

»Du ... du meinst Alina Hungerforth. Du hast sie ja damals gefunden ...«

»Ja.« Walter schloß für einen Moment die Augen. »Dieser Hielmann hatte das getan – aber das wußte ich damals nicht. Ich wußte nur, daß keiner dem Kerl auf die Schliche gekommen ist, bis du kamst.« Er öffnete die Augen wieder. »Du mischst dich in zu viele Dinge ein. Das muß ein Ende haben.« Er fuhr mit einem Finger über ihre Wade, direkt unterhalb der Kniekehle, und sah sie dabei nachdenklich an. Dann lächelte er, griff den Fuß von oben und drehte ihn unsanft. Barbara ächzte vor Schmerz. Sie sah, wie er das Messer an ihrer Ferse ansetzte.

Er beobachtete amüsiert ihre Reaktion. »Ich habe bei jeder Frau überlegt, ob ich sie nicht am Leben lassen sollte. Aber dann dachte ich, was Hielmann getan hat, war viel grausamer: Er hat Alina Hungerforth zum Krüppel gemacht und sie damit leben lassen.«

»Sie hat dir leid getan ...«, sagte Barbara. Sie wußte, reden war ihre einzige Chance. »Deshalb hast du dich um sie gekümmert.«

»Sie war rührend dankbar. Aber sie tut mir nicht leid.«

»Tat sie dir leid, solange sie deine Freundin war?«

»Es erregt mich, wenn sie ihren fetten Hintern mit Hilfe der Krükken vorwärtsschiebt«, sagte Walter kalt. »Als sie Schluß gemacht hat, wollte ich es ihr zuerst heimzahlen, aber warum? Warum sollte ich ihre Leiden beenden? Immer wenn ich das Bedürfnis habe, fahre ich nach Willich, nur um sie zu beobachten. Weißt du, wieviel Kraft sie jeder dieser lächerlichen Schritte kostet? Wie würde dir das gefallen?«

Ganz konzentriert sah er auf Barbaras Fuß. Sie zuckte zusammen, als sie spürte, wie die Klinge ins Fleisch eindrang. Zuerst wollte sie schreien, aber dann merkte sie, daß er nur ganz vorsichtig die Haut ritzte. Ein wenig Blut tropfte auf die Matratze und auf Walters Hand. Er leckte es ab wie eine kostbare Delikatesse. Dann ließ er ihren Fuß einfach auf die Matratze fallen. »Du hältst mich für dumm, oder?« sagte er. Es klang gefährlich aggressiv. »Ich werde deine Fußsehnen nicht durchschneiden. Ich werde es überhaupt nicht so machen wie bei den anderen. Glaub mir, niemand wird deinen Tod mit den anderen Morden in Verbindung bringen. Denn wir alle wissen doch, daß Wolfram Hielmann die anderen umgebracht hat, oder?«

»Ich halte dich nicht für dumm. Das habe ich nie getan.« Zeit gewinnen, das war das einzige, woran sie denken konnte. Zeit gewinnen, bis Thomas nach ihr suchen würde.

Walter lachte höhnisch. »Ich hatte dich schon von meiner Liste gestrichen, aber dann hast du angefangen herumzuschnüffeln.« Er begann, in einer Kiste zu wühlen, dann drehte er sich wieder um. In der Hand hatte er zwei Rollen breites Klebeband. »Ich werde dich fesseln«, sagte er. »Ich habe die anderen nie gefesselt, also werde ich bei dir damit anfangen.«

Er hob sie ein wenig hoch und zog ihr ihren Pulli über den Kopf, dann das dünne Unterhemd. Nur den BH ließ er ihr. Barbara zitterte vor Kälte und Angst. Er drückte sie auf die Matratze und begann, ihre Arme mit dem Klebeband an das rostige Bettgestell zu fesseln. Dann zog er ihr die Hose und den zweiten Strumpf aus. Den Slip rührte er nicht an. Trotz ihrer nach oben gestreckten Arme war sie zu klein, um das Fußteil auch nur mit den Zehenspitzen berühren zu können. Er zog ihr die Beine auseinander und fesselte sie, indem er das Klebeband um die Seitenteile des Bettes wickelte. Es war ein mühsames Unterfangen, da die Matratze ständig im Weg war.

Schwer atmend stand er auf, als wolle er sein Werk betrachten. Er setzte sich wieder auf den kleinen Stuhl.

»Warum ...«, fragte Barbara plötzlich. »Warum hattest du mich von deiner Liste gestrichen?«

»Die Frauen, die ich getötet habe, waren nur Dreck, und sie hatten niemanden, der nach ihnen suchte. Bei dir war das anders.«

Barbara überlegte fieberhaft. Dann hatte sie einen Geistesblitz. »Aber die erste ... die erste, die du getötet hast, die war kein Dreck, oder?«

Walter zuckte zusammen: »Woher weißt du davon?« Dann lachte er. »Du hast geblufft, oder? Das solltest du nicht tun.«

Er stand auf und nahm das Messer wieder zur Hand. Barbara zitterte noch mehr, als er sich über sie beugte. Mit einem Schnitt trennte er den BH in der Mitte auseinander. Er klappte ihn beiseite und berührte mit dem Messer ihre Brustwarze. »Die erste, das war, als ich siebzehn war. Sie wollte nicht, daß jemand wußte, daß wir miteinander gingen. Dieses Aas. Sie hat sich nur lustig gemacht über mich, mich scharfgemacht und dann nicht mehr gewollt. Aber sie hat sich in ihrer eigenen Falle gefangen – keiner hat mich jemals verdächtigt. Ich habe sie erwürgt.«

Walters Augen begannen zu glänzen. Er streichelte Barbaras Gesicht und griff dann ganz behutsam mit einer Hand um ihren Hals. Barbara begann zu keuchen. Er beugte sich zu ihrem Gesicht und flüsterte: »Damals habe ich es zum erstenmal gespürt. Das Gefühl, wie es ist, wenn man eine Frau tötet. Es hat mich mehr erregt, als es Sex je konnte.«

»Aber ...«, Barbara bekam kaum einen Ton heraus. »Aber du hast lange gewartet, bis du es wieder getan hast.«

»Zehn lange Jahre.« Walter ließ sie los und setzte sich auf die Bettkante. Mit der Messerspitze begann er, spielerisch das Körbchen des zerrissenen BHs zu zerfetzen. »Bis ich Alina Hungerforth fand. Ich habe ein Jahr lang darauf gewartet, daß sie den Typ finden würden – aber nichts passierte. Und ich dachte, vielleicht hast du damals nicht einfach nur Glück gehabt. Du mußt es nur richtig anstellen, und sie kriegen dich niemals ...«

Barbara wurde wieder etwas ruhiger. »Und dann hast du eine pro Jahr ermordet – in Bonn und in Koblenz. Aber in Koblenz war man auf dich aufmerksam geworden, und deshalb hast du erst einmal Schluß gemacht.«

»Du hast wirklich eine Menge herausgefunden«, sagte Walter. »War es so?«

Er nickte. »Koblenz, das war ein Warnschuß. Ich habe mich in den innerstädtischen Dienst versetzen lassen, um nicht in Versuchung zu kommen. Ich hatte es nie in Düsseldorf getan.«

»Aber dann hast du es nicht mehr ausgehalten ... und Alina hatte Schluß gemacht.«

In seinem Gesicht zuckte es. Barbara fürchtete, zuviel gesagt zu haben, aber dann ignorierte er ihre Provokation einfach. »Diese Tanja Werner erzählte mir, daß sie ganz allein war. Keine Familie, kein Zuhälter, niemand. Da überlegte ich mir, daß ich es tun könnte, niemand würde sie vermissen.«

»Hat sie dir auch von Thomas Hielmann erzählt?«

Ein überlegenes Lächeln trat auf sein Gesicht. »Das war wirklich gut, nicht wahr? Ich kannte den Kerl, ich hatte ja oft genug gesehen, daß er die Frauen mitnahm. Ich dachte damals, der vögelt sie, bis er genug von ihnen hat. Aber Tanja erzählte, daß er sie nicht angerührt hatte. Der Kerl muß völlig gestört sein.« Er sah Barbara nachdenklich an. »Dich hat er gevögelt, oder?«

Barbara senkte den Blick.

»Sieh mich an. Antworte!« Seine Stimme war nicht lauter geworden, trotzdem vermittelte sie Barbara, wie groß Walters Wut war.

Langsam hob sie den Kopf. »Ja.«

»Du bist also auch nur so eine kleine Nutte wie all die anderen. Und so was wollte sich von mir nicht einmal ein Getränk bezahlen lassen.«

Er schwieg, aber er ließ sie nicht aus den Augen. In Barbaras Kopf arbeitete es fieberhaft. Sie mußte weiterreden, mußte ihn hinhalten. Aber in ihrer Angst konnte sie kaum einen klaren Gedanken fassen.

»Thomas Hielmann ...«, begann sie wieder zaghaft. »Es stimmt – niemand traut dir zu, daß du von Anfang an den Verdacht auf ihn lenken wolltest. Ich schon.« Sie hielt einen Moment inne. Wenn er glaubte, daß sie einen völligen Alleingang gemacht hatte, würde er sie vielleicht länger leben lassen. Dann gab es wirklich eine Chance, daß sie gefunden wurde, bevor ... »Niemand hat mir das geglaubt.«

Walter schien sich wieder ein wenig zu entspannen. »Ich habe alles genau geplant. Ich wußte von Kollegen, daß das alte Firmengebäude leerstand. Aber ich überlegte auch, wie man die Spuren verwischen kann. Ein so kluger Mann wie der würde es der Polizei auch nicht leichtmachen. Ich hab mir Bücher aus der Stadtbibliothek besorgt über Kriminalistik.« Barbara sah, daß er sehr stolz darauf war. »Tanja mochte mich«, fuhr er fort. »Sie ist freiwillig mitgegangen. Daß sie erst so spät gefunden wurde, war gar nicht geplant. Ich dachte, man würde sie innerhalb eines Monats entdecken. Ich wußte nicht, daß die Firma, der der Container gehörte, pleite gegangen war.« Er schwieg.

Barbara fragte weiter: »Und dann brauchtest du es immer öfter?«

»Du hältst mich für verrückt, oder? Das ist es. Nicht für dumm, aber für verrückt.«

Barbara versuchte sehr vorsichtig zu sein mit ihrer Antwort: »Hältst du dich denn für normal?«

»Nein, aber wer ist das schon. Ich empfinde Lust, wenn ich einen Menschen töte. Das ist das einzige, was mich von den anderen unterscheidet. Ist das verrückt? Wenn ich ein Raubtier wäre, würde mir niemand das Recht zu töten absprechen.« Er streckte die Hand aus und streichelte über Barbaras Brust. »Die Frauen, die ich getötet habe, waren völlig wertlos, niemand brauchte sie.«

»Doris Harzig hatte zwei Kinder.«

Er sah sie wütend an. »Erinnere mich nicht an die. Sie stand nicht auf meiner Liste, aber ich mußte sie töten. Sie hatte sich dort eingenistet ...« Er nahm das Messer wieder hoch und hielt es Barbara an die Kehle. »Von dem Augenblick an, wo sie auftauchte, ist alles schiefgegangen. Durch sie bist du aufmerksam geworden auf das Haus. Und ihr habt mich von dort vertrieben.«

»Und dann hast du angefangen, Fehler zu machen.«

»Fehler – ich habe keine Fehler gemacht.«

»Du wirst schon sehen ...«, sagte Barbara, aber bevor sie weiterreden konnte, hatte er ihr so heftig ins Gesicht geschlagen, daß sie wieder das Bewußtsein verlor.

Als sie wieder zu sich kam, war sie allein. Immer noch lag sie gefesselt auf der Matratze. Der Bauwagen war nicht geheizt, sie fror entsetzlich. Sie hatte nicht die geringste Ahnung, wie spät es war. Ob Thomas sie schon vermißte? Wann würde er anfangen, sie zu suchen? Und was, wenn er sie nicht finden würde, wenn Philipp ihm nicht half?

Walter würde sie töten, das war nur eine Frage der Zeit. Abgesehen vom letzten Opfer hatte er sich bei allen Zeit gelassen. Sie hatten mehrere Tage des Martyriums durchlebt. Aber er war schlau – schlauer, als sie jemals vermutet hatte. Wenn er gründlich genug nachdachte und ihm klar wurde, daß nicht nur sie allein von seiner Existenz wußte, dann würde er kurzen Prozeß machen. Thomas war ihre einzige Hoffnung. Nur er würde ihr Verschwinden richtig deuten. Der Gedanke, Thomas vielleicht nie mehr wiederzusehen, war beinah schlimmer als ihre Angst. Ohne daß sie es kontrollieren konnte, begann sie zu weinen.

In diesem Moment kam Walter zurück. Er bemerkte ihre Tränen und sah ihr interessiert zu, als wäre sie ein merkwürdiges Studienobjekt für Verhaltensforschung.

»Ich habe nachgedacht über mögliche Fehler, die ich gemacht habe«, sagte er und setzte sich wieder auf die Bettkante. »Ich konnte keinen entdecken. Aber du kannst mir ja sagen, was du für einen Fehler hältst. Schließlich bist du eine gute Polizistin.«

»Das letzte Opfer, Kirsten Reinhardt. Du hast sie zu schnell getötet. Man konnte deine Handabdrücke auf ihr finden. Und du hast Spuren im Wald hinterlassen.«

Er lächelte: »Aber es waren doch Hielmanns Hände und Hielmanns Spuren. So stand es in der Zeitung.«

Barbara schwieg betroffen. Er hatte es genau erfaßt.

»Alinas Mutter hatte mich angerufen und mir von Wolfram Hielmann erzählt. Ich hatte diese Kirsten hier im Wagen. Und da wußte ich, daß ich sie sofort töten mußte, damit der Verdacht endgültig auf ihn fiel. Er oder sein Bruder – das war doch völlig egal.«

Er machte eine Pause, und dann fuhr er mit einem Lächeln fort: »Und jetzt kann ich ganz von vorn anfangen – Wolfram Hielmann hat mich von allem reingewaschen. Ein neues Haus, eine andere Methode, andere Opfer. Vielleicht angesehene, wohlhabende Frauen. Oder Schulmädchen.«

»Wie wirst du es machen, ohne ihnen die Sehnen durchzuschneiden? Wie wirst du sie hilflos machen?« Barbara flüsterte fast, dann wurde sie lauter. »Du willst sie doch hilflos ...«

Er sah sie an, als fühlte er sich ertappt.

»Sie sind doch herumgekrochen in dem Keller da unten. Haben sie dich angefleht, sie am Leben zu lassen?«

Walter antwortete ihr nicht. »Weißt du«, sagte er plötzlich, »ich habe zwar beschlossen, dich nicht so zu schneiden wie die anderen – aber das heißt nicht, daß ich dir nicht ein wenig weh tun werde. Dies ist ein neues Messer. Ein paar kleine Schnitte sind schon angebracht für den Ärger, den du mir gemacht hast, als du mich aus dem Haus vertrieben hast ...«

Wieder stieg die Panik in Barbara hoch.

Er nahm das Messer und setzte es an ihren Hals. »Vielleicht sollte ich es diesmal ganz anders machen. Ich könnte dir zum Beispiel die Kehle durchschneiden.«

»Dann tu es doch«, schrie Barbara plötzlich. »Es ist gar nicht so lange her, da wollte ich es selbst tun. Also mach, schneide, bring es endlich hinter dich.«

Walter verzog angewidert das Gesicht. »Du bist eine Spielverderberin«, sagte er. Unschlüssig schaute er sie an, und dann setzte er das Messer auf ihr Brustbein und fügte ihr einen tiefen Schnitt zu. Es blutete stark. Barbara sah es und war kurz davor, wieder ohnmächtig zu werden. Doch in diesem Moment hörte sie draußen ein leises Geräusch. Sie sah zu Walter, aber der schien so in den Anblick der Wunde vertieft, daß er es wohl nicht bemerkt hatte. Dann war sie sich sicher, leise Schritte zu hören. Walter sah auf. Barbara begriff, er wußte, was los war. Blitzschnell faßte er nach ihrem Kopf, aber in den kurzen Haaren fanden seine Finger keinen Halt. Er drückte mit der Hand auf ihrer Stirn ihren Kopf nach hinten und setzte das Messer an ihren Hals. Genau in diesem Augenblick ertönte draußen ein gellender Pfiff, und in der nächsten Sekunde wurde die Tür eingetreten. An der anderen Seite des Bauwagens splitterte ein Fenster, eine Waffe wurde in Anschlag gebracht. »Werfen Sie das Messer weg!« schrie Philipp. »Weg damit, oder ich schieße.«

Walter zögerte den Bruchteil einer Sekunde, Barbara fühlte, daß er mit sich rang, ihr den entscheidenden Schnitt doch noch beizubringen, aber dann ließ er das Messer fallen.

»Wie konntest du nur denken, daß ich keine Hilfe bekommen würde«, flüsterte Barbara. »*Das* war ein Fehler.« Dann wurde sie wieder ohnmächtig.

Barbara kam zu sich, weil sie jemanden an sich hantieren fühlte. Für einen kurzen Moment glaubte sie, Walter sei es, und zuckte zusammen.

»Keine Angst. Es ist alles vorbei«, sagte eine leise, aber unüberhörbare Stimme.

»Thomas«, sagte sie, ohne die Augen zu öffnen. Er strich ihr über den Kopf. »Wie habt ihr mich gefunden?«

»Das hast du Thomas zu verdanken.« Jetzt öffnete Barbara die Augen und sah Thomas und Philipp, der hinter ihm stand. Ein Arzt versorgte die Wunde, jemand hatte sie in eine Decke gehüllt.

Philipp redete weiter. »Er ist mir furchtbar auf die Nerven gegangen, weil Alina Hungerforth angerufen und ihm etwas von Walter Rottländer erzählt hat. Sie sagte, ihre Mutter hätte ohne ihr Wissen

Rottländer nach der Gegenüberstellung angerufen. Thomas ließ einfach nicht locker, erst übers Telefon, und dann kreuzte er persönlich bei mir im Hotel auf. Ich habe ihm jedesmal gesagt, daß du nach dem Fall Schmidtmann auch einfach untergetaucht bist. Aber als er bei mir vor der Tür stand, war es schon elf, da habe ich dann nachgegeben.« Philipp machte eine verlegene Pause. »Allerdings habe ich den anderen nicht sofort Bescheid gesagt ...«

»Wir beide sind allein zu seiner Wohnung gefahren, aber es war niemand da«, fuhr Thomas fort.

Philipp lachte leise. »Ich sagte Thomas, daß er den Mann kennt, als Kurier. Und da hat er mich in die Kneipe an der Grupellostraße geschleppt. Da waren zwei alte Kerle, die zugaben, daß sie Walter von deinen Nachforschungen erzählt hatten. Sie haben uns aber zum Glück auch von dem Garten hier berichtet – und von Alina Hungerforth –, und da war die Verbindung, nach der du gesucht hattest.«

»Meine Herren, es tut mir leid, Sie unterbrechen zu müssen«, sagte der Arzt, »aber Frau Pross muß jetzt ins Krankenhaus. Einer von Ihnen kann mitfahren.«

Philipp und Thomas sahen sich an, dann sagte Philipp leise: »Fahr du, Thomas. Ich ... muß ohnehin noch ins Präsidium. Barbara hat mal wieder eine Show inszeniert und läßt uns jetzt die ganze Arbeit allein machen.«

Die Sanitäter trugen Barbara zu dem wartenden Krankenwagen. Draußen vor dem Bauwagen standen Becker und Lohberg.

»Gute Arbeit, Frau Pross«, sagte Becker.

»Tut mir leid ... wegen des Fernsehinterviews. Dafür wird die Pressekonferenz jetzt ein richtiger Knaller.« Barbara versuchte ein schwaches Lächeln, Becker lächelte zurück. Lohberg klopfte ihr nur vorsichtig auf die Schulter.

Vor dem Krankenwagen wartete Kramer. Er nahm ihre Hand und drückte sie ganz fest: »Gut gemacht, Kollegin«, meinte er leise.

»Danke.«

Während sie in den Wagen gehoben wurde, sah Barbara, wie die Leute von der Spurensicherung von dem alten Bauwagen Besitz nahmen. »Die Show geht weiter«, murmelte sie.

»Ist irgend etwas? Wie fühlen Sie sich?« fragte der Arzt sie besorgt.

»Ganz gut, alles in Ordnung«, meinte sie.

»Im Krankenhaus werden wir die Wunde nähen müssen – ich fürchte, das wird eine Narbe geben. Tut mir leid.«

Thomas stieg jetzt auch in den Krankenwagen und flüsterte Barbara zu: »So weit hätte deine Solidarität aber nicht gehen müssen – läßt dir die gleiche Narbe machen wie ich …« Bis auf das winzige spöttische Lächeln schien er völlig ernst. Barbara kicherte ein bißchen, griff sich dann aber an die schmerzende Brust.

Die ganze Fahrt über hielt Thomas nur ihre Hand. Sie fühlte sich unendlich wohl in seinem Schweigen.

Sabine Deitmer

Kalte Küsse

Kriminalroman

Band 11449

Alles beginnt an einem ganz normalen Samstag im Juli. Mit Paaren, die heiraten, ganz in Weiß, mit grölenden Fußballfans, mit Familien auf dem Weg zum Feuerwerk im Park, mit Katzen, die Mülltonnen plündern und der alltäglichen Gewalt, die zum Wochenende wild eskaliert. Mit einer Kriminalkommissarin, die ihren Liebhaber frustriert und eine nicht mehr ganz taufrische Leiche findet... Kein ganz normaler Einsatz in Sachen Mord für Kriminalkommissarin Beate Stein. Sie hat mehr als eine Leiche gesehen. Doch was sie an diesem Samstag zu sehen bekommt, zieht ihr die Magenwände zusammen. Kaum vorstellbar, daß das einmal ein Mensch war, ein Mann. Wer hat ihn umgebracht und so zugerichtet? Und vor allem, warum? Bei ihren Ermittlungen stößt sie auf Fragen, die ihr eine Gänsehaut über den Rücken jagen. Alles deutet in eine Richtung... Schafft sie es, ihre Pflicht als Polizistin zu tun, ohne sich selbst dafür zu hassen?

Fischer Taschenbuch Verlag

fi 2084 / 4

Maria Benedickt

Blutrotes Passepartout

Roman

Band 13943

Die 33jährige Passepartout-Schneiderin Margo Varese hat das zweite Gesicht. Seit ihrer Kindheit kann sie in unkontrollierbaren Schüben in die Köpfe von anderen Menschen eindringen. Ihre Gabe löste vor Jahren einen Skandal aus, als sie in einer Wiener Straßenbahn scheinbar ohne jeden Grund einen Mann bewußtlos schlug. Nur ihre Großmutter weiß den Grund dafür, nämlich daß Margo sich in einem plötzlichen Schub im Kopf des Mannes wiederfand, als er sich ausmalte, wie er sie mit seinem Gürtel erdrosseln wollte. Das ist einige Jahre her, und nun verbringt sie mit ihrer Großmutter den Urlaub in ihrem Heimatort, dem niederösterreichischen Herbeckstein. Margo mied den Ort lange Zeit, weil das Opfer ihres Angriffs, Heinrich Gruber, gleich im Nachbardorf lebt. Kurz nach ihrer Ankunft wird eine Frauenleiche gefunden. Margo ist sicher, daß Gruber der Mörder ist. Sie legt sich einen riskanten Plan zurecht, der prompt schiefgeht. Unweigerlich müßte sie sein nächstes Opfer werden – hätte da nicht die respektlose Großmutter ein Wort mitzureden.

Fischer Taschenbuch Verlag

fi 1591 / 4

Britt Arenander

Flirt mit fatalen Folgen

Roman

Aus dem Schwedischen von Regine Elsässer

Band 13275

Auf dem Weg in die Ferien, die sie in Paris verbringen will, kommt Amanda Hall plötzlich die Idee, einen Tag in Brüssel zu bleiben, vor allem, um den berühmten Barockplatz, La Grand' Place, anzuschauen. Auf ihrem Spaziergang durch die Stadt lernt sie Antonio, einen gutaussehenden italienischen Geschäftsmann, in einem Straßencafé kennen. Er überredet sie, ihm zu erlauben, sie in dem eleganten Hotel unterzubringen, in dem er abgestiegen ist. Am Abend lädt er sie in ein exzellentes Restaurant ein. Amanda, die eine schwere Zeit mit Geldsorgen und eine zerbrochene Beziehung hinter sich hat, genießt den ungewohnten Luxus und die Aufmerksamkeit ihres charmanten Begleiters. Aus dem kleinen Urlaubsflirt entsteht eine leidenschaftliche Beziehung, die weit mehr ist als eine Ferienliebelei. Doch vor allem gerät Amanda in gefährliche, politisch motivierte Aktionen, in die sie unfreiwillig von ihrem Liebhaber eingespannt wird. Unversehens steht sie im Mittelpunkt dramatischer Ereignisse, die sie fast das Leben kosten.

Fischer Taschenbuch Verlag

fi 659 / 8

Maria Soulas

On the Rocks

Roman

Band 14170

Eigentlich könnte alles so einfach sein: Helen, ehemals engagierte
Journalistin, die mittlerweile nur noch anspruchslose Reisereporta-
gen verfaßt, ist dabei, sich in der leichten Behaglichkeit von Bern-
hards verläßlich-langweiliger Liebe einzurichten und mit ihm die
Familie zu gründen, die sie nie hatte. Da erscheint Alexander, küßt
ihre erotischen Sehnsüchte wach und treibt sie in eine lustvolle Ab-
hängigkeit. Plötzlich weiß Helen nicht mehr, was sie will: Alexander ist der verführerische Schurke und Bernhard ist der Gendarm,
der verläßlich und treusorgend ihr selbstverordnetes Kontrastprogramm zu ihrer völlig chaotischen Vergangenheit sein sollte. Obwohl Helen bald erkennt, daß die heiße Affäre mit Alexander ein von
ihm eiskalt inszenierter Rachefeldzug gegen Bernhard ist, kann sie
sich nicht von ihm lösen. Erst als er sie mit völliger Zurückweisung
demütigt, entwirft sie einen mörderisch-erotischen Plan.

Fischer Taschenbuch Verlag

fi 509 / 8